天龍八部

二

【典藏本】

金庸作品集 22

金庸

朗聲圖書 广州出版社

图书在版编目（CIP）数据

天龙八部：典藏本 / 金庸著. — 广州：广州出版社, 2019.10（2020.2 重印）
ISBN 978-7-5462-2979-9

Ⅰ. ①天… Ⅱ. ①金… Ⅲ. ①侠义小说—中国—当代 Ⅳ. ①I247.5

中国版本图书馆 CIP 数据核字（2019）第238973号

敬告读者

为了维护读者、著作权人和出版发行者的合法权益，本书采用了新型数码防伪技术。正版图书的定价标示处及外包装盒上均贴有完好的防伪标签。刮开涂层，可见到一组数码，您可以通过两种途径查验真伪。

1. 拨打全国免费电话4008301315，按语音提示从左到右依次输入相应数码并按#键结束。

2. 扫描防伪标上的二维码，按提示输入相应数码。

读者如发现盗版图书，可向当地“扫黄打非”办公室、新闻出版局、公安机关、市场监督管理局等部门举报，或直接与我们联系。

联系电话：020-34297719　13570022400

我们对举报盗版、盗印、销售盗版图书等侵权行为的有功人员将予以重奖。

广州市朗声图书有限公司

衬页印章／
鞠履厚「虎啸风生，龙腾云萃」：
鞠履厚，江苏华亭人，
清乾隆年间云间派的主要人物，
作风清丽工致，
评者称其篆刻深得六书遗意。
《北史·张定和传》：
「虎啸风生，龙腾云起；
英贤奋发，亦各因时。」

左图／
胡瓌《回猎图》：
胡瓌，五代时契丹人，
原图共绘三契丹人罢猎而归，
各携猎犬。契丹人装束的特征，
是头顶剃光，两边留发。

金农《采菱图》：
金农，清康熙至乾隆年间书画家，
浙江杭州人，「扬州八怪」之一。
本图绘吴兴附近太湖中女郎划舟采菱。
阿朱、阿碧与段誉在太湖中荡舟，
水天小舟，当有仿佛处。

山西太原晋祠宋塑宫女：宋代彩色泥塑宫女共四十四尊，由此可见到宋代上层社会妇女的装束，左首宫女双手持匕首。

黄慎《山茶腊梅》：

黄慎，清康熙至乾隆年间书画家，福建宁化人，「扬州八怪」之一。

来楚生《山茶》：来楚生，当代国画家。

王居正绘《纺车图》卷：
无作者印款，原为赵孟頫旧藏，
有赵孟頫二跋，称王居正作。
王居正，北宋画家。
此图表现农村妇女的户外纺纱的情景。
图中所绘之纺车，
当与萧峰义母的纺车相仿。

閘門
殺虎口
十八河口
大水口
泉兒溝口
了角臺口
將軍會堡
江門市口
滅虎堡
阻虎堡
敗虎堡
大水口堡
威虎堡
雲石堡
鐵山堡
雙河
威遠城
威平堡
平魯衛
井坪城
右衛
破虎堡
施家口
馬神樓口
牧馬堡
拒門堡
拒墻堡
保安堡
雲岡堡
十里河
高山營
左衛
懷仁縣
神武鎮
司馬鎮
應州
山陰縣
馬邑縣
桑乾泉
金龍池
朔州
黃水河
馬跑泉
夏屋山
茹越山
灰河
三泉
雁門關

雁门关附近形势图：录自《古今图书集成》。

以下六图／周臣「人物」：周臣是明初著名画家，唐寅与仇英的老师。所绘减笔人物长卷，笔法遒劲，形象生动。现藏夏威夷大学博物馆。明朝注重文人画，所以周臣的名气不及弟子唐寅，他解释原因是：「只少唐生数千卷书。」意思说自己读书较少，但他描写下层社会的人物，非唐寅所及。本书选录六幅，看来都是丐帮人物。

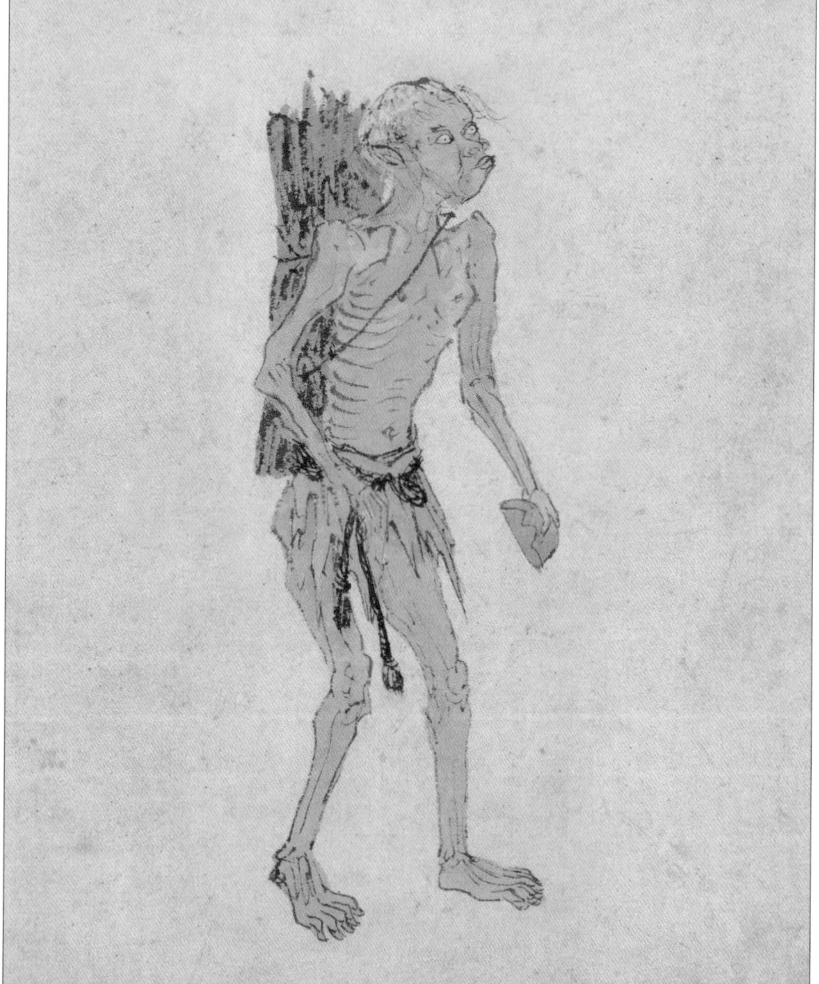

宋太祖坐像：宋朝开国皇帝赵匡胤武将出身，在后周柴世宗手下与契丹大军交锋时冲锋陷阵，颇立战功。民间传说赵匡胤善于使棍，武术中之「太祖长拳」传为其所创。

宋太祖半身像：便装，颇有英雄之气，似为写实之作，与一般帝王图像不同。本图及上图均原藏北京故宫南薰殿，现藏台北故宫博物院。

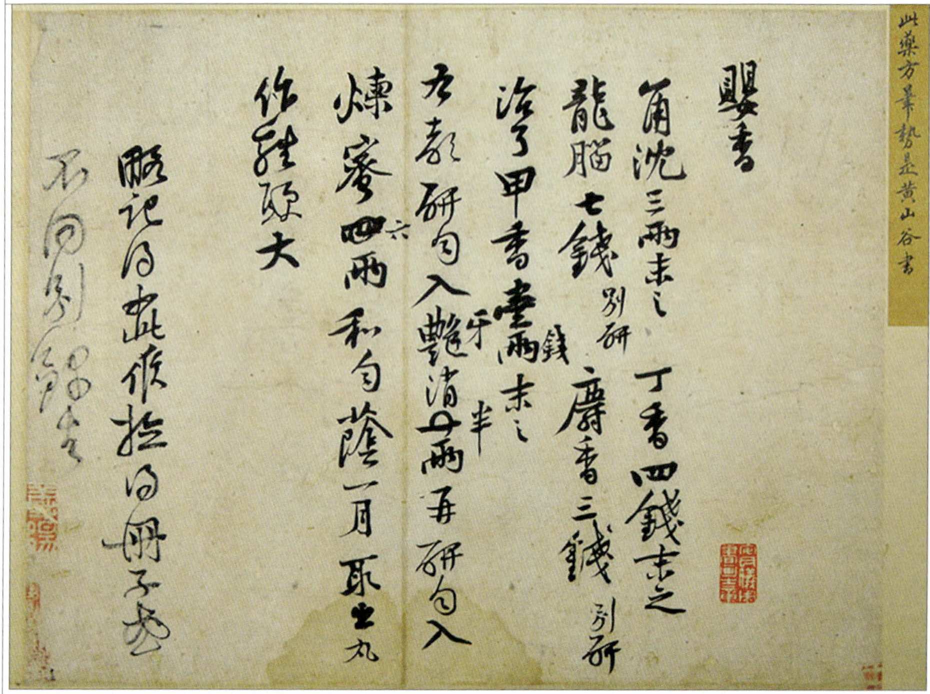

黄庭坚所书药方：
黄庭坚，北宋大书法家，诗人，词人，
与萧峰、薛神医等同时。

目　录

（十一至二十回回目调寄《苏幕遮》，本意。苏幕遮，胡人舞曲也。）

段誉伸个懒腰，坐起身来，说道：“睡了一大觉，倒叫两位姊姊辛苦了。有一件事不便开口，两位莫怪，我……我要解手！”

十一

向来痴

段誉被鸠摩智点了穴道，全身动弹不得，给几名大汉横架在一匹马的鞍上，脸孔朝下，但见地面不住倒退，马蹄翻飞，溅得他口鼻中都是泥尘，耳听得众汉子大声吆喝，说的都是番话，也不知讲些什么。他一数马腿，共是十匹马。

奔出十余里后，来到一处岔路，只听得鸠摩智叽哩咕噜的说了几句话，五乘马向左边岔路行去，鸠摩智和带着段誉那人以及其余三乘则向右行。又奔数里，到了第二个岔路口，五乘马中又有两乘分道而行。段誉心知鸠摩智意在扰乱追兵，叫他们不知向何处追赶才是。

再奔得一阵，鸠摩智跃下马背，取过一根皮带，缚在段誉腰间，左手提着他身子，便从山坳里行去，另外两名汉子却纵马西驰。段誉暗暗叫苦，心道："伯父便派遣铁甲骑兵不停追赶，至多也不过将这番僧的九名随从尽数擒去，可救我不得。"

鸠摩智手中虽提了一人，脚步仍极轻便。他越走越高，三个时辰之中，尽在荒山野岭之间穿行。段誉见太阳西斜，始终从左边射来，知道鸠摩智是带着自己北行。

到得傍晚，鸠摩智提着他身子架在一株大树的树枝上，将皮带缠住了树枝，不跟他说一句话，甚至目光也不和他相对，只是背着身子，递了几块干粮面饼给他，解开了他左手小臂的穴道，好让他取食。段誉暗自伸出左手，想运气以少泽剑剑法伤他，哪知身上要穴被点，全身真气阻塞，手指空自点点戳戳，全无半分内劲。

如此数日，鸠摩智提着他不停的向北行走。段誉几次撩他说话，问他何以擒住自己，带自己到北方去干什么，鸠摩智始终不答。段誉一肚子的怨气，心想那次给妹子木婉清擒住，虽然苦头吃得更多，却决不致如此气闷无聊。何况给一个美貌姑娘抓住，香泽微闻，俏叱时作，比之给个装聋作哑的番僧提在手中，苦乐自是不可同日而语。

这般走了十余天，料想已出了大理国境，段誉察觉他行走的方向改向东北，仍然避开大路，始终取道于荒山野岭。只是地势越来越平坦，山渐少而水渐多，一日之中，往往要过渡数次。终于鸠摩智买了两匹马与段誉分乘，段誉身上的大穴自然不给他解开。

有一次段誉解手之时，心想："我如使出'凌波微步'，这番僧未必追得我上？"可是只跨出两步，真气在被封的穴道处被阻，立时摔倒。他叹了口气，爬起身来，知道这最后一条路也行不通的了。

当晚两人在一座小城一家客店中歇宿。鸠摩智命店伴取过纸墨笔砚，放在桌上，剔亮油灯，待店伴出房，说道："段公子，小僧屈你大驾北来，多有得罪，好生过意不去。"段誉道："好说，好说。"鸠摩智道："公子可知小僧此举，是何用意？"

段誉一路之上，心中所想的只是这件事，眼见桌上放了纸墨笔砚，更料到了十之八九，说道："办不到。"鸠摩智问道："什么事办不到？"段誉道："你艳羡我段家的六脉神剑剑法，要逼我写出来给你。这件事办不到。"

鸠摩智摇头道："段公子会错意了。小僧当年与慕容先生有约，要借贵门《六脉神剑经》去给他一观。此约未践，一直耿耿于怀。幸得段公子心中记得此经，无可奈何，只有将你带到慕容先生墓前焚化，好让小僧不致失信于故人。然而公子人中龙凤，小僧与你无冤无仇，岂敢伤残？这中间尚有一个两全其美的法子。公子只须将经文图谱一无遗漏的写了出来，小僧自己决不看上一眼，立即固封，拿去在慕容先生墓前火化，了此宿愿，便即恭送公子回归大理。”

这番话鸠摩智于初入天龙寺时便曾说过，当时本因等均有允意，段誉也觉此法可行。但此后鸠摩智偷袭保定帝于先，擒拿自身于后，出手殊不光明，躲避追踪时诡计百出，对九名部属的生死安危全无丝毫顾念，这其间险刻戾狠之意已然表露无遗，段誉如何再信得过他？心中早就觉得，南海鳄神等“四大恶人”摆明了是恶人，反而远较这伪装“圣僧”的吐蕃和尚品格高得多了。他虽无处世经历，但这二十余日来，对此事早已深思熟虑，想明白了其中关窍，说道：“鸠摩智大师，你这番话是骗不倒我的。”

鸠摩智合什道：“阿弥陀佛，小僧对慕容先生当年一诺，尚且如此信守，岂肯为了守此一诺，另毁一诺？”

段誉摇头道：“你说当年对慕容先生有此诺言，是真是假，谁也不知。你拿到了六脉神剑剑谱，自己必定细读一番，是否要去慕容先生墓前焚化，谁也不知。就算真要焚化，以大师的聪明才智，读得几遍之后，岂有记不住的？说不定还怕记错了，要笔录副本，然后再去焚化。”

鸠摩智双目精光大盛，恶狠狠的盯住段誉，但片刻之间，脸色便转慈和，缓缓的道：“你我均是佛门弟子，岂可如此胡言妄语，罪过，罪过。小僧迫不得已，只好稍加逼迫了。这是为了救公子性命，尚请勿怪。”说着伸出左手掌，轻轻按在段誉胸口，说道：“公子抵受不住之时，愿意书写此经，只须点一点头，小僧便即放手。”

段誉苦笑道："我不写此经，你终不死心，舍不得便杀了我。我倘若写了出来，你怎么还能容我活命？我写经便是自杀，鸠摩智大师，这一节，我在十三天之前便已想明白了。"

鸠摩智叹了口气，说道："我佛慈悲！"掌心便即运劲，料想这股劲力传入段誉膻中大穴，他周身如万蚁咬啮，苦楚难当，这等娇生惯养的公子哥儿，嘴上说得虽硬，当真身受死去活来的酷刑之时，势非屈服不可。不料劲力甫发，立觉一股内力去得无影无踪。他一惊之下，又即催劲，这次内力消失得更快，跟着体中内力汹涌奔泻而出。鸠摩智大惊失色，右掌急出，在段誉肩头奋力推去。段誉"啊"的一声，摔在床上，后脑重重撞上墙壁。

鸠摩智早知段誉学过星宿老怪一门的"化功大法"，但要穴被封，不论正邪武功自然俱都半点施展不出，哪知他掌发内劲，却是将自身内力硬挤入对方"膻中穴"去，便如当日段誉全身动弹不得，张大了嘴巴任由莽牯朱蛤钻入肚中一般，与身上穴道是否被封全不相干。

段誉哼哼唧唧的坐起身来，说道："枉你自称得道高僧，高僧是这么出手打人的吗？"

鸠摩智厉声道："你这'化功大法'，到底是谁教你的？"

段誉摇摇头，说道："化功大法，暴殄天物，犹日弃千金于地而不知自用，旁门左道，可笑！可笑！"这几句话，他竟不知不觉的引述了玉洞帛轴上所写的字句。

鸠摩智不明其故，却也不敢再碰他身子，但先前点他神封、大椎、悬枢、京门诸穴却又无碍，此人武功之怪异，实是不可思议，料想这门功夫，定是从一阳指与六脉神剑中变化出来，只是他初学皮毛，尚不会使用。这样一来，对大理段氏的武学更是心向神往，突然举起手掌，凌空一招"火焰刀"，将段誉头上的书生巾削去了一片，喝道："你当真不写？我这一刀只消低得半尺，你的脑袋便怎样了？”

段誉害怕之极，心想他当真恼将起来，戳瞎我一只眼睛，又或削断我一条臂膀，那便怎么办？一路上反覆思量而得的几句话立时到了脑中，说出口来：“我倘若受逼不过，只好胡乱写些，那就未必全对。你如伤残我肢体，我恨你切骨，写出来的剑谱更加不知所云。这样罢，反正我写的剑谱，你要拿去在慕容先生墓前焚化，你说过立即固封，决计不看上一眼，是对是错，跟你并不相干。我胡乱书写，不过是我骗了慕容先生的阴魂，他在阴间练得走火入魔，自绝鬼脉，也不会来怪你。”说着走到桌边，提笔摊纸，作状欲写。

鸠摩智怒极，段誉这几句话，将自己骗取六脉神剑剑谱的意图尽皆揭破，同时说得明明白白，自己若用强逼迫，他写出来的剑谱也必残缺不全，伪者居多，那非但无用，阅之且有大害。他在天龙寺两度斗剑，六脉神剑的剑法真假自然一看便知，但这路剑法的要旨纯在内力运使，那就无法分辨。当下岂仅老羞成怒，直是大怒欲狂，一招“火焰刀”挥出，嗤的一声轻响，段誉手中笔管断为两截。

段誉大笑声中，鸠摩智喝道：“贼小子，佛爷好意饶你性命，你偏执迷不悟。只有拿你去慕容先生墓前焚烧。你心中所记得的剑谱，总不会是假的罢？”

段誉笑道：“我临死之时，只好将剑法故意多记错几招。对，就是这个主意，打从此刻起，我拼命记错，越记越错，到得后来，连我自己也是胡里胡涂。”

鸠摩智怒目瞪视，眼中似乎也有火焰刀要喷将出来，恨不得手掌一挥，“火焰刀”的无形气劲就从这小子的头颈中一划而过。

自此一路向东，又行了二十余日，段誉听着途人的口音，渐觉清雅绵软，菜肴中也没了辣椒。

这一日终于到了苏州城外，段誉心想：“这就要去上慕容博的坟了。番僧逼不到剑谱，不会就此当真杀我，但在那慕容博的墓前，将我烧上一烧，烤上一烤，弄得半死不活，却也未始不可。”将心一横，也不去多想，纵目观看风景。这时正是三月天气，杏花夹径，绿柳垂湖，暖洋洋的春风吹在身上，当真是醺醺欲醉。段誉不由得心怀大畅，脱口吟道：“波渺渺，柳依依，孤村芳草远，斜日杏花飞。”

鸠摩智冷笑道：“死到临头，亏你还有这等闲情逸致，兀自在吟诗唱词。”段誉笑道：“佛曰：‘色身无常，无常即苦。’天下无不死之人。最多你不过多活几年，又有什么开心了？”

鸠摩智不去理他，向途人请问“参合庄”的所在。但他连问了七八人，没一个知道，言语不通，更是缠七夹八。最后一个老者说道：“苏州城里城外，呒不一个庄子叫做啥参合庄格。你这位大和尚，定是听错哉。”鸠摩智道：“有一家姓慕容的大庄主，请问他住在什么地方？”那老者道：“苏州城里末，姓顾、姓陆、姓沈、姓张、姓周、姓文……那都是大庄主，哪有什么姓慕容的？勿曾听见过。”

鸠摩智正没做理会处，忽听得西首小路上一人说道：“听说慕容氏住在城西三十里的燕子坞，咱们便过去瞧瞧。”另一人道：“嗯，到了地头啦，可得小心在意才是。”说的是河南中州口音。这两人说话声音甚轻，鸠摩智内功修为了得，却听得清清楚楚，心道：“莫非这两人故意说给我听的？否则偏哪有这么巧？”斜眼看去，只见一人气宇轩昂，身穿孝服，另一个却矮小瘦削，像是个痨病鬼扒手。

鸠摩智一眼之下，便知这两人身有武功，还没打定主意是否要出言相询，段誉已叫了起来：“霍先生，霍先生，你也来了？”原来那形容猥琐的汉子正是金算盘崔百泉，另一个便是他师侄追魂手过彦之。

他二人离了大理后，一心一意要为柯百岁报仇，明知慕容氏武功极高，此仇十九难报，还是勇气百倍的寻到了苏州来。打听到慕容氏住在燕子坞，而慕容博却已逝世多年，那么杀害柯百岁的，当是慕容家的另外一人。两人觉得报仇多了几分指望，赶到湖边，刚好和鸠摩智、段誉二人遇上。

崔百泉突然听到段誉的叫声，一愕之下，快步奔将过来，只见一个和尚骑在马上，左手拉住段誉坐骑的缰绳，段誉双手僵直，垂在身侧，显是给点中了穴道，奇道："小王爷，是你啊！喂，大和尚，你干什么跟这位公子爷为难？你可知他是谁？"

鸠摩智自没将这两人放在眼里，但想自己从未来过中原，慕容先生的家不易找寻，有这两人领路，那就再好没有了，说道："我要去慕容氏的府上，相烦两位带路。"

崔百泉道："请问大师上下如何称呼？何以胆敢得罪段氏的小王爷？到慕容府去有何贵干？"鸠摩智道："到时自知。"崔百泉道："大师是慕容家的朋友么？"鸠摩智道："不错，慕容先生所居的参合庄坐落何处，霍先生若是得知，还请指引。"鸠摩智听段誉称之为"霍先生"，还道他真是姓霍。崔百泉搔了搔头皮，向段誉道："小王爷，我解开你手臂上的穴道再说。"说着走上几步，伸手便要去替段誉解穴。

段誉心想鸠摩智武功高得出奇，当世只怕无人能敌，这崔过二人是万万打他不过的，若来妄图相救，只不过枉送两条性命，还是叫他二人赶快逃走的为妙，便道："且慢！这位大师单身一人，打败了我伯父和大理的五位高手，将我擒来。他是慕容先生的知交好友，要将我在慕容先生的墓前焚烧为祭。你二位和姑苏慕容氏毫不相干，这就快快走罢。"

崔百泉和过彦之听说这和尚打败了保定帝等高手，心中已是一惊，待听说他是慕容氏的知交，更加震骇。崔百泉心想自己在镇南王府中躲了这十几年，今日小王爷有难，岂能袖手不理？反正既来姑苏，这条性命早就豁出去不要了，不论死在正点儿的算盘珠下或是旁人手中，也没什么分别，当即伸手入怀，掏出一个金光灿烂的算盘，高举摇晃，铮铮铮的乱响，说道："大和尚，慕容先生是你的好朋友，这位小王爷却是我的好朋友，我劝你还是放开了他罢。"过彦之一抖手间，也已取下缠在腰间的软鞭。两人同时向鸠摩智马前抢去。

段誉大叫："两位快走，你们打他不过的。"

鸠摩智淡淡一笑，说道："真要动手么？"崔百泉道："这一场架，叫做老虎头上拍苍蝇，明知打你不过，也得试上一试，生死……啊唷，啊唷！"

"生死"什么的还没说出口，鸠摩智已伸手夺过过彦之的软鞭，跟着拍的一声，翻过软鞭，卷着崔百泉手中的金算盘，鞭子一扬，两件兵刃同时脱手飞向右侧湖中，眼见两件兵刃便要沉入湖底，哪知鸠摩智手上劲力使得恰到好处，软鞭鞭梢翻了过来，刚好缠住一根垂在湖面的柳枝，柳枝柔软，一升一沉，不住摇动。金算盘款款拍着水面，点成一个个漪涟。

鸠摩智双手合什，说道："有劳两位大驾，相烦引路。"崔过二人面面相觑，不知如何是好。鸠摩智道："两位倘若不愿引路，便请示知燕子坞参合庄的途径，由小僧觅路自去，那也不妨。"崔过二人见他武功如此高强，而神态却又谦和之极，都觉翻脸也不是，不翻脸也不是。

便在此时，只听得欸乃声响，湖面绿波上飘来一叶小舟，一个绿衫少女手执双桨，缓缓划水而来，口中唱着小曲，听那曲子是："菡萏香连十顷陂，小姑贪戏采莲迟。晚来弄水船头滩，笑脱红裙裹鸭儿。"歌声娇柔无邪，欢悦动心。

段誉在大理时诵读前人诗词文章，于江南风物早就深为倾倒，此刻一听此曲，不由得心魂俱醉。只见那少女一双纤手皓肤如玉，映着绿波，便如透明一般。崔百泉和过彦之虽大敌当前，也不禁转头向她瞧了两眼。

只有鸠摩智视若不见，听如不闻，说道："两位既不肯见告参合庄的所在，小僧这就告辞。"

这时那少女划着小舟，已近岸边，听到鸠摩智的说话，接口道："这位大师父要去参合庄，阿有啥事体？"说话声音极甜极清，令人一听之下，说不出的舒适。这少女约莫十六七岁年纪，满脸都是温柔，满身尽是秀气。

段誉心道："想不到江南女子，一美至斯。"其实这少女也非甚美，比之木婉清颇有不如，但八分容貌，加上十二分的温柔，便不逊于十分人才的美女。

鸠摩智道："小僧欲到参合庄去，小娘子能指点途径么？"那少女微笑道："参合庄的名字，外边人勿会晓得，大师父从啥地方听来？"鸠摩智道："小僧是慕容先生方外至交，特来老友墓前一祭，以践昔日之约。并盼得识慕容公子清范。"那少女沉吟道："介末真正弗巧哉！慕容公子刚刚前日出仔门，大师父早来得三日末，介就碰着公子哉。"鸠摩智道："与公子缘悭一面，教人好生惆怅，但小僧从吐蕃国万里迢迢来到中土，愿在慕容先生墓前一拜，以完当年心愿。"那少女道："大师父是慕容老爷的好朋友，先请去用一杯清茶，我再给你传报，你讲好哦？"鸠摩智道："小娘子是公子府上何人？该当如何称呼才是？"

那少女嫣然一笑，道："啊唷！我是服侍公子抚琴吹笛的小丫头，叫做阿碧。你勿要大娘子、小娘子的介客气，叫我阿碧好哉！"她一口苏州土白，本来不易听懂，但她是武林世家的侍婢，想是平素官话听得多了，说话中尽量加上了些官话，鸠摩智与段誉等尚可勉强明白。当下鸠摩智恭恭敬敬的道："不敢！"（按：阿碧的吴语，书中只能略具韵味而已，倘若全部写成苏白，读者固然不懂，鸠摩智和段誉加二要弄勿清爽哉。）

阿碧道："这里去燕子坞琴韵小筑，都是水路，倘若这几位通通要去，我划船相送，好哦？"她每问一句"好哦"，都是殷勤探询，软语商量，教人难以拒却。

鸠摩智道："如此有劳了。"携着段誉的手，轻轻跃上小舟。那小舟只略沉少许，却绝无半分摇晃。阿碧向鸠摩智和段誉微微一笑，似乎是说："真好本事！"

过彦之低声道："师叔，怎么？"他二人是来找慕容氏报仇的，但弄得如此狼狈，实在好不尴尬。

阿碧微笑道："两位大爷来啊来到苏州哉，倘若无不啥要紧事体，介末请到敝处喝杯清茶，吃点点心。勿要看这只船小，再坐几个人也勿会沉格。"她轻轻划动小舟，来到柳树之下，伸出纤手收起了算盘和软鞭，随手拨弄算珠，铮铮有声。

段誉只听得几下，喜道："姑娘，你弹的是《采桑子》么？"原来她随手拨动算珠，轻重疾徐，自成节奏，居然便是两句清脆灵动的《采桑子》。阿碧嫣然一笑，道："公子，你精通音律，也来弹一曲么？"段誉见她天真烂漫，和蔼可亲，笑道："我可不会弹算盘。"转头向崔百泉道："霍先生，人家把你的算盘打得这么好听。"

崔百泉涩然一笑，道："不错，不错。姑娘真是雅人，我这门最俗气的家生，到了姑娘手里，就变成了一件乐器。"阿碧道："啊哟，真正对勿起，这是霍大爷的么？这算盘打造得真考究。你屋里一定交关之有铜钱，连算盘也用金子做。霍大爷，还仔拨你。"她左手拿着算盘，伸长手臂。崔百泉人在岸上，无法拿到，他也真舍不得这个片刻不离身的老朋友，轻轻一纵，上了船头，伸手将算盘接了过去，侧过头来向鸠摩智瞪了一眼。鸠摩智脸上始终慈和含笑，全无愠色。

阿碧左手拿着软鞭鞭梢提高了，右手五指在鞭上一勒而下，手指甲触到软鞭一节节上凸起的棱角，登时发出叮、玲、东、珑几下清亮的不同声音。她五指这么一勒，就如是新试琵琶一般，一条斗过大江南北、黑道白道英豪的兵刃，到了她一双洁白柔嫩的手中，又成了一件乐器。

段誉叫道："妙极，妙极！姑娘，你就弹它一曲。"阿碧向着过彦之道："这软鞭是这位大爷的了？我乱七八糟的拿来玩弄，忒也无礼了。大爷，你也上船来罢，等一歇我拨你吃鲜红菱。"过彦之心切师仇，对姑苏慕容一家恨之切骨，但见这个小姑娘语笑嫣然，天真烂漫，他虽满腔恨毒，却也难以向她发作，心想："她引我到庄上去，那是再好不过，好歹也得先杀他几个人给恩师报仇。"当下点了点头，跃到船上。

阿碧好好的卷拢软鞭，交给过彦之，木桨一扳，小舟便向西滑去。

崔百泉和过彦之交换了几个眼色，都想："今日深入虎穴，不知生死如何。慕容氏出手毒辣之极，这个小姑娘柔和温雅，看来不假，但焉知不是慕容氏骄敌之计？教咱们去了防范之心，他便可乘机下手。"

舟行湖上，几个转折，便转入了一座大湖之中，极目望去，但见烟波浩渺，远水接天。过彦之更是暗暗心惊："这大湖想必就是太湖了。我和崔师叔都不会水性，这小妮子只须将船一翻，咱二人便沉入湖中喂了鱼鳖，还说什么替师报仇？"崔百泉也想到了此节，寻思若能把木桨拿在手中，这小姑娘便想弄翻船，也没这么容易，便道："姑娘，我来帮你划船，你只须指点方向便是。"阿碧笑道："啊哟，介末不敢当。我家公子倘若晓得仔，定规要骂我怠慢了客人。"崔百泉见她不肯，疑心更甚，笑道："实不相瞒，我们是想听听姑娘在软鞭上弹曲的绝技。我们是粗人，这位段公子却是琴棋书画，样样都精的。”

阿碧向段誉瞧了一眼，笑道：“我弹着好白相，又算啥绝技了？段公子这样风雅，听仔笑啊笑煞快哉，我勿来。”

崔百泉从过彦之手中取过软鞭，交在她手里，道：“你弹，你弹！”一面就接过了她手中的木桨。阿碧笑道：“好罢，你的金算盘再借我拨我一歇。”崔百泉心下暗感危惧：“她要将我们两件兵刃都收了去，莫非有甚阴谋？”事到其间，已不便拒却，只得将金算盘递给她。阿碧将算盘放在身前的船板上，左手握住软鞭之柄，左足轻踏鞭头，将软鞭拉得直了，右手五指飞转轮弹，软鞭登时发出丁东之声，虽无琵琶的繁复清亮，爽朗却有过之。

阿碧五指弹抹之际，尚有余暇腾出手指在金算盘上拨弄，算盘珠的铮铮声夹在软鞭的玎玎声中，更增清韵。便在此时，只见两只燕子从船头掠过，向西疾飘而去。段誉心想：“慕容氏所住之处叫做燕子坞，想必燕子很多了。”

只听得阿碧漫声唱道：“二社良辰，千家庭院，翩翩又睹双飞燕。凤凰巢稳许为邻，潇湘烟瞑来何晚？乱入红楼，低飞绿岸，画梁轻拂歌尘转。为谁归去为谁来，主人恩重珠帘卷。”

段誉听她歌声唱到柔曼之处，不由得回肠荡气，心想：“我若终生僻处南疆，如何得能聆此仙乐？‘为谁归去为谁来，主人恩重珠帘卷。’慕容公子有婢如此，自是非常人物。”

阿碧一曲既罢，将算盘和软鞭还了给崔过二人，笑道：“唱得不好，客人勿要笑。霍大爷，向左边小港中划进去，是了！”

崔百泉见她交还兵刃，登感宽心，当下依言将小舟划入一处小港，但见水面上生满了荷叶，若不是她指点，决不知荷叶间竟有通路。崔百泉划了一会，阿碧又指示水路：“从这里划过去。”这边水面上全是菱叶和红菱，清波之中，红菱绿叶，鲜艳非凡。阿碧顺手采摘红菱，分给众人。

段誉一双手虽能动弹，但穴道被点之后全无半分力气，连一枚红菱的硬皮也无法剥开。阿碧笑道：“公子爷勿是江南人，勿会剥菱，我拨你剥。”连剥数枚，放在他掌中。段誉见那菱皮肉光洁，送入嘴中，甘香爽脆，清甜非凡，笑道：“这红菱的滋味清而不腻，便和姑娘唱的小曲一般。”阿碧脸上微微一红，笑道：“拿我的歌儿来比水红菱，今朝倒是第一趟听到，多谢公子啦！”

菱塘尚未过完，阿碧又指引小舟从一丛芦苇和茭白中穿了过去。这么一来，连鸠摩智也起了戒心，暗暗记忆小舟的来路，以备回出时不致迷路，可是一眼望去，满湖荷叶、菱叶、芦苇、茭白，都是一模一样，兼之荷叶、菱叶在水面飘浮，随时一阵风来，便即变幻百端，就算此刻记得清清楚楚，霎时间局面便全然不同。鸠摩智和崔百泉、过彦之三人不断注视阿碧双目，都想从她眼光之中，瞧出她寻路的法子和指标，但她只是漫不经意的采菱拨水，随口指引，似乎这许许多多纵横交错、棋盘一般的水道，便如她手掌中的掌纹一般明白，生而知之，不须辨认。

如此曲曲折折的划了两个多时辰，未牌时分，遥遥望见远处绿柳丛中，露出一角飞檐。阿碧道：“到啦！霍大爷，累得你帮我划了半日船。”崔百泉苦笑道：“只要有红菱可吃，清歌可听，我便这么划他十年八年船，那也不累。”阿碧拍手笑道：“你要听歌吃菱，介末交关便当？在这湖里一辈子勿出去好哉！”

崔百泉听到她说“在这湖里一辈子勿出去”，不由得矍然一惊，斜着一双小眼向她端相了一会，但见她笑吟吟的似乎全无机心，却也不能就此放心。

阿碧接过木桨，将船直向柳荫中划去，到得邻近，只见一座松树枝架成的木梯，垂下来通向水面。阿碧将小船系在树枝之上，忽听得柳枝上一只小鸟“莎莎都莎，莎莎都莎”的叫了起来，声音清脆。阿碧模仿鸟鸣，也叫了几下，回头笑道：“请上岸罢！”

众人逐一跨上岸去，见疏疏落落四五座房舍，建造在一个不知是小岛还是半岛之上。房舍小巧玲珑，颇为精雅。小舍匾额上写着“琴韵”两字，笔致颇为潇洒。鸠摩智道：“此间便是燕子坞参合庄么？”阿碧摇头道：“不。这是公子起给我住的，小小地方，实在不能接待贵客。不过这位大师父说要去拜祭慕容老爷的墓，我可作不了主，只好请几位在这里等一等，我去问问阿朱姊姊。”

鸠摩智一听，心头有气，脸色微微一沉。他是吐蕃国护国法王，身份何等尊崇？别说在吐蕃国大受国主礼敬，即是来到大宋、大理、辽国、西夏的朝廷之中，各国君主也必待以贵宾之礼，何况他又是慕容先生的知交旧友，这番亲来祭墓，慕容公子事前不知，已然出门，那也罢了，可是这下人不请他到正厅客舍隆重接待，却将他带到一个小婢的别院，实在太也气人。但他见阿碧语笑盈盈，并无半分轻慢之意，心想：“这小丫头什么也不懂，我何必跟她一般见识。”想到此节，便即心平气和。

崔百泉问道：“你阿朱姊姊是谁？”阿碧笑道：“阿朱就是阿朱，伊只比我大一个月，介末就摆起阿姊架子来哉。我叫伊阿姊，介末叫做呒不法子，啥人教伊大我一个月呢？你用勿着叫伊阿姊，你倘若叫伊阿姊末，伊越发要得意哩。”她咭咭咯咯的说着，语声清柔，若奏管弦，将四人引进屋去。

到得厅上，阿碧请各人就座，便有男仆奉上清茶糕点。段誉端起茶碗，扑鼻一阵清香，揭开盖碗，只见淡绿茶水中飘浮着一粒粒深碧的茶叶，便像一颗颗小珠，生满纤细绒毛。段誉从未见过，喝了一口，只觉满嘴清香，舌底生津。鸠摩智和崔过二人见茶叶古怪，都不敢喝。这珠状茶叶是太湖附近山峰的特产，后世称为“碧螺春”，北宋之时还未有这雅致名称，本地人叫做“吓煞人香”，以极言其香。鸠摩智向在西域和吐蕃山地居住，喝惯了苦涩的黑色茶砖，见到这等碧绿有毛的茶叶，不免疑心有毒。

四色点心是玫瑰松子糖、茯苓软糕、翡翠甜饼、藕粉火腿饺，形状精雅，每件糕点都似不是做来吃的，而是用来玩赏一般。

段誉赞道："这些点心如此精致，味道定是绝美的了，可是教人又怎舍得张口去吃？"阿碧微笑道："公子只管吃好哉，我们还有。"段誉吃一件赞一件，大快平生。鸠摩智和崔过二人却仍不敢食用。段誉心下起疑："这鸠摩智自称是慕容博的好友，如何他也处处严加提防？而慕容庄上接待他的礼数，似乎也不大对劲。"

鸠摩智的耐心也真了得，等了半天，待段誉将茶水和四样糕点都尝了个遍，赞了个够，才道："如此便请姑娘去通知你的阿朱姊姊。"

阿碧笑道："阿朱的庄子离这里有四九水路，今朝来不及去哉，四位在这里住一晚，明朝一早，我送四位去'听香水榭'。"崔百泉问道："什么四九水路？"阿碧道："一九是九里，二九十八里，四九就是三十六里。你拨拨算盘就算出来哉。"原来江南一带，说到路程距离，总是一九、二九的计算。

鸠摩智道："早知如此，姑娘径自送我们去听香水榭，岂不爽快？"阿碧笑道："这里呒不人陪我讲闲话，闷也闷煞快。好容易来了几个客人，几花好？介末总归要留你们几位住上一日。"

过彦之一直沉着气不说话，这时突然霍地站起，喝道："慕容家的亲人住在哪里？我过彦之上参合庄来，不是为了喝茶吃饭，更不是陪你说笑解闷，是来杀人报仇、流血送命的。姓过的既到此间，也没想再生出此庄。姑娘，请你去说，我是伏牛派柯百岁的弟子，今日跟师父报仇来啦。"说着软鞭一晃，喀喇喇一声响，将一张紫檀木茶几和一张湘妃竹椅子打成了碎片。

阿碧既不惊惶，也不生气，说道："江湖上英雄豪杰来拜会公子的，每个月总有几起，也有很多像过大爷这般凶霸霸、恶狠狠的，我小丫头倒也呒没吓煞……”

她话未说完，后堂转出一个须发如银的老人，手中撑着一根拐杖，说道：“阿碧，是谁在这里大呼小叫的？”说的却是官话，语音甚是纯正。

崔百泉纵身离椅，和过彦之并肩而立，喝问：“我师兄柯百岁到底是死在谁的手下？”

段誉见这老人弓腰曲背，满脸都是皱纹，没九十也有八十岁，只听他嘶哑着嗓子说道：“柯百岁，柯百岁，嗯，年纪活到一百岁，早就该死啦！”

过彦之一到苏州，立时便想到慕容氏家中去大杀大砍一场，替恩师报仇，只是给鸠摩智夺去兵刃，折了锐气，再遇上阿碧这样天真可爱的一个小姑娘，满腔怨愤，无可发泄，这时听这老人说话无礼，软鞭挥出，鞭头便点向他后心。他见鸠摩智坐在西首，防他出手干预，这一鞭便从东边挥击过去。

哪知鸠摩智手臂一伸，掌心中如有磁力，远远的便将软鞭抓了过去，说道：“过大侠，咱们远来是客，有话好说，不必动武。”将软鞭卷成一团，还给了他。

过彦之满脸胀得通红，接又不是，不接又不是，转念心想：“今日报仇乃是大事，宁可受一时之辱，须得有兵刃在手。”便伸手接了。

鸠摩智向那老人道：“这位施主尊姓大名？是慕容先生的亲戚，还是朋友？”那老人裂嘴一笑，说道：“老头儿是公子爷的老仆，有什么尊姓大名？听说大师父是我们故世的老爷的好朋友，不知有什么吩咐？”鸠摩智道：“我的事要见到公子后当面奉告。”那老人道：“那可不巧了，公子爷前天动身出门，说不定哪一天才回来。”鸠摩智问道：“公子去了何处？”那老人侧过了头，伸手敲敲自己的额角，道：“这个么，我可老胡涂了，好像是去西夏国，又说什么辽国，也说不定是吐蕃，要不然便是大理。”

鸠摩智哼了一声，心中不悦，当时天下五国分峙，除了当地是大宋所辖，这老人却把其余四国都说全了。他明知这老人是假装胡涂，说道：“既是如此，我也不等公子回来了，请管家带我去慕容先生墓前一拜，以尽故人之情。”

那老人双手乱摇，说道：“这个我可作不起主，我也不是什么管家。”鸠摩智道：“那么尊府的管家是谁？请出来一见。”那老人连连点头，说道：“很好，很好！我去请管家来。”转过身子，摇摇摆摆的走了出去，自言自语：“这个年头儿啊，世上什么坏人都有，假扮了和尚道士，便想来化缘骗人。我老头儿什么没见过，才不上这个当呢。”

段誉哈哈一声，笑了出来。阿碧忙向鸠摩智道：“大师父，你勿要生气，老黄伯伯是个老胡涂。他自以为聪明，不过说话总归要得罪人。”

崔百泉拉拉过彦之的衣袖，走到一旁，低声道：“这贼秃自称是慕容家的朋友，但这儿明明没将他当贵客看待。咱们且别莽撞，瞧个明白再说。”过彦之道：“是！”两人回归原座。但过彦之本来所坐的那只竹椅已给他自己打碎，变成了无处可坐。阿碧将自己的椅子端着送过去，微笑道：“过大爷，请坐！”过彦之点了点头，心想：“我纵能将慕容氏一家杀得干干净净，这个小丫头也得饶了。”

段誉当那老仆进来之时，隐隐约约觉得有件事十分别扭，显得非常不对，但什么事情不对，却全然说不上来。他仔细打量这小厅中的陈设家具，庭中花木，壁上书画，再瞧阿碧、鸠摩智、崔百泉、过彦之四个人，什么特异之处都没发现，心中却越来越觉异样。

过了半晌，只听得脚步声响，内堂走出一个五十来岁的瘦子，脸色焦黄，颏下留一丛山羊短须，一副精明能干的模样，身上衣着颇为讲究，左手小指戴一枚汉玉班指，看来便是慕容府中的管家了。这瘦子向鸠摩智等行礼，说道：“小人孙三拜见各位。大师父，你老人家要到我们老爷墓前去拜祭，我们实在感激之至。可是公子爷出门去了，没人还礼，太也不够恭敬。待公子爷回来，小人定将大师父这番心意转告便是……”

他说到这里，段誉忽然闻到一阵淡淡的香气，心中一动：“奇怪，奇怪。”

当先前那老仆来到小厅，段誉便闻到一阵幽雅的香气。这香气依稀与木婉清身上的体香有些相似，虽然颇为不同，然而总之是女儿之香。起初段誉还道这香气发自阿碧身上，也不以为意，可是那老仆一走出厅堂，这股香气就此消失，待那自称为孙三的管家走进厅来，段誉又闻到了这股香气，这才领会到，先前自己所以大觉别扭，原来是为了在一个八九十岁老公公的身上，闻到了十七八岁小姑娘的体香，寻思：“莫非后堂种植了什么奇花异卉，有谁从后堂出来，身上便带有幽香？要不然那老仆和这瘦子都是女子扮的。”

这香气虽令段誉起疑，其实气息极淡极微，鸠摩智等三人半点也没察觉。段誉所以能够辨认，只因他曾与木婉清在石室中经历了一段奇险的时刻，这淡淡的处女幽香，旁人丝毫不觉，于他却是铭心刻骨，比什么麝香、檀香、花香还更强烈得多。鸠摩智内功虽然深厚，但一生严守色戒，红颜绿鬓，在他眼中只是白骨骷髅，香粉胭脂，于他鼻端直同脓血秽臭，浑不知男人女子体气之有异。

段誉虽疑心孙三是女子所扮，但瞧来瞧去，委实无半点破绽，此人不但神情举止全是男人，而形貌声音亦无丝毫女态。忽然想起：“女子要扮男人，这喉结须假装不来。”凝目向孙三喉间瞧去，只见他山羊胡子垂将下来，刚好挡住了喉头。段誉站起身来，假意观赏壁上的字画，走到孙三侧面，斜目偷睨，但见他喉头毫无突起之状，又见他胸间饱满，虽不能就此说是女子，但这样精瘦的一个男人，胸间决不会如此肌肉丰隆。段誉发觉了这个秘密，甚觉有趣，心想："好戏还多着呢，且瞧她怎生做下去。"

鸠摩智叹道："我和你家老爷当年在川边相识，谈论武功，彼此佩服，结成了好友。没想到天妒奇才，似我这等庸碌之辈，兀自在世上偷生，你家老爷却遽赴西方极乐。我从吐蕃国来到中土，只不过为了故友情重，要去他墓前一拜，有没有人还礼，那又打什么紧？相烦管家领路便是。"孙三皱起眉头，显得十分为难，说道："这个……这个……"鸠摩智道："不知这中间有何为难之处，倒要请教。"

孙三道："大师父既是我家老爷生前的至交好友，自必知道老爷的脾气。我家老爷最怕有人上门拜访，他说来到我们府中的，不是来寻仇生事，便是来拜师求艺，更下一等的，则是来打抽丰讨钱，要不然是混水摸鱼，顺手牵羊，想偷点什么东西去。他说和尚尼姑更加靠不住，啊哟……对不住……"他说到这里，警觉这几句话得罪了鸠摩智，忙伸手按住嘴巴。

这副神气却全然是个少女的模样，睁着圆圆的眼睛，乌黑的眼珠骨溜溜的一转，虽然立即垂下眼皮，但段誉一直就在留心，不由得心中一乐："这孙三不但是女子，而且还是个年轻姑娘。"斜眼瞧阿碧时，见她唇角边露出一丝狡狯的微笑，心下更无怀疑，暗想："这孙三和那老黄明明便是一人，说不定就是那个阿朱姊姊。"

鸠摩智叹道："世人险诈者多而诚信者少，慕容先生不愿多跟俗人结交，确然也是应当的。"孙三道："是啊。我家老爷遗言说道：如果有谁要来祭坟扫墓，一概挡驾。他说道：'这些贼秃啊，多半没安着好心，定是想掘我的坟墓。'啊哟，大师父，你可别多心，我家老爷骂的贼秃，多半并不是说你。"

段誉暗暗好笑："所谓'当着和尚骂贼秃'，当真是半点也不错。”又想：“这个贼秃仍然半点不动声色，越是大奸大恶之人，越沉得住气。这贼秃当真是非同小可之辈。”

鸠摩智道：“你家老爷这几句遗言，原很有理。他生前威震天下，结下的仇家太多。有人当他在世之时奈何他不得，报不了仇，在他死后想去动他遗体，倒也不可不防。”

孙三道：“要动我家老爷的遗体，哈哈，那当真是‘老猫闻咸鱼’了。”鸠摩智一怔，问道：“什么‘老猫闻咸鱼’？”孙三道：“这叫做‘嗅鲞啊嗅鲞’，就是‘休想啊休想’！”鸠摩智道：“嗯，原来如此。我和慕容先生知己交好，只是在故人墓前一拜，别无他意，管家不必多疑。”

孙三道：“实实在在，这件事小人作不起主，若是违背了老爷遗命，公子爷回家后查问起来，可不要打折小人的腿么？这样罢，我去请老太太拿个主意，再来回覆如何？”鸠摩智道：“老太太？是哪一位老太太？”孙三道：“慕容老太太，是我家老爷的叔母。每逢老爷的朋友们到来，都是要向她磕头行礼的。公子不在家，什么事便都得请示老太太了。”鸠摩智道：“如此甚好，请你向老太太禀告，说是吐蕃国鸠摩智向老夫人请安。”孙三道：“大师父太客气了，我们可不敢当。”说着走进内堂。

段誉寻思：“这位姑娘精灵古怪，戏弄鸠摩智这贼秃，不知是何用意？”

过了好一会，只听得珮环玎珰，内堂走出一位老夫人来，人未到，那淡淡的幽香已先传来。段誉禁不住微笑，心道：“这次却扮起老夫人来啦。”只见她身穿古铜缎子袄裙，腕戴玉镯，珠翠满头，打扮得雍容华贵，脸上皱纹甚多，眼睛迷迷濛濛的，似乎已瞧不见东西。段誉暗暗喝采：“这小妮子当真了得，扮什么，像什么，更难得的是，她只这么一会儿便即改装完毕，手脚之利落，令人叹为观止矣。”

那老夫人撑着拐杖，颤巍巍的走到堂上，说道："阿碧，是你家老爷的朋友来了么？怎不向我磕头？"脑袋东转西转，像是两眼昏花，瞧不见谁在这里。阿碧向鸠摩智连打手势，低声道："快磕头啊，你一磕头，太夫人就高兴了，什么事都能答允。"老夫人侧过了头，伸手掌张在耳边，以便听得清楚些，大声问道："小丫头，你说什么？人家磕了头没有？"

鸠摩智道："老夫人，你好，小僧给你老人家行礼了。"深深长揖，双手发劲，砖头上登时发出咚咚之声，便似是磕头一般。

崔百泉和过彦之对望一眼，均自骇然："这和尚的内劲如此了得，咱们只怕在他手底走不了一招。"

老夫人点点头，说道："很好，很好！如今这世界上奸诈的人多，老实的人少，就是磕一个头，有些坏胚子也要装神弄鬼，明明没磕头，却在地下弄出咚咚咚的声音来，欺我老太太瞧不见。你小娃儿很好，很乖，磕头磕得响。"

段誉忍不住嘿的一声，笑了出来。老夫人慢慢转过头来，说道："阿碧，是有人放了个屁么？"说着伸手在鼻端搧动。阿碧忍笑道："老太太，不是的。这位段公子笑了一声。"老夫人道："断了，什么东西断了？"阿碧道："不是断了，人家是姓段，段家的公子。"老夫人点头道："嗯，公子长公子短的，你从朝到晚，便是记挂着你家的公子。"阿碧脸上一红，说道："老太太耳朵勿灵，讲闲话阿要牵丝扳藤？"

老夫人向着段誉道："你这娃娃，见了老太太怎不磕头？"段誉道："老太太，我有句话想跟你说。"老夫人问道："你说什么？"段誉道："我有一个侄女儿，最是聪明伶俐不过，可是却也顽皮透顶。她最爱扮小猴儿玩，今天扮公的，明儿扮母的，还会变把戏呢。老太太见了她一定欢喜。可惜这次没带她来向你老人家磕头。"

这老夫人正是慕容府中另一个小丫头阿朱所扮。她乔装改扮之术神乎其技，不但形状极似，而言语举止，无不毕肖，可说没半点破绽，因此以鸠摩智之聪明机智，崔百泉之老于江湖，都没丝毫疑心，不料段誉却从她身上无法掩饰的一些淡淡幽香之中发觉了真相。

阿朱听他这么说，吃了一惊，但丝毫不动声色，仍是一副老态龙钟、耳聋眼花的模样，说道："乖孩子，乖孩子，真聪明，我从来没见过像你这么精乖的孩子。乖孩子别多口，老太太定有好处给你。"

段誉心想："她言下之意要我不可揭穿她底细。她在对付鸠摩智这贼秃，那是朋友而非敌人。"便道："老夫人尽可放心，在下既到尊府，一切但凭老夫人吩咐便是。"

阿朱说道："你听我话，那才是乖孩子啊。好，先对老婆婆磕上三个响头，我决计不会亏待了你。"

段誉一怔，心道："我是堂堂大理国的皇太弟世子，岂能向你一个小丫头磕头？"

阿朱见他神色尴尬，嘿嘿冷笑，说道："乖孩子，我跟你说，还是向奶奶磕几个头来得便宜。"

段誉一转头，只见阿碧抿着嘴，笑吟吟的斜眼瞅着自己，肤白如新剥鲜菱，嘴角边一粒细细的黑痣，更增俏媚，不禁心中一动，问道："阿碧姊姊，听说尊府还有一位阿朱姊姊，她……她可是跟你一般美丽俊雅么？"阿碧微笑道："啊哟！我这种丑八怪算得啥介？阿朱姊姊倘使听得你直梗问法，一定要交关勿开心哉。我怎么比得上人家，阿朱姊姊比我齐整十倍。"段誉道："当真？"阿碧笑道："我骗你做啥？"段誉道："比你俊美十倍，世上当无其人，除非是……除非是那位玉洞仙子。只要跟你差不多，已是少有的美人了。"阿碧红晕上颊，羞道："老夫人叫你磕头，啥人要你瞎三话四的讨好我？"

段誉道：“老夫人本来必定也是一位国色天香的美人。老实说，对我有没有好处，我段誉倒也没怎么放在心上，但对美人儿磕几个头，倒也是心甘情愿的。”说着便跪了下去，心想：“既然磕头，索性磕得响些，我对那个洞中玉像已磕了几千几百个头，对一位江南美人磕上三个头，又有何妨？”当下咚咚咚的磕了三个响头。

阿朱十分欢喜，心道：“这位公子爷明知我是个小丫头，居然还肯向我磕头，当真十分难得。”说道：“乖孩子，很好，很好。可惜我身边没带见面钱……”阿碧抢着道：“老太太勿要忘记就是啦，下趟补给人家也是一样。”

阿朱白了她一眼，向崔百泉和过彦之道：“这两位客人怎不向老婆子磕头见礼？”过彦之哼了一声，粗声粗气的道：“你会武功不会？”阿朱道：“你说什么？”过彦之道：“我问你会不会武功。倘若武功高强，姓过的在慕容老夫人手底领死！如不是武林中人，也不必跟你多说什么。”阿朱摇头道：“什么蜈蚣百脚？蜈蚣自然是有的，咬人很痛呢。”向鸠摩智道：“大和尚，听说你想去瞧我侄儿的坟墓，你要偷盗什么宝贝啊？”

鸠摩智虽没瞧出她是少女假扮，却也已料到她是装聋作哑，决非当真老得胡涂了，心底增多了几分戒备之意，寻思：“慕容先生如此了得，他家中的长辈自也决非泛泛。”当下装作没听见“掘墓”的话，说道：“小僧与慕容先生是知交好友，闻知他逝世的噩耗，特地从吐蕃国赶来，要到他墓前一拜。小僧生前曾与慕容先生有约，要取得大理段氏六脉神剑的剑谱，送与慕容先生一观。此约不践，小僧心中有愧。”

阿朱与阿碧对看了一眼，均想：“这和尚终于说上正题啦。”阿朱道：“六脉神剑剑谱取得了怎样？取不到又怎样？”鸠摩智道：“当年慕容先生与小僧约定，只须小僧取得六脉神剑剑谱给他观看几天，就让小僧在尊府‘还施水阁’看几天书。”阿朱一凛：

“这和尚竟知道‘还施水阁’的名字，那么或许所言不虚。”当下假装胡涂，问道：“什么‘稀饭水饺’？你要香粳米稀饭、鸡汤水饺么？那倒容易，你是出家人，吃得荤腥么？”

鸠摩智转头向阿碧道：“这位老太太也不知是真胡涂，还是假胡涂，如此拒人于千里之外，岂不令人心冷？”

阿朱道：“嗯，你的心凉了。阿碧，你去做碗热热的鸡鸭血汤，给大师父暖暖心肺。”阿碧忍笑道：“大师父勿吃荤介。”阿朱点头道：“那么不要用真鸡真鸭，改用素鸡素鸭好了。”阿碧道：“老太太，勿来事格，素鸡呒不血的。”阿朱道：“那怎么办呢？”

两个小姑娘一搭一档，尽是胡扯。苏州人大都伶牙利齿，后世苏州评弹之技名闻天下，便由于此。这两个小丫头平素本是顽闹说笑惯了的，这时作弄得鸠摩智直是无法可施。

他此番来到姑苏，原盼见到慕容公子后商议一件大事，哪知正主儿见不着，所见到之人一个个都缠夹不清，若有意，若无意，虚虚实实，令他不知如何着手才好。他略一凝思，已断定慕容老夫人、孙三、黄老仆、阿碧等人，都是意在推搪，既不让自己祭墓，当然更不让进入“还施水阁”观看武学秘籍，眼下不管他们如何装腔作势，自当先将话儿说明白了，此后或以礼相待，或恃强用武，自己都是先占住了道理，当下心平气和的道：“这六脉神剑剑谱，小僧是带来了，因此斗胆要依照旧约，到尊府‘还施水阁’去观看图书。”

阿碧道：“慕容老爷已经故世哉。一来口说无凭，二来大师父带来这本剑谱，我们这里也呒不啥人看得懂，从前就算有啥旧约，自然是一概无效的了。”阿朱道：“什么剑谱？在哪里？先给我瞧瞧是真的还是假的。”

鸠摩智指着段誉道：“这位段公子的心里，记着全套六脉神剑剑谱，我带了他人来，就同是带了剑谱来一样。”阿碧微笑道：“我还道真有什么剑谱呢，原来大师父是说笑的。”鸠摩智道：“小僧何敢说笑？那六脉神剑的原本剑谱，已在大理天龙寺中为枯荣大师所毁，幸好段公子原原本本的记得。”阿碧道：“段公子记得，是段公子的事，就算是到‘还施水阁’看书，也应当请段公子去。同大师父有啥相干？”鸠摩智道：“小僧为践昔日之约，要将段公子在慕容先生墓前烧化了。”

此言一出，众人都是一惊，但见他神色宁定，一本正经，决不是随口说笑的模样，惊讶更甚。阿碧道：“大师父这不是讲笑话吗，好端端一个人，哪能拨你随便烧化？”鸠摩智淡淡的道：“小僧要烧了他，谅他也抗拒不得。”阿碧微笑道：“大师父说段公子心中记得全部六脉神剑剑谱，可见得全是瞎三话四。想这六脉神剑是何等厉害的功夫，段公子倘若真是会得使这路剑法，又怎能屈服于你？”鸠摩智点了点头，道：“姑娘只知其一，不知其二。段公子被我点中了穴道，全身内劲使不出来。”

阿朱不住摇头，道：“我更加半点也不信了。你倒解开段公子的穴道，教他施展施展六脉神剑看。我瞧你九成九是在说谎。”鸠摩智点点头，道：“很好，可以一试。”

段誉称赞阿碧美貌，对她的弹奏歌唱大为心醉，阿碧自是欢喜；他不揭穿阿朱乔装，反向她磕了三个响头，又得了阿朱的欢心，因此这两个小丫头听说段誉被点了穴道，都想骗得鸠摩智解开他穴道。不料鸠摩智居然一口答允。

只见他伸出手掌，在段誉背上、胸前、腿前虚拍数掌。段誉经他这几掌一拍，只觉被封穴道中立时血脉畅通，微一运气，内息便即转动自如。他试行照着中冲剑法的运气法门，将内力提到右手中指的中冲穴中，便感中指炙热，知道只须手指一伸，剑气便可射出。

鸠摩智道：“段公子，慕容老夫人不信你已练会六脉神剑，请你一试身手。如我这般，将这株桂花树斩下一根枝丫来。”说着左掌斜斜劈出，掌上已蓄积真力，使出的正是“火焰刀”中的一招。只听得喀的一声轻响，庭中桂树上一条树枝无风自折，落下地来，便如用刀剑劈削一般。

崔百泉和过彦之禁不住“啊”的一声惊呼，他二人虽见这番僧武功十分怪异，总还当是旁门左道的邪术一类，这时见他以掌力切断树枝，才知他内力之深，实是罕见罕闻。

段誉摇头道：“我什么武功也不会，更加不会什么七脉神剑、八脉神刀。人家好端端一株桂花树，你干么弄毁了它？”鸠摩智道：“段公子何必过谦？大理段氏高手中，以你武功第一。当世除了慕容公子和区区在下之外，能胜得过你的，只怕寥寥无几。姑苏慕容府上乃天下武学的府库，你施展几手，请老太太指点指点，那也是极大的美事。”段誉道：“大和尚，你一路上对我好生无礼，将我横拖直拉、顺提倒曳的带到江南来。我本来不想再跟你多说一句话，但到得姑苏，见到这般宜人的美景，几位神仙一般的姑娘，我心中一口怨气倒也消了。咱们从此一刀两断，谁也不用理谁。”

阿朱与阿碧听他一副书呆子口气，不由得暗暗好笑，而他言语中赞誉自己，也不免芳心窃喜。

鸠摩智道：“公子不肯施展六脉神剑，那不是显得我说话无稽么？”

段誉道：“你本来是信口开河嘛。你既与慕容先生有约，干么不早日到大理来取剑经？却等到慕容先生仙逝之后，死无对证，这才到慕容府上来啰唣不休。我瞧你啊，乃是心慕姑苏慕容氏武功高强，捏造一派谎话，想骗得老太太应允你到藏书阁中，去偷看慕容氏的拳经剑谱，学一学慕容氏‘以彼之道，还施彼身’的法门。你也不想想，人家既在武林中有这么大的名头，难道连这一点儿粗浅法门也不懂？倘若你只凭这么一番花言巧语，便能骗得到慕容氏的武功秘诀，天下的骗子还少得了？谁又不会来这么胡说八道一番？”

阿朱、阿碧同声称是。

鸠摩智摇摇头，道：“段公子的猜测不对。小僧与慕容先生订约虽久，但因小僧闭关修习这‘火焰刀’功夫，九年来足不出户，不克前往大理。小僧的‘火焰刀’功夫要是练不成功，这次便不能全身而出天龙寺了。”

段誉道：“大和尚，你名气也有了，权位也有了，武功又这般高强，太太平平的在吐蕃国做你的护国法王，岂不甚妙？何必到江南来骗人？我劝你还是早早回去罢。”

鸠摩智道：“公子倘若不肯施展六脉神剑，莫怪小僧无礼。”段誉道：“你早就无礼过了，难道还有什么更无礼的？最多不过是一刀将我杀了，那又有什么了不起。”鸠摩智道：“好！看刀！”左掌一立，一股劲风，直向段誉面门扑到。

段誉早已打定了主意，自己武功远不及他，跟他斗不斗结果都是一样，他要向人证明自己会使六脉神剑，就偏偏不如他之意。因此当鸠摩智以内劲化成的刀锋劈将过来，段誉将心一横，竟然不挡不架。鸠摩智一惊，六脉神剑剑谱要着落在他身上取得，决不愿在得到剑谱之前便杀了他，手掌急抬，刷的一阵凉风过去，段誉的头发被剃下了一大片。

崔百泉和过彦之相顾骇然，阿朱与阿碧也不禁花容失色。

鸠摩智森然道：“段公子宁可送了性命，也不出手？”

段誉早将生死置之度外，哈哈一笑，说道：“贪嗔爱欲痴，大和尚一应俱全，居然妄称为佛门高僧，当真是浪得虚名。”

鸠摩智突然挥掌向阿碧劈去，说道：“说不得，我先杀慕容府上一个小丫头立威。”

这一招突然而来，阿碧大吃一惊，斜身急闪避开，擦的一声响，她身后一张椅子被这股内劲裂成两半。鸠摩智右手跟着又是一刀。阿碧伏地急滚，身手虽快，情势已甚为狼狈。鸠摩智暴喝声中，第三刀又已劈去。

阿碧吓得脸色惨白，对这无影无踪的内力实不知如何招架才好。阿朱不暇思索，挥杖便向鸠摩智背心击去。她站着说话，缓步而行，确是个七八十岁的老太太，这一情急拼命，却是身法矫捷，轻灵之极。

鸠摩智一瞥之下便即瞧破了，笑道："天下竟有十六七岁的老夫人，你到底想骗和尚到几时？"回手一掌，喀的一声，将她手中的木杖震成三截，跟着挥掌又向阿碧劈去。阿碧惊惶中反手抓起桌子，斜过桌面挡格，拍拍两声，一张紫檀木的桌子登时碎裂，她手中只剩了两条桌腿。

段誉见阿碧背靠墙壁，已退无可退，而鸠摩智一掌又劈了过去，其时只想到救人要紧，没再顾虑自己全不是鸠摩智的敌手，中指戳出，内劲自"中冲穴"激射而出，嗤嗤声响，正是中冲剑法。鸠摩智并非当真要杀阿碧，只是要逼得段誉出手，否则"火焰刀"上的神妙招数使将出来，阿碧如何躲避得了？他见段誉果然出手，当下回掌砍击阿朱。疾风到处，阿朱一个踉跄，肩头衣衫已被内劲撕裂，"啊"的一声，惊叫出来。段誉左手"少泽剑"跟着刺出，挡架他的左手"火焰刀"。

顷刻间阿朱、阿碧双双脱险，鸠摩智的双刀全被段誉的六脉神剑接了过去。鸠摩智卖弄本事，又要让人瞧见段誉确是会使六脉神剑功夫，故意与他内劲相撞，嗤嗤有声。段誉集数大高手的修为于一身，其时的内力实已较鸠摩智为强，苦在不会半分武功，在天龙寺中所记剑法，也全然不会当真使用。鸠摩智把他浑厚的内力东引西带，只刺得门窗板壁上一个个都是洞孔，连说："这六脉神剑果然好厉害，无怪当年慕容先生私心窃慕。"

崔百泉大为惊讶："我只道段公子全然不会武艺，哪知他神功如此精妙。大理段氏当真名不虚传。幸好我在镇南王府中没做丝毫歹事，否则这条老命还能留到今日么？”越想越心惊，额头背心都是汗水。

鸠摩智和段誉斗了一会，每一招都能随时制他死命，却故意拿他玩耍，但斗到后来，轻视之意渐去，察觉他的内劲浑厚之极，实不在自己之下，只不知怎的，使出来时全然不是那回事，就像是一个三岁孩童手上有万贯家财，就是不会使用。鸠摩智又拆数招，忽地心动：“倘若他将来福至心灵，一旦豁然贯通，领悟了武功要诀，以此内力和剑法，岂非是个厉害之极的劲敌？”

段誉自知自己的生死已全操于鸠摩智之手，叫道：“阿朱、阿碧两位姊姊，你们快快逃走，再迟便来不及了。”阿朱道：“段公子，你为什么要救我们？”段誉道：“这和尚自恃武功高强，横行霸道的欺侮人。只可惜我不会武功，难以和他相敌，你们快快走罢。”

鸠摩智笑道：“来不及啦。”跨上一步，左手手指伸出，点向段誉的穴道。段誉叫声：“啊哟！”待要闪避，却哪里能够？身上三处要穴又被他接连点中，立时双腿酸麻，摔倒在地，大叫：“阿朱、阿碧，快走，快走！”

鸠摩智笑道：“死在临头，自身难保，居然尚有怜香惜玉之心。”说着回身归座，向阿朱道：“你这位姑娘也不必再装神弄鬼了，府上之事，到底由谁作主？段公子心中记得有全套六脉神剑剑谱，只是他不会武功，难以使用。明日我把他在慕容先生墓前焚了，慕容先生地下有知，自会明白老友不负当年之约。”

阿朱知道今日“琴韵小筑”之中无人是这和尚的敌手，眉头一皱，笑道：“好罢！大和尚的话，我们信了。老爷的坟墓离此有一日水程。今日天时已晚，明晨一早我姊妹亲自送大和尚和段公子去扫墓。四位请休息片刻，待会就用晚饭。”说着挽了阿碧的手，退入内堂。

过得小半个时辰，一名男仆出来说道："阿碧姑娘请四位到'听雨居'用晚饭。"鸠摩智道："多谢了！"伸手挽住了段誉的手臂，跟随那男仆而行。曲曲折折的走过数十丈鹅卵石铺成的小径，绕过几处山石花木，来到水边，只见柳树下停着一艘小船。那男仆指着水中央一座四面是窗的小木屋，道："就在那边。"鸠摩智、段誉、崔百泉、过彦之四人跨入小船，那男仆将船划向小屋，片刻即到。

段誉从松木梯级走上"听雨居"门口，只见阿碧站着候客，一身淡绿衣衫。她身旁站着个身穿淡绛纱衫的女郎，也是盈盈十六七年纪，向着段誉似笑非笑，一脸精灵顽皮的神气。阿碧是瓜子脸，清雅秀丽，这女郎是鹅蛋脸，眼珠灵动，另有一股动人气韵。

段誉一走近，便闻到她身上淡淡的幽香，笑道："阿朱姊姊，你这样一个小美人，难为你扮老太太扮得这样像。"那女郎正是阿朱，斜了他一眼，笑道："你向我磕了三个头，心中不服气，是不是？"段誉连连摇头，道："这三个头磕得大有道理，只不过我猜得不大对了。"阿朱道："什么事猜错了？"段誉道："我早料到姊姊跟阿碧姊姊一般，也是一位天下少见的美人，可是我心中啊，却将姊姊想得跟阿碧姊姊差不多，哪知道一见面，这个……这个……"阿朱抢着道："原来远远及不上阿碧？"阿碧同时道："你见她比我胜过十倍，大吃一惊，是不是？"

段誉摇头道："都不是。我只觉老天爷的本事，当真令人大为钦佩。他既挖空心思，造了阿碧姊姊这样一位美人儿出来，江南的灵秀之气，该当是一举用得干干净净了。哪知又能另造一位阿朱姊姊。两个儿的相貌全然不同，却各有各的好看，叫我想赞美几句，却偏偏一句也说不出口。"

阿朱笑道："呸，你油嘴滑舌的已赞了这么一大片，反说一句话也说不出口。"

阿碧微微一笑，转头向鸠摩智等道："四位驾临敝处，呒不啥末事好吃，只有请各位喝杯水酒，随便用些江南本地的时鲜。"当下请四人入座，她和阿朱坐在下首相陪。

段誉见那"听雨居"四面皆水，从窗中望出去，湖上烟波尽收眼底，回过头来，见席上杯碟都是精致的细磁，心中先喝了声采。

一会儿男仆端上蔬果点心。四碟素菜是为鸠摩智特备的，跟着便是一道道热菜，菱白虾仁，荷叶冬笋汤，樱桃火腿，龙井茶叶鸡丁等等，每一道菜都十分别致。鱼虾肉食之中混以花瓣鲜果，颜色既美，且别有天然清香。段誉每样菜肴都试了几筷，无不鲜美爽口，赞道："有这般的山川，方有这般的人物。有了这般的人物，方有这般的聪明才智，做出这般清雅的菜肴来。"

阿朱道："你猜是我做的呢，还是阿碧做的？"段誉道："这樱桃火腿，梅花糟鸭，娇红芳香，想是姊姊做的。这荷叶冬笋汤，翡翠鱼圆，碧绿清新，当是阿碧姊姊手制了。"

阿朱拍手笑道："你猜谜儿的本事倒好，阿碧，你说该当奖他些什么才好？"阿碧微笑道："段公子有什么吩咐，我们自当尽力，什么奖不奖的，我们做丫头的配么？"阿朱道："啊唷，你一张嘴就是会讨好人家，怪不得人人都说你好，说我坏。"段誉笑道："温柔斯文，活泼伶俐，两样一般的好。阿碧姊姊，我刚才听你在软鞭上弹奏，实感心旷神怡。想请你用真的乐器来演奏一曲，明日就算给这位大和尚烧成了灰烬，也就不虚此生了。"

阿碧盈盈站起，说道："只要公子勿怕难听，自当献丑，以娱嘉宾。"说着走到屏风后面，捧了一具瑶琴出来。阿碧端坐锦凳，将瑶琴放在身前几上，向段誉招招手，笑道："段公子，你请过来看看，可识得我这是什么琴。"

段誉走到她身前，只见这琴比之寻常七弦琴短了尺许，却有九条弦线，每弦颜色各不相同，沉吟道："这九弦琴，我生平倒是第一次得见。"阿朱走过去伸指在一条弦线上一拨，镗的一响，声音甚是洪亮，原来这条弦是金属所制。段誉道："姊姊这琴……"

刚说了这四个字，突觉足底一虚，身子向下直沉，忍不住"啊哟"一声大叫，跟着便觉跌入一个软绵绵的所在，同时耳中不绝传来"啊哟"、"不好"，又有扑通、扑通的水声，随即身子晃动，被什么东西托着移了出去。这一下变故来得奇怪之极，又是急遽之极，急忙撑持着坐起，只见自己已处身在一只小船之中，阿朱、阿碧二女分坐船头船尾，各持木桨急划。转过头来，只见鸠摩智、崔百泉、过彦之三人的脑袋刚从水面探上来。阿朱、阿碧二女只划得几下，小船离"听雨居"已有数丈。

猛见一人从湖中湿淋淋的跃起，正是鸠摩智，他踏上"听雨居"屋边实地，随手折断一根木柱，对准坐在船尾的阿碧急掷而至，呼呼声响，势道甚猛。阿碧叫道："段公子，快伏低。"段誉与二女同时伏倒，半截木柱从头顶急掠而过，疾风只刮得颈中隐隐生疼。

阿朱弯着身子，扳桨又将小船划出丈许，突然间扑通、扑通几声巨响，小船在水面上直抛而起，随即落下，大片湖水泼入船中，霎时间三人全身尽湿。段誉回过头来，只见鸠摩智已打烂了"听雨居"的板壁，不住将屋中的石鼓、香炉等重物投掷过来。阿碧看着物件的来势，扳桨移船相避，阿朱则一鼓劲儿的前划，每划得一桨，小船离"听雨居"便远得数尺，鸠摩智仍不住投掷，但物件落水处离小船越来越远，眼见他力气再大，却也投掷不到了。

二女仍不住手的扳桨。段誉回头遥望，只见崔百泉和过彦之二人爬上了"听雨居"的梯级，心中正是一喜，跟着叫道："啊哟！"只见鸠摩智跳入了一艘小船。

阿朱叫道：“恶和尚追来啦！”她用力划了几桨，回头一望，突然哈哈大笑。段誉转过头去，只见鸠摩智的小船在水面上团团打转，原来他武功虽强，却不会划船。

三人登时宽心。可是过不多时，望见鸠摩智已弄直了小船，急划追来。阿碧叹道：“这个大师父实头聪明，随便啥不会格事体，一学就会。”阿朱道：“咱们跟他捉迷藏。”木桨在左舷扳了几下，将小船划入密密层层的菱叶丛中。太湖中千港百汊，小船转了几个弯，钻进了一条小浜，料想鸠摩智再也难以追踪。

段誉道：“可惜我身上穴道未解，不能帮两位姊姊划船。”阿碧安慰他道：“段公子勿要担心，大和尚追勿着哉。”

段誉道：“这‘听雨居’中的机关，倒也有趣。这只小船，刚好装在姊姊抚琴的几凳之下，是不是？”阿碧微笑道：“是啊，所以我请公子过来看琴。阿朱姊姊在琴上拨一声，就是信号，外头的男佣人听得仔，开了翻板，大家就扑通、扑通、扑通了！”三人齐声大笑。阿碧急忙按住嘴巴，笑道：“勿要拨和尚听得仔。”

忽听得远远声音传来：“阿朱姑娘，阿碧姑娘，你们将船划回来。快回来啊，和尚是你们公子的朋友，决不难为你们。”正是鸠摩智的声音，这几句话柔和可亲，令人不由自主的便要遵从他的吩咐。

阿朱一怔，说道：“大和尚叫咱们回去，说决计不伤害我们。”说着停桨不划，颇似意动。阿碧也道：“那么我们回去罢！”段誉内力极强，丝毫不为鸠摩智的声音所惑，急道：“他是骗人的，说的话怎可相信？”只听鸠摩智和蔼的声音缓缓送入耳来：“两位小姑娘，你们公子爷回来了，说要见你们，这就快划回来，是啊，快划回来。”阿朱道：“是！”提起木桨，掉转了船头。

段誉心想：“慕容公子倘若当真回来，自会出言招呼阿朱、阿碧，何必要他代叫？那多半是摄人心魄的邪术。”心念动处，伸手船外，在湖面上撕下几片菱叶，搓成一团，塞在阿碧耳中，跟着又去塞住了阿朱的耳朵。

阿朱一定神，失声道："啊哟，好险！"阿碧也惊道："这和尚会使勾魄法儿，我们险些着了他的道儿。"阿朱掉过船头，用力划桨，叫道："阿碧，快划，快划！"

两人划着小船，直向菱塘深处滑了进去。过了好一阵，鸠摩智的呼声渐远渐轻，终于再也听不到了。段誉打手势叫二人取出耳中塞着的菱叶。

阿碧拍拍心口，吁了口长气，说道："吓煞快哉！阿朱姊姊，耐末你讲怎么办？"阿朱道："我们就在这湖里跟那和尚大兜圈子，跟他耗着。肚子饿了，就采菱挖藕来吃，就是和他耗上十天半月，也不打紧。"阿碧微微一笑，道："这法子倒有趣。勿晓得段公子嫌勿嫌气闷？"段誉拍手笑道："湖中风光，观之不足，能得两位为伴，作十日遨游，就是做神仙也没这般快活。"阿碧抿嘴轻轻一笑，道："这里向东南去，小河支流最多，除了本地的捉鱼人，随便啥人也不容易认得路。我们一进了百曲湖，这和尚再也追不上了。"

二女持桨缓缓荡舟。段誉平卧船底，仰望天上繁星闪烁，除了桨声以及菱叶和船身相擦的沙沙轻声，四下里一片寂静，湖上清风，夹着淡淡的花香，心想："就算一辈子这样，那也好得很啊。"又想："阿朱、阿碧两位姊姊这样的好人，想来慕容公子也不是穷凶极恶之辈，少林寺玄悲大师和霍先生的师兄，不知是不是他杀的？唉，我家服侍我的婢女虽多，却没一个及得上阿朱、阿碧两位姊姊。"

过了良久，迷迷糊糊的正要合眼睡去，忽听得阿碧轻轻一笑，低声道："阿朱姊姊，你过来。"阿朱也低声道："做啥介？"阿碧道："你过来，我同你讲。"阿朱放下木桨，走到船尾坐下。阿碧揽着她肩头，在她耳边低声笑道："你同我想个法子，耐末丑煞人哉。"阿朱笑问："啥事体介？"阿碧道："讲轻点。段公子阿困着？"阿朱道："勿晓得，你问问俚看。"阿碧道："问勿得，阿朱阿姊，我……我……我要解手。"

她二人说得声如蚊鸣，但段誉内力既强，自然而然听得清清楚楚，听阿碧这么说，当下不敢稍动，假装微微发出鼾声，免得阿碧尴尬。

只听阿朱低声笑道："段公子困着哉。你解手好了。"阿碧忸怩道："勿来事格。倘若我解到仔一半，段公子醒仔转来，耐末勿得了。"阿朱忍不住格的一声笑，忙伸手按住了嘴巴，低声道："有啥勿得了？人人都要解手，唔啥希奇。"阿碧摇摇她身子，央求道："好阿姊，你同我想个法子。"阿朱道："我遮住你，你解手好了，段公子就算醒转仔，也看勿见。"阿碧道："有声音格，拨俚听见仔，我……我……"阿朱笑道："介末呒不法子哉。你解手解在身上好哩，段公子闻勿到。"阿碧道："我勿来，有人在我面前，我解勿出。"阿朱道："解勿出，介就正好。"阿碧急得要哭了出来，只道："勿来事格，勿来事格。"

阿朱突然又是格的一声笑，说道："都是你勿好，你勿讲末，我倒也忘记脱哩，拨你讲三讲四，我也要解手哉。这里到王家舅太太府上，不过半九路，就划过去解手罢。"阿碧道："王家舅太太不许我们上门，凶是凶得来，拨俚看见仔，定归要给我们几个耳光吃吃。"阿朱道："勿要紧格。王家舅太太同老太太寻相骂，老太太都故世哉。我同你两个小丫头，呒啥事体得罪俚，做啥要请我们吃耳光？我们悄悄上岸去，解完仔手马上回来，舅太太哪能会晓得？"阿碧道："倒勿错。"微一沉吟，说道："格末等歇叫段公子也上岸去解手，否则……否则，俚急起上来，介末也尴尬。"

阿朱轻笑道："你是就会体贴人。小心公子晓得仔吃醋。"阿碧叹了口气，说道："格种小事体，公子真勿会放在心上。我们两个小丫头，公子从来就勿曾放在心上。"阿朱道："我要俚放在心上做啥？阿碧妹子，你也勿要一日到夜牵记公子，呒不用格。"阿碧轻叹一声，却不回答。阿朱拍拍她肩头，低声道："你又想解手，又想公子，两桩事体想在一淘，实头好笑！"阿碧轻轻一笑，说道："阿姊讲闲话，阿要唔轻头？"

阿朱回到船头，提起木桨划船。两女划了一会，天色渐渐亮了。

段誉内力浑厚，穴道不能久闭，本来鸠摩智过得几个时辰便须补指，过了这些时候，只觉内息渐畅，被封住的几处穴道慢慢松开。他伸个懒腰，坐起身来，说道："睡了一大觉，倒叫两位姊姊辛苦了。有一件事不便出口，两位莫怪，我……我要解手！"他想不如自己出口，免得两位姑娘为难。

阿朱、阿碧两人同时嗤的一声笑了出来。阿朱笑道："过去不远，便是我们一家姓王的亲戚家里，公子上岸去方便就是。"段誉道："如此再好不过。"阿朱随即正色道："不过王家太太脾气很古怪，不许陌生男人上门。公子一上岸，立刻就得回到船里来，我们别在这里惹上麻烦。"段誉道："是，我理会得。"

他伸手溪中，洗净了双手泥污，架起了脚坐在大石上，对那株“眼儿媚”正面瞧瞧，侧面望望，心下正自得意，忽听得脚步细碎，有两个女子走了过来。只听得一人说道：“这里最是幽静，没人来的……”

十二
从此醉

小船转过一排垂柳，远远看见水边一丛花树映水而红，灿若云霞。段誉“啊”的一声低呼。

阿朱道：“怎么啦？”段誉指着花树道：“这是我们大理的山茶花啊，怎么太湖之中，居然也种得有这种滇茶？”山茶花以云南所产者最为有名，世间称之为“滇茶”。阿朱道：“是么？这庄子叫做曼陀山庄，种满了山茶花。”段誉心道：“山茶花又名玉茗，另有个名字叫作曼陀罗花。此庄以曼陀为名，倒要看看有何名种。”

阿朱扳动木桨，小船直向山茶花树驶去，到得岸边，一眼望将出去，都是红白缤纷的茶花，不见房屋。段誉生长大理，山茶花是司空见惯，丝毫不以为异，心想：“此处山茶花虽多，似乎并无佳品，想来真正名种必是植于庄内。”

阿朱将船靠在岸旁，微笑道：“段公子，我们进去一会儿，立刻就出来。”携着阿碧之手，正要跃上岸去，忽听得花林中脚步细碎，走出一个青衣小鬟来。

那小鬟手中拿着一束花草，望见了阿朱、阿碧，快步奔近，脸上满是欢喜之色，说道：“阿朱、阿碧，你们好大胆子，又偷到这儿来啦。夫人说：‘两个小丫头的脸上都用刀划个十字，破了她们如花如玉的容貌。’”

阿朱笑道："幽草阿姊，舅太太不在家么？"那小鬟幽草向段誉瞧了两眼，转头向阿朱、阿碧笑道："夫人还说：'两个小蹄子还带了陌生男人上曼陀山庄来，快把那人的两条腿都给砍了！'"她话没说完，已抿着嘴笑了起来。

阿碧拍拍心口，说道："幽草阿姊，勿要吓人哩！到底是真是假？"

阿朱笑道："阿碧，你勿要给俚吓，舅太太倘若在家，这丫头胆敢这样嘻皮笑脸么？幽草妹子，舅太太到哪儿去啦？"幽草笑道："呸！你几岁？也配做我阿姊？你这小精灵，居然猜到夫人不在家。"轻轻叹了口气，道："阿朱、阿碧两位妹子，好容易你们来到这里，我真想留你们住一两天。可是……"说着摇了摇头。阿碧道："我何尝不是想多同你做一会儿伴？幽草阿姊，几时你到我们庄上来，我三日三夜不困的陪你，阿好？"两女说着跃上岸去。阿碧在幽草耳边轻声说了几句。幽草嗤的一笑，向段誉望了一眼。阿碧登时满脸通红。幽草一手拉着阿朱，一手拉着阿碧，笑道："进屋去罢。"阿碧转头道："段公子，请你在这儿等一歇，我们去去就来。"

段誉道："好！"目送三个丫环手拉着手，亲亲热热的走入了花林。

他走上岸去，眼看四下无人，便在一株大树后解了手。在小船旁坐了一会，无聊起来，心想："且去瞧瞧这里的曼陀罗花有何异种？"信步观赏，只见花林中除山茶外更无别样花卉，连最常见的牵牛花、月月红、蔷薇之类也是一朵都无。但所植山茶却均平平无奇，唯一好处只是得个"多"字。走出数十丈后，只见山茶品种渐多，偶尔也有一两本还算不错，却也栽种不得其法，心想："这庄子枉自以'曼陀'为名，却把佳种山茶给糟蹋了。"

又想："我得回去了，阿朱和阿碧回来不见了我，只怕心中着急。”转身没行得几步，暗叫一声：“糟糕！”他在花林中信步而行，所留神的只是茶花，忘了记忆路径，眼见小路东一条、西一条，不知哪一条才是来路，要回到小船停泊处却有点儿难了，心想：“先走到水边再说。”

可是越走越觉不对，眼中山茶都是先前没见过的，正暗暗担心，忽听得左首林中有人说话，正是阿朱的声音。段誉大喜，心想：“我且在这里等她们一阵，待她们说完了话，就可一齐回去。”

只听得阿朱说道：“公子身子很好，饭量也不错。这两个月中，他是在练丐帮的‘打狗棒法’，想来是要和丐帮中的人物较量较量。”段誉心想：“阿朱是在说慕容公子的事，我不该背后偷听旁人的说话，该当走远些好。可是又不能走得太远，否则她们说完了话我还不知道。”

便在此时，只听得一个女子的声音轻轻一声叹息。

霎时之间，段誉不由得全身一震，一颗心怦怦跳动，心想：“这一声叹息如此好听，世上怎能有这样的声音？”只听得那声音轻轻问道：“他这次出门，是到哪里去？”段誉听得一声叹息，已然心神震动，待听到这两句说话，更是全身热血如沸，心中又酸又苦，说不出的羡慕和妒忌：“她问的明明是慕容公子。她对慕容公子这般关切，这般挂在心怀。慕容公子，你何幸而得此仙福？”

只听阿朱道：“公子出门之时，说是要到洛阳去会会丐帮中的好手，邓大哥随同公子前去。姑娘放心好啦。”

那女子悠悠的道：“丐帮‘打狗棒法’与‘降龙十八掌’两大神技，是丐帮的不传之秘。你们‘还施水阁’和我家‘琅嬛玉洞’的藏谱拼凑起来，也只一些残缺不全的棒法、掌法。运功的心法却全然没有。你家公子可怎生练？”

阿朱道：“公子说道：这‘打狗棒法’的心法既是人创的，他为什么就想不出？有了棒法，自己再想了心法加上去，那也不难。”

段誉心想："慕容公子这话倒也有理，想来他人既聪明，又是十分有志气。"

却听那女子又轻轻叹了口气，说道："就算能创得出，只怕也不是十年八年的事，旦夕之间，又怎办得了？你们看到公子练棒法了么？是不是有什么为难窒滞之处？"阿朱道："公子这路棒法使得很快，从头至尾便如行云流水一般……"那女子"啊"的一声轻呼，道："不好！他……他当真使得很快？"阿朱道："是啊，有什么不对么？"那女子道："自然不对。打狗棒法的心法我虽然不知，但从棒法中看来，有几路定是越慢越好，有几路却要忽快忽慢，快中有慢，慢中有快，那是确然无疑的，他……他一味抢快，跟丐帮中高手动上了手，只怕……只怕……你们……可有法子能带个信去给公子么？"

阿朱"嗯"了一声，道："公子落脚在哪里，我们就不知道了，也不知这时候是不是已跟丐帮中的长老们会过面？公子临走时说道，丐帮冤枉他害死了他们的马副帮主，他到洛阳去，为的是分说这回事，倒也不是要跟丐帮中人动手，否则他和邓大哥两个，终究是好汉敌不过人多。就只怕说不明白，双方言语失和……"

阿碧问道："姑娘，这打狗棒法使得快了，当真很不妥么？"那女子道："自然不妥，还有什么可说的？他……临去之时，为什么不来见我一趟？"说着轻轻顿足，显得又烦躁，又关切，语音却仍是娇柔动听。

段誉听得大为奇怪，心想："我在大理听人说到'姑苏慕容'，无不既敬且畏。但听这位姑娘说来，似乎慕容公子的武艺，尚须由她指点指点。难道这样一个年轻女子，竟有这么大的本领么？"一时想得出神，脑袋突然在一根树枝上一撞，禁不住"啊"的一声，急忙掩口，已是不及。

那女子问道："是谁？"

段誉知道掩饰不住，便即咳嗽一声，在树丛后说道："在下段誉，观赏贵庄玉茗，擅闯至此，伏乞恕罪。"

那女子低声道："阿朱，是你们同来的那位相公么？"阿朱忙道："是的。姑娘莫去理他，我们这就去了。"那女子道："慢着，我要写封书信，跟他说明白，要是不得已跟丐帮中人动手，千万别使打狗棒法，只用原来的武功便是。不能'以彼之道，还施彼身'，那也没法子了。你们拿去设法交给他。"阿朱犹豫道："这个……舅太太曾经说过……"

那女子道："怎么？你们只听夫人的话，不听我的话吗？"言语中似乎微含怒气。阿朱忙道："姑娘只要不让舅太太得知，婢子自然遵命。何况这于公子有益。"那女子道："你们随我到书房中去取信罢。"阿朱仍是迟疑，勉勉强强的应了声："是！"

段誉自从听了那女子的一声叹息之后，此后越听越是着迷，听得她便要离去，这一去之后，只怕从此不能再见，那实是毕生的憾事，拼着受人责怪冒昧，务当见她一面，当下鼓起勇气说道："阿碧姊姊，你在这里陪我，成不成？"说着从树丛后跨步出来。

那女子听得他走了出来，惊噫一声，背转了身子。

段誉一转过树丛，只见一个身穿藕色纱衫的女郎，脸朝着花树，身形苗条，长发披向背心，用一根银色丝带轻轻挽住。段誉望着她的背影，只觉这女郎身旁似有烟霞轻笼，当真非尘世中人，便深深一揖，说道："在下段誉，拜见姑娘。"

那女子左足在地下一顿，嗔道："阿朱、阿碧，都是你们闹的，我不见外间不相干的男人。"说着便向前行，几个转折，身形便在山茶花丛中冉冉隐没。

阿碧微微一笑，向段誉道："段公子，这位姑娘脾气真大，咱们快些走罢。"阿朱也轻笑道："多亏段公子来解围，否则王姑娘非要我们传递信柬不可，我姊妹这两条小命，就可有点儿危险了。"

段誉莽莽撞撞的闯将出来，被那女子数说了几句，心下老大没趣，只道阿朱和阿碧定要埋怨，不料她二人反有感激之意，倒非始料所及，只是见那女子人虽远去，似乎倩影犹在眼前，心下一阵惆怅，呆呆的瞧着她背影隐没处的花丛。

阿碧轻轻扯扯他的袖子，段誉兀自不觉。阿朱笑道："段公子，咱们走罢！"段誉全身跳了起来，一定神，才道："是，是。咱们真要走了罢？"见阿朱、阿碧当先而行，只得跟在后面，一步一回头，恋恋不舍。

三人相偕回入小船。阿朱和阿碧提桨划了出去。段誉凝望岸上的茶花，心道："我段誉若是无福，怎地让我听到这位姑娘的几声叹息、几句言语？又让我见到了她神仙般的体态？若说有福，怎么连她的一面也见不到？"眼见山茶花丛渐远，心下黯然。

突然之间，阿朱"啊"的一声惊呼，说道："舅太太……舅太太回来了。"

段誉回过头来，只见湖面上一艘快船如飞驶来，转眼间便已到了近处。快船船头上彩色缤纷的绘满了花朵，驶得更近些时便看出也都是茶花。阿朱和阿碧站起身来，俯首低眉，神态极是恭敬。阿碧向段誉连打手势，要他也站起来。段誉微笑摇头，说道："待主人出舱说话，我自当起身。男子汉大丈夫，也不必太过谦卑。"

只听得快船中一个女子声音喝道："哪一个男子胆敢擅到曼陀山庄来？岂不闻任何男子不请自来，均须斩断双足么？"那声音极具威严，可也颇为清脆动听。段誉朗声道："在下段誉，避难途经宝庄，并非有意擅闯，谨此谢过。"那女子道："你姓段？"语音中微带诧异。段誉道："正是！"

那女子道："哼，阿朱、阿碧，是你们这两个小蹄子！慕容复这小子就是不学好，鬼鬼祟祟的专做歹事。"阿朱道："启禀舅太太，婢子是受敌人追逐，路过曼陀山庄。我家公子出门去了，此事与我家公子的确绝无干系。”舱中女子冷笑道：“哼，花言巧语。别这么快就走了，跟我来。”阿朱、阿碧齐声应道：“是。”划着小船跟在快船之后。其时离曼陀山庄不远，片刻间两船先后靠岸。

只听得环珮叮咚，快船中一对对的走出许多青衣女子，都是婢女打扮，手中各执长剑，霎时间白刃如霜，剑光映照花气，一直出来了九对女子。十八个女子排成两列，执剑腰间，斜向上指，一齐站定后，船中走出一个女子。

段誉一见那女子的形貌，忍不住“啊”的一声惊噫，张口结舌，便如身在梦境。原来这女子身穿鹅黄绸衫，衣服装饰，竟似极了大理无量山山洞中的玉像。不过这女子是个中年美妇，四十岁不到年纪，洞中玉像却是个十八九岁的少女。段誉一惊之下，再看那美妇的相貌时，见她比之洞中玉像，眉目口鼻均无这等美艳无伦，年纪固然不同，脸上也颇有风霜岁月的痕迹，但依稀有五六分相似。阿朱和阿碧见他向王夫人目不转睛的呆看，实在无礼之极，心中都连珠价的叫苦，连打手势，叫他别看，可是段誉一双眼睛就盯住在王夫人脸上。

那女子向他斜睨一眼，冷冷的道：“此人如此无礼，待会先斩去他双足，再挖了眼睛，割了舌头。”一个婢女躬身应道：“是！”

段誉心中一沉：“真的将我杀了，那也不过如此。但要斩了我双足，挖了眼睛，割了舌头，弄得死不死、活不活的，这罪可受得大了。”他直到此时，心中才真有恐惧之意，回头向阿朱、阿碧望了一眼，只见她二人脸如死灰，呆若木鸡。

王夫人上了岸后，舱中又走出两个青衣婢女，手中各持一条铁链，从舱中拖出两个男人来。两人都是双手给反绑了，垂头丧气。一人面目清秀，似是富贵子弟，另一个段誉竟然认得，是无量剑派中一名弟子，记得他名字叫作唐光雄。段誉大奇：“此人本来在大理啊，怎地给王夫人擒到了江南来？”

只听王夫人向唐光雄道：“你明明是大理人，怎地抵赖不认？”唐光雄道：“我是云南人，我家乡在大宋境内，不属大理国。”王夫人道：“你家乡距大理国多远？”唐光雄道：“四百多里。”王夫人道：“不到五百里，也就算是大理国人。去活埋在曼陀花下，当作肥料。”唐光雄大叫：“我到底犯了什么事？你给说个明白，否则我死不瞑目。”王夫人冷笑道：“只要是大理国人，或者是姓段的，撞到了我便得活埋。你到苏州来干什么？既然来到苏州，怎地还是满嘴大理口音，在酒楼上大声嚷嚷的？你虽非大理国人，但与大理国邻近，那就一般办理。”

段誉心道：“啊哈，你明明冲着我来啦。我也不用你问，直截了当的自己承认便是。”大声道：“我是大理国人，又是姓段的，你要活埋，乘早动手。”王夫人冷冷的道：“你早就报过名了，自称叫作段誉，哼，大理段家的人，可没这么容易便死。”

她手一挥，一名婢女拉了唐光雄便走。唐光雄不知是被点了穴道，还是受了重伤，竟无半点抗御之力，只是大叫：“天下没这个规矩，大理国几百万人，你杀得完么？”但见他被拉入了花林之中，渐行渐远，呼声渐轻。

王夫人略略侧头，向那面目清秀的男子说道：“你怎么说？”那男子突然双膝一曲，跪倒在地，哀求道：“家父在京中为官，膝下唯有我一个独子，但求夫人饶命。夫人有什么吩咐，家父定必允可。”王夫人冷冷的道：“你父亲是朝中大官，我不知道么？饶你性命，那也不难，你今日回去即刻将家中的结发妻子杀了，明天娶了你外面私下结识的苗姑娘，须得三书六礼，一应俱全。成不成？”那公子道：“这个……要杀我妻子，实在下不了手。明媒正娶苗姑娘，家父家母也决计不能答允。这不是我……”王夫人道：“将他带去活埋了！”那牵着他的婢女应道：“是！”拖了铁链便走。那公子吓得浑身乱颤，说道：“我……我答允就是。”王夫人道：“小翠，你押送他回苏州城里，亲眼瞧着他杀了自己妻子，和苗姑娘拜堂成亲，这才回来。”小翠应道：“是！”拉着那公子，走向岸边泊着的一艘小船。

那公子求道：“夫人开恩。拙荆和你无怨无仇，你又不识得苗姑娘，何必如此帮她，逼我杀妻另娶？我……我又素来不识得你，从来……从来不敢得罪了你。”王夫人道：“你已有了妻子，就不该再去纠缠别的闺女，既然花言巧语的将人家骗上了，那就非得娶她为妻不可。这种事我不听见便罢，只要给我知道了，当然这么办理。你这事又不是第一桩，抱怨什么？小翠，你说这是第几桩了？”小翠道：“婢子在常熟、丹阳、无锡、嘉兴等地，一共办过七起，还有小兰、小诗她们也办过一些。”

那公子听说惯例如此，只一叠声的叫苦。小翠扳动木桨，划着小船自行去了。

段誉见这位王夫人行事不近情理之极，不由得目瞪口呆，全然傻了，心中所想到的只是“岂有此理”四个字，不知不觉之间，便顺口说了出来：“岂有此理，岂有此理！”王夫人哼了一声，道：“天下更加岂有此理的事儿，还多着呢。”

段誉又是失望，又是难过，那日在无量山石洞中见了神仙姊姊的玉像，心中何等仰慕，眼前这人形貌与玉像着实相似，言行举止，却竟如妖魔鬼怪一般。

他低了头呆呆出神，只见四个婢女走入船舱，捧了四盆花出来。段誉一见，不由得精神一振。四盆都是山茶，更是颇为难得的名种。普天下山茶花以大理居首，而镇南王府中名种不可胜数，更是大理之最。段誉从小就看惯了，暇时听府中十余名花匠谈论讲评，山茶的优劣习性自是烂熟于胸，那是不习而知，犹如农家子弟必辨菽麦、渔家子弟必识鱼虾一般。他在曼陀山庄中行走里许，未见真正了不起的佳品，早觉“曼陀山庄”四字未免名不副实，此刻见到这四盆山茶，暗暗点头，心道：“这才有点儿道理。”

只听得王夫人道：“小茶，这四盆‘满月’山茶，得来不易，须得好好照料。”那叫做小茶的婢女应道：“是！”段誉听她这句话太也外行，嘿的一声冷笑。王夫人又道：“湖中风大，这四盆花在船舱里放了几天，不见日光，快拿到日头里晒晒，多上些肥料。”小茶又应道：“是！”段誉再也忍耐不住，放声大笑。

王夫人听他笑得古怪，问道：“你笑什么？”段誉道：“我笑你不懂山茶，偏偏要种山茶。如此佳品竟落在你的手中，当真是焚琴煮鹤，大煞风景之至。可惜，可惜，好生令人心疼。”王夫人怒道：“我不懂山茶，难道你就懂了？”突然心念一动：“且慢！他是大理人姓段，说不定倒真懂得山茶。”但兀自说得嘴硬：“本庄名叫曼陀山庄，庄内庄外都是曼陀罗花，你瞧长得何等茂盛烂漫？怎说我不懂山茶？”段誉微笑道：“庸脂俗粉，自然粗生粗长。这四盆白茶却是倾城之色，你这外行人要是能种得好，我就不姓段。”

王夫人极爱茶花，不惜重资，到处去收购佳种，可是移植到曼陀山庄之后，竟没一本名贵茶花能欣欣向荣，往往长得一年半载，便即枯萎，要不然便奄奄一息。她常自为此烦恼，听得段誉的话后，不怒反喜，走上两步，问道：“我这四盆白茶有什么不同？要怎样才能种好？”段誉道：“你如向我请教，当有请教的礼数。倘若威逼拷问，你先砍了我的双脚，再问不迟。”

王夫人怒道：“要斩你双脚，又有什么难处？小诗，先去将他左足砍了。”那名叫小诗的婢女答应了一声，挺剑上前。阿碧急道：“舅太太，勿来事格，你倘若伤仔俚，这人倔强之极，宁死也不肯说了。”王夫人原意本在吓吓段誉，左手一举，小诗当即止步。

段誉笑道：“你砍下我的双脚，去埋在这四本白茶之旁，当真是上佳的肥料，这些白茶就越开越大，说不定有海碗大小，哈哈，美啊，妙极，妙极！”

王夫人心中本就这样想，但听他语气说的全是反语，一时倒说不出话来，怔了一怔，才道：“你胡吹什么？我这四本白茶，有什么名贵之处，你且说来听听。倘若说得对了，再礼待你不迟。”

段誉道：“王夫人，你说这四本白茶都叫作‘满月’，压根儿就错了。你连花也不识，怎说得上懂花？其中一本叫作‘红妆素裹’，一本叫作‘抓破美人脸’。”王夫人奇道：“‘抓破美人脸’？这名字怎地如此古怪？是哪一本？”

段誉道：“你要请教在下，须得有礼才是。”

王夫人倒给他弄得没有法子，但听他说这四株茶花居然各有一个特别名字，倒也十分欢喜，微笑道：“好！小诗，吩咐厨房在‘云锦楼’设宴，款待段公子。”小诗答应着去了。

阿碧和阿朱你望望我，我望望你，见段誉不但死里逃生，王夫人反而待以上宾之礼，真是喜出望外。

先前押着唐光雄而去的那名婢女回报：“那大理人姓唐的，已埋在‘红霞楼’前的红花旁了。”段誉心中一寒。只见王夫人漫不在乎的点点头，说道：“段公子，请！”段誉道：“冒昧打扰，贤主人勿怪是幸。”王夫人道：“大贤光降，曼陀山庄蓬荜生辉。”两人客客气气的向前走去，全不似片刻之前段誉生死尚自系于一线。

王夫人陪着段誉穿过花林，过石桥，穿小径，来到一座小楼之前。段誉见小楼檐下一块匾额，写着“云锦楼”三个墨绿篆字，楼下前后左右种的都是茶花。但这些茶花在大理都不过是三四流货色，和这精致的楼阁亭榭相比，未免不衬。

王夫人却甚有得意之色，说道：“段公子，你大理茶花最多，但和我这里相比，只怕犹有不如。”段誉点头道：“这种茶花，我们大理人确是不种的。”王夫人笑吟吟的道：“是么？”段誉道："大理就是寻常乡下人，也懂得种这些俗品茶花，未免太过不雅。"王夫人脸上变色，怒道："你说什么？你说我这些茶花都是俗品？你这话未免……欺人太甚。"

段誉道："夫人既不信，也只好由得你。"指着楼前一株五色斑斓的茶花，说道："这一株，想来你是当作至宝了，嗯，这花旁的玉栏干，乃是真正的和阗美玉，很美，很美。"他啧啧称赏花旁的栏干，于花朵本身却不置一词，就如品评旁人书法，一味称赞墨色乌黑、纸张名贵一般。

这株茶花有红有白、有紫有黄，花色极是繁富华丽，王夫人向来视作珍品，这时见段誉颇有不屑之意，登时眉头蹙起，眼中露出了杀气。段誉道："请问夫人，此花在江南叫作什么名字？"王夫人气忿忿的道："我们也没什么特别名称，就叫它五色茶花。"段誉微笑道："我们大理人倒有一个名字，叫它作'落第秀才'。"

王夫人"呸"的一声，道："这般难听，多半是你捏造出来的。这株花富丽堂皇，哪里像个落第秀才了？"段誉道："夫人你倒数一数看，这株花的花朵共有几种颜色。"王夫人道："我早数过了，至少也有十五六种。"段誉道："一共是十七种颜色。大理有一种名种茶花，叫作'十八学士'，那是天下的极品，一株上共开十八朵花，朵朵颜色不同，红的就是全红，紫的便是全紫，决无半分混杂。而且十八朵花形状朵朵不同，各有各的妙处，开时齐开，谢时齐谢，夫人可曾见过？"王夫人怔怔的听着，摇头道："天下竟有这种茶花！我听也没听过。"

段誉道："比之'十八学士'次一等的，'十三太保'是十三朵不同颜色的花生于一株，'八仙过海'是八朵异色同株，'七仙女'是七朵，'风尘三侠'是三朵，'二乔'是一红一白的两朵。这些茶花必须纯色，若是红中夹白，白中带紫，便是下品了。"王夫人不由得悠然神往，抬起了头，轻轻自言自语："怎么他从来不跟我说。"

段誉又道：“‘八仙过海’中必须有深紫和淡红的花各一朵，那是铁拐李和何仙姑，要是少了这两种颜色，虽然八花异色，也不能算‘八仙过海’，那叫作‘八宝妆’，也算是名种，但比‘八仙过海’差了一级。”王夫人道：“原来如此。”

段誉又道：“再说‘风尘三侠’，也有正品和副品之分。凡是正品，三朵花中必须紫色者最大，那是虬髯客，白色者次之，那是李靖，红色者最娇艳而最小，那是红拂女。如果红花大过了紫花、白花，便属副品，身份就差得多了。”有言道是“如数家珍”，这些名种茶花原是段誉家中珍品，他说起来自是熟悉不过。王夫人听得津津有味，叹道：“我连副品也没见过，还说什么正品。”

段誉指着那株五色茶花道：“这一种茶花，论颜色，比十八学士少了一色，偏又是驳而不纯，开起来或迟或早，花朵又有大有小。它处处东施效颦，学那十八学士，却总是不像，那不是个半瓶醋的酸丁么？因此我们叫它作‘落第秀才’。”王夫人不由得噗哧一声，笑了出来，道：“这名字起得忒也尖酸刻薄，多半是你们读书人想出来的。”

到了这一步，王夫人于段誉之熟知茶花习性自是全然信服，当下引着他上得云锦楼来。段誉见楼上陈设富丽，一幅中堂绘的是孔雀开屏，两旁一副木联，写的是：“漆叶云差密，茶花雪妒妍”。不久开上了酒筵，王夫人请段誉上座，自己坐在下首相陪。

这酒筵中的菜肴，与阿朱、阿碧所请者大大不同。朱碧双鬟的菜肴以清淡雅致见长，于寻常事物之中别具匠心。这云锦楼的酒席却注重豪华珍异，什么熊掌、鱼翅，无一不是名贵之极。但段誉自幼生长于帝王之家，什么珍奇的菜肴没吃过，反觉曼陀山庄的酒筵远不如琴韵小筑了。

酒过三巡，王夫人问道：“大理段氏乃武林世家，公子却何以不习武功？”段誉道：“大理姓段者甚多，皇族宗室的贵胄子弟，方始习武，似晚生这等寻常百姓，都是不会武功的。”他想自己生死在人掌握之中，如此狼狈，决不能吐露身世真相，没的堕了伯父与父亲的威名。王夫人道：“公子是寻常百姓？”段誉道：“是。”王夫人道：“公子可识得几位姓段的皇室贵胄吗？”段誉一口回绝：“全然不识。”

王夫人出神半晌，转过话题，说道：“适才得闻公子畅说茶花品种，令我茅塞顿开。我这次所得的四盆白茶，苏州城中花儿匠说叫作‘满月’，公子却说其一叫作‘红妆素裹’，另一本叫作‘抓破美人脸’，不知如何分别，愿闻其详。”

段誉道：“那本大白花而微有隐隐黑斑的，才叫作‘满月’，那些黑斑，便是月中的桂枝。那本白瓣上有两个橄榄核儿黑斑的，却叫作‘眼儿媚’。”王夫人喜道：“这名字取得好。”

段誉又道：“白瓣而洒红斑的，叫作‘红妆素裹’。白瓣而有一抹绿晕、一丝红条的，叫作‘抓破美人脸’，但如红丝多了，却又不是‘抓破美人脸’了，那叫作‘倚栏娇’。夫人请想，凡是美人，自当娴静温雅，脸上偶尔抓破一条血丝，总不会自己梳装时粗鲁弄损，也不会给人抓破，只有调弄鹦鹉之时，给鸟儿抓破一条血丝，却也是情理之常。因此花瓣这抹绿晕，是非有不可的，那就是绿毛鹦哥。倘若满脸都抓破了，这美人老是与人打架，还有什么美之可言？”

王夫人本来听得不住点头，甚是欢喜，突然间脸色一沉，喝道：“大胆，你是讥刺于我么？”

段誉吃了一惊，忙道：“不敢！不知什么地方冒犯了夫人？”王夫人怒道：“你听了谁的言语，捏造了这种种鬼话，前来辱我？谁说一个女子学会了武功，就会不美？娴静温雅，又有什么好了？”段誉一怔，说道：“晚生所言，仅以常理猜度，会得武功的女子之中，原是有不少既美貌又端庄的。”不料这话在王夫人听来仍是大为刺耳，厉声道：“你说我不端庄吗？”

段誉道："端庄不端庄，夫人自知，晚生何敢妄言。只是逼人杀妻另娶，这种行径，自非端人所为。"他说到后来，心头也有气了，不再有何顾忌。

王夫人左手轻挥，在旁伺候的四名婢女一齐走上两步，躬身道："是！"王夫人道："押着这人下去，命他浇灌茶花。"四名婢女齐声应道："是！"

王夫人道："段誉，你是大理人，又是姓段的，早就该死之极。现下死罪暂且寄下了，罚你在庄前庄后照料茶花，尤其今日取来这四盆白花，务须小心在意。我跟你说，这四盆白花倘若死了一株，便砍去你一只手，死了两株，砍去双手，四株齐死，你便四肢齐断。"段誉道："倘若四株都活呢？"王夫人道："四株种活之后，你再给我培养其他的名种茶花。什么十八学士、十三太保、八仙过海、七仙女、风尘三侠、二乔这些名种，每一种我都要几本。倘若办不到，我挖了你的眼珠。"

段誉大声抗辩："这些名种，便在大理也属罕见，在江南如何能轻易得到？每一种都有几本，哪还说得上什么名贵？你乘早将我杀了是正经。今天砍手，明天挖眼，我才不受这个罪呢。"王夫人叱道："你活得不耐烦了，在我面前，胆敢如此放肆？押了下去！"

四名婢女走上前来，两人抓住了他衣袖，一人抓住他胸口，另一人在他背上一推，五人拖拖拉拉的一齐下楼。这四名婢女都会武功，段誉在她们挟制之下，丝毫抗御不得，心中只是暗叫："倒霉，倒霉！"

四名婢女又拉又推，将他拥到一处花圃，一婢将一柄锄头塞在他手中，一婢取过一只浇花的木桶，说道："你听夫人吩咐，乖乖的种花，还可活得性命。你这般冲撞夫人，不立刻活埋了你，算你是天大的造化。"另一名婢女道："除了种花浇花之外，庄子中可不许乱闯乱走，你若闯进了禁地，那可是自己该死，谁也没法救你。”四婢十分郑重的嘱咐一阵，这才离去。段誉呆在当地，当真哭笑不得。

在大理国中，他位份仅次于伯父保定帝和父亲镇南王，将来父亲继承皇位，他便是储君皇太子，岂知给人擒来到江南，要烧要杀，要砍去手足、挖了双眼，那还不算，这会儿却被人逼着做起花匠来。虽然他生性随和，在大理皇宫和王府之中，也时时瞧着花匠修花剪草，锄地施肥，和他们谈谈说说，但在王子心中，自当花匠是卑微之人。

幸好他天性活泼快乐，遇到逆境挫折，最多沮丧得一会儿，不久便高兴起来。自己譬解：“我在无量山玉洞之中，已拜了那位神仙姊姊为师。这位王夫人和那神仙姊姊相貌好像，只不过年纪大些，我便当她是我师伯，有何不可？师长有命，弟子服其劳，本来应该的。何况莳花原是文人韵事，总比动刀抡枪的学武高雅得多了。至于比之给鸠摩智在慕容先生的墓前活活烧死，更是在这儿种花快活千倍万倍。只可惜这些茶花品种太差，要大理王子来亲手服侍，未免是大才小用、杀鸡用牛刀了。哈哈，你是牛刀吗？有何种花大才？”

又想：“在曼陀山庄多耽些时候，总有机缘能见到那位身穿藕色衫子的姑娘一面，这叫做‘段誉种花，焉知非福！’”

一想到祸福，便拔了一把草，心下默祷：“且看我几时能见到那位姑娘的面。”将这把草右手交左手，左手交右手的卜算，一卜之下，得了个艮上艮下的“艮”卦，心道：“‘艮其背，不获其身，行其庭，不见其人。无咎。’这卦可灵得很哪，虽然不见，终究无咎。”

再卜一次，得了个兑上坎下的“困”卦，暗暗叫苦：“‘困于株木，入于幽谷，三岁不觌。’三年都见不到，真乃困之极矣。”转念又想：“三年见不到，第四年便见到了。来日方长，何困之有？”

占卜不利，不敢再卜了，口中哼着小曲，负了锄头，信步而行，心道：“王夫人叫我种活那四盆白茶。这四盆花确是名种，须得找个十分优雅的处所种了起来，方得相衬。”一面走，一面打量四下景物，突然之间，哈哈哈的大声笑了出来，心道：“王夫人对茶花一窍不通，偏偏要在这里种茶花，居然又称这庄子为曼陀山庄。却全不知茶花喜阴不喜阳，种在阳光烈照之处，纵然不死，也难盛放，再大大的施上浓肥，什么名种都给她坑死了，可惜，可惜！好笑，好笑！”

他避开阳光，只往树荫深处行去，转过一座小山，只听得溪水淙淙，左首一排绿竹，四下里甚是幽静。该地在山丘之阴，日光照射不到，王夫人只道不宜种花，因此上一株茶花也无。段誉大喜，说道：“这里最妙不过。”

回到原地，将四盆白茶逐一搬到绿竹丛旁，打碎瓷盆，连着盆泥一起移植在地。他虽从未亲手种过，但自来看得多了，依样葫芦，居然做得极是妥贴。不到半个时辰，四株白茶已种在绿竹之畔，左首一株“抓破美人脸”，右首是“红妆素裹”和“满月”，那一株“眼儿媚”则斜斜的种在小溪旁一块大石之后，自言自语：“此所谓‘千呼万唤始出来，犹抱琵琶半遮面’也，要在掩掩映映之中，才增姿媚。”中国历来将花比作美人，莳花之道，也如装扮美人一般。段誉出身皇家，幼读诗书，于这等功夫自然是高人一等。

他伸手溪中，洗净了双手泥污，架起了脚坐在大石上，对那株“眼儿媚”正面瞧瞧，侧面望望，心下正自得意，忽听得脚步细碎，有两个女子走了过来。只听得一人说道：“这里最是幽静，没人来的……”

语音入耳，段誉心头怦的一跳，分明是日间所见那身穿藕色纱衫的少女所说。段誉屏气凝息，半点声音也不敢出，心想："她说过不见不相干的男子，我段誉自是个不相干的男子了。我只要听她说几句话，听几句她仙乐一般的声音，也已是无穷之福，千万不能让她知道了。"他的头本来斜斜侧着，这时竟然不敢回正，就让脑袋这么侧着，生恐头颈骨中发出一丝半毫轻响，惊动了她。

只听那少女继续说道："小茗，你听到了什么……什么关于他的消息？"段誉不由得心中一酸，那少女口中的那个"他"，自然决不会是我段誉，而是慕容公子。从王夫人言下听来，那慕容公子似乎单名一个"复"字。那少女的询问之中显是满腔关切，满怀柔情。段誉不自禁既感羡慕，亦复自伤。只听小茗嗫嚅半晌，似是不便直说。

那少女道："你跟我说啊！我总不忘了你的好处便是。"小茗道："我怕……怕夫人责怪。"那少女道："你这傻丫头，你跟我说了，我怎么会对夫人说？"小茗道："夫人倘若问你呢？"那少女道："我自然也不说。"

小茗又迟疑了半晌，说道："表少爷是到少林寺去了。"那少女道："去了少林寺？阿朱、阿碧她们怎地说他去了洛阳丐帮？"

段誉心道："怎么是表少爷？嗯，那慕容公子是她的表哥，他二人是中表之亲，青梅竹马，那个……那个……"

小茗道："夫人这次出外，在途中遇到公冶二爷，说道得知丐帮的头脑都来到了江南，要向表少爷大兴问什么之师的。公冶二爷又说接到表少爷的书信，他到了洛阳，找不到那些叫化头儿，就上嵩山少林寺去。"那少女道："他去少林寺干什么？"小茗道："公冶二爷说，表少爷信中言道，他在洛阳听到信息，少林寺有一个老和尚在大理死了，他们竟又冤枉是'姑苏慕容'杀的。表少爷很生气，好在少林寺离洛阳不远，他就要去跟庙里的和尚说个明白。"

那少女道："倘若说不明白，可不是要动手吗？夫人既得到了讯息，怎地反而回来，不赶去帮表少爷的忙？”小茗道：“这个……婢子就不知道了。想来，夫人不喜欢表少爷。”那少女愤愤的道：“哼，就算不喜欢，终究是自己人。姑苏慕容氏在外面丢了人，咱们王家就很有光采么？”小茗不敢接口。

那少女在绿竹丛旁走来走去，忽然间看到段誉所种的三株白茶，又见到地下的碎瓷盆，“咦”的一声，问道：“是谁在这里种茶花？”

段誉更不怠慢，从大石后一闪而出，长揖到地，说道：“小生奉夫人之命，在此种植茶花，冲撞了小姐。”他虽深深作揖，眼睛却仍是直视，深怕小姐说一句“我不见不相干的男子”，就此转身而去，又错过了见面的良机。

他一见到那位小姐，耳朵中“嗡”的一声响，但觉眼前昏昏沉沉，双膝一软，不由自主跪倒在地，若不强自撑住，几乎便要磕下头去，口中却终于叫了出来：“神仙姊姊，我……我想得你好苦！弟子段誉拜见师父。”

眼前这少女的相貌，便和无量山石洞中的玉像全然的一般无异。那王夫人已然和玉像颇为相似了，毕竟年纪不同，容貌也不及玉像美艳，但眼前这少女除了服饰相异之外，脸型、眼睛、鼻子、嘴唇、耳朵、肤色、身材、手足，竟然没一处不像，宛然便是那玉像复活。他在梦魂之中，已不知几千百遍的思念那玉像，此刻眼前亲见，真不知身在何处，是人间还是天上？

那少女还道他是个疯子，轻呼一声，向后退了两步，惊道：“你……你……”

段誉站起身来，他目光一直瞪视着那少女，这时看得更加清楚了些，终于发觉，眼前少女与那洞中玉像毕竟略有不同：玉像冶艳灵动，颇有勾魂摄魄之态，眼前少女却端庄中带有稚气，相形之下，倒是玉像比之眼前这少女更加活些，说道：“自那日在石洞之中，拜见神仙姊姊的仙范，已然自庆福缘非浅，不意今日更亲眼见到姊姊容颜。世间真有仙子，当非虚语也！”

那少女向小茗道：“他说什么？他……他是谁？”小茗道：“他就是阿朱、阿碧带来的那个书呆子。他说会种茶花，夫人倒信了他的胡说八道。”那少女问段誉道：“书呆子，刚才我和她的说话，你都听见了么？”

段誉笑道：“小生姓段名誉，大理国人氏，非书呆子也。神仙姊姊和这位小茗姊姊的言语，我无意之中都听到了，不过两位大可放心，小生决不泄漏片言只语，担保小茗姊姊决计不会受夫人责怪便是。”

那少女脸色一沉，道：“谁跟你姊姊妹妹的乱叫？你还不认是书呆子，你几时又见过我了？”段誉道：“我不叫你神仙姊姊，却叫什么？”那少女道：“我姓王，你叫我王姑娘就是。”

段誉摇头道：“不行，不行，天下姓王的姑娘何止千千万万，如姑娘这般天仙人物，如何也只称一声‘王姑娘’？可是叫你作什么呢？那倒为难得紧了。称你作王仙子吗？似乎太俗气。叫你曼陀公主罢？大宋、大理、辽国、吐蕃、西夏，哪一国没有公主？哪一个能跟你相比？”

那少女听他口中念念有辞，越觉得他呆气十足，不过听他这般倾倒备至、失魂落魄的称赞自己美貌，终究也有点欢喜，微笑道：“总算你运气好，我妈没将你的两只脚砍了。”

段誉道：“令堂夫人和神仙姊姊一般的容貌，只是性情特别了些，动不动就杀人，未免和这神仙体态不称……”

那少女秀眉微蹙，道：“你赶紧去种茶花罢，别在这里唠唠叨叨的，我们还有要紧话要说呢。”神态间便当他是个寻常花匠一般。

段誉却也不以为忤，只盼能多和她说一会话，能多瞧上她几眼，心想：“要引得她心甘情愿的和我说话，只有跟她谈论慕容公子，除此之外，她是什么事也不会放在心上的。”便道：“少林寺是武林中的泰山北斗，寺中高僧好手没有一千，也有八百，大都精通七十二般绝技。这次少林派玄悲大师在大理陆凉州身戒寺中人毒手而死，众和尚认定是‘姑苏慕容’下的手。慕容公子孤身犯险，可大大不妥。”

那少女果真身子一震。段誉不敢直视她脸色，心下暗道：“她为了慕容复这小子而关心挂怀，我见了她的脸色，说不定会气得流下泪来。”但见到她藕色绸衫的下摆轻轻颤动，听到她比洞箫还要柔和的声调问道：“少林寺的和尚为什么冤枉‘姑苏慕容’？你可知道么？你……你快跟我说。”

段誉听她这般低语央求，心肠一软，立时便想将所知说了出来，转念又想：“我所知其实颇为有限，只不过玄悲大师身中‘韦陀杵’而死，大家说‘以彼之道，还施彼身’的，天下就只‘姑苏慕容’一家。这些情由，三言两语便说完了。我只一说完，她便又催我去种茶花，再要寻什么话题来跟她谈谈说说，那可不容易了。我得短话长说，小题大做，每天只说这么一小点儿，东拉西扯，不着边际，有多长就拖多长，叫她日日来寻我说话，只要寻我不着，那就心痒难搔。”于是咳嗽一声，说道：“我自己是不会武功的，什么‘金鸡独立’、‘黑虎偷心’，最容易的招式也不会一招。但我家里有一个朋友，姓朱，名叫朱丹臣，外号叫作‘笔砚生’，你别瞧他文文弱弱的，好像和我一样，只道也是个书呆子，嘿，他的武功可真不小。有一天我见他把扇子一收拢，倒了转来，噗的一声，扇子柄在一条大汉的肩膀上这么一点，那条大汉便缩成了一团，好似一堆烂泥那样，动也不会动了。”

那少女道：“嗯，这是‘清凉扇’法的打穴功夫，第三十八招‘透骨扇’，倒转扇柄，斜打肩贞。这位朱先生是昆仑旁支、三因观门下的弟子，这一派的武功，用判官笔比用扇柄更是厉害。你说正经的罢，不用跟我说武功。”

这一番话若叫朱丹臣听到了，非佩服得五体投地不可，那少女不但说出了这一招的名称手法，连他的师承来历、武学家数，也都说得清清楚楚。假如另一个武学名家听了，比如是段誉的伯父段正明、父亲段正淳，也要大吃一惊：“怎地这个年轻姑娘，于武学之道见识竟如此渊博精辟？”但段誉全然不会武功，这姑娘轻描淡写的说来，他也只轻描淡写的听着。他也不知这少女所说的对不对，一双眼只是瞧着她淡淡的眉毛这么一轩，红红的嘴唇这么一撅，她说得对也好，错也好，全然的不在意下。

那少女问道：“那位朱先生怎么啦？”段誉指着绿竹旁的一张青石条凳，道：“这事说来话长，小姐请移尊步，到那边安安稳稳的坐着，然后待我慢慢的禀告。”那少女道：“你这人啰哩啰唆，爽爽快快不成么？我可没功夫听你的。”段誉道：“小姐今日没空，明日再来找我，那也可以。倘若明日无空，过得几日也是一样。只要夫人没将我的舌头割去，小姐但有所问，我自是知无不言，言无不尽。”

那少女左足在地下轻轻一顿，转过头不再理他，问小茗道：“夫人还说什么？”小茗道：“夫人说：‘哼，乱子越惹越大了。结上了丐帮的冤家，又成了少林派的对头，只怕你姑苏慕容家死……死无葬身之地。’”那少女急道：“妈明知表少爷处境凶险，怎地毫不理会？”小茗道：“是。小姐，怕夫人要找我了，我得去啦！刚才的话，小姐千万别说是我说的，婢子还想服侍你几年呢。”那少女道：“你放心好啦。我怎会害你？”小茗告别而去。段誉见她目光中流露恐惧的神气，心想：“王夫人杀人如草芥，确是令人魂飞魄散。”

那少女缓步走到青石凳前，轻轻巧巧的坐了下来，却并不叫段誉也坐。段誉自不敢贸然坐在她的身旁，但见一株白茶和她相距甚近，两株离得略远，美人名花，当真相得益彰，叹道：“‘名花倾国两相欢’，不及，不及。当年李太白以芍药比喻杨贵妃之美，他若有福见到小姐，就知道花朵虽美，然而无娇嗔，无软语，无喜笑，无忧思，那是万万不及了。”

那少女幽幽的道：“你不停的说我很美，我也不知真不真。”

段誉大为奇怪，说道：“不知子都之美者，无目者也。于男子尚且如此，何况如姑娘这般惊世绝艳？想是你一生之中听到赞美的话太多，也听得厌了。”

那少女缓缓摇头，目光中露出了寂寞之意，说道：“从来没人对我说美还是不美。这曼陀山庄之中，除了我妈之外，都是婢女仆妇。她们只知道我是小姐，谁来管我是美是丑？”段誉道：“那么外面的人呢？”那少女道：“什么外面的人？”段誉道：“你到外面去，别人见到你这天仙般的美女，难道不惊喜赞叹、低头膜拜么？”那少女道：“我从来不到外边去，到外边去干什么？妈妈也不许我出去。我到姑妈家的‘还施水阁’去看书，也遇不上什么外人，不过是他的几个朋友邓大哥、公冶二哥、包三哥、风四哥他们，他们……又不像你这般呆头呆脑的。”说着微微一笑。

段誉道：“难道慕容公子……他也从来不说你很美吗？”

那少女慢慢的低下了头，只听得瑟的一下极轻极轻的声响，跟着又是这么一声，几滴眼泪滴在地下的青草上，晶莹生光，便如是清晨的露珠。

段誉不敢再问，也不敢说什么安慰的话。

过了好一会，那少女轻叹一声，说道：“他……他是很忙的，一年到头，从早到晚，没什么空闲的时候。他和我在一起时，不是跟我谈论武功，便是谈论国家大事。我……我讨厌武功。”

段誉一拍大腿，叫道：“不错，不错，我也讨厌武功。我伯父和我爹爹叫我学武，我说什么也不学，宁可偷偷的逃了出来。”

那少女一声长叹，说道："我为了要时时见他，虽然讨厌武功，但看了拳经刀谱，还是牢牢记在心中，他有什么地方不明白，我就好说给他听。不过我自己却是不学的。女孩儿家抡刀使棒，总是不雅……"段誉打从心底里赞出来："是啊，是啊！像你这样天下无双的美人儿，怎能跟人动手动脚，那太也不成话了。啊哟……"他突然想到，这句话可得罪了自己母亲。那少女却没留心他说些什么，续道："那些历代帝皇将相，今天你杀我，明天我杀你的事，我实在不愿知道。可是他最爱谈这些，我只好去看这些书，说给他听。"

段誉奇道："为什么要你看了说给他听，他自己不会看么？"那少女白了他一眼，嗔道："你道他是瞎子么？他不识字么？"段誉忙道："不，不！我说他是天下第一的好人，好不好？"他话是这么说，心中却忍不住一酸。

那少女嫣然一笑，说道："他是我表哥。这庄子中，除了姑妈、姑丈和表哥之外，很少有旁人来。但自从我姑丈去世之后，我妈跟姑妈吵翻了。我妈连表哥也不许来。我也不知他是不是天下最好的人。天下的好人坏人，我谁也见不到。"段誉道："怎不问你爹爹？"

那少女道："我爹爹早故世了，我没生下来，他就已故世了，我……我从来没见过他一面。"说着眼圈儿一红，又是泫然欲涕。

段誉道："嗯，你姑妈是你爹爹的姊姊，你姑丈是你姑妈的丈夫，他……他……他是你姑妈的儿子。"那少女笑了出来，说道："瞧你这般傻里傻气的。我是我妈妈的女儿，他是我的表哥。"

段誉见逗引得她笑了，甚是高兴，说道："啊，我知道了，想是你表哥很忙，没功夫看书，因此你就代他看。"那少女道："也可以这么说，不过另外还有原因的。我问你，少林寺的和尚们，为什么冤枉我表哥杀了他们少林派的人？"

段誉见她长长的睫毛上兀自带着一滴泪珠，心想：“前人云：‘梨花一枝春带雨’，以此比拟美人之哭泣。可是梨花美则美矣，梨树却太过臃肿，而且雨后梨花，片片花朵上都是泪水，又未免伤心过份。只有像王姑娘这么，山茶朝露，那才美了。”

那少女等了一会，见他始终不答，伸手在他手背上轻轻一推，道：“你怎么了？”段誉全身一震，跳起身来，叫道：“啊哟！”那少女给他吓了一跳，道：“怎么？”段誉满脸通红，道：“你手指在我手背上一推，我好像给你点了穴道。”

那少女睁着圆圆的眼睛，不知他在说笑，说道：“这边手背上没有穴道的。‘液门’、‘中渚’、‘阳池’三穴都在掌缘，‘阳谷’、‘养老’两穴近手腕了，离得更远。”她说着伸出自己手背来比划。

段誉见到她左手食指如一根葱管，点在右手雪白娇嫩的手背之上，突觉喉头干燥，头脑中一阵晕眩，问道：“姑……姑娘，你叫什么名字？”

那少女微笑道：“你这人真是古里古怪的。好，说给你知道也不打紧。反正我就不说，阿朱、阿碧两个丫头也会说的。”伸出手指，在自己手背上画了三个字：“王语嫣”。

段誉叫道：“妙极，妙极！语笑嫣然，和蔼可亲。”心想：“我把话说在头里，倘若她跟她妈妈一样，说得好端端地，突然也板起脸孔，叫我去种花，那就跟她的名字不合了。”

王语嫣微笑道：“名字总是取得好听些的。史上那些大奸大恶之辈，名字也是挺美的。曹操不见得有什么德操，朱全忠更是大大的不忠。你叫段誉，你的名誉很好么？只怕有点儿沽名……”段誉接口道：“……钓誉！”两人同声大笑起来。

王语嫣秀美的面庞之上，本来总是隐隐带着一丝忧色，这时纵声大笑，欢乐之际，更增娇丽。段誉心想：“我若能一辈子逗引你喜笑颜开，此生复有何求？”

不料她只欢喜得片刻，眼光中又出现了那朦朦胧胧的忧思，轻轻的道：“他……他老是一本正经的，从来不跟我说这些无聊的事。唉！燕国，燕国，就真那么重要么？”

“燕国，燕国”这四个字钻入段誉耳中，陡然之间，许多本来零零碎碎的字眼，都串连在一起了：“慕容氏”、“燕子坞”、“参合庄”、“燕国”……脱口而出：“这位慕容公子，是五胡乱华时鲜卑人慕容氏的后代？他是胡人，不是中国人？”

王语嫣点头道：“是的，他是燕国慕容氏的旧王孙。可是已隔了这几百年，又何必还念念不忘的记着祖宗旧事？他想做胡人，不做中国人，连中国字也不想识，中国书也不想读。可是啊，我就瞧不出中国书有什么不好。有一次我说：‘表哥，你说中国书不好，那么有什么鲜卑字的书，我倒想瞧瞧。’他听了就大大生气，因为压根儿就没有鲜卑字的书。”

她微微抬起头，望着远处缓缓浮动的白云，柔声道：“他……他比我大十岁，一直当我是他的小妹妹，以为我除了读书、除了记书上的武功之外，什么也不懂。他一直不知道，我读书是为他读的，记忆武功也是为他记的。若不是为了他，我宁可养些小鸡儿玩玩，或者是弹弹琴，写写字。”

段誉颤声道：“他当真一点也不知你……你对他这么好？”

王语嫣道：“我对他好，他当然知道。他待我也是很好的。可是……可是，咱俩就像同胞兄妹一般，他除了正经事情之外，从来不跟我说别的。从来不跟我说起，他有什么心思。也从来不问我，我有什么心事。”说到这里，玉颊上泛起淡淡的红晕，神态腼腆，目光中露出羞意。

段誉本来想跟她开句玩笑，问她：“你有什么心事？”但见到她的丽色娇羞，便不敢唐突佳人，说道：“你也不用老是跟他谈论史事武学。诗词之中，不是有什么子夜歌、会真诗么？”此言一出，立即大悔：“就让她含情脉脉，无由自达，岂不是好？我何必教她法子？当真是傻瓜之至了。”

王语嫣更是害羞，忙道：“怎……怎么可以？我是规规矩矩的闺女，怎可提到这些……这些诗词，让表哥看轻了？”

段誉嘘了口长气，道：“是，正该如此！”心下暗骂自己：“段誉，你这家伙不是正人君子。”

王语嫣这番心事，从来没跟谁说过，只是在自己心中千番思量，百遍盘算，今日遇上段誉这个性格随随便便之人，不知怎地，竟然对他十分信得过，将心底的柔情密意都吐露了出来。其实，她暗中思慕表哥，阿朱、阿碧，以及小茶、小茗、幽草等丫环何尝不知，只是谁都不说出口来而已。她说了一阵话，心中愁闷稍去，道：“我跟你说了许多不相干的闲话，没说到正题。少林寺到底为什么要跟我表哥为难？”

段誉眼见再也不能拖延了，只得道：“少林寺的方丈叫做玄慈大师，他有一个师弟叫做玄悲。玄悲大师最擅长的武功，乃是‘韦陀杵’。”王语嫣点头道：“那是少林七十二绝艺中的第四十八门，一共只有十九招杵法，使将出来时却极为威猛。”

段誉道：“这位玄悲大师来到我们大理，在陆凉州的身戒寺中，不知怎地给人打死了，而敌人伤他的手法，正是玄悲大师最擅长的‘韦陀杵’。他们说，这种伤人的手法只有姑苏慕容氏才会，叫做什么‘以彼之道，还施彼身’。”王语嫣点头道：“说来倒也有理。”

段誉道：“除了少林派之外，还有别的人也要找慕容氏报仇。”王语嫣道：“还有些什么人？”段誉道：“伏牛派有个叫做柯百岁的人，他的拿手武功叫做什么‘天灵千裂’。”王语嫣道：“嗯，那是伏牛派百胜软鞭第廿九招中的第四个变招，虽然招法古怪，却算不得是上乘武学，只不过是力道十分刚猛而已。”段誉道："这人也死在'天灵千裂'这一招之下，他的师弟和徒弟，自是要找慕容氏报仇了。"

王语嫣沉吟道："那个柯百岁，说不定是我表哥杀的，玄悲和尚却一定不是。我表哥不会'韦陀杵'功夫，这门武功难练得很。不过，你如见到我表哥，可别说他不会这门武功，更加不可说是我说的，他听了一定要大大生气……"

正说到这里，忽听得两人急奔而来，却是小茗和幽草。

幽草脸上神色甚是惊惶，气急败坏的道："小姐，不……不好啦，夫人吩咐将阿朱、阿碧二人……"说到这里，喉头塞住了，一时说不下去。小茗接着道："要将她二人的右手砍了，罚她们擅闯曼陀山庄之罪。又说：这两个小丫头倘若再给夫人见到，立刻便砍了脑袋。那……那怎么办呢？"

段誉急道："王姑娘，你……你快得想个法儿救救她们才好！"

王语嫣也甚为焦急，皱眉道："阿朱、阿碧二女是表哥的心腹使婢，要是伤残了她们肢体，我如何对得起表哥？幽草，她们在哪里？"幽草和朱碧二女最是交好，听得小姐有意相救，登时生出一线希望，忙道："夫人吩咐将二人送去'花肥房'，我求严婆婆迟半个时辰动手，这时赶去求恳夫人，还来得及。"王语嫣心想："向妈求恳，多半无用，可是除此之外，也别无他法。"当下点了点头，带了幽草、小茗二婢便去。

段誉瞧着她轻盈的背影，想追上去再跟她说几句话，但只跨出一步，便觉无话可说，怔怔的站住了，回想适才跟她这番对答，不由得痴了。

王语嫣快步来到上房，见母亲正斜倚在床上，望着壁上的一幅茶花图出神，便叫了声："妈！"

王夫人慢慢转过头来，脸上神色严峻，说道："你想跟我说什么？要是跟慕容家有关，我便不听。”王语嫣道：“妈，阿朱和阿碧这次不是有意来的，你就饶了她们这一回罢。”王夫人道：“你怎知道她们不是有意来的？我斩了她们的手，你怕你表哥从此不睬你，是不是？”王语嫣眼中泪水滚动，道：“表哥是你的亲外甥，你……你何必这样恨他？就算姑妈得罪了你，你也不用恼恨表哥。”她鼓着勇气说了这几句话，但一出口，心中便怦怦乱跳，自惊怎地如此大胆，竟敢出言冲撞母亲。

王夫人眼光如冷电，在女儿脸上扫了几下，半晌不语，跟着便闭上了眼睛。王语嫣大气也不敢透一口，不知母亲心中在打什么主意。

过了好一阵，王夫人睁开眼来，说道：“你怎知道姑妈得罪了我？她什么地方得罪了我？”王语嫣听得她声调寒冷，一时吓得话也答不出来。王夫人道：“你说好了。反正你现今年纪大了，不用听我话啦。”王语嫣又急又气，流下泪来，道：“妈，你……你这样恨姑妈家里，自然是姑妈得罪了你。可是她怎样得罪了你，你从来不跟我说。现下姑妈也过世啦，你……你也不用再记她的恨了。”王夫人厉声道：“你听谁说过没有？”王语嫣摇摇头，道：“你从来不许我出去，也不许外人进来，我听谁说啊？”

王夫人轻轻吁了口气，一直绷紧着的脸登时松了，语气也和缓了些，说道：“我是为你好。世界上坏人太多，杀不胜杀，你年纪轻轻，一个女孩儿家，还是别见坏人的好。”说到这里，突然间想起一事，说道：“新来那个姓段的花匠，说话油腔滑调，不是好人。要是他跟你说一句话，立时便吩咐丫头将他杀了，不能让他说第二句，知不知道？”王语嫣心想：“什么第一句、第二句，只怕连一百句、二百句话也说过了。”

王夫人道：“怎么？似你这等面慈心软，这一生一世可不知要吃多少亏呢。”她拍掌两下，小茗走了过来。王夫人道：“你传下话去，有谁和那姓段的花匠多说一句话，两人一齐都割了舌头。”小茗神色木然，似乎王夫人所说的乃是宰鸡屠犬，应了声：“是！”便即退下。王夫人向女儿挥手道：“你也去罢！”

王语嫣应道：“是。”走到门边时，停了一停，回头道：“妈，你饶了阿朱、阿碧，命她们以后无论如何不可再来便是。”王夫人冷冷的道：“我说过的话，几时有过不作数的？你多说也是无用。”

王语嫣咬了咬牙，低声道：“我知道你为什么恨姑妈，为什么讨厌表哥。”左足轻轻一顿，便即出房。

王夫人道：“回来！”这两个字说得并不如何响亮，却充满了威严。王语嫣重又进房，低头不语。王夫人望着几上香炉中那弯弯曲曲不住颤动的青烟，低声道：“嫣儿，你知道了什么？不用瞒我，什么都说出来好了。”王语嫣咬着下唇，说道：“姑妈怪你胡乱杀人，得罪了官府，又跟武林中人多结冤家。”

王夫人道：“是啊，这是我王家的事，跟他慕容家又有什么相干？她不过是你爹爹的姊姊，凭什么来管我？哼，他慕容家几百年来，就做的是‘兴复燕国’的大梦，只想联络天下英豪，为他慕容家所用。又联络又巴结，嘿嘿，这会儿可连丐帮与少林派都得罪下来啦。”

王语嫣道：“妈，那少林派的玄悲和尚决不是表哥杀的，他不会使……”刚要说到“韦陀杵”三字，急忙住口，母亲一查问这三字的来历，那段誉难免杀身之祸，转口道：“……他的武功只怕还够不上。”

王夫人道：“是啊。这会儿他可上少林寺去啦。那些多嘴丫头们，自然巴巴的赶着来跟你说了。‘南慕容，北乔峰’，名头倒着实响亮得紧。可是一个慕容复，再加上个邓百川，到少林寺去讨得了好吗？当真是不自量力。”

王语嫣走上几步，柔声道：“妈，你怎生想法子救他一救，你派人去打个接应好不好？他……他是慕容家的一线单传。倘若他有甚不测，姑苏慕容家就断宗绝代了。”王夫人冷笑道：“姑苏慕容，哼，慕容家跟我有什么相干？你姑妈说她慕容家‘还施水阁’的藏书，胜过了咱们‘琅嬛玉洞’的，那么让她的宝贝儿子慕容复到少林寺去大显威风好了。”挥手道：“出去，出去！”王语嫣道：“妈，表哥……”王夫人厉声道：“你越来越放肆了！”

王语嫣眼中含泪，低头走了出去，芳心无主，不知如何是好，走到西厢廊下，忽听得一人低声问道：“姑娘，怎么了？”王语嫣抬头一看，正是段誉，忙道：“你……你别跟我说话。”

原来段誉见王语嫣去后，发了一阵呆，迷迷惘惘的便跟随而来，远远的等候，待她从王夫人房中出来，又是身不由主的跟了来。他见王语嫣脸色惨然，知道王夫人没有答允，道：“就算夫人不答允，咱们也得想个法子。”王语嫣道：“妈没答允，那还有什么法子可想？她，她，她……我表哥身有危难，她袖手不理。”越说心中越委屈，忍不住又要掉泪。

段誉道：“嗯，慕容公子身有危难……”突然想起一事，问道：“你懂得这么多武功，为什么自己不去帮他？”王语嫣睁着乌溜溜的眼珠，瞪视着他，似乎他这句话真是天下再奇怪不过的言语，隔了好一阵，才道：“我……我只懂得武功，自己却不会使。再说，我怎么能去？妈是决计不许的。”段誉微笑道：“你母亲自然不会准许，可是你不会自己偷偷的走么？我便曾自行离家出走。后来回得家去，爹爹妈妈也没怎样责骂。”

王语嫣听了这几句话，当真茅塞顿开，双目一亮，心道：“是啊，我偷着出去帮表哥，就算回来给妈狠狠责打一场，那又有什么要紧？当真她要杀我，我总也已经帮了表哥。”想到能为了表哥而受苦受难，心中一阵辛酸，一阵甜蜜，又想：“这人说他曾偷偷逃跑，嗯，我怎么从来没想过这种事？”

段誉偷看她神色，显是意动，当下极力鼓吹，劝道："你老是住在曼陀山庄之中，不去瞧瞧外面的花花世界么？"

王语嫣摇头道："那有什么好瞧的？我只是担心表哥。不过我从来没练过武功，他当真遇上了凶险，我也帮不上忙。"段誉道："怎么帮不上忙？帮得上之至。你表哥跟人动手，你在旁边说上几句，大有帮助。这叫作'旁观者清'。人家下棋，眼见输了，我在旁指点了几着，那人立刻就反败为胜，那还是刚不久之前的事。"王语嫣甚觉有理，但总是鼓不起勇气，犹豫道："我从来没出过门，也不知少林寺在东在西。"

段誉立即自告奋勇，道："我陪你去，一路上有什么事，一切由我来应付就是。"至于他行走江湖的经历其实也高明得有限，此刻自然决计不提。

王语嫣秀眉紧蹙，侧头沉吟，拿不定主意。段誉又问："阿朱、阿碧她们怎样了？"王语嫣道："妈也是不肯相饶。"段誉道："一不做，二不休，倘若阿朱、阿碧给斩断了一只手，你表哥定要怪你，不如就去救了她二人，咱四人立即便走。"王语嫣伸了伸舌头，道："这般的大逆不道，我妈怎肯干休？你这人胆子忒也大了！"

段誉情知此时除了她表哥之外，再无第二件事能打动她心，当下以退为进，说道："既然如此，咱们即刻便走，任由你妈妈斩了阿朱、阿碧的一只手。日后你表哥问起，你只推不知便了，我也决计不泄漏此事。"

王语嫣急道："那怎么可以？这不是对表哥说谎了么？"心中大是踌躇，说道："唉！朱碧二婢是他的心腹，从小便服侍他的，要是有甚好歹，他慕容家和我王家的怨可结得更加深了。"左足一顿，道："你跟我来。"

段誉听到“你跟我来”这四字，当真是喜从天降，一生之中，从未听见过有四个字是这般好听的，见她向西北方行去，便跟随在后。

片刻之间，王语嫣已来到一间大石屋外，说道：“严妈妈，你出来，我有话跟你说。”

只听得石屋中桀桀怪笑，一个干枯的声音说道：“好姑娘，你来瞧严妈妈做花肥么？”

段誉首次听到幽草与小茗她们说起，什么阿朱、阿碧已给送到了“花肥房”中，当时并没在意，此刻听到这阴气森森的声音说到“花肥房”三字，心中蓦地里一凛：“什么‘花肥房’？是种花的肥料么？啊哟，是了，王夫人残忍无比，将人活生生的宰了，当作茶花的肥料。要是我们已来迟了一步，朱碧二女的右手已给斩下来做了肥料，那便如何是好？”心中怦怦乱跳，脸上登时全无血色。

王语嫣道：“严妈妈，我妈有事跟你说，请你过去。”石屋里那女子道：“我正忙着。夫人有什么要紧事，要小姐亲自来说？”王语嫣道：“我妈说……嗯，她们来了没有？”

她一面说，一面走进石屋。只见阿朱和阿碧二人被绑在两根铁柱子上，口中塞了什么东西，眼泪汪汪的，却说不出话来。段誉探头一看，见朱碧二女尚自无恙，先放了一半心，再看两旁时，稍稍平静的心又大跳特跳起来。只见一个弓腰曲背的老婆子手中拿着一柄雪亮的长刀，身旁一锅沸水，煮得直冒水气。

王语嫣道：“严妈妈，妈说叫你先放了她们，妈有一件要紧事，要向她们问个清楚。”

严妈妈转过头来，段誉眼见她容貌丑陋，目光中尽是煞气，两根尖尖的犬齿露了出来，便似要咬人一口，登觉说不出的恶心难受，只见她点头道：“好，问明白之后，再送回来砍手。”喃喃自言自语：“严妈妈最不爱看的就是美貌姑娘。这两个小妞儿须得砍断一只手，那才好看。我跟夫人说说，该得两只手都斩了才是，近来花肥不大够。”段誉大怒，心想这老婆子作恶多端，不知已杀了多少人，只恨自己手无缚鸡之力，否则须当结结实实打她几个嘴巴，打掉她两三枚牙齿，这才去放朱碧二女。

严妈妈年纪虽老，耳朵仍灵，段誉在门外呼吸粗重，登时便给她听见了，问道：“谁在外边？”伸头出来一张，见到段誉，恶狠狠的问道：“你是谁？”段誉笑道：“我是夫人命我种茶花的花儿匠，请问严妈妈，有新鲜上好的花肥没有？”严妈妈道：“你等一会，过不多时就有了。”转过头来向王语嫣道：“小姐，表少爷很喜欢这两个丫头罢？”

王语嫣道：“是啊，你还是别伤了她们的好。”严妈妈点头道：“小姐，夫人吩咐，割了两个小丫头的右手，赶出庄去，再对她们说：‘以后只要再给我见到，立刻砍了脑袋！’是不是？”王语嫣道：“是啊。”她这两字一出口，立时知道不对，急忙伸手按住了嘴唇。段誉暗暗叫苦：“唉，这位小姐，连撒个谎也不会。”

幸好严妈妈似乎年老胡涂，对这个大破绽全没留神，说道：“小姐，麻绳绑得很紧，你来帮我解一解。”

王语嫣道：“好罢！”走到阿朱身旁，去解缚住她手腕的麻绳，蓦然间喀喇一声响，铁柱中伸出一根弧形钢条，套住了她的纤腰。王语嫣“啊”的一声，惊呼了出来。那钢条套住在她腰间，尚有数寸空隙，但要脱出，却是万万不能。

段誉一惊，忙抢进屋来，喝道：“你干什么？快放了小姐。”

严妈妈叽叽叽的连声怪笑，说道：“夫人既说再见到两个小丫头，立时便砍了脑袋，怎会叫她们去问话？夫人有多少丫头，何必要小姐亲来？这中间古怪甚多。小姐，你在这儿待一会，让我去亲自问过夫人再说。”

王语嫣怒道：“你没上没下的干什么？快放开我！”严妈妈道：“小姐，我对夫人忠心耿耿，不敢做半点错事。慕容家的姑太太实在对夫人不起，说了许多坏话，诽谤夫人的清白名声，别说夫人生气，我们做下人的也是恨之入骨。哪一日只要夫人一点头，我们立时便去掘了姑太太的坟，将她尸骨拿到花肥房来，一般的做了花肥。小姐，我跟你说，姓慕容的没一个好人，这两个小丫头，夫人是定然不会相饶的。但小姐既这么吩咐，待我去问过夫人再说，倘然确是如此，老婆子再向小姐磕头陪不是，你用家法板子打老婆子背脊好了。”王语嫣大急，道：“喂，喂，你别去问夫人，我妈要生气的。”

严妈妈更无怀疑，小姐定是背了母亲弄鬼，为了回护表哥的使婢，假传号令。她要乘机领功，说道：“很好，很好！小姐稍待片刻，老婆子一会儿便来。”王语嫣叫道：“你别去，先放开我再说。”严妈妈哪来理她，快步便走出屋去。

段誉见事情紧急，张开双手，拦住她去路，笑道：“你放了小姐，再去请问夫人，岂不是好？你是下人，得罪了小姐，总究不妙。”

严妈妈眯着一双小眼，侧过了头，说道：“你这小子很有点不妥。”一翻手便抓住了段誉的手腕，将他拖到铁柱边，扳动机括，喀的一声，铁柱中伸出钢环，也圈住了他腰。段誉大急，伸右手牢牢抓住她左手手腕，死也不放。

严妈妈一给他抓住，立觉体中内力源源不断外泄，说不出的难受，怒喝：“放开手！”她一出声呼喝，内力外泄更加快了，猛力挣扎，脱不开段誉的掌握，心下大骇，叫道：“臭小子……你干什么？快放开我。”

段誉和她丑陋的脸孔相对，其间相距不过数寸。他背心给铁柱顶住了，脑袋无法后仰，眼见她既黄且脏的利齿似乎便要来咬自己咽喉，又是害怕，又想作呕，但知此刻千钧一发，要是放脱了她，王语嫣固受重责，自己与朱碧二女更将性命不保，只有闭上眼睛不去瞧她。

严妈妈道："你……你放不放我？"语声已有气无力。段誉最初吸取无量剑七弟子的内力需时甚久，其后更得了不少高手的部份内力，他内力越强，北冥神功的吸力也就越大，这时再吸严妈妈的内力，那只片刻之功。严妈妈虽然凶悍，内力却颇有限，不到一盏茶时分，已然神情委顿，只上气不接下气的道："放……开我，放……放……放手……"

段誉道："你开机括先放我啊。"严妈妈道："是，是！"蹲下身来，伸出右手去拨动藏在桌子底下的机括，喀的一响，圈在段誉腰间的钢环缩了回去。段誉指着王语嫣和朱碧二女，命她立即放人。

严妈妈伸指去扳扣住王语嫣的机括，扳了一阵，竟纹丝不动。段誉怒道："你还不快放了小姐？"严妈妈愁眉苦脸的道："我……我半分力气也没有了。"

段誉伸手到桌子底下，摸到了机钮，用力一扳，喀的一声，圈在王语嫣腰间的钢环缓缓缩进铁柱之中。段誉大喜，但右手兀自不敢就此松开严妈妈的手腕，拾起地下长刀，挑断了缚在阿碧手上的麻绳。

阿碧接过刀来，割开阿朱手上的束缚。两人取出口中的麻核桃，又惊又喜，半晌说不出话来。

王语嫣向段誉瞪了几眼，脸上神色又是诧异，又有些鄙夷，说道："你怎么会使'化功大法'？这等污秽的功夫，学来干什么？"

段誉摇头道："我这不是化功大法。"心想如从头述说，一则说来话长，二则她未必入信，不如随口捏造个名称，便道："这是我大理段氏家传的'六阳融雪功'，是从一阳指和六脉神剑中变化出来的，和化功大法一正一邪，一善一恶，全然的不可同日而语。"

王语嫣登时便信了，嫣然一笑，说道："对不起，那是我孤陋寡闻。大理段氏的一阳指和六脉神剑我是久仰的了，‘六阳融雪功’却是今日第一次听到。日后还要请教。”

段誉听得美人肯向自己求教，自是求之不得，忙道：“小姐但有所询，自当和盘托出，不敢有半点藏私。”

阿朱和阿碧万万料不到段誉会在这紧急关头赶到相救，而见他和王小姐谈得这般投机，更是大感诧异。阿朱道：“姑娘，段公子，多谢你们两位相救。我们须得带了这严妈妈去，免得她泄漏机密。”

严妈妈大急，心想给这小丫头带了去，十九性命难保，叫道：“小姐，小姐，慕容家的姑太太说夫人偷汉子，说你……”阿朱左手捏住她面颊，右手便将自己嘴里吐出来的麻核桃塞入她口中。

段誉笑道：“妙啊，这是慕容门风，叫作‘以彼之道，还施彼身’。”

王语嫣道：“我跟你们一起去，去瞧瞧他……”说着满脸红晕，低声道：“瞧瞧他……他怎样了。”她一直犹豫难决，刚才一场变故却帮她下了决心。

阿朱喜道：“姑娘肯去援手，当真再好也没有了。那么这严妈妈也不用带走啦。”二女拉过严妈妈，推到铁柱之旁，扳动机括，用钢环圈住了她。四人轻轻带上了石屋的石门，快步走向湖边。

幸好一路上没撞到庄上婢仆，四人上了朱碧二女划来的小船，扳桨向湖中划去。阿朱、阿碧、段誉三人一齐扳桨，直到再也望不见曼陀山庄花树的丝毫影子，四人这才放心。但怕王夫人驶了快船追来，仍是手不停划。

划了半天，眼见天色向晚，湖上烟雾渐浓，阿朱道：“姑娘，这儿离婢子的下处较近，今晚委屈你暂住一宵，再商量怎生去寻公子，好不好？”王语嫣道：“嗯，就是这样。”她离曼陀山庄越远，越是沉默。

段誉见湖上清风拂动她的衫子，黄昏时分，微有寒意，心头忽然感到一阵凄凉之意，初出来时的欢乐心情渐渐淡了。

又划良久，望出来各人的眼鼻都已朦朦胧胧，只见东首天边有灯火闪烁。阿碧道："那边有灯火处，就是阿朱姊姊的听香水榭。"小船向着灯火直划。段誉忽想："此生此世，只怕再无今晚之情。如此湖上泛舟，若能永远到不了灯火处，岂不是好？"突然间眼前一亮，一颗大流星从天边划过，拖了一条长长的尾巴。

王语嫣低声说了句话，段誉却没听得清楚。黑暗之中，只听她幽幽叹了口气。阿碧柔声道："姑娘放心，公子这一生逢凶化吉，从来没遇到过什么危难。"王语嫣道："少林寺享名数百年，毕竟非同小可。但愿寺中高僧明白道理，肯听表哥分说，我就只怕……就只怕表哥脾气大，跟少林寺的和尚们言语冲突起来，唉……"她顿了一顿，轻轻的道："每逢天上飞过流星，我这愿总是许不成。"

江南自来相传，当流星横过天空之时，如有人能在流星消失前说一个愿望，则不论如何为难之事，都能如意称心。但流星总是一闪即没，许愿者没说得几个字，流星便已不见。千百年来，江南的小儿女不知因此而怀了多少梦想，遭了多少失望。王语嫣虽于武学所知极多，那儿女情怀，和寻常的农家女孩、湖上姑娘也没什么分别。

段誉听了这句话，心中又是一阵难过，明知她所许的愿望必和慕容公子有关，定是祈求他平安无恙，万事顺遂。蓦地想起："在这世界上，可也有哪一个少女，会如王姑娘这般在暗暗为我许愿么？婉妹从前爱我甚深，但她既知我是她的兄长之后，自当另有一番心情。这些日子中不知她到了何处？是否遇上了如意郎君？钟灵呢？她知不知我是她的亲哥哥？就算不知，她偶尔想到我之时，也不过心中一动，片刻间便抛开了，决不致如王姑娘这般，对她意中人如此铭心刻骨的思念。"

包不同公然逐客，段誉虽对王语嫣恋恋不舍，总不能老着脸皮硬留下来，当下一狠心，站起身来，说道："王姑娘，阿朱、阿碧两位姑娘，在下这便告辞，后会有期。"

十三

水榭听香　指点群豪戏

小船越划越近，阿朱忽然低声道：“阿碧，你瞧，这样子有点儿不对。”阿碧点头道：“嗯，怎么点了这许多灯？”轻笑了两声，说道：“阿朱阿姊，你家里在闹元宵吗？这般灯烛辉煌的，说不定他们是在给你做生日。”阿朱默不作声，只是凝望湖中的点点灯火。

段誉远远望去，见一个小洲上八九间房屋，其中两座是楼房，每间房子窗中都有灯火映出来。他心道：“阿朱所住之处叫做‘听香水榭’，想来和阿碧的‘琴韵小筑’差不多。听香水榭中处处红烛高烧，想是因为阿朱姊姊爱玩热闹。”

小船离听香水榭约莫里许时，阿朱停住了桨，说道：“王姑娘，我家里来了敌人。”王语嫣吃了一惊，道：“什么？来了敌人？你怎知道？是谁？”阿朱道：“是什么敌人，那可不知。不过你闻啊，这般酒气薰天的，定是许多恶客乱搅出来的。”王语嫣和阿碧用力嗅了几下，都嗅不出什么。段誉辨得出的只是少女体香，别的也就与常人无异。

阿朱的鼻子却特别灵敏，说道：“糟啦，糟啦！他们打翻了我的茉莉花露、玫瑰花露，啊哟不好，我的寒梅花露也给他们糟蹋了……”说到后来，几乎要哭出声来。

段誉大是奇怪，问道："你眼睛这么好，瞧见了么？"阿朱哽咽道："不是的。我闻得到。我花了很多心思，才浸成了这些花露，这些恶客定是当酒来喝了！"阿碧道："阿朱姊姊，怎么办？咱们避开呢，还是上去动手？"阿朱道："不知敌人是不是很厉害……"段誉道："不错，倘若厉害呢，那就避之则吉。如是一些平庸之辈，还是去教训教训他们的好，免得阿朱姊姊的珍物再受损坏。"阿朱心中正没好气，听他这几句话说了等如没说，便道："避强欺弱，这种事谁不会做？你怎知敌人很厉害呢，还是平庸之辈？"段誉张口结舌，说不出话来。

阿朱道："咱们这就过去瞧个明白，不过大伙儿得先换套衣衫，扮成了渔翁、渔婆儿一般。"她手指东首，说道："那边所住的打渔人家，都认得我的。咱们借衣裳去。"段誉拍手笑道："妙极，妙极！"阿朱木桨一扳，便向东边划去，想到乔装改扮，便即精神大振，于家中来了敌人之事也不再如何着恼了。

阿朱先和王语嫣、阿碧到渔家借过衣衫换了。她自己扮成个老渔婆，王语嫣和阿碧则扮成了中年渔婆，然后再唤段誉过去，将他装成个四十来岁的渔人。阿朱的易容之术当真巧妙无比，拿些面粉泥巴，在四人脸上这里涂一块，那边黏一点，霎时之间，各人的年纪、容貌全都大异了。她又借了渔舟、渔网、钓杆、活鱼等等，划了渔舟向听香水榭驶去。

段誉、王语嫣等相貌虽然变了，声音举止却处处露出破绽，阿朱那乔装的本事，他们连一成都学不上。王语嫣笑道："阿朱，什么事都由你出头应付，我们只好装哑巴。"阿朱笑道："是了，包你不穿便是。"

渔舟缓缓驶到水榭背后。段誉只见前后左右处处都是杨柳，但阵阵粗暴的轰叫声不断从屋中传出来。这等叫嚷吆喝，和周遭精巧幽雅的屋宇花木实是大大不称。

阿朱叹了一口气，十分不快。阿碧在她耳边道："阿朱阿姊，赶走了敌人之后，我来帮你收作。"阿朱捏了捏她的手示谢。

她带着段誉等三人从屋后走到厨房，见厨师老顾忙得满头大汗，正不停口的向镬中吐唾沫，跟着双手连搓，将污泥不住搓到镬中。阿朱又好气、又好笑，叫道："老顾，你在干什么？"老顾吓了一跳，惊道："你……你……"阿朱笑道："我是阿朱姑娘。"老顾大喜，道："阿朱姑娘，来了好多坏人，逼着我烧菜做饭，你瞧！"一面说，一面醒了些鼻涕抛在菜中，吃吃的笑了起来。阿朱皱眉道："你烧这般脏的菜。"老顾忙道："姑娘吃的菜，我做的时候一双手洗得干干净净。坏人吃的，那是有多脏，便弄多脏。"阿朱道："下次我见到你做的菜，想起来便恶心。"老顾道："不同，不同，完全不同。"阿朱虽是慕容公子的使婢，但在听香水榭却是主人，另有婢女、厨子、船夫、花匠等服侍。

阿朱问道："有多少敌人？"老顾道："先来的一伙有十八九个，后来的一伙有二十多个。"阿朱道："有两伙么？是些什么人？什么打扮？听口音是哪里人？"老顾骂道："操他伊啦娘……"骂人的言语一出口，急忙伸手按住嘴巴，甚是惶恐，道："阿朱姑娘，老顾真该死。我……我气得胡涂了。这两起坏人，一批是北方蛮子，瞧来都是强盗。另一批是四川人，个个都穿白袍，也不知是啥路道。"阿朱道："他们来找谁？有没伤人？"老顾道："第一批强盗来找老爷，第二批怪人来找公子爷。我们说老爷故世了，公子爷不在，他们不信，前前后后的大搜了一阵。庄上的丫头都避开了，就是我气不过，操……"本来又要骂人，一句粗话到得口边，总算及时缩回。阿朱等见他左眼乌黑，半边脸颊高高肿起，想是吃了几下狠的，无怪他要在菜肴中吐唾沫、醒鼻涕，聊以泄愤。

阿朱沉吟道："咱们得亲自去瞧瞧，老顾也说不明白。"带着段誉、王语嫣、阿碧三人从厨房侧门出去，经过了一片茉莉花坛，穿过两扇月洞门，来到花厅之外。离花厅后的门窗尚有数丈，已听得厅中一阵阵喧哗之声。

阿朱悄悄走近，伸指甲挑破窗纸，凑眼向里张望。但见大厅上灯烛辉煌，可是只照亮了东边的一面，十八九个粗豪大汉正在放怀畅饮，桌上杯盘狼藉，地下椅子东倒西歪，有几人索性坐在桌上，有的手中抓着鸡腿、猪蹄大嚼。有的挥舞长刀，将盘中一块块牛肉用刀尖挑起了往口里送。

阿朱再往西首望去，初时也不在意，但多瞧得片刻，不由得心中发毛，背上暗生凉意，但见二十余人都身穿白袍，肃然而坐，桌上只点了一根蜡烛，烛光所及不过数尺方圆，照见近处那六七人个个脸上一片木然，既无喜容，亦无怒色，当真有若僵尸，这些人始终不言不动的坐着，若不是有几人眼珠偶尔转动，真还道个个都是死人。

阿碧凑近身去，握住阿朱的手，只觉她手掌冷冰冰地，更微微发颤，当下也挑破窗纸向里张望，她眼光正好和一个蜡黄脸皮之人双目相对。那人半死不活的向她瞪了一眼，阿碧吃了一惊，不禁“啊”的一声低呼。

砰砰两声，长窗震破，四个人同时跃出，两个是北方大汉，两个是川中怪客，齐声喝问：“是谁？”

阿朱道：“我们捉了几尾鲜鱼，来问老顾要勿要。今朝的虾儿也是鲜龙活跳的。”她说的是苏州土白，四条大汉原本不懂，但见四人都作渔人打扮，手中提着的鱼虾不住跳动，不懂也就懂了。一条大汉从阿朱手里将鱼儿抢过去，大声叫道：“厨子，厨子，拿去做醒酒汤喝。”另一个大汉去接段誉手中的鲜鱼。

那两个四川人见是卖鱼的，不再理会，转身便回入厅中。阿碧当他二人经过身旁时，闻到一阵浓烈的男人体臭，忍不住伸手掩住鼻子。一个四川客一瞥之间见到她衣袖褪下，露出小臂肤白胜雪，嫩滑如脂，疑心大起："一个中年渔婆，肌肤怎会如此白嫩？"反手一把抓住阿碧，问道："格老子的，你几岁？"阿碧吃了一惊，反手甩脱他手掌，说道："你做啥介？动手动脚的？"她说话声音娇柔清脆，这一甩又出手矫捷，那四川客只觉手臂酸麻，一个踉跄，向外跌了几步。

这么一来，底细登时揭穿，厅外的四人同声喝问，厅中又涌出十余人来，将段誉等团团围住。一条大汉伸手去扯段誉的胡子，假须应手而落。另一个汉子要抓阿碧，被阿碧斜身反推，跌倒在地。

众汉子更大声吵嚷起来："是奸细，是奸细！""乔装假扮的贼子！""快吊起来拷打！"拥着四人走进厅内，向东首中坐的老者禀报道："姚寨主，拿到了乔装的奸细。"

那老者身材魁梧雄伟，一部花白胡子长至胸口，喝道："哪里来的奸细？装得鬼鬼祟祟的，想干什么坏事？"

王语嫣道："扮作老太婆，一点也不好玩，阿朱，我不装啦。"说着伸手在脸上擦了几下，泥巴和面粉堆成的满脸皱纹登时纷纷跌落，众汉子见到一个中年渔婆突然变成了一个美丽绝伦的少女，无不目瞪口呆，霎时间大厅中鸦雀无声，坐在西首一众四川客的目光也都射在她身上。

王语嫣道："你们都将乔装去了罢。"向阿碧笑道："都是你不好，泄漏了机关。"阿朱、阿碧、段誉三人当下各自除去了脸上的化装。众人看看王语嫣，又看看阿朱、阿碧，想不到世间竟有这般粉装玉琢似的姑娘。

隔了好一阵，那魁梧老者才问："你们是谁？到这里来干什么？"阿朱笑道："我是这里主人，竟要旁人问我到这里来干什么，岂不奇怪？你们是谁？到这里来干什么？"那老者点头道：

“嗯，你是这里的主人，那好极了。你是慕容家的小姐？慕容博是你爹爹罢？”阿朱微笑道：“我只是个丫头，怎有福气做老爷的女儿？阁下是谁？到此何事？”那老者听她自称是个丫头，意似不信，沉吟半晌，才道：“你去请主人出来，我方能告知来意。”阿朱道：“我们老主人故世了，少主人出门去了。阁下有何贵干，就跟我说好啦。阁下的姓名，难道不能示知么？”那老者道：“嗯，我是云州秦家寨的姚寨主，姚伯当便是。”阿朱道：“久仰，久仰。”姚伯当笑道：“你一个小小姑娘，久仰我什么？”

王语嫣道：“云州秦家寨，最出名的武功是五虎断门刀，当年秦公望前辈自创这断门刀六十四招后，后人忘了五招，听说只有五十九招传下来。姚寨主，你学会的是几招？”

姚伯当大吃一惊，冲口而出：“我秦家寨五虎断门刀原有六十四招，你怎么知道？”王语嫣道：“书上是这般写的，那多半不错罢？缺了的五招是‘白虎跳涧’、‘一啸风生’、‘剪扑自如’、‘雄霸群山’，那第五招嘛，嗯，是‘伏象胜狮’，对不对？”

姚伯当摸了摸胡须，本门刀法中有五招最精要的招数失传，他是知道的，但这五招是什么招数，本门之中却谁也不知。这时听她侃侃而谈，又是吃惊，又是起疑，对她这句问话却答不上来。

西首白袍客中一个三十余岁的汉子阴阳怪气的道：“秦家寨五虎断门刀少了哪五招，姚寨主贵人事忙，已记不起啦。这位姑娘，跟慕容博慕容先生如何称呼？”王语嫣道：“慕容老爷子是我姑丈。阁下尊姓大名？”那汉子冷笑道：“姑娘家学渊源，熟知姚寨主的武功家数。在下的来历，倒要请姑娘猜上一猜。”王语嫣微笑道：“那你得显一下身手才成。单凭几句说话，我可猜不出来。”

那汉子点头道：“不错。”左手伸入右手衣袖，右手伸入左手衣袖，便似冬日笼手取暖一般，随即双手伸出，手中已各握了一柄奇形兵刃，左手是柄六七寸长的铁锥，锥尖却曲了两曲，右手则是个八角小锤，锤柄长仅及尺，锤头还没常人的拳头大，两件兵器小巧玲珑，倒像是孩童的玩具，用以临敌，看来全无用处。东首的北方大汉见了这两件古怪兵器，当下便有数人笑出声来。一个大汉笑道：“川娃子的玩意儿，也拿出来丢人现眼！”西首众人齐向他怒目而视。

王语嫣道：“嗯，你这是‘雷公轰’，阁下想必长于轻功和暗器了。书上说‘雷公轰’是四川青城山青城派的独门兵刃，‘青’字九打，‘城’字十八破，奇诡难测。阁下多半是复姓司马罢？”

那汉子一直脸色阴沉，听了她这几句话，不禁耸然动容，和他身旁三名副手面面相觑，隔了半晌，才道：“姑苏慕容氏于武学一道渊博无比，果真名不虚传。在下司马林。请问姑娘，是否‘青’字真有九打，‘城’字真有十八破？”

王语嫣道：“你这句话问得甚好。我以为‘青’字称作十打较妥，铁菩提和铁莲子外形虽似，用法大大不同，可不能混为一谈。至于‘城’字的十八破，那‘破甲’、‘破盾’、‘破牌’三种招数无甚特异之处，似乎故意拿来凑成十八之数，其实可以取消或者合并，称为十五破或十六破，反而更为精要。”

司马林只听得目瞪口呆，他的武功“青”字只学会了七打，铁莲子和铁菩提的分别，全然不知；至于破甲、破盾、破牌三种功夫，原是他毕生最得意的武学，向来是青城派的镇山绝技，不料这少女却说尽可取消。他先是一惊，随即大为恼怒，心道：“我的武功、姓名，慕容家自然早就知道了，他们想折辱于我，便编了这样一套鬼话出来，命一个少女来大言炎炎。”当下也不发作，只道：“多谢姑娘指教，令我茅塞顿开。”微一沉吟间，向他左首的副手道：“诸师弟，你不妨向这位姑娘领教领教。”

那副手诸保昆是个满脸麻皮的丑陋汉子，似比司马林还大了几岁，一身白袍之外，头上更用白布包缠，宛似满身丧服，于朦胧烛光之下更显得阴气森森。他站起身来，双手在衣袖中一拱，取出的也是一把短锥，一柄小锤，和司马林一模一样的一套“雷公轰”，说道：“请姑娘指点。”

旁观众人均想：“你的兵刃和那司马林全无分别，这位姑娘既识得司马林的，难道就不识得你的？”王语嫣也道：“阁下既使这‘雷公轰’，自然也是青城一派了。”司马林道：“我这诸师弟是带艺从师。本来是哪一门哪一派，却要考较考较姑娘的慧眼。”心想：“诸师弟原来的功夫门派，连我也不大了然，你要是猜得出，那可奇了。”王语嫣心想：“这倒确是个难题。”

她尚未开言，那边秦家寨的姚伯当抢着说道：“司马掌门，你要人家姑娘识出你师弟的本来面目，那有什么意思？这岂不是没趣之极么？”司马林愕然道：“什么没趣之极？”姚伯当笑道：“令师弟现下满脸密圈，雕琢得十分精细。他的本来面目嘛，自然就没这么考究了。”东首众大汉尽皆轰声大笑。

诸保昆生平最恨人嘲笑他的麻脸，听得姚伯当这般公然讥嘲，如何忍耐得住？也不理姚伯当是北方大豪、一寨之主，左手钢锥尖对准了他胸膛，右手小锤在锥尾一击，嗤的一声急响，破空声有如尖啸，一枚暗器向姚伯当胸口疾射过去。

秦家寨和青城派一进听香水榭，暗中便较上了劲，双方互不为礼，你眼睛一瞪，我鼻孔一哼，倘若王语嫣等不来，一场架多半已经打上了。姚伯当出口伤人，原是意在挑衅，但万万想不到对方说干就干，这暗器竟来得如此迅捷，危急中不及拔刀挡格，左手抢过身前桌上的烛台，看准了暗器一击。当的一声响，暗器向上射去，拍的一下，射入梁中，原来是根三寸来长的钢针。钢针虽短，力道却十分强劲，姚伯当左手虎口一麻，烛台掉在地下，呛啷啷的直响。

秦家寨群盗纷纷拔刀，大声叫嚷：“暗器伤人么？”“算是哪一门子的英雄好汉？”“不要脸，操你奶奶的雄！”一个大胖子更满口污言秽语，将对方的祖宗十八代都骂上了。青城派众人却始终阴阳怪气的默不作声，对秦家寨群盗的叫骂宛似不闻不见。

姚伯当适才忙乱中去抢烛台，仓卒之际，原是没有拿稳，但以数十年的功力修为，竟给小小一枚钢针打落了手中物事，以武林中的规矩而论，已是输了一招，心想：“对方的武功颇有点邪门，听那小姑娘说，青城派有什么‘青’字九打，似乎都是暗青子的功夫，要是不小心在意，怕要吃亏。”当下挥手止住属下群盗叫闹，笑道：“诸兄弟这一招功夫俊得很，可也阴毒得很哪！那叫什么名堂？”

诸保昆嘿嘿冷笑，并不答话。

秦家寨的大胖子道：“多半叫作‘不要脸皮，暗箭伤人’！”另一个中年人笑道：“人家本来是不要脸皮了嘛。这一招的名称很好，名副其实，有学问，有学问！”言语之中，又是取笑对方的麻脸。

王语嫣摇了摇头，柔声道：“姚寨主，这就是你的不对了。”姚伯当道：“怎么？”王语嫣道：“任谁都难保有病痛伤残。小时候不小心摔一交，说不定便跌跛了腿。跟人交手，说不定便丢了一手一目。武林中的朋友们身上有什么损伤，那是平常之极的事，是不是？”姚伯当只得点了点头。王语嫣又道：“这位诸爷幼时患了恶疾，身上有些疤痕，那有什么可笑？男子汉大丈夫，第一论人品心肠，第二论才干事业，第三论文学武功。脸蛋儿俊不俊，有什么相干？”

姚伯当不由得哑口无言，哈哈一笑，说道：“小姑娘的言语倒也有些道理。这么说来，是老夫取笑诸兄弟的不是了。”

王语嫣嫣然一笑，道：“老爷子坦然自认其过，足见光明磊落。”转脸向诸保昆摇了摇头，道：“不行的，那没有用。”说这句话时，脸上神情又温柔，又同情，便似是一个做姊姊的，看到小兄弟忙得满头大汗要做一件力所不胜的事，因而出言规劝一般，语调也甚是亲切。

诸保昆听她说武林中人身上有何损伤乃是家常便饭，又说男子汉大丈夫当以品格功业为先，心中甚是舒畅，他一生始终为一张麻脸而郁郁不乐，从来没听人开解得如此诚恳，如此有理，待听她最后说“不行的，那没有用”，便问：“姑娘说什么？”心想：“她说我这‘天王补心针’不行么？没有用么？她不知我这锥中共有一十二枚钢针。倘若不停手的击锤连发，早就要了这老家伙的性命。只是在司马林之前，却不能泄漏了机关。”

只听得王语嫣道：“你这‘天王补心针’，果然是一门极霸道的暗器……”诸保昆身子一震，“哦”的一声。司马林和另外两个青城派高手不约而同的叫了出来：“什么？”诸保昆脸色已变，说道：“姑娘错了，这不是天王补心针。这是我们青城派的暗器，是‘青’字第四打的功夫，叫做‘青蜂钉’。”

王语嫣微笑道：“‘青蜂钉’的外形倒是这样的。你发这天王补心针，所用的器具、手法，确和青蜂钉完全一样，但暗器的本质不在外形和发射的姿式，而在暗器的劲力和去势。大家发一枚钢镖，少林派有少林派的手劲，昆仑派有昆仑派的手劲，那是勉强不来的。你这是……”

诸保昆眼光中陡然杀气大盛，左手的钢锥倏忽举到胸前，只要锤子在锥尾这么一击，立时便有钢针射向王语嫣。旁观众人中倒有一半惊呼出声，适才见他发针射击姚伯当，去势之快，劲道之强，暗器中罕有其匹，显然那钢锥中空，里面装有强力的机簧，否则决非人力之所能，而锥尖弯曲，更使人决计想不到可由此中发射暗器，谁知锥中空管却是笔直的。亏得姚伯当眼明手快，这才逃过了一劫，倘若他再向王语嫣射出，这样一个娇滴滴的美人如何闪避得过？但诸保昆见她如此丽质，毕竟下不了杀手，又想到她适才为己辩解，心存感激，喝道：“姑娘，你别多嘴，自取其祸。”

就在此时，一人斜身抢过挡在王语嫣之前，却是段誉。

王语嫣微笑道："段公子，多谢你啦。诸大爷，你不下手杀我，也多谢你。不过你就算杀了我，也没用的。青城、蓬莱两派世代为仇。你所图谋的事，八十余年之前，贵派第七代掌门人海风子道长就曾试过了。他的才干武功，只怕都不在你之下。"

青城派众人听了这几句话，目光都转向诸保昆，狠狠瞪视，无不起疑："难道他竟是我们死对头蓬莱派的门下，到本派卧底来的？怎地他一口四川口音，丝毫不露山东乡谈？"

原来山东半岛上的蓬莱派雄长东海，和四川青城派虽一个在东，一个在西，但百余年前两派高手结下了怨仇，从此辗转报复，仇杀极惨。两派各有绝艺，互相克制，当年双方所以结怨生仇，也就是因谈论武功而起。经过数十场大争斗、大仇杀，到头来蓬莱固然胜不了青城，青城也胜不了蓬莱。每斗到惨烈处，往往是双方好手两败俱伤，同归于尽。

王语嫣所说的海风子乃是蓬莱派中的杰出人才。他细细参究两派武功的优劣长短，知道凭着自己的修为，要在这一代中盖过青城，那并不难，但日后自己逝世，青城派中出了聪明才智之士，便又能盖过本派。为求一劳永逸，于是派了自己最得意的弟子，混入青城派中偷学武功，以求知己知彼，百战百胜。可是那弟子武功没学全，便给青城派发觉，即行处死。这么一来，双方仇怨更深，而防备对方偷学本派武功的戒心，更是大增。

这数十年中，青城派规定不收北方人为徒，只要带一点儿北方口音，别说他是山东人，便是河北、河南、山西、陕西，也都不收。后来规矩更加严了，变成非川人不收。

"青蜂钉"是青城派的独门暗器，"天王补心针"则是蓬莱派的功夫。诸保昆发的明明是"青蜂钉"，王语嫣却称之为"天王补心针”，这一来青城派上下自是大为惊惧。要知蓬莱派和青城派一般的规矩，也是严定非山东人不收，其中更以鲁东人为佳，甚至鲁西、鲁南之人，要投入蓬莱派也是千难万难。一个人乔装改扮，不易露出破绽，但说话的乡音语调，一千句话中总难免泄漏一句。诸保昆出自川西灌县诸家，那是西川的世家大族，怎地会是蓬莱派的门下？各人当真做梦也想不到。司马林先前要王语嫣猜他的师承来历，只不过出个题目难难这小姑娘，全无怀疑诸保昆之意，哪知竟得了这样一个惊心动魄的答案。

这其中吃惊最甚的，自然是诸保昆了。原来他师父叫作都灵道人，年青时曾吃过青城派的大亏，处心积虑的谋求报复，在四川各地暗中窥视，找寻青城派的可乘之隙。这一年在灌县见到了诸保昆，那时他还是个孩子，但根骨极佳，实是学武的良材，于是筹划到一策。他命人扮作江洋大盗，潜入诸家，绑住诸家主人，大肆劫掠之后，拔刀要杀了全家灭口，又欲奸淫诸家的两个女儿。都灵子早就等在外面，直到千钧一发的最危急之时，这才挺身而出，逐走一群假盗，夺还全部财物，令诸家两个姑娘得保清白。诸家的主人自是千恩万谢，感激涕零。

都灵子动以言辞，说道：“若无上乘武艺，纵有万贯家财，也难免为歹徒所欺。这群盗贼武功不弱，这番受了挫折，难免不卷土重来。”那诸家是当地身家极重的世家，眼见家中所聘的护院武师给盗贼三拳两脚便即打倒在地，听说盗贼不久再来，吓得魂飞天外，苦苦哀求都灵子住下。都灵子假意推辞一番，才勉允所请，过不多时，便引得诸保昆拜之为师。

都灵子除了刻意与青城派为仇之外，为人倒也不坏，武功也甚了得。他嘱咐诸家严守秘密，暗中教导诸保昆练武。十年之后，诸保昆已成为蓬莱派中数一数二的人物。这都灵子也真耐得，他自在诸府定居之后，当即扮作哑巴，自始至终，不与谁交谈一言半语，传授诸保昆功夫之时，除了手脚比划姿式，一切指点讲授全是用笔书写，绝不吐出半句山东乡谈。因此诸保昆虽和他朝夕相处十年之久，却一句山东话也没听见过。

待得诸保昆武功大成，都灵子写下前因后果，要弟子自决，那假扮盗贼一节，自然隐瞒不提。在诸保昆心中，师父不但是全家的救命恩人，这十年来，更待己恩泽深厚，将全部蓬莱派的武功倾囊相授，早就感激无已，一明白师意，更无半分犹豫，立即便去投入青城派掌门司马卫的门下。这司马卫，便是司马林的父亲。

其时诸保昆年纪已经不小，兼之自称曾跟家中护院的武师练过一些三脚猫的花拳绣腿，司马卫原不肯收。但诸家是川西大财主，有钱有势，青城派虽是武林，终究在川西生根，不愿与当地豪门失和，再想收一个诸家的子弟为徒，颇增本派声势，就此答允了下来。待经传艺，发觉诸保昆的武功着实不错，盘问了几次，诸保昆总是依着都灵子事先的指点，捏造了一派说辞以答。司马卫碍着他父亲的面子，也不过份追究，心想这等富家子弟，能学到这般身手，已算是十分难得了。

诸保昆投入青城之后，得都灵子详加指点，那几门青城派的武学须得加意钻研。他逢年过节，送师父、师兄，以及众同门的礼极重，师父有什么需求，不等开言示意，抢先便办得妥妥贴贴，反正家中有的是钱，一切轻而易举。司马卫心中过意不去，在武功传授上便也绝不藏私，如此七八年下来，诸保昆已尽得青城绝技。

本来在三四年之前，都灵子已命他离家出游，到山东蓬莱山去出示青城武功，以便尽知敌人的秘奥，然后一举而倾覆青城派。但诸保昆在青城门下数年，觉得司马卫待己情意颇厚，传授武功时与对所有亲厚弟子一般无异，想到要亲手覆灭青城一派，诛杀司马卫全家，实在颇有不忍，暗暗打定主意："总须等司马卫师父去世之后，我才能动手。司马林师兄待我平平，杀了他也没什么。"因此上又拖了几年。都灵子几次催促，诸保昆总是推说：青城派中的“青”字九打和“城”字十八破并未学全。都灵子花了这许多心血，自不肯功亏一篑，只待他尽得其秘，这才发难。

但到去年冬天，司马卫在川东白帝城附近，给人用“城”字十二破中的“破月锥”功夫穿破耳鼓，内力深入脑海，因而毙命。那“破月锥”功夫虽然名称中有个“锥”字，其实并非使用钢锥，而是五指成尖锥之形戳出，以浑厚内力穿破敌人耳鼓。

司马林和诸保昆在成都得到讯息，连夜赶来，查明司马卫的伤势，两人又惊又悲，均想本派能使这“破月锥”功夫的，除了司马卫自己之外，只有司马林、诸保昆，以及其他另外两名耆宿高手。但事发之时，四人明明皆在成都，正好相聚在一起，谁也没有嫌疑。然则杀害司马卫的凶手，除了那号称“以彼之道，还施彼身”的姑苏慕容氏之外，再也不可能有旁人了。当下青城派倾巢而出，尽集派中高手，到姑苏来寻慕容氏算帐。

诸保昆临行之前，暗中曾向都灵子询问，是否蓬莱派下的手脚。都灵子用笔写道：“司马卫武功与我在伯仲之间，我若施暗算，仅用天王补心针方能取他性命。倘若多人围攻，须用本派铁拐阵。”诸保昆心想不错，他此刻已深知两位师父的武功修为谁也奈何不了谁，说到要用“破月锥”杀死司马卫，别说都灵子不会这门功夫，就是会得，也无法胜过司马卫的功力。是以他更无怀疑，随着司马林到江南寻仇。都灵子也不加阻拦，只叫他事事小心，但求多增阅历见闻，不可枉自为青城派送了性命。

到得苏州，一行人四下打听，好容易来到听香水榭，云州秦家寨的群盗已先到了一步。青城派门规甚严，若无掌门人的号令，谁也不敢乱说乱动，见到秦家寨群盗这般乱七八糟，都是好生瞧他们不起，双方言语间便颇不客气。青城派志在复仇，于听香水榭中的一草一木都不乱动半点，所吃的干粮也是自己带来。这一来倒反占了便宜，老顾的满口唾沫、满手污泥，青城派众人就没尝到。

王语嫣、阿朱等四人突然到来，奇变陡起。诸保昆以青城手法发射“青蜂钉”，连司马卫生前也丝毫不起疑心，哪知王语嫣这小姑娘竟尔一口叫破。这一下诸保昆猝不及防，要待杀她灭口，只因一念之仁，下手稍慢，已然不及。何况“天王补心针”五字既被司马林等听了去，纵将王语嫣杀了，也已无济于事，徒然更显作贼心虚而已。

这当儿诸保昆全身冷汗直淋，脑中一团混乱，一回头，只见司马林等各人双手笼在衣袖之中，都狠狠瞪着自己。

司马林冷冷的道：“诸爷，原来你是蓬莱派的？”他不再称诸保昆为师弟，改口称之为诸爷，显然不再当他是同门了。

诸保昆承认也不是，不承认也不是，神情极为尴尬。

司马林双目圆睁，怒道：“你到青城派来卧底，学会了‘破月锥’的绝招，便即害死我爹爹。你这狼心狗肺之徒，忒也狠毒。”双臂向外一张，手中已握了雷公轰双刃。他想，本派功夫既被诸保昆学得，自去转授蓬莱派的高手。他父亲死时，诸保昆虽确在成都，但蓬莱派既学到了这手法，那就谁都可以用来害他父亲。

诸保昆脸色铁青，心想师父都灵子派他混入青城派，原是有此用意，但迄今为止，自己可的确没泄漏过半点青城派武功。事情到了这步田地，如何能够辩白？看来眼前便是一场恶战，对方人多势众，司马林及另外两位高手的功夫全不在自己之下，今日眼见性命难保，心道：“我虽未做此事，但自来便有叛师之心，就算给青城派杀了，那也罪有应得。”当下将心一横，只道：“师父决不是我害死的……”

司马林喝道：“自然不是你亲自下手，但这门功夫是你所传，同你亲自下手更有什么分别？”向身旁两个高高瘦瘦的老者说道：

“姜师叔、孟师叔，对付这种叛徒，不必讲究武林中单打独斗的规矩，咱们一起上。”两名老者点了点头，双手从衣袖之中伸出，也都是左手持锥，右手握锤，分从左右围上。

诸保昆退了几步，将背脊靠在厅中的一条大柱上，以免前后受敌。

司马林大叫：“杀了这叛徒，为爹爹复仇！”向前一冲，举锤便往诸保昆头顶打去。诸保昆侧身让过，左手还了一锥。那姓姜老者喝道：“你这叛徒奸贼，亏你还有脸使用本派武功。”左手锥刺他咽喉，右手小锤“凤点头”连敲三锤。

秦家寨群盗见那姓姜老者小锤使得如此纯熟，招数又极怪异，均大起好奇之心。姚伯当等都暗暗点头，心想：“青城派名震川西，实非幸至。”

司马林心急父仇，招数太过莽撞，诸保昆倒还能对付得来，可是姜孟两个老者运起青城派“稳、狠、阴、毒”四大要诀，锥刺锤击，招招往他要害招呼，诸保昆左支右绌，顷刻间险象环生。

他三人的钢锥和小锤招数，每一招诸保昆都烂熟于胸，看了一招，便推想得到以后三四招的后着变化。全仗于此，这才以一敌三，支持不倒，又拆十余招，心中突然一酸，暗想：“司马师父待我实在不薄，司马林师兄和孟姜两位师叔所用的招数，我无一不知。练功拆招之时尚能故意藏私，不露最要紧的功夫，此刻生死搏斗，他们三人自然竭尽全力，可见青城派功夫确是已尽于此。”他感激师恩，忍不住大叫：“师父决不是我害死的……”

便这么一分心，司马林已扑到离他身子尺许之处。青城派所用兵刃极短极小，厉害处全在近身肉搏。司马林这一扑近身，如果对手是别派人物，他可说已然胜了七八成，但诸保昆的武功与他一模一样，这便宜双方却是相等。烛光之下，旁观众人均感眼花缭乱，只见司马林和诸保昆二人出招都是快极，双手乱挥乱舞，只在双眼一睐的刹那之间，两人已拆了七八招。钢锥上戳下挑，小锤横敲竖打，二人均似发了狂一般。但两人招数练得熟极，对方攻击到来，自然而然的挡格还招。两人一师所授，招数法门殊无二致，司马林年轻力壮，诸保昆经验较富。顷刻间数十招过去，旁观众人但听得叮叮当当的兵刃撞击之声，两人如何进攻守御，已全然瞧不出来。

孟姜二老者见司马林久战不下，突然齐声唿哨，着地滚去，分攻诸保昆下盘。

凡使用短兵刃的，除了女子，大都均擅地堂功夫，在地下滚动跳跃，使敌人无所措手。诸保昆于这“雷公着地轰”的功夫原亦熟知，但双手应付司马林的一锥一锤之后，再无余裕去对付姜孟二老，只有窜跳闪避。姜老者铁锤自左向右击去，孟老者的钢锥却自右方戳来。诸保昆飞左足径踢孟老者下颚。孟老者骂道：“龟儿子，拼命么？”向旁一退。姜老者乘势直上，小锤疾扫，便在此时，司马林的小锤也已向他眉心敲到。诸保昆在电光石火之间权衡轻重，举锤挡格司马林的小锤，左腿硬生生的受了姜老者的一击。

锤子虽小，敲击的劲力却着实厉害，诸保昆但觉痛入骨髓，一时也不知左腿是否已经折断，当的一声，双锤相交，火星闪爆，“啊”的一声大叫，左腿又中了孟老者一锥。

这一锥他本可闪避，但如避过了这一击，姜孟二老的“雷公着地轰”即可组成“地母雷网”，便成无可抵御之势，反正料不定左腿是否已断，索性再抵受钢锥的一戳。数招之间，他腿上鲜血飞溅，洒得四壁粉墙上都是斑斑点点。

王语嫣见阿朱皱着眉头，撅起了小嘴，知她厌憎这一干人群相斗殴，弄脏了她雅洁的房舍，微微一笑，叫道：“喂，你们别打了，有话好说，为什么这般蛮不讲理？”司马林等三人一心要将“弑师奸徒”毙于当场；诸保昆虽有心罢手，却哪里能够？王语嫣见四人只顾恶斗，不理自己的话，而不肯停手的主要是司马林等三人，便道：“都是我随口说一句‘天王补心针’的不好，泄漏了诸爷的门户机密。司马掌门，你们快住手！”司马林喝道：“父仇不共戴天，焉能不报？你啰唆什么？”王语嫣道：“你不停手，我可要帮他了！”

司马林心中一凛：“这美貌姑娘的眼光十分厉害，武功也必甚高，她一帮对方，可有点儿不妙。”随即转念：“咱们青城派好手尽出，最多是一拥而上，难道还怕了她这么一个娇滴滴的小姑娘？”手上加劲，更如狂风骤雨般狠打急戳。

王语嫣道：“诸爷，你使‘李存孝打虎势’，再使‘张果老倒骑驴’！”诸保昆一怔，心想：“前一招是青城派武功，后一招是蓬莱派的功夫，这两招决不能混在一起，怎可相联使用？”但这时情势紧急，哪里更有详加考究的余暇，一招“李存孝打虎”使将出去，当当两声，恰好挡开了司马林和姜老者击来的两锤，跟着转身，歪歪斜斜的退出三步，正好避过姜老者的三下伏击。姜老者这一招伏击锥锤并用，连环三击，极是阴毒狠辣。诸保昆这三步每一步都似醉汉踉跄，不成章法，却均在间不容发的空隙之中，恰好避过了对方的狠击，两人倒似是事先练熟了来炫耀本事一般。

这三下伏击本已十分精巧，闪避更是妙到颠毫。秦家寨群盗只瞧得心旷神怡，诸保昆每避过一击，便喝一声采，连避三击，群盗三个连环大采。青城派众人本来脸色阴沉，这时神气更加难看。

段誉叫道：“妙啊，妙啊！诸兄，王姑娘有什么吩咐，你只管照做，包你不会吃亏。”

诸保昆走这三步“张果老倒骑驴”时，全没想到后果，脑海中一片混混噩噩，但觉死也好，活也好，早就将性命甩了出去；没料到青城、蓬莱两派截然不同的武功，居然能连接在一起运使，就此避过这三下险招。他心中的惊骇，比秦家寨、青城派诸人更大得多了。

只听王语嫣又叫："你使'韩湘子雪拥蓝关'，再使'曲径通幽'！"这是先使蓬莱派武功，再使青城派武功，诸保昆想也不想，小锤和钢锥在身前一封，便在此时，司马林和孟老者双锥一齐戳到。三人原是同时出手，但在旁人瞧来，倒似诸保昆先行严封门户，而司马林和孟老者二人明明见到对方封住门户，无隙可乘，仍然花了极大力气使一着废招，将两柄钢锥戳到他锤头之上，当的一击，两柄钢锥同时弹开。诸保昆更不思索，身形一矮，钢锥反手斜斜刺出。

姜老者正要抢上攻他后路，万万想不到他这一锥竟会在这时候从这方位刺到。"曲径通幽"这一招是青城派的武功，姜老者熟知于胸，如此刺法全然不合本派武功的基本道理，诸保昆如在平日练招时使将出来，姜老者非哈哈大笑不可。可是就这么无理的一刺，姜老者便如要自杀一般，快步奔前，将身子凑向他的钢锥，明知糟糕，却已不及收势，噗的一声响，钢锥已插入他腰间。他身形一晃，俯身倒地。青城派中抢出二人，将他扶了回去。

司马林骂道："诸保昆你这龟儿子，你亲手伤害姜师叔，总不再是假的了罢？"王语嫣道："这位姜老爷子是我叫他伤的。你们快停手罢！"司马林怒道："你有本领，便叫他杀了我！"王语嫣微笑道："诸爷，你使一招'铁拐李月下过洞庭'，再使一招'铁拐李玉洞论道'。"

诸保昆应道："是！"心想："我蓬莱派武功之中，只有'吕纯阳月下过洞庭'，只有'汉锺离玉洞论道'，怎地这位姑娘牵扯到铁拐李身上去啦？想来她于本派武功所知究属有限，随口说错了。"但当此紧急之际，司马林和孟老者决不让他出口发问，仔细参详，只得依平时所学，使一招"吕纯阳月下过洞庭"。

这招"月下过洞庭"本来大步而前，姿式飘逸，有如凌空飞行一般，但他左腿接连受了两处创伤之后，大步跨出时一跛一拐，哪里还像吕纯阳，不折不扣便是个铁拐李。可是一跛一拐，竟然也大有好处，司马林连击两锥，尽数落了空。跟着“汉锺离玉洞论道”这招，也是左腿一拐，身子向左倾斜，右手中小锤当作蒲扇，横掠而出时，孟老者正好将脑袋送将上来。拍的一声，这一锤刚巧打在他嘴上，满口牙齿，登时便有十余枚击落在地，只痛得他乱叫乱跳，抛去兵刃，双手捧住了嘴巴，一屁股坐倒。

司马林暗暗心惊，一时拿不定主意，要继续斗将下去，还是暂行罢手，日后再作复仇之计。眼见王语嫣刚才教的这两招实在太也巧妙，事先算定孟老者三招之后，定会扑向诸保昆右侧，而诸保昆在那时小锤横抢出去，正好击中他嘴巴。偏偏诸保昆左腿跛了，“汉锺离玉洞论道”变成了“铁拐李玉洞论道”，小锤斜着出去，否则正击而出，便差了数寸，打他不中，这其中计算之精，料敌之准，实是可惊可骇。

司马林寻思：“要杀诸保昆这龟儿子，须得先阻止这女娃子，不许她指点武功。”正在计谋如何下手加害王语嫣，忽听她说道：“诸相公，你是蓬莱派弟子，混入青城派去偷学武功，原是大大不该。我信得过司马卫老师父不是你害的，凭你所学，就算去教了别的好手，也决不能以‘破月锥’这招，来害死司马老师父。但偷学武功，总是你的不是，快向司马掌门陪个不是，也就是了。”

诸保昆心想此言不错，何况她于自己有救命之恩，全仗她所教这几招方得脱险，她的吩咐自不能违拗，当即向司马林深深一揖，说道：“掌门师哥，是小弟的不是……”

司马林向旁一让，恶狠狠的骂道：“你先人板板，你龟儿还有脸叫我掌门师哥？”

王语嫣叫道：“快！‘遨游东海’！”

诸保昆心中一凛，身子急拔，跃起丈许，但听得嗤嗤嗤响声不绝，十余枚青蜂钉从他脚底射过，相去只一瞬眼之间。若不是王语嫣出言提醒，又若不是她叫出“遨游东海”这一招，单只说“提防暗器”，自己定然凝神注视敌人，哪知道司马林居然在袖中发射青蜂钉，再要闪避，已然不及了。

司马林这门“袖里乾坤”的功夫，那才是青城派司马氏传子不传徒的家传绝技。这是司马氏本家的规矩，孟姜二老者也是不会，司马卫不传诸保昆，只不过遵守祖训，也算不得藏私。殊不知司马林脸上丝毫不动声色，双手只在袖中这么一拢，暗暗扳动袖中“青蜂钉”的机括，王语嫣却已叫破，还指点了一招避这门暗器的功夫，那便是蓬莱派的“遨游东海”。

司马林这势所必中的一击竟然没有成功，如遇鬼魅，指着王语嫣大叫：“你不是人，你是鬼，你是鬼！”

孟老者满口牙齿被小锤击落，有三枚在忙乱中吞入了肚。他年纪已高，但眼明发乌，牙齿坚牢，向来以此自负，其时牙齿掉一枚便少一枚，无假牙可装，自是十分痛惜，满嘴漏风的大叫：“抓了这女娃子，抓了这女娃子！”

青城派中门规甚严，孟老者辈份虽高，但一切事务都须由掌门人示下。众弟子目光都望着司马林，只待他一声令下，便即齐向王语嫣扑去。

司马林冷冷的道：“王姑娘，本派的武功，何以你这般熟悉？”王语嫣道：“我是从书上看来的。青城派武功以诡变险狠见长，变化也不如何繁复，并不难记。”司马林道：“那是什么书？”王语嫣道：“嗯，也不是什么了不起的书。记载青城武功的书有两部，一部是《青字九打》，一部是《城字十八破》，你是青城派掌门，自然都看过了。”

司马林暗叫：“惭愧！”他幼时起始学艺之时，父亲便对他言道：“本门武功，原有青字九打、城字十八破，可惜后来日久失传，残缺不全，以致这些年来，始终跟蓬莱派打成个僵持不决的局面。倘若有谁能找到这套完全的武功，不但灭了蓬莱派只一举手之势，就是称雄天下，也不足为奇。”这时听她说看过此书，不由得胸头火热，说道：“此书可否借与在下一观，且看与本派所学，有何不同之处？”

王语嫣尚未回答，姚伯当已哈哈大笑，说道：“姑娘别上这小子的当。他青城派武功简陋得紧，青字最多有这么三打四打，城字也不过这么十一二破。他想骗你的武学奇书来瞧，千万不能借。”

司马林给他拆穿了心事，青郁郁的一张脸上泛起黑气，说道：“我自向王姑娘借书，又关你秦家寨什么事了？”

姚伯当笑道：“自然关我秦家寨的事。王姑娘这个人，心中记得了这许许多多希奇古怪的武功，谁得到她，谁便是天下无敌。我姓姚的见到金银珠宝，俊童美女，向来伸手便取，如王姑娘这般千载难逢的奇货，如何肯不下手？司马兄弟，你青城派想要借书，不妨来问问我，问我肯是不肯。哈哈，哈哈！你倒猜上一猜，我肯是不肯？”

姚伯当这几句话说得无礼之极，傲慢之至，但司马林和孟姜二老听了，都不由得怦然心动：“这小小女子，于武学上所知，当真深不可测。瞧她这般弱不禁风的模样，要自己动手取胜，当然是不能的，但她经眼看过的武学奇书显然极多，兼之又能融会贯通。咱们若能将她带到青城派中，也不仅仅是学全那青字九打、城字十八破而已。秦家寨已起不轨之心，今日势须大战一场了。”

只听姚伯当又道：“王姑娘，我们原本是来寻慕容家晦气的，瞧这模样，你似乎是慕容家的人了。”

王语嫣听到“你似乎是慕容家的人了”这句话，心中又羞又喜，红晕满脸，轻轻啐了一口，说道：“慕容公子是我表哥，你找他有什么事？他又有什么地方得罪你了？”

姚伯当哈哈一笑，说道："你是慕容复的表妹，那再好也没有了。姑苏慕容家祖上欠了我姚家一百万两金子，一千万两银子，至今已有好几百年，利上加利，这笔帐如何算法？"王语嫣一愕，道："哪有这种事？我姑丈家素来豪富，怎会欠你家的钱？"姚伯当道："是欠还是不欠，你这小姑娘懂得什么？我找慕容博讨债，他倒答允还的，可是一文钱也没还，便双脚一挺死了。老子死了，只好向儿子讨。哪知慕容复见债主临门，竟然躲起来不见，我有什么法子，只好找一件抵押的东西。"

王语嫣道："我表哥慷慨豪爽，倘若欠了你钱，早就还了，就算没欠，你向他要些金银使用，他也决不拒却，岂有怕了你而躲避之理？"

姚伯当眉头一皱，说道："这样罢，这种事情一时也辩不明白。姑娘今日便暂且随我北上，到秦家寨去盘桓一年半载。秦家寨的人决不动姑娘一根寒毛。我姚伯当的老婆是河朔一方出名的雌老虎，老姚在女色上面一向规矩之极，姑娘尽管放心便是。你也不用收拾了，咱们拍手就走。待你表哥凑齐了金银，还清了这笔陈年旧债，我自然护送姑娘回到姑苏，跟你表哥完婚。秦家寨自当送一笔重礼，姚伯当还得来喝你的喜酒呢。"说着裂开了嘴，又哈哈大笑。

这番言语十分粗鲁，最后这几句更是随口调侃，但王语嫣听来却心中甜甜的十分受用，微笑道："你这人便爱胡说八道的，我跟你到秦家寨去干什么？要是我姑丈家真的欠了你银钱，多半是年深月久，我表哥也不知道，只要双方对证明白，我表哥自然会还你的。"

姚伯当本意是想掳走王语嫣，逼她吐露武功，什么一百万两黄金、一千万两白银，全是信口开河，这时听她说得天真，居然对自己的胡诌信以为真，便道："你还是跟我去罢。秦家寨好玩得很，我们养有打猎用的黑豹、大鹰，又有梅花鹿、四不像，包你一年半载也玩不厌。你表哥一得知讯息，立刻便会赶来和你相会。就算他不还我钱，我也就马马虎虎算了，让你和他同回姑苏，你说好不好？”这几句话，可当真将王语嫣说得怦然心动。

司马林见她眼波流转，脸上喜气浮动，心想：“倘若她答允同去云州秦家寨，我再出口阻止，其理就不顺了。”当下不等她接口，抢着便道：“云州是塞外苦寒之地，王姑娘这般娇滴滴的江南大小姐，岂能去挨此苦楚？我成都府号称锦官城，所产锦绣甲于天下，何况风景美丽，好玩的东西更比云州多上十倍。以王姑娘这般人才，到成都去多买些锦缎穿着，当真是红花绿叶，加倍的美丽。慕容公子才貌双全，自也喜欢你打扮得花花俏俏的。”他既认定父亲是蓬莱派所害，对姑苏慕容氏也就没有仇冤了。

姚伯当喝道：“放屁，放屁，放你娘个狗臭屁！姑苏城难道还少得了丝绸锦缎？你睁大狗眼瞧瞧，眼前这三位美貌姑娘，哪一位不会穿着衣衫？”司马林冷哼一声，道：“很臭，果然很臭。”姚伯当怒道：“你是说我么？”司马林道：“不敢！我说狗臭屁果然很臭。”

姚伯当刷的一声，从腰间拔出单刀，叫道：“司马林，我秦家寨对付你青城派，大概半斤八两，旗鼓相当。但若秦家寨和蓬莱派联手，多半能灭了你青城派罢？”

司马林脸上变色，心想：“此言果然不假。我父亲故世后，青城派力量已不如前，再加诸保昆这奸贼已偷学了本派武功，倘若秦家寨再和我们作对，此事大大可虑。常言道先下手为强，后下手遭殃。格老子，今日之事，只有杀他个措手不及。”当下淡淡的道：“你待怎样？”

姚伯当见他双手笼在衣袖之中，知他随时能有阴毒暗器从袖中发出，当下全神戒备，说道：“我请王姑娘到云州去作客，待慕容公子来接她回去。你却来多管闲事，偏不答允，是不是？”

司马林道：“你云州地方太差，未免委屈了王姑娘，我要请王姑娘去成都府耍子。”姚伯当道：“好罢，咱们便在兵刃上分胜败，是谁得胜，谁就做王姑娘的主人。”司马林道：“便是这样。反正打败了的，便想作主人，也总不能将王姑娘请到阴曹地府去。”言下之意是说，这场比拼并非较量武功，实是判生死、决存亡的搏斗。姚伯当哈哈一笑，大声说道：“姚某一生过的，就是刀头上舐血的日子，司马掌门想用这‘死’字来吓人，老子丝毫没放在心上。”司马林道：“咱们如何比法？我跟你单打独斗，还是大伙儿一拥齐上？”

姚伯当道：“就是老夫陪司马掌门玩玩罢……”只见司马林突然转头向左，脸现大惊之色，似乎发生了极奇特的变故。姚伯当一直目不转睛的瞪着他，防他忽施暗算，此时不由自主的也侧头向左瞧去，只听得嗤嗤嗤三声轻响，猛地警觉，暗器离他胸口已不到三尺。他心中一酸，自知已然无幸。

便在这千钧一发的当儿，突然间一件物事横过胸前，哒哒几声，将射来的几枚毒钉尽数打落。毒钉本已极快，以姚伯当如此久经大敌，兀自不能避开，可是这件物事更快了数倍，后发先至，格开了毒钉。这物事是什么东西，姚伯当和司马林都没看见。

王语嫣却欢声叫了起来：“是包叔叔到了吗？”

只听得一个极古怪的声音道：“非也非也，不是包叔叔到了。”

王语嫣笑道：“你还不是包叔叔？人没到，‘非也非也’已经先到了。”那声音道：“非也非也，我不是包叔叔。”王语嫣笑道：“非也非也，那么你是谁？”那声音道：“慕容兄弟叫我一声‘三哥’，你却叫我‘叔叔’。非也非也！你叫错了！”王语嫣晕生双颊，笑道：“你还不出来？”

那声音却不答话。过了一会，王语嫣见丝毫没有动静，叫道：“喂，你出来啊，快帮我们赶走这些乱七八糟的人。”可是四下里寂然无声，显然那姓包之人已然远去。王语嫣微感失望，问阿朱道："他到哪里去啦？"

阿朱微笑道："包三哥自来便是这般脾气，姑娘你说'你还不出来？'他本来是要出来的，听了你这句话，偏偏跟你闹个别扭。只怕今日是再也不来了。"

姚伯当这条性命十成中已去了九成九，多承那姓包的出手相救，心下自是感激。他和青城派本来并无怨无仇，这时却不免要杀司马林而后快，单刀一竖，喝道："无耻之徒，偷放暗器，能伤得了老夫吗？"挥刀便向司马林当头劈去。司马林双手一分，左手钢锥，右手小锤，和姚伯当的单刀斗了起来。

姚伯当膂力沉猛，刀招狠辣，司马林则以轻灵小巧见长。青城派和秦家寨今日第一次较量，双方都由首脑人物亲自出战，胜败不但关系生死，且亦牵连到两派的兴衰荣辱，是以两人谁也不敢有丝毫怠忽。

拆到七十余招后，王语嫣忽向阿朱道："你瞧，秦家寨的五虎断门刀，所失的只怕不止五招。那一招'负子渡河'和'重节守义'，姚当家的不知何以不用？"阿朱全然不懂秦家寨"五虎断门刀"的武功家数，只能唯唯以应。

姚伯当在酣斗之际，蓦地听到这几句话，又是大吃一惊："这小姑娘的眼光恁地了得。五虎断门刀的六十四招刀法，近数十年来只剩下五十九招，那原本不错，可是到了我师父手上，因资质和悟性较差，没学成'负子渡河'和'重节守义'那两招。这两招就此失传了。这样一来，只剩下了五十七招。为了顾全颜面，我将两个变招稍加改动，补足了五十九招之数，竟也给她瞧了出来。"

本来普天下绿林山寨都是乌合之众，任何门派的武人都可聚在一起，干那打家劫舍的勾当，惟有云州秦家寨的众头领都是"五虎断门刀"的门人弟子。别门别派的好手明知在秦家寨不会给当作自己人，也不会前去投奔入伙。姚伯当的师父姓秦，既是秦家寨坐第一把交椅的大头领，又是“五虎断门刀”的掌门人，因亲生儿子秦伯起武功才干都颇平庸，便将这位子传给了大弟子姚伯当。数月之前，秦伯起在陕西被人以一招三横一直的“王字四刀”砍在面门而死，那正是“五虎断门刀”中最刚最猛的绝招，人人料想必是姑苏慕容氏下的手。姚伯当感念师恩，尽率本寨好手，到苏州来为师弟报仇。不料正主儿没见，险些便丧生于青城派的毒钉之下，反是慕容复的朋友救了自己性命。

他既恨司马林阴毒暗算，听得王语嫣叫破自己武功中的缺陷后又心下有愧，急欲打败司马林，以便在本寨维持威严。可是这一求胜心切，登时心浮气躁。他连使险着，都给司马林避过。姚伯当大喝一声，挥刀斜砍，待司马林向左跃起，蓦地右腿踢出。司马林身在半空，无法再避，左手钢锥便向对方脚背上猛戳下去，要姚伯当自行收足。姚伯当这一脚果然不再踢实，左腿却鸳鸯连环，向他右腰疾踢过去。

司马林小锤斜挥，拍的一声，正好打在姚伯当的鼻梁正中，立时鲜血长流，便在此时，姚伯当的左腿也已踢在司马林腰间。只是他脸上受击在先，心中一惊，这一腿的力道还不到平时的两成。司马林虽被踢中，除了略觉疼痛外，并没受伤。就这么先后顷刻之差，胜败已分，姚伯当虎吼一声，提刀欲待上前相攻，但觉头痛欲裂，登时脚下踉跄，站立不稳。

司马林这一招胜得颇有点侥幸，知道倘若留下了对方这条性命，此后祸患无穷，当下起了赶尽杀绝之心，右手小锤急晃，待姚伯当挥刀挡架，左手钢锥向他心窝中直戳下去。

秦家寨副寨主见情势不对，一声胡哨，突然单刀脱手，向司马林掷去。一瞬眼间，大厅上风声呼呼，十余柄单刀齐向司马林身上招呼。

原来秦家寨武功之中，有这么一门单刀脱手投掷的绝技。每柄单刀均有七八斤至十来斤重，用力掷出，势道极猛，何况十余柄单刀同时飞到，司马林实是挡无可挡，避无可避。

眼见他便要身遭乱刀分尸之祸，蓦地里烛影一暗，一人飞身跃到司马林身旁，伸掌插入刀丛之中，东抓西接，将十余柄单刀尽数接过，以左臂围抱在胸前，哈哈一声长笑，大厅正中椅上已端端正正的坐着一人。跟着呛啷啷一阵响，十余柄单刀尽数投在足边。

众人骇然相视，但见是个容貌瘦削的中年汉子，身形甚高，穿一身灰布长袍，脸上带着一股乖戾执拗的神色。众人适才见了他抢接钢刀的身手，无不惊佩，谁都不敢说什么话。

只有段誉笑道："这位兄台出手甚快，武功想必是极高的了。尊姓大名，可得闻欤？"

那高瘦汉子尚未答话，王语嫣走上前去，笑道："包三哥，我只道你不回来了，正好生牵记。不料你又来啦，真好，真好。"

段誉道："唔，原来是包三先生。"那包三先生向他横了一眼，冷冷道："你这小子是谁，胆敢跟我啰里啰唆的？"段誉道："在下姓段名誉，生来无拳无勇，可是混迹江湖，居然迄今未死，也算是奇事一件。"包三先生眼睛一瞪，一时倒不知如何发付于他。

司马林上前深深一揖，说道："青城派司马林多承相助，大恩大德，永不敢忘。请问包三先生的名讳如何称呼，也好让在下常记在心。"

包三先生双眼一翻，飞起左脚，砰的一声，踢了他一个筋斗，喝道："凭你也配来问我名字？我又不是存心救你，只不过这儿是我阿朱妹子的庄子，人家将你这臭小子乱刀分尸，岂不污了这听香水榭的地皮？快滚，快滚！"

司马林见他一脚踢出，急待要躲，已然不及，这一个筋斗摔得好生狼狈，听他说得如此欺人，按照江湖上的规矩，若不立刻动手拼命，也得订下日后的约会，决不能在众人眼前受此羞辱而没个交代。他硬了头皮，说道：“包三先生，我司马林今日受人围攻，寡不敌众，险些命丧于此，多承你出手相救。司马林恩怨分明，有恩报恩，有怨报怨，请了，请了！”他明知这一生不论如何苦练，也决不能练到包三先生这般武功，只好以“有恩报恩，有怨报怨”八个字，含含混混的交代了场面。

包三先生浑没理会他说些什么，自管自问王语嫣道：“王姑娘，舅太太怎地放你到这里来？”王语嫣笑道：“你倒猜猜，是什么道理？”包三先生沉吟道：“这倒有点难猜。”

司马林见包三先生只顾和王语嫣说话，对自己的场面话全没理睬，那比之踢自己一个筋斗欺辱更甚，不由得心中深种怨毒，适才他相救自己的恩德那是半分也不顾了，左手一挥，带了青城派的众人便向门外走去。

包三先生道：“且住，你站着听我吩咐。”司马林回过身来，问道：“什么？”包三先生道：“听说你到姑苏来，是为了替你父亲报仇。这可找错了人。你父亲司马卫，不是慕容公子杀的。”司马林道：“何以见得？包三先生怎么知道？”

包三先生怒道：“我既说不是慕容公子杀的，自然就不是他杀的了。就算真是他杀的，我说过不是，那就不能算是。难道我说过的话，都作不得数么？”

司马林心想：“这话可也真个横蛮之至。”便道：“父仇不共戴天，司马林虽然武艺低微，但就算粉身碎骨，也当报此深仇。先父到底是何人所害，还请示知。”包三先生哈哈一笑，说道：“你父亲又不是我儿子，是给谁所杀，关我什么事？我说你父亲不是慕容公子杀的，多半你不肯相信。好罢，就算我杀的。你要报仇，冲着我来罢！”司马林脸孔铁青，说道：“杀父之仇，岂是儿戏？包三先生，我自知不是你敌手，你要杀便杀，如此辱我，却万万不能。”包三先生笑道：“我偏偏不杀你，偏偏要辱你，瞧你怎生奈何得我？”

司马林气得胸膛都要炸了，但说一怒之下就此上前拼命，却终究不敢，站在当地，进退两难，好生尴尬。

包三先生笑道：“凭你老子司马卫这点儿微末功夫，哪用得着我慕容兄弟费心？慕容公子武功高我十倍，你自己想想，司马卫也配他亲自动手么？”

司马林尚未答话，诸保昆已抽出兵刃，大声道：“包三先生，司马卫老先生是我授艺的恩师，我不许你这般辱他死后的声名。”包三先生笑道：“你是个混入青城派偷师学艺的奸细，管什么隔壁闲事？”诸保昆大声道：“司马师父待我仁至义尽，诸保昆愧无以报，今日为维护先师声名而死，稍减我欺瞒他的罪孽。包三先生，你向司马掌门认错道歉。”

包三先生笑道：“包三先生生平决不认错，决不道歉，明知自己错了，一张嘴也要死撑到底。司马卫生前没什么好声名，死后声名更糟。这种人早该杀了，杀得好！杀得好！”

诸保昆怒叫：“你出兵刃罢！”

包三先生笑道：“司马卫的儿子徒弟，都是这么一批脓包货色，除了暗箭伤人，什么都不会。”

诸保昆叫道：“看招！”一招“上天下地”，左手钢锥，右手小锤，同时向他攻去。

包三先生更不起身，左手衣袖挥出，一股劲风向他面门扑去。诸保昆但感气息窒迫，斜身闪避。包三先生右足一勾，诸保昆扑地倒了。包三先生右脚乘势踢出，正中他臀部，将他直踢出厅门。

诸保昆在空中一个转折，肩头着地，一碰便即翻身站起，一跷一拐的奔进厅来，又举锥向包三先生胸上戳到。包三先生伸掌抓住他手腕，一甩之下，将他身子高高抛起，拍的一声巨响，重重撞在梁间。诸保昆摔跌下地，翻身站起，第三次又扑将过来。包三先生皱眉道："你这人真也不知好歹，难道我就杀你不得么？"诸保昆叫道："你杀了我最好……"

包三先生双臂探出，抓住他双手向前一送，喀喀两声，诸保昆双臂臂骨已然拗断，跟着一锥戳在自己左肩，一锤击在自己右肩，双肩登时鲜血淋漓。他这一下受伤极重，虽然仍想拼命，却已有心无力。

青城派众人面面相觑，不知是否该当上前救护。但见他为了维护先师声名而不顾性命，确非虚假，对他恨恶之心却也消了大半。

阿朱一直在旁观看，默不作声，这时忽然插口道："司马大爷、诸大爷，我姑苏慕容氏倘若当真杀了司马老先生，岂能留下你们性命？包三哥若要尽数杀了你们，只怕也不是什么难事，至少他不必救司马大爷性命。王姑娘也不会一再相救诸大爷。到底是谁出手伤害司马老先生，各位还是回去细细访查为是。"

司马林心想这话甚是有理，便欲说几句话交代。包三先生怒道："这里是我阿朱妹子的庄子，主人已下逐客令了，你兀自不识好歹？"司马林道："好！后会有期。"微一点头，走了出去。诸保昆等都跟了出去。

姚伯当见包三先生武功高强，行事诡怪，颇想结识这位江湖奇人，兼之对王语嫣胸中包罗万有的武学，觊觎之心也是未肯便收，当下站起身来，便欲开言。包三先生大声道："姚伯当，我跟你说，你那脓包师弟秦伯起，他再练三十年，也不配慕容公子去砍他一刀。再练一百二十年，慕容公子也不屑去砍他四刀。我不许你说一句话，快快给我滚了出去。"姚伯当一愕之下，脸色铁青，伸手按住了刀柄。包三先生道："你这点微末功夫，休在我面前班门弄斧。我叫你快滚，你便快滚，哪还有第二句说话的余地？"

秦家寨群盗适才以单刀飞掷司马林，手中兵刃都被包三先生接了下去，堆在足边，眼见他对姚伯当大加侮辱，均起了一拼之心，只是赤手空拳，却如老虎没了爪牙。

包三先生哈哈一笑，右足连踢，每一脚都踢在刀柄之上，十余柄单刀纷纷飞起，向秦家寨群盗射了过去，只是去势甚缓。群豪随手接过，刀一入手，便是一怔，接这柄刀实在方便之至，显是对方故意送到自己面前，跟着不能不想到，他能令自己如此方便的接刀，自也能令自己在接刀时异常困难，甚至刀尖转向，插入了自己身子，也毫不为奇。人人手握刀柄，神色却极为狼狈。

包三先生道："姚伯当，你滚不滚出去？"姚伯当苦笑道："包三先生于姚伯当有救命之恩，我这条性命全是阁下所赐。阁下有命，自当遵从，告辞了。"说着躬身行礼，左手一挥，道："大伙儿走罢！"

包三先生道："我是叫你滚出去，不是叫你走出去。"姚伯当一愕，道："在下不懂包三先生的意思。"包三先生道："滚便是滚，你到底滚不滚？"姚伯当心想此人古怪，疯疯颠颠，不可理喻，当下更不多言，快步便向厅门走去。

包三先生喝道："非也非也！此是行，是奔，是走，是跑，总之不是滚。"身形晃动，已欺到了姚伯当身后，左手探出，抓住了他后颈。姚伯当右肘反撞，包三先生左手一提，姚伯当身子离地，右肘这一撞便落了空。

包三先生右手跟着抓住他后臀提起，大声喝道："我阿朱妹子的庄子，岂由得你说来便来，说去便去，有这么容易？滚你妈的罢！"双手一送，姚伯当一个庞大的身子便着地直滚了出去。

姚伯当已被他顺手闭住了穴道，无法站立，就像一根大木柱般直滚到门边，幸好厅门甚宽，不曾撞到头脚，骨碌碌的便滚了出去。秦家寨群盗发一声喊，纷纷追出，将他抱起。姚伯当道："快走，快走！"众人一窝蜂般去了。

包三先生向段誉横看竖看，捉摸不透他是何等样人，问王语嫣道：“这人是什么路数？要不要叫他滚出去？”

王语嫣道：“我和阿朱、阿碧都让严妈妈给捉住了，处境十分危急，幸蒙这位段公子相救。再说，他知道玄悲和尚给人以‘韦陀杵’打死的情形，咱们可以向他问问。”包三先生道：“这么说，你是要他留着了？”王语嫣道：“不错。”包三先生微笑道：“你不怕我慕容兄弟喝醋？”王语嫣睁着大大的眼睛，道：“什么喝醋？”包三先生指着段誉道：“这人油头粉脸，油腔滑调，你可别上了他的当。”王语嫣仍是不解，问道：“我上了他什么当？你说他会捏造少林派的讯息么？我想不会罢。”

包三先生听她言语一片天真烂漫，倒也不便多说，向着段誉嘿嘿嘿的冷笑三声，说道：“听说少林寺玄悲和尚在大理给人用‘韦陀杵’功夫打死了，又有一批胡涂混蛋赖在我们慕容氏头上，到底是怎么一回事，你照实说来。”

段誉心中有气，冷笑道：“你是审问囚犯不是？我若不说，你便要拷打我不是？”包三先生一怔，不怒反笑，喃喃的道：“大胆小子，大胆小子！”突然走上前去，一把抓住他的左臂，手上微一用力，段誉已痛入骨髓，大叫：“喂，你干什么？”

包三先生道：“我是在审问囚犯，严刑拷打。”段誉任其自然，只当这条手臂不是自己的，微笑道：“你只管拷打，我可不来理你了。”包三先生手上加劲，只捏得段誉臂骨格格作响，如欲断折。段誉强忍痛楚，只是不理。

阿碧忙道：“三哥，这位段公子的脾气高傲得紧，他是我们救命恩人，你别伤他。”包三先生点点头，道：“很好，很好，脾气高傲，那就合我‘非也非也’的胃口。”说着缓缓放开了段誉的手臂。

阿朱笑道：“说到胃口，大家也都饿了。老顾，老顾！”提高嗓子叫了几声。老顾从侧门中探头进来，见姚伯当、司马林等一干人已经不在，欢天喜地的走进厅来。阿朱道："你先去刷两次牙，洗两次脸，再洗三次手，然后给我们弄点精致的小菜。有一点儿不干净，包三爷定要给你过不去。"老顾微笑点头，连说："包你干净，包你干净！"

听香水榭中的婢仆在一间花厅中设了筵席。阿朱请包三先生坐了首座，段誉坐了次位，王语嫣坐第三位，阿碧和她自己在下首相陪。

王语嫣没等斟酒，便问："三哥，他……他……"

包三先生向段誉白了一眼，说道："王姑娘，这里有外人在座，有些事情是说不得的，何况油头粉脸的小白脸，我更是信不过……"

段誉听得气往上冲，霍地站起，便欲离座而去。

阿碧忙道："段公子你勿要生气，我们包三哥的脾气末，向来是这样的。他大号叫作包不同，一定要跟人家挺撞几句，才吃得落饭。他说话如果不得罪人，日头从西天出来了。你请坐。"

段誉向王语嫣瞧去，见她脸色似乎也要自己坐下，虽然不能十分确定，终究舍不得不跟她同席，于是又坐了下来，说道："包三先生说我油头粉脸，靠不住得很。你们的慕容公子呢，相貌却跟包三先生差不多吗？"

包不同哈哈大笑，说道："这句话问得好。我们公子爷比段兄可英俊得多了……"王语嫣听了这话，登时容光焕发，似乎要打从心底里笑出来，只听包不同续道："……我们公子爷的相貌英气勃勃，虽然俊美，跟段兄的脓包之美可大不相同，大不相同。至于区区在下，则是英而不俊，一般的英气勃勃，却是丑陋异常，可称英丑。"段誉等都笑了起来。

包不同喝了一杯酒，说道："公子派我去福建路办一件事，那是暗中给少林派帮一个大忙，至于办什么事，要等这位段兄走了之后才可以说。我们既要跟少林派交朋友，那就决不会随便去杀少林寺的和尚，何况公子爷从来没去过大理，‘姑苏慕容’武功虽高，万里外发出‘韦陀杵’拳力取人性命的本事，只怕还没练成。”

段誉点头道：“包兄此言倒也有理。”

包不同摇头道：“非也，非也！”段誉一怔，心想：“我说你的话有理，怎地你反说不对？”只听包不同道：“并不是我的话说得有理，而是实情如此。段兄只说我的话有理，倒似实情未必如此，只不过我能言善道，说得有理而已。你这话可就大大不对了。”段誉微笑不语，心想也不必跟他多辩。

包不同道：“我昨天回到苏州，遇到了风四弟，哥儿俩一琢磨，定是有什么王八羔子跟‘姑苏慕容’过不去，暗中伤人，让人家把这些帐都写在‘姑苏慕容’的帐上。本来那也是一件大大的美事，有架可打，何乐而不为？”阿朱笑道：“四哥一定开心得不得了，那正是求之不得。”包不同摇头道：“非也，非也！四弟要打架，如何会求之不得？他是无求而不得，走遍天下，总是会有架打的。”

段誉见他对阿朱的话也要驳斥，才相信阿碧先前的话不错，此人果然以挺撞旁人为乐。

王语嫣道：“你跟风四哥琢磨出来什么没有？是谁暗中在跟咱们过不去？”包不同道：“第一，不会是少林派。第二，不会是丐帮，因为他们的副帮主马大元给人用‘锁喉功’杀了。‘锁喉功’是马大元的成名绝技。杀马大元没什么大不了，用‘锁喉功’杀马大元，当然是要嫁祸于‘姑苏慕容’。”段誉点了点头。包不同道：“段兄，你连连点头，心中定是说，我这几句话倒也有理。”

段誉道：“非也，非也！第一，我只不过点了一点头，而非连连点头。第二，那是实情如此，而非单只包兄说得有理。”

包不同哈哈大笑，说道：“你这是‘以彼之道，还施彼身’之法，你想投入‘姑苏慕容’麾下吗？用意何在？是看中了我的阿碧小妹子吗？”

阿碧登时满脸通红，嗔道：“三哥，你又来瞎三话四了，我可呒没得罪你啊。”包不同道：“非也，非也。人家看中你，那是因为你温柔可爱。我这样说，为了你没得罪我。要是你得罪我，我就说你看中人家小白脸，人家小白脸却看不中你。”阿碧更加窘了。阿朱道：“三哥，你别欺侮我阿碧妹子。你再欺侮她，下次我去欺侮你的靓靓。”

包不同哈哈大笑，说道：“我女儿闺名包不靓，你叫她靓靓，那是捧她的场，不是欺侮她。阿碧妹子，我不敢欺侮你了。”似乎人家威胁要欺侮他女儿，他倒真有点忌惮。

他转头向王语嫣道：“到底哪个王八蛋在跟咱们过不去，迟早会打听出来的。风四弟也是刚从江西回来，详情不大清楚。我们哥儿俩便上青云庄去。邓大嫂说得到讯息，丐帮大批好手来到江南，多半是要跟咱们过不去。四弟立时便要去打架，好容易给大嫂劝住了。”阿朱微笑道：“毕竟大嫂有本事，居然劝得住四哥，叫他别去打架。”包不同道：“非也，非也。不是大嫂有本事，而是她言语有理。大嫂说道：公子爷的大事为重，不可多树强敌。”

他说了这句话，王语嫣、阿朱、阿碧三人对望了一眼，脸色都很郑重。

段誉假装没注意，夹起一筷荠菜炒鸡片送入口中，说道：“老顾的手段倒也不错，但比阿朱姊姊、阿碧姊姊，毕竟还差着老远。”阿碧微笑道：“老顾烧菜比阿朱阿姊差点，比我可好得多了。”包不同道：“非也，非也。你两个各有各的好。”阿朱笑道：“三哥，今日小妹不能亲自下厨给你做菜，下次你驾临时补数……”

刚说了这句话，忽然间空中传来玎玲、玎玲两响清脆的银铃之声。

包不同和阿朱、阿碧齐道：“二哥有讯息捎来。”三人离席走到檐前，抬起头来，只见一头白鸽在空中打了一个圈子，扑将下来，停在阿朱手中。阿碧伸过手去，解下缚在鸽子腿上的一个小竹筒，倒出一张纸笺来。包不同夹手抢过，看了几眼，说道："既是如此，咱们快去！"向王语嫣道："喂，你去不去？"

王语嫣问道："去哪里？有什么事？"

包不同一扬手中的纸笺，道："二哥有信来，说西夏国'一品堂'有大批好手突然来到江南，不知是何用意，要我带同阿朱、阿碧两位妹子去查查。"

王语嫣道："我自然跟你们一起去。西夏'一品堂'的人，也要跟咱们为难吗？对头可越来越多了。"说着微微皱眉。

包不同道："也未必是对头，不过他们来到江南，总不会是为了游山玩水，烧香拜佛。好久没遇上高手了，又是丐帮，又是西夏'一品堂'，嘿嘿，这一次可热闹了。"说着眉飞色舞，显然颇以得能参与大战为喜。

王语嫣走近身去，要瞧瞧信上还写些什么。包不同将信递了给她。王语嫣见信上写了七八行字，字迹清雅，颇有劲力，虽然每一个字都识得，但全然不成文理。她读过的书着实不少，这般文字却是第一次看到，皱眉道："那是什么？"

阿朱微笑道："这是公冶二哥想出来的古怪玩意，是从诗韵和切音中变化出来的，平声字读作入声，入声字读作上声，一东的当作三江，如此掉来掉去。我们瞧惯了，便知信中之意，在外人看来，那是全然的不知所云。"

阿碧见王语嫣听到"外人"两字，脸上微有不豫之色，忙道："王姑娘又勿是外人。王姑娘，你如要知道，待会我跟你说便是了。"王语嫣登时现出喜色。

包不同道："早就听说，西夏'一品堂'搜罗的好手着实不少，中原西域什么门派的人都有，有王姑娘同去，只消看得几眼，就清楚了他们的底细。这件事了结之后，咱们便去河南，跟公子爷取齐。”

王语嫣大喜，拍手叫道：“好极，好极。我也去。”

阿碧道：“咱们尽快办好这里的事，赶去河南，不要公子爷却又回来，路上错过了。还有那个吐蕃和尚，不知在我那边捣乱得怎么了。”包不同道：“公冶二嫂已派人去查过，那和尚已经走了。你放心，下次三哥再帮你打这和尚。”段誉心道：“三哥是说什么也打不过和尚的。和尚不打你三哥，你三哥就该谢天谢地了。”

包不同道：“就只怕王姑娘跟着咱们，王夫人下次见到我，非狠狠骂我一顿不可……”突然转过头来，向段誉道：“你老是在旁听着，我说话可有多不痛快！姓段的，你这就请便罢。我们谈论自己的事，似乎不必要你来加上一双耳朵，一张嘴巴。我们去和人家比武，也不必要你观战喝采。”

段誉明知在这里旁听，不免惹人之厌，这时包不同更公然逐客，而且言语十分无礼，虽对王语嫣恋恋不舍，总不能老着脸皮硬留下来，当下一狠心，站起身来，说道：“王姑娘，阿朱、阿碧两位姑娘，在下这便告辞，后会有期。”

王语嫣道：“半夜三更的，你到哪里去？太湖中的水道你又不熟，不如今晚在这儿歇宿一宵，明日再走不迟。”

段誉听她言语中虽是留客，但神思不属，显然一颗心早已飞到了慕容公子身畔，不由得又是恼怒，又是没趣。他是皇室世子，自幼任性，虽然最近经历了不少惊险折磨，却从未受过这般奚落冷遇，当即说道：“今天走明天走，那也没多大分别，告辞了。”

阿朱道：“既是如此，我派人送你出湖便是。”

段誉见阿朱也不坚留，更是不快，寻思：“那慕容公子到底有什么了不起，人人都当他是天上凤凰一般。什么少林派、丐帮、西夏‘一品堂’，他们都不怎么放在心上，只盼望尽快去和慕容公子相会。”便道：“也不用了，你只须借我一船一桨，我自己会划出去的。”

阿碧沉吟道：“你不认得湖中水道，恐怕不大好罢。小心别又撞上那个和尚。”

段誉气愤愤的道：“你们还是赶紧去和慕容公子相会为是。我再撞上和尚，最多也不过给他烧了。我又不是你们的表兄表弟、公子少爷，何劳关怀？”说着大踏步便走出厅门。只听包不同道：“那吐蕃和尚不知是什么来历，也得查个明白。”王语嫣道：“表哥多半知道的，只要见到了他……”

阿朱和阿碧送段誉出去。阿碧道：“段公子，将来你和我们公子爷见了面，说不定能结成好朋友呢。我们公子爷是挺爱结交朋友的。”段誉冷笑道：“这个我可高攀不上。”阿碧听他语声中颇含气愤，很感奇怪，问道：“段公子，你为什么不高兴？可是我们相待太过简慢么？”阿朱道：“我们包三哥向来是这般脾气，段公子不必太过介意。我和阿碧妹子跟你陪罪啦。”说着笑嘻嘻的行下礼去，阿碧跟着行礼。

段誉还了一揖，扬长便走，快步走到水边，踏入一艘小船，扳桨将船荡开，驶入湖中。只觉胸中郁闷难当，到底为了什么原因，自己却也说不上来，只知再在岸上待得片时，说不定便要失态，甚至是泪水夺眶而出。依稀听得阿碧说道：“阿朱阿姊，公子替换的内衣裤够不够？今晚咱两个赶着一人缝一套好不好？”阿朱道：“好啊，你真细心，想得周到。”

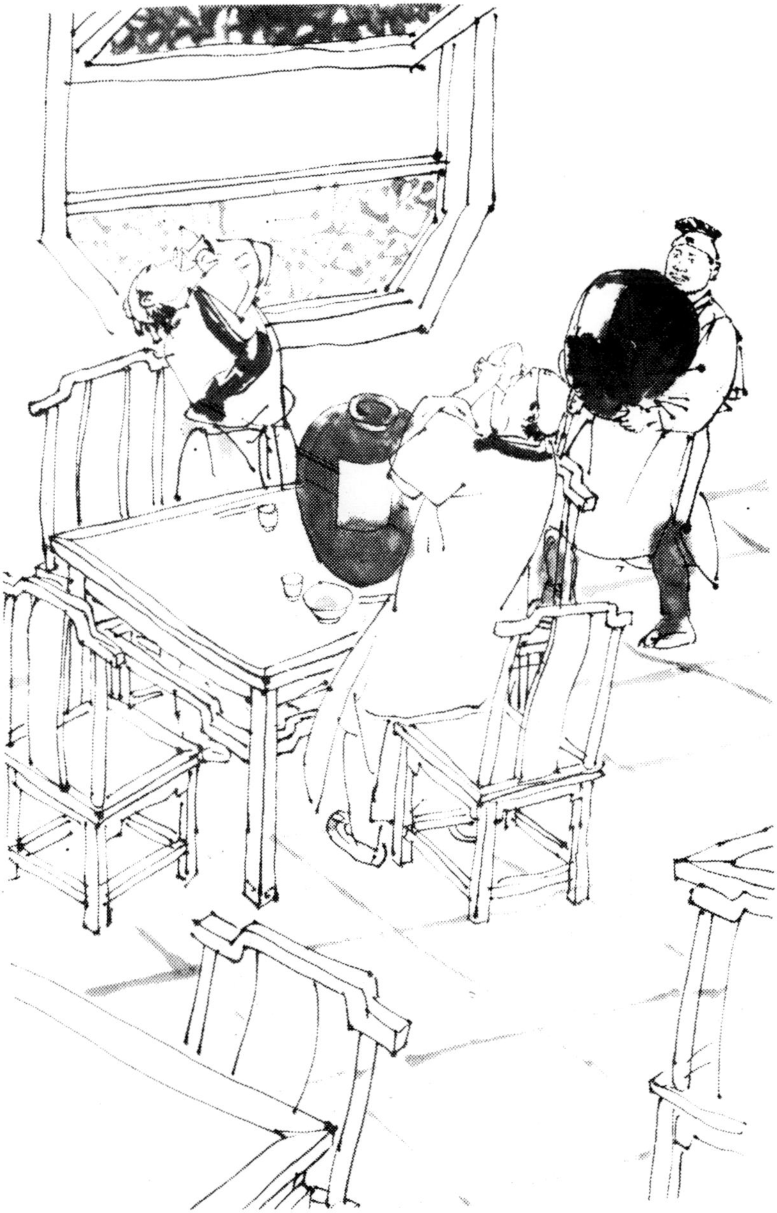

那大汉道："酒保，再打二十斤酒来。"那酒保伸了伸舌头，去抱了一大坛酒来。段誉和那大汉你一碗，我一碗，喝了个旗鼓相当，只一顿饭时分，两人都已喝了三十来碗。

十四

剧饮千杯男儿事

段誉受无量剑和神农帮欺凌、为南海鳄神逼迫、被延庆太子囚禁、给鸠摩智俘虏、在曼陀山庄当花匠种花，所经历的种种苦楚折辱着实不小，但从未有如此刻这般的怨愤气恼。

其实听香水榭中并没哪一个当真令他十分难堪。包不同虽然要他请便，却也留了余地，既不如对付诸保昆那么断臂伤肩，也不如对付姚伯当那么踢得他滚了出去。王语嫣出口请他多留一宵，阿朱、阿碧殷勤有礼的送出门来，但他心中便是说不出的郁闷。

湖上晚风阵阵，带着菱叶清香。段誉用力扳桨，不知要恨谁才好，他实在说不出为什么这样气恼。当日木婉清、南海鳄神、延庆太子、鸠摩智、王夫人等给他的凌辱，可都厉害得多了，但他泰然而受，并没感到太大的委屈。

他内心隐隐约约的觉得，只因为他深慕王语嫣，而这位姑娘心中，却全没他段誉的半点影子，甚至阿朱、阿碧，也没当他是一回事。他从小便给人当作心肝宝贝，自大理国皇帝、皇后以下，没一个不觉得他是了不起之至。就算遇上了敌人，南海鳄神是一心一意的要收他为徒；鸠摩智不辞辛劳的从大理掳他来到江南，自也对他颇为重视。至于锺灵、木婉清那些少女，更是一见他便即倾心。

他一生中从未受过今日这般的冷落轻视，别人虽然有礼，却是漠不关心的有礼。在旁人心目中，慕容公子当然比他重要得多，这些日子来，只要有谁提到慕容公子，立时便人人耸动，无不全神贯注的倾听。王语嫣、阿朱、阿碧、包不同，以至什么邓大爷、公冶二爷、风四爷，个个都似是为慕容公子而生。

段誉从来没尝过妒忌和羡慕的滋味，这时候独自荡舟湖上，好像见到慕容公子的影子在天空中向他冷笑，好像听到慕容公子在出声讥嘲："段誉啊段誉，你怎及得上我身上一根寒毛？你对我表妹有意，可不是癞虾蟆想吃天鹅肉吗？你不觉得可耻可笑么？"

他心中气闷，扳桨时使的力气便特别来得大，划得一个多时辰，充沛的内力缓缓发动，竟越划越觉精神奕奕，心中的烦恶郁闷也渐渐消减。又划了一个多时辰，天渐渐亮了，只见北方迷濛云雾中裹着一座小小山峰。他约略辨认方位，听香水榭和琴韵小筑都在东方，只须向北划去，便不会重回旧地。可是他每划一桨，心中总生出一丝恋恋之感，不自禁的想到，小舟向北驶出一尺，便离王语嫣远了一尺。

将近午时，划到了小山脚下，上岸一问土人，这山叫做马迹山，已离无锡甚近。

他在书上看到过无锡的名字，知道那是在春秋时便已出名的一座大城。当下回入舟中，更向北划，申牌时分，到了无锡城畔。

进得城去，行人熙来攘往，甚是繁华，比之大理别有一番风光。信步而行，突然间闻到一股香气，乃是焦糖、酱油混着熟肉的气味。他大半天没吃东西了，划了这几个时辰的船，早已甚是饥饿，当下循着香气寻去，转了一个弯，只见老大一座酒楼当街而立，金字招牌上写着"松鹤楼"三个大字。招牌年深月久，被烟熏成一团漆黑，三个金字却闪烁发光，阵阵酒香肉气从酒楼中喷出来，厨子刀杓声和跑堂吆喝声响成一片。

他上得楼来，跑堂过来招呼。段誉要了一壶酒，叫跑堂配四色酒菜，倚着楼边栏干自斟自饮，蓦地里一股凄凉孤寂之意袭上心头，忍不住一声长叹。

西首座上一条大汉回过头来，两道冷电似的目光霍地在他脸上转了两转。段誉见这人身材甚是魁伟，三十来岁年纪，身穿灰色旧布袍，已微有破烂，浓眉大眼，高鼻阔口，一张四方的国字脸，颇有风霜之色，顾盼之际，极有威势。

段誉心底暗暗喝了声采："好一条大汉！这定是燕赵北国的悲歌慷慨之士。不论江南或是大理，都不会有这等人物。包不同自吹自擂什么英气勃勃，似这条大汉，才称得上'英气勃勃'四字！"

那大汉桌上放着一盘熟牛肉，一大碗汤，两大壶酒，此外更无别物，可见他便是吃喝，也是十分的豪迈自在。

那大汉向段誉瞧了两眼，便即转过头去，自行吃喝。段誉正感寂寞无聊，有心要结交朋友，便招呼跑堂过来，指着那大汉的背心说道："这位爷台的酒菜帐都算在我这儿。"

那大汉听到段誉吩咐，回头微笑，点了点头，却不说话。段誉有心要和他攀谈几句，以解心中寂寞，却不得其便。

又喝了三杯酒，只听得楼梯上脚步声响，走上两个人来。前面一人跛了一足，撑了一条拐杖，却仍行走迅速，第二人是个愁眉苦脸的老者。两人走到那大汉桌前，恭恭敬敬的弯腰行礼。那大汉只点了点头，并不起身还礼。

那跛足汉子低声道："启禀大哥，对方约定明日一早，在惠山凉亭中相会。"那大汉点了点头，道："未免迫促了些。"那老者道："兄弟本来跟他们说，约会定于三日之后。但对方似乎知道咱们人手不齐，口出讥嘲之言，说道倘若不敢赴约，明朝不去也成。"那大汉道："是了。你传言下去，今晚三更大伙儿在惠山聚齐。咱们先到，等候对方前来赴约。"两人躬身答应，转身下楼。

这三人说话声音极低，楼上其余酒客谁都听不见，但段誉内力充沛，耳目聪明，虽不想故意偷听旁人私语，却自然而然的每一句话都听见了。

那大汉有意无意的又向段誉一瞥，见他低头沉思，显是听到了自己的说话，突然间双目中精光暴亮，重重哼了一声。段誉吃了一惊，左手一颤，当的一响，酒杯掉在地下，摔得粉碎。那大汉微微一笑，说道：“这位兄台何事惊慌？请过来同饮一杯如何？”

段誉笑道：“最好，最好！”吩咐酒保取过杯筷，移到大汉席上坐下，请问姓名。那大汉笑道：“兄台何必明知故问？大家不拘形迹，喝上几碗，岂非大是妙事？待得敌我分明，便没有余味了。”段誉笑道：“兄台想必是认错了人，以为我是敌人。不过‘不拘形迹’四字，小弟最是喜欢，请啊，请啊！”斟了一杯酒，一饮而尽。

那大汉微笑道：“兄台倒也爽气，只不过你的酒杯太小。”叫道：“酒保，取两只大碗来，打十斤高粱。”那酒保和段誉听到“十斤高粱”四字，都吓了一跳。酒保陪笑道：“爷台，十斤高粱喝得完吗？”那大汉指着段誉道：“这位公子爷请客，你何必给他省钱？十斤不够，打二十斤。”酒保笑道：“是！是！”过不多时，取过两只大碗，一大坛酒，放在桌上。

那大汉道：“满满的斟上两碗。”酒保依言斟了。这满满的两大碗酒一斟，段誉登感酒气刺鼻，有些不大好受。他在大理之时，只不过偶尔喝上几杯，哪里见过这般大碗的饮酒，不由得皱起眉头。那大汉笑道：“咱两个先来对饮十碗，如何？”

段誉见他眼光中颇有讥嘲轻视之色，若是换作平时，他定然敬谢不敏，自称酒量不及，但昨晚在听香水榭中饱受冷漠，又想：“这大汉看来多半是慕容公子的一伙，不是什么邓大爷、公冶二爷，便是风四爷了。他已和人家约了在惠山比武拼斗，对头不是丐帮，便是什么西夏‘一品堂’。哼，慕容公子又怎么了？我偏不受他手下人的轻贱，最多也不过是醉死，又有什么大不了的？”当即胸膛一挺，大声道：“在下舍命陪君子，待会酒后失态，兄台莫怪。”说着端起一碗酒来，骨嘟骨嘟的便喝了下去。他喝这大碗酒乃是负气，王语嫣虽不在身边，在他却与喝给她看一般无异，乃是与慕容复争竞，决不肯在心上人面前认输，别说不过是一大碗烈酒，就是鸩酒毒药，也毫不迟疑的喝了下去。

那大汉见他竟喝得这般豪爽，倒颇出意料之外，哈哈一笑，说道：“好爽快。”端起碗来，也是仰脖子喝干，跟着便又斟了两大碗。

段誉笑道：“好酒，好酒！”呼一口气，又将一碗酒喝干。那大汉也喝了一碗，再斟两碗。这一大碗便是半斤，段誉一斤烈酒下肚，腹中便如有股烈火在熊熊焚烧，头脑中混混沌沌，但仍然在想：“慕容复又怎么了？好了不起么？我怎可输给他的手下人？”端起第三碗酒来，又喝了下来。

那大汉见他霎时之间醉态可掬，心下暗暗可笑，知他这第三碗酒一下肚，不出片刻，便要醉倒在地。

段誉未喝第三碗酒时，已感烦恶欲呕，待得又是半斤烈酒灌入腹中，五脏六腑似乎都欲翻转。他紧紧闭口，不让腹中酒水呕将出来。突然间丹田中一动，一股真气冲将上来，只觉此刻体内的翻搅激荡，便和当日真气无法收纳之时的情景极为相似，当即依着伯父所授的法门，将那股真气纳向大椎穴。体内酒气翻涌，竟与真气相混，这酒水是有形有质之物，不似真气内力可在穴道中安居。他却也任其自然，让这真气由天宗穴而肩贞穴，再经左手手臂上的小海、支正、养老诸穴而通至手掌上的阳谷、后豁、前谷诸穴，由小指的少泽穴中倾泻而出。他这时所运的真气线路，便是六脉神剑中的“少泽剑”。少泽剑本来是一股有劲无形的剑气，这时他小指之中，却有一道酒水缓缓流出。

初时段誉尚未察觉，但过不多时，头脑便感清醒，察觉酒水从小指尖流出，暗叫：“妙之极矣！”他左手垂向地下，那大汉并没留心，只见段誉本来醉眼朦胧，但过不多时，便即神采奕奕，不禁暗暗生奇，笑道：“兄台酒量居然倒也不弱，果然有些意思。”又斟了两大碗。

段誉笑道：“我这酒量是因人而异。常言道：酒逢知己千杯少。这一大碗嘛，我瞧也不过二十来杯，一千杯须得装上四五十碗才成。兄弟恐怕喝不了五十大碗啦。”说着便将跟前这一大碗酒喝了下去，随即依法运气。他左手搭在酒楼临窗的栏干之上，从小指甲流出来的酒水，顺着栏干流到了楼下墙脚边，当真神不知、鬼不觉，没半分破绽可寻。片刻之间，他喝下去的四大碗酒已然尽数逼了出来。

那大汉见段誉漫不在乎的连尽四碗烈酒，甚是欢喜，说道：“很好，很好，酒逢知己千杯少，我先干为敬。”斟了两大碗，自己连干两碗，再给段誉斟了两碗。段誉轻描淡写、谈笑风生的喝了下去，喝这烈酒，直比喝水饮茶还更潇洒。

他二人这一赌酒，登时惊动了松鹤楼楼上楼下的酒客，连灶下的厨子、火伕，也都上楼来围在他二人桌旁观看。

那大汉道：“酒保，再打二十斤酒来。”那酒保伸了伸舌头，这时但求看热闹，更不劝阻，便去抱了一大坛酒来。

段誉和那大汉你一碗，我一碗，喝了个旗鼓相当，只一顿饭时分，两人都已喝了三十来碗。

段誉自知手指上玩弄玄虚，这烈酒只不过在自己体内流转一过，瞬即泻出，酒量可说无穷无尽，但那大汉却全凭真实本领，眼见他连尽三十余碗，兀自面不改色，略无半分酒意，心下好生钦佩，初时尚因他是慕容公子一伙而怀有敌意，但见他神情豪迈，英风飒爽，不由得起了爱惜之心，寻思：“如此比拼下去，我自是有胜无败。但这汉子饮酒过量，未免有伤身体。”堪堪喝到四十大碗时，说道：“仁兄，咱两个都已喝了四十碗罢？”

那大汉笑道：“兄台倒还清醒得很，数目算得明白。”段誉笑道：“你我棋逢敌手，将遇良材，要分出胜败，只怕很不容易。这样喝将下去，兄弟身边的酒钱却不够了。”伸手怀中，取出一个绣花荷包来，往桌上一掷，只听得嗒的一声轻响，显然荷包中没什么金银。段誉被鸠摩智从大理擒来，身边没携带财物。这只绣花荷包缠了金丝银线，一眼便知是名贵之物，但囊中羞涩，却也是一望而知。

那大汉见了大笑，从身边摸出一锭银子来，掷在桌上，携了段誉的手，说道：“咱们走罢！”

段誉心中喜欢，他在大理之时，身为皇子，难以交结什么真心朋友，今日既不以文才，又不以武功，却以无中生有的酒量结交了这条汉子，实是生平未有之奇。

两人下得楼来，那大汉越走越快，出城后更迈开大步，顺着大路疾趋而前，段誉提一口气，和他并肩而行，他虽不会武功，但内力充沛之极，这般快步急走，却也丝毫不感心跳气喘。那大汉向他瞧了一眼，微微一笑，道：“好，咱们比比脚力。”当即发足疾行。

段誉奔出几步，只因走得急了，足下一个踉跄，险些跌倒，乘势向左斜出半步，这才站稳，这一下恰好踏了“凌波微步”中的步子。他无意踏了这一步，居然抢前了数尺，心中一喜，第二步走的又是“凌波微步”，便即追上了那大汉。两人并肩而前，只听得风声呼呼，道旁树木纷纷从身边倒退而过。

段誉学那“凌波微步”之时，全没想到要和人比试脚力，这时如箭在弦，不能不发，只有尽力而为，至于胜过那大汉的心思，却是半分也没有。他只是按照所学步法，加上浑厚无比的内力，一步步的跨将出去，那大汉到底在前在后，却全然的顾不到了。

那大汉迈开大步，越走越快，顷刻间便远远赶在段誉之前，但只要稍缓得几口气，段誉便即追了上来。那大汉斜眼相睨，见段誉身形潇洒，犹如庭除闲步一般，步伐中浑没半分霸气，心下暗暗佩服，加快几步，又将他抛在后面，但段誉不久又即追上。这么试了几次，那大汉已知段誉内力之强，犹胜于己，要在十数里内胜过他并不为难，一比到三四十里，胜败之数就难说得很，比到六十里之外，自己非输不可。他哈哈一笑，停步说道："慕容公子，乔峰今日可服你啦。姑苏慕容，果然名不虚传。"

段誉几步冲过了他身边，当即转身回来，听他叫自己为"慕容公子"，忙道："小弟姓段名誉，兄台认错人了。"

那大汉神色诧异，说道："什么？你……你不是慕容复慕容公子？"

段誉微笑道："小弟来到江南，每日里多闻慕容公子的大名，实是仰慕得紧，只是至今无缘得见。"心下寻思："这汉子将我误认为慕容复，那么他自不是慕容复一伙了。"想到这里，对他更增几分好感，问道："兄台自道姓名，可是姓乔名峰么？"

那大汉惊诧之色尚未尽去，说道："正是，在下乔峰。"段誉道："小弟是大理人氏，初来江南，便结识乔兄这样的一位英雄人物，实是大幸。"乔峰沉吟道："嗯，你是大理段氏的子弟，难怪，难怪。段兄，你到江南来有何贵干？"

段誉道："说来惭愧，小弟是为人所擒而至。"当下将如何被鸠摩智所擒，如何遇到慕容复的两名丫鬟等情，极简略的说了。虽是长话短说，却也并无隐瞒，对自己种种倒霉的丑事，也不文饰遮掩。

乔峰听后，又惊又喜，说道："段兄，你这人十分直爽，我生平从所未遇，你我一见如故，咱俩结为金兰兄弟如何？"段誉喜道："小弟求之不得。"两人叙了年岁，乔峰比段誉大了十一岁，自然是兄长了。当下撮土为香，向天拜了八拜，一个口称“贤弟”，一个连叫“大哥”，均是不胜之喜。

段誉道：“小弟在松鹤楼上，私听到大哥与敌人今晚订下了约会。小弟虽然不会武功，却也想去瞧瞧热闹。大哥能允可么？”

乔峰向他查问了几句，知他果然真的丝毫不会武功，不由得啧啧称奇，道：“贤弟身具如此内力，要学上乘武功，那是如同探囊取物一般，绝无难处。贤弟要观看今晚的会斗，也无不可，只是生怕敌人出手狠辣阴毒，贤弟千万不可贸然现身。”段誉喜道：“自当遵从大哥嘱咐。”乔峰笑道：“此刻天时尚早，你我兄弟回到无锡城中，再去喝一会酒，然后同上惠山不迟。”

段誉听他说又要去喝酒，不由得吃了一惊，心想：“适才喝了四十大碗酒，只过得一会儿，他又要喝酒了。”便道：“大哥，小弟和你赌酒，其实是骗你的，大哥莫怪。”当下说明怎生以内力将酒水从小指“少泽穴”中逼出。乔峰惊道：“兄弟，你……你这是‘六脉神剑’的奇功么？”段誉道：“正是，小弟学会不久，还生疏得紧。”

乔峰呆了半晌，叹道：“我曾听家师说起，武林中故老相传，大理段氏有一门‘六脉神剑’的功夫，能以无形剑气杀人，也不知是真是假。原来当真有此一门神功。”

段誉道：“其实这功夫除了和大哥赌酒时作弊取巧之外，也没什么用处。我给鸠摩智那和尚擒住了，就绝无还手余地。世人于这六脉神剑渲染过甚，其实失于夸大。大哥，酒能伤人，须适可而止，我看今日咱们不能再喝了。”

乔峰哈哈大笑，道：“贤弟规劝得是。只是愚兄体健如牛，自小爱酒，越喝越有精神，今晚大敌当前，须得多喝烈酒，好好的和他们周旋一番。”

两人说着重回无锡城中，这一次不再比拼脚力，并肩缓步而行。

段誉喜结良友，心情极是欢畅，但于慕容复及王语嫣两人，却总是念念不忘，闲谈了几句，忍不住问道："大哥，你先前误认小弟为慕容公子，莫非那慕容公子的长相，与小弟有几分相似不成？"

乔峰道："我素闻姑苏慕容氏的大名，这次来到江南，便是为他而来。听说慕容复儒雅英俊，约莫二十八九岁年纪，本来比贤弟是要大着好几岁，但我决计想不到江南除了慕容复之外，另有一位武功高强、容貌俊雅的青年公子，因此认错了人，好生惭愧。"

段誉听他说慕容复"武功高强，容貌俊雅"，心中酸溜溜的极不受用，又问："大哥远来寻他，是要结交他这个朋友么？"

乔峰叹了口气，神色黯然，摇头道："我本来盼望得能结交这位朋友，但只怕无法如愿了。"段誉问道："为什么？"乔峰道："我有一个至交好友，两个多月前死于非命，人家都说是慕容复下的毒手。"段誉矍然道："以彼之道，还施彼身！"乔峰道："不错。我这个朋友所受致命之伤，正是以他本人的成名绝技所施。"说到这里，声音哽咽，神情酸楚。他顿了一顿，又道："但江湖上的事奇诡百出，人所难料，不能单凭传闻之言，便贸然定人之罪。愚兄来到江南，为的是要查明真相。"

段誉道："真相到底如何？"乔峰摇了摇头，说道："这时难说得很。我那朋友成名已久，为人端方，性情谦和，向来行事又极稳重，不致平白无端的去得罪慕容公子。他何以会受人暗算，实令人大惑不解。"

段誉点了点头，心想："大哥外表粗豪，内心却十分精细，不像霍先生、过彦之、司马林他们，不先详加查访，便一口咬定慕容公子是凶手。"又问："那与大哥约定明朝相会的强敌，却又是些什么人？"

乔峰道："那是……"只说得两个字，只见大路上两个衣衫破烂、乞儿模样的汉子疾奔而来，乔峰便即住口。那两人施展轻功，晃眼间便奔到跟前，一齐躬身，一人说道："启禀帮主，有四个点子闯入'大义分舵'，身手甚是了得，蒋舵主见他们似乎来意不善，生怕抵挡不住，命属下请'大仁分舵'遣人应援。"

段誉听那二人称乔峰为"帮主"，神态恭谨之极，心道："原来大哥是什么帮会的一帮之主。"

乔峰点了点头，问道："点子是些什么人？"一名汉子道："其中三个是女的，一个是高高瘦瘦的中年汉子，十分横蛮无礼。"乔峰哼了一声，道："蒋舵主忒也把细了，对方只不过单身一人，难道便对付不了？"那汉子道："启禀帮主，那三个女子似乎也有武功。"乔峰笑了笑，道："好罢，我去瞧瞧。"那两名汉子脸露喜色，齐声应道："是！"垂手闪到乔峰身后。

乔峰向段誉道："兄弟，你和我同去吗？"段誉道："这个自然。"

两名汉子在前引路，前行里许，折而向左，曲曲折折的走上了乡下的田径。这一带都是极肥沃的良田，到处河港交叉。

行得数里，绕过一片杏子林，只听得一个阴阳怪气的声音从杏花丛中传出来："我慕容兄弟上洛阳去会你家帮主，怎么你们丐帮的人都到无锡来了？这不是故意的避而不见么？你们胆小怕事，那也不打紧，岂不是累得我慕容兄弟白白的空走一趟？岂有此理，真正的岂有此理！"

段誉一听到这声音，心中登时怦怦乱跳，那正是满口"非也非也"的包三先生，心想："王姑娘跟着他一起来了？不是说还有三个女子吗？"又想："丐帮是天下第一大帮，难道我今日竟和丐帮的帮主拜了把子？"

只听得一个北方口音的人大声道："慕容公子是跟敝帮乔帮主事先订下了约会吗？"包三先生道："订不订约会都一样。慕容公子既上洛阳，丐帮的帮主总不能自行走开，让他扑一个空啊。岂有此理，真正的岂有此理！”那人道：“慕容公子有无信帖知会敝帮？”包三先生道：“我怎么知道？我既不是慕容公子，又不是丐帮帮主，怎会知道？你这句话问得太也没有道理了，岂有此理，岂有此理！”

乔峰脸一沉，大踏步走进林去。段誉跟在后面，但见杏子林中两起人相对而立，包三先生身后站着三个少女。段誉的目光一碰到其中一个女郎的脸，便再也移不开了。

那少女自然是王语嫣，她轻噫一声，道：“你也来了？”段誉道：“我也来了。”就此痴痴的目不转睛的凝视着她。王语嫣双颊晕红，转开了头，心想：“这人如此瞧我，好生无礼。”但她知道段誉十分倾慕自己的容貌，心下不自禁的暗有喜悦之意，倒也并不着恼。

杏林中站在包不同对面的是一群衣衫褴褛的化子，当先一人眼见乔峰到来，脸有喜色，立刻抢步迎上，他身后的丐帮帮众一齐躬身行礼，大声道：“属下参见帮主。”

乔峰抱拳道：“众兄弟好。”

包三先生仍然一般的神情嚣张，说道：“嗯，这位是丐帮的乔帮主么？兄弟包不同，你一定听到过我的名头了。”乔峰道：“原来是包三先生，在下久慕英名，今日得见尊范，大是幸事。”包不同道：“非也，非也！我有什么英名？江湖上臭名倒是有的。人人都知我包不同一生惹事生非，出口伤人。嘿嘿嘿，乔帮主，你随随便便的来到江南，这就是你的不是了。”

丐帮是天下第一大帮会，帮主的身份何等尊崇，诸帮众对帮主更是敬若神明。众人见包不同对帮主如此无礼，一开口便是责备之言，无不大为愤慨。大义分舵蒋舵主身后站着的六七个人或手按刀柄，或磨拳擦掌，都是跃跃欲动。

乔峰却淡淡的道："如何是在下的不是，请包三先生指教。"

包不同道："我家慕容兄弟知道你乔帮主是个人物，知道丐帮中颇有些人才，因此特地亲赴洛阳去拜会阁下，你怎么自得其乐的来到江南？嘿嘿，岂有此理，岂有此理！"

乔峰微微一笑，说道："慕容公子驾临洛阳敝帮，在下倘若事先得知讯息，确当恭候大驾，失迎之罪，先行谢过。"说着抱拳一拱。

段誉心中暗赞："大哥这几句话好生得体，果然是一帮之主的风度，倘若他和包三先生对发脾气，那便有失身份了。"

不料包不同居然受之不疑，点了点头，道："这失迎之罪，确是要谢过的，虽然常言道得好：不知者不罪。可是到底要罚要打，权在别人啊！"

他正说得洋洋自得，忽听得杏树丛后几个人齐声大笑，声震长空。大笑声中有人说道："素闻江南包不同爱放狗屁，果然名不虚传。"

包不同道："素闻响屁不臭，臭屁不响，刚才的狗屁却又响又臭，莫非是丐帮六老所放吗？"

杏树后那人道："包不同既知丐帮六老的名头，为何还在这里胡言乱语？"话声甫歇，杏树丛后走出四名老者，有的白须白发，有的红光满面，手中各持兵刃，分占四角，将包不同、王语嫣等四人围住了。

包不同自然知道，丐帮乃江湖上一等一的大帮会，帮中高手如云，丐帮六老更是望重武林，但他性子高傲，自幼便是天不怕、地不怕的一副脾气，眼见丐帮六老中倒有四老现身，隐然合围，暗叫："糟糕，糟糕，今日包三先生只怕要英名扫地。"但脸上丝毫不现惧色，说道："四个老儿有什么见教？想要跟包三先生打上一架么？为什么还有两个老儿不一齐上来？偷偷埋伏在一旁，想对包三先生横施暗算么？很好，很好，好得很！包三先生最爱的便是打架。”

忽然间半空中一人说道：“世间最爱打架的是谁？是包三先生吗？错了，错了，那是江南一阵风风波恶。”

段誉抬起头来，只见一株杏树的树枝上站着一人，树枝不住晃动，那人便随着树枝上下起伏。那人身形瘦小，约莫三十二三岁年纪，面颊凹陷，留着两撇鼠尾须，眉毛下垂，容貌十分丑陋。段誉心道：“看来这人便是阿朱、阿碧所说的风四哥了。”果然听得阿碧叫道：“风四哥，你听到了公子的讯息么？”

风波恶叫道：“好啊，今天找到了好对手。阿朱、阿碧，公子的事，待会再说不迟。”半空中一个倒栽筋斗翻了下来，向北方那身裁矮胖的老者扑去。

那老者手持一条钢杖，陡然向前推出，点向风波恶胸口。这条钢杖有鹅蛋粗细，推出时势挟劲风，甚是威猛。风波恶猱身直上，伸手便去夺那钢杖。那老者手腕一抖，钢杖翻起，点向他胸口。风波恶叫道：“妙极！”突然矮身，去抓对方腰胁。那矮胖老者钢杖已打在外门，见敌人欺近身来，收杖抵御已然不及，当即飞腿踢他小腹。

风波恶斜身闪过，却扑到东首那红脸老者身前，白光耀眼，他手中已多了一柄单刀，横砍而至。那红脸老者手中拿的是一把鬼头刀，背厚刃薄，刀身甚长，见风波恶挥刀削来，鬼头刀竖立，以刀碰刀，往他刀刃上硬碰过去。风波恶叫道：“你兵刃厉害，不跟你碰。”倒纵丈许，反手一刀，砍向南边的白须老者。

那白须老者右手握着一根铁锏，锏上生满倒齿，乃是一件锁拿敌人的外门兵刃。他见风波恶单刀反砍，而红脸老者的鬼头刀尚未收势，倘若自己就此上前招架，便成了前后夹击之形。他自重身份，不愿以二对一，当即飘身避开，让了他一招。

岂知风波恶好斗成性，越打得热闹，越是过瘾，至于谁胜谁败，倒不如何计较，而打斗的种种规矩更从来不守。白须老者这一下闪身而退，谁都知道他有意相让，风波恶却全不理会这些武林中的礼节过门，眼见有隙可乘，刷刷刷刷连砍四刀，全是进手招数，势若飘风，迅捷无比。

那白须老者没想到他竟会乘机相攻，实是无理已极，忙挥锏招架，连退了四步方始稳定身形。这时他背心靠到了一株杏子树上，已然退无可退，横过铁锏，呼的一锏打出，这是他转守为攻的杀手锏之一。哪知风波恶喝道："再打一个。"竟然不架而退，单刀舞成圈子，向丐帮四老中的第四位长老旋削过去。白须长老这一锏打出，敌人已远远退开，只恼得他连连吹气，白须高扬。

这第四位长老两条手臂甚长，左手中提着一件软软的兵刃，见风波恶攻到，左臂一提，抖开兵刃，竟是一只装米的麻袋。麻袋受风一鼓，口子张开，便向风波恶头顶罩落。

风波恶又惊又喜，大叫："妙极，妙极，我和你打！"他生平最爱的便是打架，倘若对手身有古怪武功，或是奇异兵刃，那更是心花怒放，就像喜爱游览之人见到奇山大川，讲究饮食之人尝到新颖美味一般。眼见对方以一只粗麻布袋作武器，他从来没和这种兵刃交过手，连听也没听见过，喜悦之余，暗增戒惧，小心翼翼的以刀尖戳去，要试试是否能用刀割破麻袋。长臂老者陡然间袋交右手，左臂回转，挥拳往他面门击去。

风波恶仰头避过，正要反刀去撩他下阴，哪知道长臂老者练成了极高明的"通臂拳"功夫，这一拳似乎拳力已尽，偏是力尽处又有新力生出，拳头更向前伸了半尺。幸得风波恶一生好斗，大战小斗经历了数千场，应变经验之丰，当世不作第二人想，百忙中张开口来，便往他拳头上咬落。长臂老者满拟这一拳可将他牙齿打落几枚，哪料得到拳头将到他口边，他一口白森森的牙齿竟然咬了过来，急忙缩手，已然迟了一步，“啊”的一声大叫，指根处已被他咬出血来。旁观众人有的破口而骂，有的哈哈大笑。

包不同一本正经的道：“风四弟，你这招‘吕洞宾咬狗’，名不虚传，果然已练到了出神入化的境地，不枉你十载寒暑的苦练之功，咬死了一千八百条白狗、黑狗、花狗，方有今日的修为造诣。”

王语嫣和阿朱、阿碧都笑了起来。段誉笑道：“王姑娘，天下武学，你无所不知，无所不晓。这一招咬人的功夫，却属于何门何派？”王语嫣微微一笑，说道：“这是风四哥的独门功夫，我可不懂了。”包不同道：“你不懂？嘿嘿，太也孤陋寡闻了。‘吕洞宾咬狗大九式’，每一式各有正反八种咬法，八九七十二，一共七十二咬。这是很高深的武功啊。”段誉见王语嫣喜欢，听包不同如此胡说八道，也想跟着说笑几句，猛地想起：“那长臂老者是乔大哥的下属，我怎可取笑于他？”急忙住口。

这时场中呼呼风响，但见长臂老者将麻袋舞成一团黄影，似已将风波恶笼罩在内。但风波恶刀法精奇，遮拦进击，尽自抵敌得住。只是麻袋上的招数尚未见底，通臂拳的厉害他适才却已领教过，“吕洞宾咬狗”这一招，究竟只能侥幸得逞，可一咬而不可再咬，是以不敢有丝毫轻忽。

乔峰见风波恶居然能和这位丐帮四老之一的长臂叟恶斗百余招而不落败，心下也暗暗称奇，对慕容公子又看得高了一层。丐帮其余三位长老各自退在一旁，凝神观斗。

阿碧见风波恶久战不下，担起忧来，问王语嫣道：“王姑娘，这位长臂老先生使一只麻袋，那是什么武功？”王语嫣皱眉道：“这路武功我在书上没见过，他拳脚是通臂拳，使那麻袋的手法，有大别山回打软鞭十三式的劲道，也夹着湖北阮家八十一路三节棍的套子，瞧来那麻袋的功夫是他自己独创的。”

她这几句话说得并不甚响，但“大别山回打软鞭十三式”以及

"湖北阮家八十一路三节棍"这两个名称，听在长臂叟耳中却如轰轰雷鸣一般。他本是湖北阮家的子弟，三节棍是家传的功夫，后来杀了本家长辈，犯了大罪，于是改姓换名，舍弃三节棍决不再用，再也无人得知他的本来面目，不料幼时所学的武功虽然竭力摒弃，到了剧斗酣战之际，自然而然的便露了出来，心下大惊："这女娃儿怎地得知我的底细？"他还道自己隐瞒了数十年的旧事已为她所知，这么一分心，被风波恶连攻数刀，竟有抵挡不住之势。

他连退三步，斜身急走，眼见风波恶挥刀砍到，当即飞起左足，往他右手手腕上踢去。风波恶单刀斜挥，径自砍他左足。长臂叟右足跟着踢出，鸳鸯连环，身子已跃在半空。风波恶见他恁大年纪，身手矫健，不减少年，不由得一声喝采："好！"左手呼的一拳击出，打向他的膝盖。眼见长臂叟身在半空，难以移动身形，这一拳只要打实了，膝盖纵不碎裂，腿骨也必折断。

风波恶见自己这一拳距他膝头已近，对方仍不变招，蓦觉风声劲急，对方手中的麻袋张开大口，往自己头顶罩落。他这拳虽能打断长臂叟的腿骨，但自己老大一个脑袋被人家套在麻袋之中，岂不糟糕之极？这一拳直击急忙改为横扫，要将麻袋挥开。长臂叟右手微侧，麻袋口一转，已套住了他拳头。

麻袋的大口和风波恶小小一个拳头相差太远，套中容易，却决计裹他不住。风波恶手一缩，便从麻袋中伸了出来。突然间手背上微微一痛，似被细针刺了一下，垂目看时，登时吓了一跳，只见一只小小蝎子钉在自己手背之上。这只蝎子比常蝎为小，但五色斑斓，模样可怖。风波恶情知不妙，用力甩动，可是蝎子尾巴牢牢钉住了他手背，怎么也甩之不脱。

风波恶急忙翻转左手，手背往自己单刀刀背上拍落，擦的一声轻响，五色蝎子立时烂成一团。但长臂叟既从麻袋中放了这头蝎子出来，决不是好相与之物，寻常一个丐帮子弟，所使毒物已十分厉害，何况是六大长老中的一老？他立即跃开丈许，从怀中取出一颗解毒丸，抛入口中吞下。

长臂叟也不追击，收起了麻袋，不住向王语嫣打量，寻思：“这女娃儿如何得知我是湖北阮家的？”

包不同甚是关心，忙问：“四弟觉得如何？”风波恶左手挥了两下，觉得并无异状，大是不解：“麻袋中暗藏五色小蝎，决不能没有古怪。”说道：“没有什么……”只说得这四个字，突然间咕咚一声，向前仆摔下去。包不同急忙扶起，连问：“怎么？怎么？”只见他脸上肌肉僵硬，笑得极是勉强。

包不同大惊，忙伸手点了他手腕、肘节和肩头三处关节中的六个穴道，要止住毒气上行，岂知那五色彩蝎的毒性行得快速之极，虽然不是“见血封喉”，却也是如响斯应，比一般毒蛇的毒性发作得更快。风波恶张开了口想说话，却只发出几下极难听的哑哑之声。包不同眼见毒性厉害，只怕已然无法医治，悲愤难当，一声大吼，便向长臂老者扑了过去。

那手持钢杖的矮胖老者叫道：“想车轮战么？让我矮冬瓜来会会姑苏的英豪。”钢杖递出，点向包不同。这兵刃本来甚为沉重，但他举重若轻，出招灵动，直如一柄长剑一般。包不同虽然气愤忧急，但对手大是劲敌，却也不敢怠慢，只想擒住这矮胖长老，逼长臂叟取出解药来救治风四弟，当下施展擒拿手，从钢杖的空隙中着着进袭。

阿朱、阿碧分站风波恶两侧，都是目中含泪，只叫：“四哥，四哥！”

王语嫣于使毒、治毒的法门一窍不通，心下大悔：“我看过的武学书籍之中，讲到治毒法门的着实不少，偏生我以为没什么用处，瞧也不瞧。当时只消看上几眼，多多少少能记得一些，此刻总不至束手无策，眼睁睁的让风四哥死于非命。”

乔峰见包不同与矮长老势均力敌，非片刻间能分胜败，向长臂叟道："陈长老，请你给这位风四爷解了毒罢！"长臂叟陈长老一怔，道："帮主，此人好生无礼，武功倒也不弱，救活了后患大是不小。"乔峰点了点头，道："话是不错。但咱们尚未跟正主儿朝过相，先伤他的下属，未免有恃强凌弱之嫌。咱们还是先站定了脚跟，占住了理数。"陈长老气愤愤的道："马副帮主明明是那姓慕容的小子所害，报仇雪恨，还有什么仁义理数好说。"乔峰脸上微有不悦之色，道："你先给他解了毒，其余的事慢慢再说不迟。"

陈长老心中虽一百个不愿意，但帮主之命终究不敢违拗，说道："是。"从怀中取出一个小瓶，走上几步，向阿朱和阿碧道："我家帮主仁义为先，这是解药，拿去罢！"

阿碧大喜，忙走上前去，先向乔峰恭恭敬敬的行了一礼，又向陈长老福了福，道："多谢乔帮主，多谢陈长老。"接过了那小瓶，问道："请问长老，这解药如何用法？"陈长老道："吸尽伤口中的毒液之后，将解药敷上。"他顿了一顿，又道："毒液若未吸尽，解药敷上去有害无益，不可不知。"阿碧道："是！"回身拿起了风波恶的手掌，张口便要去吸他手背上创口中的毒液。

陈长老大声喝道："且慢！"阿碧一愕，道："怎么？"陈长老道："女子吸不得！"阿碧脸上微微一红，道："女子怎么了？"陈长老道："这蝎毒是阴寒之毒，女子性阴，阴上加阴，毒性更增。"

阿碧、阿朱、王语嫣三人都将信将疑，虽觉这话颇为古怪，但也不是全然无理，倘若真的毒上加毒，那可不妙；自己这一边只剩下包不同是男人，但他与矮老者斗得正剧，但见杖影点点，掌势飘飘，一时之间难以收手。阿朱叫道："三哥，暂且罢斗，且回来救了四哥再说。"

但包不同的武功和那矮老者在伯仲之间，一交上了手，要想脱身而退，却也不是数招内便能办到。高手比武，每一招均牵连生死，要是谁能进退自如，那便可随便取了对方性命，岂能要来便来、要去便去？包不同听到阿朱的呼叫，心知风波恶伤势有变，心下焦急，抢攻数招，只盼摆脱矮老者的纠缠。

矮老者与包不同激斗已逾百招，虽仍是平手之局，但自己持了威力极强的长大兵刃，对方却是空手，强弱显已分明。矮老者挥舞钢杖，连环进击，均被包不同一一化解，情知再斗下去，多半有输无赢，待见包不同攻势转盛，还道他想一举击败自己，当下使出全力反击。丐帮四老在武功上个个有独到的造诣，青城派的诸保昆、司马林、秦家寨的姚伯当都被包不同在谈笑之间轻易打发，这矮老者却着实不易对付。包不同虽占上风，但要真的胜得一招半式，却还须看对方的功力如何，而矮老者显然长力甚强。

乔峰见王语嫣等三个少女脸色惊惶，想起陈长老所饲彩蝎毒性极为厉害，也不知“女子不能吸毒”之言是真是假。他若命属下攻击敌人，情势便再凶险百倍，也是无人敢生怨心，但要人干冒送命之险，去救治敌人，这号令可无论如何不能出口。他当即说道：“我来给风四爷吸毒好了。”说着便走向风波恶身旁。

段誉见到王语嫣的愁容，早就起了替风波恶吸去手上毒液之心，只是心想乔峰是结义兄长，自己去助他敌人，于金兰之义着实有亏，虽然乔峰曾命陈长老取出解药，却不知他是真情还是假意。待见乔峰走向风波恶身前，真的要助他除毒，忙道：“大哥，让小弟来吸好了。”一步跨出，自然而然是“凌波微步”中的步法，身形侧处，已抢在乔峰之前，抓起风波恶的手掌，张口便往他手背上的创口吸去。

其时风波恶一只手掌已全成黑色，双眼大睁，连眼皮肌肉也已僵硬，无法合上。段誉吸出一口毒血，吐在地下，只见那毒血色如黑墨，众人看了，均觉骇异。段誉还待再吸，却见伤口中汩汩的流出黑血。段誉一怔，心道：“让这黑血流去后再吸较妥。”他不知只因自己服食过万毒之王的莽牯朱蛤，那是任何毒物的克星，彩蝎的毒质远远不及，一吸之下，便顺势流了出来。突然风波恶身子一动，说道：“多谢！”

阿朱等尽皆大喜。阿碧道：“四哥，你会说话了。”只见黑血渐淡，慢慢变成了紫色，又流一会，紫血变成了深红色。阿碧忙给他敷上解药，包不同给他解开穴道。顷刻之间，风波恶高高肿起的手背已经平复，说话行动，也已全然如初。

风波恶向段誉深深一揖，道：“多谢公子爷救命之恩。”段誉急忙还礼，道：“些许小事，何足挂齿？”风波恶笑道：“我的性命在公子是小事，在我却是大事。”从阿碧手中接过小瓶，掷向陈长老，道：“还了你的解药。”又向乔峰抱拳道：“乔帮主仁义过人，不愧为武林中第一大帮的首领。风波恶十分佩服。”乔峰抱拳还礼，道：“不敢！”

风波恶拾起单刀，左手指着陈长老道：“今天我输了给你，风波恶甘拜下风，待下次撞到，咱们再打过，今天是不打了。”陈长老微笑道：“自当奉陪。”风波恶一斜身，向手中持锏的长老叫道：“我来领教领教阁下高招。”阿朱、阿碧都大吃一惊，齐声叫道：“四哥不可，你体力尚未复元。”风波恶叫道：“有架不打，枉自为人！”单刀霍霍挥动，身随刀进，已砍向持锏长老。

那使锏的老者白眉白须，成名数十载，江湖上什么人物没会过，然见风波恶片刻之前还是十成中已死了九成，岂知一转眼间，立即又生龙活虎般的杀来，如此凶悍，实所罕有，不禁心下骇然。他的铁锏本来变化繁复，除了击打扫刺之外，更有锁拿敌人兵刃的奇异手法，这时心下一怯，功夫减了几成，变成了只有招架之功，而无还手之力。

乔峰眉头微皱，心想：“这位风朋友太也不知好歹，我段兄弟好意救了你的性命，怎地不分青红皂白的又去乱斗？”

眼见包不同和风波恶两人都渐占上风，但也非转眼间即能分出胜败，高手比武，瞬息万变，只要有一招一式使得巧了，或者对手偶有疏忽，本来处于劣势者立时便能平反败局。局中四人固然不敢稍有怠忽，旁观各人也均凝神观看。

段誉忽听得东首有不少人快步走来，跟着北方也有人过来，人数更多。段誉向乔峰低声道：“大哥，有人来了！”乔峰也早听见，点了点头，心想：“多半是慕容公子伏下的人马到了。原来这姓包和姓风的两人先来缠住我们，然后大队人手一齐来攻。”正要暗传号令，命帮众先行向西、向南分别撤走，自己和四长老及蒋舵主断后，忽听得西方和南方同时有脚步杂沓之声。却是四面八方都来了敌人。

乔峰低声道：“蒋舵主，南方敌人力道最弱，待会见我手势，立时便率领众兄弟向南退走。”蒋舵主道：“是！”

便在此时，东方杏子树后奔出五六十人，都是衣衫褴褛，头发蓬乱，或持兵器，或拿破碗竹杖，均是丐帮中帮众。跟着北方也有八九十名丐帮弟子走了出来，各人神色严重，见了乔峰也不行礼，反而隐隐含有敌意。

包不同和风波恶斗然间见到有这许多丐帮人众出现，暗自心惊，均想：“如何救得王姑娘、阿朱、阿碧三人脱身才好？”

然而这时最惊讶的却是乔峰。这些人都是本帮帮众，平素对自己极为敬重，只要远远望见，早就奔了过来行礼，何以今日突如其来，连“帮主”也不叫一声？他正大感疑惑，只见西首和南首也赶到了数十名帮众，不多时之间，便将杏林丛中的空地挤满了，然而帮中的首脑人物，除了先到的四大长老和蒋舵主之外，余人均不在内。乔峰越来越惊，掌心中冷汗暗生，他就算遇到最强最恶的敌人，也从来不似此刻这般骇异，只想：“难道丐帮忽生内乱？传功、执法两位长老和分舵舵主遭了毒手？”但包不同、风波恶和二长老兀自激战不休，王语嫣等又在一旁，当着外人之面，不便出言询问。

陈长老忽然高声叫道：“结打狗阵！”东南西北四面的丐帮帮众之中，每一处都奔出十余人、二十余人不等，各持兵刃，将包不同、矮长老等四人围住。

包不同见丐帮顷刻间布成阵势，若要硬闯，自己纵然勉强能全身而退，风波恶中毒后元气大耗，非受重伤不可，要救王语嫣等三人更是难上加难。当此情势，莫过于罢手认输，在丐帮群相进击之下，两人因寡不敌众而认输，实于声名无损。但包不同性子执拗，常人认为理所当然之事，他偏偏要反其道而行之，风波恶却又是爱斗过于性命，只要有打斗的机会，不论是胜是败，结果是生是死，又不管谁是谁非，总之是恶斗到底再说。是以强弱之势早已分明，包风二人却仍大呼酣战，丝毫不屈。

王语嫣叫道：“包三哥、风四哥，不成了。丐帮这打狗阵，你们两位破不了的，还是及早住手罢。”

风波恶道：“我再打一会，等到真的不成，再住手好了。”他说话时一分心，嗤的一声响，肩头被白须长老扫了一锏，锏上倒齿钩得他肩头血肉淋漓。风波恶骂道：“你奶奶的，这一招倒厉害。”刷刷刷连进三招，直是要和对方同归于尽的模样。白须老者心道：“我和你又无不共戴天之仇，何必如此拼命？”当下守住门户，不再进攻。

陈长老长声唱道：“南面弟兄来讨饭哟，啊哟哎唷哟……”他唱的是乞丐的讨饭调，其实是在施发进攻的号令。站在南首的数十名乞丐各举兵刃，只等陈长老歌声一落，立时便即涌上。

乔峰自知本帮这打狗阵一发动，四面帮众便此上彼下，非将敌人杀死杀伤，决不止歇。他在查明真相之前，不愿和姑苏慕容氏贸然结下深仇，当下左手一挥，喝道："且慢！"晃身欺到风波恶身侧，左手往他面门抓去。风波恶向右急闪，乔峰右手顺势而下，已抓住他手腕，夹手将他单刀夺了过来。

王语嫣叫道："好一招'龙爪手'的'抢珠三式'！包三哥，他左肘要撞你胸口，右掌要斩你腰胁，左手便抓你的'气户穴'，这是'龙爪手'中的'沛然有雨'！"

她说"左肘要撞你胸口"，乔峰出手和她所说若合符节，左肘正好去撞包不同胸口，待得王语嫣说"右掌要斩你腰胁"，他右掌正好去斩包不同腰胁，一个说，一个作，便练也练不到这般合拍。王语嫣说到第三句上，乔峰右手五指成钩，已抓在包不同的"气户穴"上。

包不同只感全身酸软，再也动弹不得，气愤愤的道："好一个'沛然有雨'！大妹子，你说得不迟不早，有什么用？早说片刻，也好让我有个预备。"王语嫣歉然道："他武功太强，出手时事先全没朕兆，我瞧不出来，真是对不起了。"包不同道："什么对得起，对不起？咱们今天的架是打输啦，丢了燕子坞的脸。"回头一看，只见风波恶直挺挺的站着。却是乔峰夺他单刀之时，顺势便点了他的穴道，否则他怎肯乖乖的罢手不斗？

陈长老见帮主已将包、风二人制住，那一句歌调没唱完，便即戛然而止。丐帮四长老和帮中高手见乔峰一出手便制住对手，手法之妙，实是难以想像，无不衷心钦佩。

乔峰放开包不同的"气户穴"，左手反掌在风波恶肩头轻拍几下，解开了他被封住的穴道，说道："两位请便罢。"

包不同性子再怪，也知道自己武功和他实在相差太远，人家便没什么"打狗阵"，没什么四长老联手，那也轻轻易易的便操胜算，这时候自己多说一句话，便是多丢一分脸，当下一言不发，退到了王语嫣身边。

风波恶却道："乔帮主，我武功是不如你，不过适才这一招输得不大服气，你有点出我不意，攻我无备。"乔峰道："不错，我确是出你不意，攻你无备。咱们再试几招，我接你的单刀。"一句话甫毕，虚空一抓，一股气流激动地下的单刀，那刀竟然跳了起来，跃入了他手中。乔峰手指一拨，单刀倒转刀柄，便递向风波恶的身前。

风波恶登时便怔住了，颤声道："这……这是'擒龙功'罢？世上居然真的……真的有人会此神奇武功。"

乔峰微笑道："在下初窥门径，贻笑方家。"说着眼光不自禁的向王语嫣射去。适才王语嫣说他那一招"沛然有雨"，竟如未卜先知一般，实令他诧异之极，这时颇想知道这位精通武学的姑娘，对自己这门功夫有什么品评。

不料王语嫣一言不发，对乔峰这手奇功宛如视而不见，原来她正自出神："这位乔帮主武功如此了得，我表哥跟他齐名，江湖上有道是'北乔峰，南慕容'，可是……可是我表哥的武功，怎能……怎能……"

风波恶摇了摇头，道："我打你不过，强弱相差太远，打起来兴味索然。乔帮主，再见了。"他打了败仗，竟丝毫没有垂头丧气，所谓"胜固欣然败亦喜"，只求有架打，打得紧张火炽，那便心满意足，是输是赢，却是全不萦怀，实可说深得"斗道"之三昧。他举手和乔峰别过，向包不同道："三哥，听说公子爷去了少林寺，那儿人多，定然有架打，我这便撩撩去。你们慢慢再来罢。"他深恐失了一次半次打架的遇合，不等包不同等回答，当即急奔而去。

包不同道："走罢，走罢！技不如人兮，脸上无光！再练十年兮，又输精光！不如罢休兮，吃尽当光！"高声而吟，扬长而去，倒也输得潇洒。

王语嫣向阿朱、阿碧道："三哥、四哥都走了，咱们却又到哪里找……找他去？"阿朱低头道："这儿丐帮他们要商量正经事情，咱们且回无锡城再说。"转头向乔峰道："乔帮主，我们三人走啦！"乔峰点头道："三位自便。"

东首丐帮之中，忽然走出一个相貌清雅的丐者，板起了脸孔说道："启禀帮主，马副帮主惨死的大仇尚未得报，帮主怎可随随便便的就放走敌人？"这几句话似乎相当客气，但神色之间咄咄逼人，丝毫没有下属之礼。

乔峰道："咱们来到江南，原是为报马二哥的大仇而来。但这几日来我多方查察，觉得杀害马二哥的凶手，未必便是慕容公子。"

那中年丐者名叫全冠清，外号"十方秀才"，为人足智多谋，武功高强，是帮中地位仅次于六大长老的八袋舵主，掌管"大智分舵"，问道："帮主何所见而云然？"

王语嫣和阿朱、阿碧正要离去，忽听得丐帮中有人提到了慕容复，三人对慕容复都极关怀，当下退在一旁静听。

只听乔峰道："我也只是猜测而已，自也拿不出什么证据来。"全冠清道："不知帮主如何猜测，属下等都想知道。"乔峰道："我在洛阳之时，听到马二哥死于'锁喉擒拿手'的功夫之下，便即想起了姑苏慕容氏'以彼之道，还施彼身'这句话，寻思马二哥的'锁喉擒拿手'天下无双无对，除了慕容氏一家之外，再无旁人能以马二哥本身的绝技伤他。"全冠清道："不错。"乔峰道："可是近几日来，我越来越觉得，咱们先前的想法只怕未必尽然，这中间说不定另有曲折。"全冠清道："众兄弟都愿闻其详，请帮主开导。"

乔峰见他辞意不善，又察觉到诸帮众的神气大异平常，帮中定已生了重大变故，问道："传功、执法两位长老呢？"全冠清道："属下今日并没见到两位长老。"乔峰又问："大仁、大信、大勇、大礼四舵的舵主又在何处？”全冠清侧头向西北角上一名七袋弟子问道：“张全祥，你们舵主怎么没来？”那七袋弟子道：“嗯……嗯……我不知道。”

乔峰素知大智分舵舵主全冠清工于心计，办事干练，原是自己手下一个极得力的下属，但这时图谋变乱，却又成了一个极厉害的敌人，见那七袋弟子张全祥脸有愧色，说话吞吞吐吐，目光又不敢和自己相对，喝道：“张全祥，你将本舵方舵主杀害了，是不是？”张全祥大惊，忙道：“没有，没有！方舵主好端端的在那里，没有死，没有死！这……这不关我事，不是我干的。”乔峰厉声道：“那么是谁干的？”这句话并不甚响，却充满了威严。张全祥不由得浑身发抖，眼光向着全冠清望去。

乔峰知道变乱已成，传功、执法等诸长老倘若未死，也必已处于极重大的危险之下，时机稍纵即逝，当下长叹一声，转身问四大长老：“四位长老，到底出了什么事？”

四大长老你看看我，我看看你，都盼旁人先开口说话。乔峰见此情状，知道四大长老也参与此事，微微一笑，说道：“本帮自我而下，人人以义气为重……”说到这里，霍地向后连退两步，每一步都是纵出寻丈，旁人便是向前纵跃，也无如此迅捷，步度更无这等阔大。他这两步一退，离全冠清已不过三尺，更不转身，左手反过扣出，右手擒拿，正好抓中了他胸口的“中庭”和“鸠尾”两穴。

全冠清武功之强，殊不输于四大长老，岂知一招也无法还手，便被扣住。乔峰手上运气，内力从全冠清两处穴道中透将进去，循着经脉，直奔他膝关节的“中委”、“阳台”两穴。他膝间酸软，不由自主的跪倒在地。诸帮众无不失色，人人骇惶，不知如何是好。

原来乔峰察言辨色，料知此次叛乱，全冠清必是主谋，若不将他一举制住，祸乱非小，纵然平服叛徒，但一场自相残杀势所难免。丐帮强敌当前，如何能自伤元气？眼见四周帮众除了大义分舵诸人之外，其余似乎都已受了全冠清的煽惑，争斗一起，那便难以收拾。因此故意转身向四长老问话，乘着全冠清绝不防备之时，倒退扣他经脉。这几下兔起鹘落，一气呵成，似乎行若无事，其实是出尽他生平所学。要是这反手一扣，部位稍有半寸之差，虽能制住全冠清，却不能以内力冲激他膝关节中穴道，和他同谋之人说不定便会出手相救，争斗仍不可免。这么迫得他下跪，旁人都道全冠清自行投降，自是谁都不敢再有异动。

乔峰转过身来，左手在他肩头轻拍两下，说道："你既已知错，跪下倒也不必。生事犯上之罪，却决不可免，慢慢再行议处不迟。"右肘轻挺，已撞中了他的哑穴。

乔峰素知全冠清能言善辩，若有说话之机，煽动帮众，祸患难泯，此刻危机四伏，非得从权以断然手段处置不可。他制住全冠清，让他垂首而跪，大声向张全祥道："由你带路，引导大义分舵蒋舵主，去请传功、执法长老等诸位一同来此。你好好听我号令行事，当可减轻你的罪责。其余各人一齐就地坐下，不得擅自起立。"

张全祥又惊又喜，连声应道："是，是！"

大义分舵蒋舵主并未参与叛乱密谋，见全冠清等敢作乱犯上，早就气恼之极，满脸胀得通红，只呼呼喘气，直到乔峰吩咐他随张全祥去救人，这才心神略定，向本舵二十余名帮众说道："本帮不幸发生变乱，正是大伙儿出死力报答帮主恩德之时。大家出力护主，务须遵从帮主号令，不得有违。"他生怕四大长老等立时便会群起发难，虽然大义分舵与叛众人数相差甚远，但帮主也不致于孤掌难鸣。

乔峰却道："不！蒋兄弟，你将本舵众兄弟一齐带去，救人是大事，不可有甚差失。"蒋舵主不敢违命，应道："是！"又道："帮主，你千万小心，我尽快赶回。"乔峰微微一笑，道："这里都是咱们多年来同生共死的好兄弟，只不过一时生了些意见，没什么大不了的事，你放心去罢。”又道：“你再派人去知会西夏‘一品堂’，惠山之约，押后七日。”蒋舵主躬身答应，领了本舵帮众，自行去了。

乔峰口中说得轻描淡写，心下却着实担忧，眼见大义分舵的二十余名帮众一走，杏子林中除了段誉、王语嫣、阿朱、阿碧四个外人之外，其余二百来人都是参与阴谋的同党，只须其中有人一声传呼，群情汹涌之下发作起来，可十分难以应付。他四顾群豪，只见各人神色均甚尴尬，有的强作镇定，有的惶惑无主，有的却是跃跃欲试，颇有铤而走险之意。四周二百余人，谁也不说一句话，但只要有谁说出一句话来，显然变乱立生。

此刻天色已渐渐黑了下来，暮色笼罩，杏林边薄雾飘绕。乔峰心想：“此刻唯有静以待变，最好是转移各人心思，等得传功长老等回来，大事便定。”一瞥眼间见到段誉，便道：“众位兄弟，我今日好生喜欢，新交了一位好朋友，这位是段誉段兄弟，我二人意气相投，已结拜为兄弟。”

王语嫣和阿朱、阿碧听得这书呆子段相公居然和丐帮乔帮主拜了把子，都大感诧异。

只听乔峰续道：“兄弟，我给你引见我们丐帮中的首要人物。”他拉着段誉的手，走到那白须白发、手使倒齿铁锏的长老身前，说道：“这位宋长老，是本帮人人敬重的元老，他这倒齿铁锏当年纵横江湖之时，兄弟你还没出世呢。”段誉道：“久仰，久仰，今日得见高贤，幸何如之。”说着抱拳行礼。宋长老勉强还了一礼。

乔峰又替他引见那手使钢杖的矮胖老人，说道：“这位奚长老是本帮外家高手。你哥哥在十多年前，常向他讨教武功。奚长老于我，可说是半师半友，情义甚为深重。”段誉道：“适才我见到奚长老和那两位爷台动手过招，武功果然了得，佩服，佩服。”奚长老性子直率，听得乔峰口口声声不忘旧情，特别提到昔年自己指点他武功的德意，而自己居然胡里胡涂的听信了全冠清之言，不由得大感惭愧。

乔峰引见了那使麻袋的陈长老后，正要再引见那使鬼头刀的红脸吴长老，忽听得脚步声响，东北角上有许多人奔来，声音嘈杂，有的连问："帮主怎么样？叛徒在哪里？"有的说："上了他们的当，给关得真是气闷。"乱成一团。

乔峰大喜，但不愿缺了礼数，使吴长老心存蒂芥，仍然替段誉引见，表明吴长老的身份名望，这才转身。只见传功长老、执法长老，大仁、大勇、大礼、大信各舵的舵主，率同大批帮众，一时齐到。各人都有无数言语要说，但在帮主跟前，谁也不敢任意开口。

乔峰说道："大伙儿分别坐下，我有话说。"众人齐声应道："是！"有的向东，有的向西，各按职分辈份，或前或后、或左或右的坐好。在段誉瞧来，群丐似乎乱七八糟的四散而坐，其实何人在前，何人在后，各有序别。

乔峰见众人都守规矩，心下先自宽了三分，微微一笑，说道："咱们丐帮多承江湖上朋友瞧得起，百余年来号称为武林中第一大帮。既然人多势众，大伙儿的想法不能齐一，那也是难免之事。只须分说明白，好好商量，大伙儿仍是相亲相爱的好兄弟，大家也不必将一时的意气纷争，瞧得太过重了。"他说这几句话时神色极是慈和。他心中早已细加盘算，决意宁静处事，要将一场大祸消弭于无形，说什么也不能引起丐帮兄弟的自相残杀。

众人听他这么说，原来剑拔弩张之势果然稍见松弛。

坐在乔峰右首的一个面色蜡黄的老丐站起身来，说道："请问宋奚陈吴四位长老，你们命人将我们关在太湖中的小船之上，那是什么意思？"这人是丐帮中的执法长老，名叫白世镜，向来铁面无私，帮中大小人等，纵然并不违犯帮规刑条，见到他也是惧怕三分。

四长老中宋长老年纪最大，隐然是四长老的首脑。他脸上泛出红色，咳嗽一声，说道：“这个……这个……嗯……咱们是多年来同患难、共生死的好兄弟，自然并无恶意……白……白执法瞧在我老哥哥的脸上，那也不必介意。”

众人一听，都觉他未免老得太也胡涂了，帮会中犯上作乱，那是何等的大事，岂能说一句“瞧在我老哥哥的脸上”，就此轻轻一笔带过？

白世镜道：“宋长老说并无恶意，实情却非如此。我和传功长老他们，一起被囚在三艘船上，泊在太湖之中，船上堆满柴草硝磺，说道我们若想逃走，立时便引火烧船。宋长老，难道这并无恶意么？”宋长老道：“这个……这个嘛，确是做得太过份了些。大家都是一家人，向来亲如兄弟骨肉，怎么可以如此蛮来？以后见面，这……这不是挺难为情么？”他后来这几句话，已是向陈长老而说。

白世镜指着一条汉子，厉声道：“你骗我们上船，说是帮主呼召。假传帮主号令，该当何罪？”那汉子吓得浑身簌簌发抖，颤声道：“弟子职份低微，如何敢作此犯上欺主之事？都是……都是……”他说到这里，眼睛瞧着全冠清，意思是说：“本舵全舵主叫我骗你上船的。”但他是全冠清下属，不敢公然指证。白世镜道：“是你全舵主吩咐的，是不是？”那汉子垂首不语，不敢说是，也不敢说不是。白世镜道：“全舵主命你假传帮主号令，骗我上船，你当时知不知这号令是假？”那汉子脸上登时全无半点血色，不敢作声。

白世镜冷笑道：“李春来，你向来是个敢作敢为的硬汉，是不是？大丈夫有胆子做事，难道没胆子应承？”

李春来脸上突显刚强之色，胸膛一挺，朗声道：“白长老说得是。我李春来做错了事，是杀是剐，任凭处分，姓李的皱一皱眉头，不算好汉。我向你传达帮主号令之时，明知那是假的。”

白世镜道：“是帮主对你不起么？是我对你不起么？”李春来道：“都不是，帮主待属下义重如山，白长老公正严明，谁都没有异言。”白世镜厉声道：“然则那是为了什么？到底是什么缘故？”

李春来向跪在地下的全冠清瞧了一眼，又向乔峰瞧了一眼，大声道：“属下违反帮规，死有应得，这中间的原因，非属下敢说。”手腕一翻，白光闪处，噗的一声响，一柄刀已刺入心口，这一刀出手甚快，又是对准了心脏，刀尖穿心而过，立时断气毙命。

诸帮众“哗”的一声，都惊呼出来，但各人均就坐原地，谁也没有移动。

白世镜丝毫不动声色，说道：“你明知号令是假，却不向帮主举报，反来骗我，原该处死。”转头向传功长老道：“项兄，骗你上船的，却又是谁？”

突然之间，人丛中一人跃起身来，向林外急奔。

陈长老见乔峰的目光瞧来，大声道："乔帮主，我跟你没什么交情，平时得罪你的地方太多，不敢要你流血赎命。"身子一蹲，手臂微长，已将一柄法刀抢在手中。

十五

杏子林中　商略平生义

这人背上负着五只布袋，是丐帮的五袋弟子。他逃得极是匆忙，不问可知，自是假传号令、骗项长老上船去之人了。传功、执法两长老相对叹息一声，并不说话。只见人影一晃，一人抢出来拦在那五袋弟子身前。那人满脸红光，手持鬼头刀，正是四大长老中的吴长老，厉声喝道："刘竹庄，你为什么要逃？"那五袋弟子颤声道："我……我……我……"连说了六七个"我"字，再也说不出第二个字来。

吴长老道："咱们身为丐帮弟子，须当遵守祖宗遗法。大丈夫行事，对就是对，错就是错，敢作敢为，也敢担当。"转过身来向乔峰道："乔帮主，我们大伙儿商量了，要废去你的帮主之位。这件大事，宋奚陈吴四长老都是参与的。我们怕传功、执法两位长老不允，是以设法将他们囚禁起来。这是为了本帮的大业着想，不得不冒险而为。今日势头不利，被你占了上风，我们由你处置便是。吴长风在丐帮三十年，谁都知道我不是贪生怕死的小人。"说着当的一声，将鬼头刀远远掷了开去，双臂抱在胸前，一副天不怕地不怕的神气。

他侃侃陈辞，将"废去帮主"的密谋吐露了出来，诸帮众自是人人震动。这几句话，所有参与密谋之人，心中无不明白，可就谁也不敢宣之于口，吴长风却第一个直言无隐。

执法长老白世镜朗声道："宋奚陈吴四长老背叛帮主，违犯帮规第一条。执法弟子，将四长老绑上了。"他手下执法的弟子取过牛筋，先去给吴长风上绑。吴长风含笑而立，毫不反抗。跟着宋奚二长老也抛下兵刃，反手就缚。

陈长老脸色极是难看，喃喃的道："懦夫，懦夫！群起一战，未必便输，可是谁都怕了乔峰。"他这话确是不错，当全冠清被制服之初，参与密谋之人如果立时发难，乔峰难免寡不敌众。即是传功、执法二长老，大仁、大义、大信、大勇、大礼五舵主一齐回归，仍是叛众人数居多。然而乔峰在众人前面这么一站，凛然生威，竟是谁也不敢抢出动手，以致良机坐失，一个个的束手就缚。待得宋奚吴三长老都被绑缚之后，陈长老便欲决心一战，也已孤掌难鸣了。他一声叹息，抛下手中麻袋，让两名执法弟子在手腕和脚踝上都绑上了牛筋。

此时天已全黑，白世镜吩咐弟子燃起火堆。火光照在被绑各人的脸上，显出来的尽是一片沮丧阴沉之意。

白世镜凝视刘竹庄，说道："你这等行径，还配做丐帮的弟子吗？你自己了断呢，还是须得旁人动手？"刘竹庄道："我……我……"底下的话仍是说不出来，但见他抽出身边单刀，想要横刀自刎，但手臂颤抖得极是厉害，竟无法向自己颈中割去。一名执法弟子叫道："这般没用，亏你在丐帮中耽了这么久。"抓住他右臂，用力一挥，割断了他喉头。刘竹庄道："我……谢谢……"随即断气。

原来丐帮中规矩，凡是犯了帮规要处死刑的，如果自行了断，帮中仍当他是兄弟，只须一死，便洗清了一切罪孽。但如由执法弟子动手，那么罪孽永远不能清脱。适才那执法弟子见刘竹庄确有自刎之意，只是力有不逮，这才出手相助。

段誉与王语嫣、阿朱、阿碧四人，无意中撞上了丐帮这场大内变，都觉自己是局外人，窥人阴私，极是不该，但在这时退开，却也已不免引起丐帮中人的疑忌，只有坐得远远地，装得漠不关心。眼见李春来和刘竹庄接连血溅当场，尸横就地，不久之前还是威风凛凛的宋奚陈吴四长老一一就缚，只怕此后尚有许多惊心动魄的变故。四人你看看我，我看看你，都觉处境甚是尴尬。段誉与乔峰义结金兰，风波恶中毒后乔峰代索解药，王语嫣和朱碧双姝都对乔峰心存感激，这时见他平定逆乱，将反叛者一一制服，自是代他欢喜。

乔峰怔怔的坐在一旁，叛徒就缚，他心中却殊无胜利与喜悦之感，回思自受上代汪帮主深恩，以帮主之位相授，执掌丐帮八年以来，经过了不少大风大浪，内解纷争，外抗强敌，自己始终竭力以赴，不存半点私心，将丐帮整顿得好生兴旺，江湖上威名赫赫，自己实是有功无过，何以突然之间，竟有这许多人密谋反叛？若说全冠清胸怀野心，意图倾覆本帮，何以连宋长老、奚长老这等元老，吴长风这等耿直汉子，均会参与其事？难道自己无意之中做了什么对不起众兄弟之事，竟连自己也不知么？

白世镜朗声道：“众位兄弟，乔帮主继任上代汪帮主为本帮首领，并非巧取豪夺，用什么不正当手段而得此位。当年汪帮主试了他三大难题，命他为本帮立七大功劳，这才以打狗棒相授。那一年泰山大会，本帮受人围攻，处境十分凶险，全仗乔帮主连创九名强敌，丐帮这才转危为安，这里许多兄弟都是亲眼得见。这八年来本帮声誉日隆，人人均知是乔帮主主持之功。乔帮主待人仁义，处事公允，咱们大伙儿拥戴尚自不及，为什么居然有人猪油蒙了心，竟会起意叛乱？全冠清，你当众说来！”

全冠清被乔峰拍了哑穴，对白世镜的话听得清清楚楚，苦于无法开口回答。乔峰走上前去，在他背心上轻轻拍了两下，解开他的穴道，说道：“全舵主，我乔峰做了什么对不起众兄弟之事，你尽管当面指证，不必害怕，不用顾忌。”

全冠清一跃站起，但腿间兀自酸麻，右膝跪倒，大声道：“对不起众兄弟的大事，你现今虽然还没有做，但不久就要做了。”说完这句话，这才站直身子。

白世镜厉声道：“胡说八道！乔帮主为人处事，光明磊落，他从前既没做过歹事，将来更加不会做。你只凭一些全无佐证的无稽之言，便煽动人心，意图背叛帮主。老实说，这些谣言也曾传进我的耳里，我只当他是大放狗屁，老子一拳头便将放屁之人打断了三条肋骨。偏有这么些胡涂透顶的家伙，听信了你的胡说八道。你说来说去，也不过是这么几句话，快快自行了断罢。”

乔峰寻思：“原来在我背后，早有许多不利于我的言语，白长老也听到了，只是不便向我提起，那自是难听之极的话了。大丈夫事无不可对人言，那又何必隐瞒？”于是温言道：“白长老，你不用性急，让全舵主从头至尾，详详细细说个明白。连宋长老、奚长老他们也都反对我，想必我乔峰定有不对之处。”

奚长老道：“我反叛你，是我不对，你不用再提。回头定案之后，我自行把矮脖子上的大头割下来给你便是。”他这句话说得滑稽，各人心中却均感沉痛，谁都不露丝毫笑容。

白世镜道：“帮主吩咐得是。全冠清，你说罢。”

全冠清见与自己同谋的宋奚陈吴四长老均已就缚，这一仗是输定了，但不能不作最后的挣扎，大声道：“马副帮主为人所害，我相信是出于乔峰的指使。”

乔峰全身一震，惊道：“什么？”

全冠清道：“你一直憎恶马副帮主，恨不得除之而后快，总觉若不除去这眼中之钉，你帮主之位便不安稳。”

乔峰缓缓摇了摇头，说道：“不是。我和马副帮主交情虽不甚深，言谈虽不甚投机，但从来没存过害他的念头。皇天后土，实所共鉴。乔峰若有加害马大元之意，教我身败名裂，受千刀之祸，为天下好汉所笑。”这几句话说得甚是诚恳，这副莽莽苍苍的英雄气概，谁都不能有丝毫怀疑。

全冠清却道：“然则咱们大伙到姑苏来找慕容复报仇，为什么你一而再、再而三的与敌人勾结？”指着王语嫣等三个少女道：“这三人是慕容复的家人眷属，你加以庇护。”指着段誉道：“这人是慕容复的朋友，你却与之结为兄弟……”

段誉连连摇手，说道：“非也，非也！我不是慕容复的朋友，我从未见过慕容公子之面。这三位姑娘，说是慕容公子的家人亲戚则可，说是眷属却未必。”他想王语嫣只是慕容复的“亲戚”，绝非“眷属”，其间分别，不可不辨。

全冠清道：“‘非也非也’包不同是慕容复属下的金风庄庄主，‘一阵风’风波恶是慕容复手下的玄霜庄庄主，他二人若非得你乔峰解围，早就一个乱刀分尸，一个中毒毙命。此事大伙儿亲眼目睹，你还有什么抵赖不成？”

乔峰缓缓说道：“我丐帮开帮数百年，在江湖上受人尊崇，并非恃了人多势众、武功高强，乃是由于行侠仗义、主持公道之故。全舵主，你责我庇护这三位年轻姑娘，不错，我确是庇护她们，那是因为我爱惜本帮数百年来的令名，不肯让天下英雄说一句‘丐帮众长老合力欺侮三个稚弱女子’。宋奚陈吴四长老，哪一位不是名重武林的前辈？丐帮和四位长老的名声，你不爱惜，帮中众兄弟可都爱惜。”

众人听了这几句话，又向王语嫣等三个娇滴滴的姑娘瞧了几眼，都觉极是有理，倘若大伙和这三个姑娘为难，传了出去，确是大损丐帮的名声。

白世镜道：“全冠清，你还有什么话说？”转头向乔峰道：

“帮主，这等不识大体的叛徒，不必再跟他多费唇舌，按照叛逆犯上的帮规处刑便了。”

乔峰心道：“白长老一意要尽快处决全冠清，显是不让他吐露不利于我的言语。”朗声道：“全舵主能说得动这许多人密谋作乱，必有极重大的原因。大丈夫行事，对就是对，错就是错。众位兄弟，乔峰的所作所为，有何不对，请大家明言便是。”

吴长风叹了口气，道：“帮主，你或者是个装腔作势的大奸雄，或者是个直肠直肚的好汉子，我吴长风没本事分辨，你还是及早将我杀了罢。”乔峰心下大疑，问道：“吴长老，你为什么说我是个欺人的骗子？你……你……什么地方疑心我？”吴长风摇了摇头，说道：“这件事说起来牵连太多，传了出去，丐帮在江湖上再也抬不起头来，人人要瞧我们不起。我们本来想将你一刀杀死，那就完了。”

乔峰更如堕入五里雾中，摸不着半点头脑，喃喃道：“为什么？为什么？”抬起头来，说道：“我救了慕容复手下的两员大将，你们就疑心我和他有所勾结，是不是？可是你们谋叛在先，我救人在后，这两件事拉不上干系。再说，此事是对是错，这时候还难下断语，但我总觉得马副帮主不是慕容复所害。”

全冠清道：“何以见得？”这句话他本已问过一次，中间变故陡起，打断了话题，直至此刻又再提起。

乔峰道：“我想慕容复是大英雄、好汉子，不会下手去杀害马二哥。”

王语嫣听得乔峰称慕容复为“大英雄、好汉子”，芳心大喜，心道：“这位乔帮主果然也是个大英雄、好汉子。”

段誉却眉头微蹙，心道：“未必，未必！慕容复不见得是什么大英雄、好汉子。”

全冠清道：“这两个月来，江湖上被害的高手着实不少，都是死于各人本身的成名绝技之下。人人皆知是姑苏慕容氏所下毒手。如此辣手杀害武林中朋友，怎能说是英雄好汉？”

乔峰在场中缓缓踱步，说道：“众位兄弟，昨天晚上，我在江阴长江边上的望江楼头饮酒，遇到一位中年儒生，居然一口气连尽十大碗烈酒，面不改色，好酒量，好汉子！”

段誉听到这里，不禁脸露微笑，心想：“原来大哥昨天晚上又和人家赌酒来着。人家酒量好，喝酒爽气，他就心中喜欢，说人家是好汉子，那只怕也不能一概而论。”

只听乔峰又道：“我和他对饮三碗，说起江南的武林人物，他自夸掌法江南第二，第一便是慕容复慕容公子。我便和他对了三掌。第一掌、第二掌他都接了下来，第三掌他左手中所持的酒碗震得粉碎，瓷片划得他满脸都是鲜血。他神色自若，说道：‘可惜！可惜！可惜了一大碗好酒。’我大起爱惜之心，第四掌便不再出手，说道：‘阁下掌法精妙，“江南第二”四字，当之无愧。’他道：‘江南第二，天下第屁！’我道：‘兄台不必过谦，以掌法而论，兄台实可算得是一流好手。’他道：‘原来是丐帮乔帮主驾到，兄弟输得十分服气，多承你手下留情，没让我受伤，我再敬你一碗！’咱二人又对饮三碗。分手时我问他姓名，他说复姓公冶，单名一个‘乾’字。这不是乾坤之乾，而是乾杯之乾。他说是慕容公子的下属，是赤霞庄的庄主，邀我到他庄上去大饮三日。众位兄弟，这等人物，你们说是如何？是不是好朋友？”

吴长风大声道：“这公冶乾是好汉子，好朋友！帮主，什么时候你给我引见引见。”他也不想自己犯上作乱，已成阶下之囚，转眼间便要受刑处死，听到有人说起英雄好汉，不禁便起结交之心。乔峰微微一笑，心下暗暗叹息：“吴长风豪迈痛快，不意牵连在这场逆谋之中。”宋长老问道：“帮主，后来怎样？”

乔峰道："我和公冶乾告别之后，便赶路向无锡来，行到二更时分，忽听到有两个人站在一条小桥上大声争吵。其时天已全黑，居然还有人吵之不休，我觉得奇怪，上前一看，只见那条小桥是条独木桥，一端站着个黑衣汉子，另一端是个乡下人，肩头挑着一担大粪，原来是两人争道而行。那黑衣汉子叫乡下人退回去，说是他先到桥头。乡下人说他挑了粪担，没法退回，要黑衣汉子退回去。黑衣汉子道：'咱们已从初更耗到二更，便再从二更耗到天明，我还是不让。'乡下人道：'你不怕我的粪担臭，就这么耗着。'黑衣汉子道：'你肩头压着粪担，只要不怕累，咱们就耗到底了。'

"我见了这副情形，自是十分好笑，心想：'这黑衣汉子的脾气当真古怪，退后几步，让他一让，也就是了，和这个挑粪担的乡下人这么面对面的干耗，有什么味道？听他二人的说话，显是已耗了一个更次。'我好奇心起，倒想瞧个结果出来，要知道最后是黑衣汉子怕臭投降呢，还是乡下人累得认输。我可不愿多闻臭气，在上风头远远站着。只听两人你一言我一语，说的都是江南土话，我也不大听得明白，总之是说自己道理直。那乡下人当真有股狠劲，将粪担从左肩换到右肩，又从右肩换到左肩，就是不肯退后一步。"

段誉望望王语嫣，又望望阿朱、阿碧，只见三个少女都笑咪咪的听着，显是极感兴味，心想："这当儿帮中大叛待决，情势何等紧急，乔大哥居然会有闲情逸致来说这等小事。这些故事，王姑娘她们自会觉得有趣，怎地乔大哥如此英雄了得，竟也自童心犹存？"

不料丐帮数百名帮众，人人都肃静倾听，没一人以乔峰的言语为无聊。

乔峰又道："我看了一会，渐渐惊异起来，发觉那黑衣汉子站在独木桥上，身形不动如山，竟是一位身负上乘武功之士。那挑粪的乡下人则不过是个常人，虽然生得结实壮健，却是半点武功也不会的。我越看越是奇怪，寻思：这黑衣汉子武功如此了得，只消伸出一个小指头，便将这乡下人连着粪担，一起推入了河中，可是他却全然不使武功。像这等高手，照理应当涵养甚好，就算不愿让了对方，那么轻轻一纵，从那乡下人头顶飞跃而过，却又何等容易？他偏偏要跟这乡下人呕气，真正好笑！

“只听那黑衣汉子提高了嗓子大声说道：‘你再不让我，我可要骂人了！’乡下人道：‘骂人就骂人。你会骂人，我不会骂么？’他居然抢先出口，大骂起来。黑衣汉子便跟他对骂。两个人你一句，我一句，各种古里古怪的污言秽语都骂将出来。这些江南骂人的言语，我十句里也听不懂半句。堪堪骂了小半个时辰，那乡下人已累得筋疲力尽，黑衣汉子内力充沛，仍是神完气足。我见那乡下人身子摇晃，看来过不到一盏茶时分，便要摔入河了。

“突然之间，那乡下人将手伸入粪桶，抓起一把粪水，向黑衣汉子夹头夹脸掷了过去。黑衣人万料不到他竟会使泼，‘啊哟’一声，脸上口中已被他掷满粪水。我暗叫：‘糟糕，这乡下人自寻死路，却又怪得谁来？’眼见那黑衣汉子大怒之下，手掌一起，便往乡下人的头顶拍落。”

段誉耳中听的是乔峰说话，眼中却只见到王语嫣樱口微张，极是关注。一瞥眼间，只见阿朱与阿碧相顾微笑，似乎浑不在意。

只听乔峰继续道：“这变故来得太快，我为了怕闻臭气，站在十数丈外，便想去救那乡下人，也已万万不及。不料那黑衣汉子一掌刚要击上那乡下人的天灵盖，突然间手掌停在半空，不再落下，哈哈一笑，说道：‘老兄，你跟我比耐心，到底是谁赢了？’那乡下人也真惫懒，明明是他输了，却不肯承认，说道：‘我挑了粪担，自然是你占了便宜。不信你挑粪担，我空身站着，且看谁输谁赢？’那黑衣汉子道：‘也说的是！’伸手从他肩头接过粪担，左臂伸直，手掌放在扁担中间，平平托住。

“那乡下人见他只手平托粪担，臂与肩齐，不由得呆了，只说：‘你……你……’黑衣汉子笑道：‘我就这么托着，不许换手，咱们对耗，是谁输了，谁就喝干了这一担大粪。’那乡下人见了他这等神功，如何再敢和他争闹，忙向后退，不料心慌意乱，踏了个空，便向河中掉了下去。黑衣汉子伸出右手，抓住了他衣领，右臂平举，这么左边托一担粪，右边抓一个人，哈哈大笑，说道：‘过瘾，过瘾！’身子一纵，轻轻落到对岸，将乡下人和粪担都放在地下，展开轻功，隐入桑林之中而去。

“这黑衣汉子口中被泼大粪，若要杀那乡下人，只不过举手之劳。就算不肯随便杀人，那么打他几拳，也是理所当然，可是他毫不恃技逞强。这个人的性子确是有点儿特别，求之武林之中，可说十分难得。众位兄弟，此事是我亲眼所见，我和他相距甚远，谅他也未必能发现我的踪迹，以致有意做作。像这样的人，算不算得是好朋友、好汉子？”

吴长老、陈长老、白长老等齐声道：“不错，是好汉子！”陈长老道：“可惜帮主没问他姓名，否则也好让大伙儿知道，江南武林之中，有这么一号人物。”

乔峰缓缓的道：“这位朋友，适才曾和陈长老交过手，手背被陈长老的毒蝎所伤。”陈长老一惊，道：“是一阵风风波恶！”乔峰点了点头，说道：“不错！”

段誉这才明白，乔峰所以详详细细的说这段轶事，旨在叙述风波恶的性格，心想此人面貌丑陋，爱闹喜斗，原来天性却极良善，真是人不可以貌相了；刚才王语嫣关心而朱碧双姝相顾微笑，自因朱碧二女熟知风波恶的性情，既知莫名其妙与人斗气者必是此君，而此君又决不会滥杀无辜。

只听乔峰说道：“陈长老，咱们丐帮自居为江湖第一大帮，你是本帮的首要人物，身份名声，与江南一个武人风波恶自不可同日而语。风波恶能在受辱之余不伤无辜，咱们丐帮的高手，岂能给他比了下去？”陈长老面红过耳，说道：“帮主教训得是，你要我给他解药，原来是为我声名身份着想。陈孤雁不知帮主的美意，反存怨责之意，真如木牛蠢驴一般。”乔峰道：“顾念本帮声名和陈长老的身份，此事尚在其次。咱们学武之人，第一不可滥杀无辜。陈长老就算不是本帮的首脑人物，不是武林中赫赫有名的耆宿，那也不能不问青红皂白的取人性命啊！”陈长老低头说道：“陈孤雁知错了。”

乔峰见这一席话居然说服了四大长老中最为桀傲不驯的陈孤雁，心下甚喜，缓缓的道：“那公冶乾豪迈过人，风波恶是非分明，包不同潇洒自如，这三位姑娘也都温文良善。这些人不是慕容公子的下属，便是他的戚友。常言说得好：物以类聚，人以群分。众位兄弟请平心静气的想一想：慕容公子相交相处的都是这么一干人，他自己能是大奸大恶、卑鄙无耻之徒么？”

丐帮高手大都重意气、爱朋友，听了均觉有理，好多人出声附和。

全冠清却道：“帮主，依你之见，杀害马副帮主的，决计不是慕容复了？”

乔峰道：“我不敢说慕容复定是杀害马副帮主的凶手，却也不敢说他一定不是凶手。报仇之事，不必急在一时。我们须当详加访查，查明是慕容复，自当抓了他来为马副帮主报仇雪恨，如查明不是他，终须捉到真凶为止。倘若单凭胡乱猜测，竟杀错了好人，真凶却逍遥自在，暗中偷笑丐帮胡涂无能，咱们不但对不起被错杀了的冤枉之人，对不起马副帮主，也败坏了我丐帮响当当的名头。众兄弟走到江湖之上，给人讥笑嘲骂，滋味好得很吗？”

丐帮群雄听了，尽皆动容。传功长老一直没出声，这时伸手摸着颔下稀稀落落的胡子，说道：“这话有理。当年我错杀了一个无辜好人，至今耿耿，唔，至今耿耿！”

吴长风大声道："帮主，咱们所以叛你，皆因误信人言，只道你与马副帮主不和，暗里勾结姑苏慕容氏下手害他。种种小事凑在一起，竟不由得人不信。现下一想，咱们实在太过胡涂。白长老，你请出法刀来，依照帮规，咱们自行了断便是。"

白世镜脸如寒霜，沉声道："执法弟子，请本帮法刀。"

他属下九名弟子齐声应道："是！"每人从背后布袋中取出一个黄布包袱，打开包袱，取出一柄短刀。九柄精光灿然的短刀并列在一起，一样的长短大小，火光照耀之下，刀刃上闪出蓝森森的光采。一名执法弟子捧过一段树木，九人同时将九柄短刀插入了木中，随手而入，足见九刀锋锐异常。九人齐声叫道："法刀齐集，验明无误。"

白世镜叹了口气，说道："宋奚陈吴四长老误信人言，图谋叛乱，危害本帮大业，罪当一刀处死。大智分舵舵主全冠清，造谣惑众，鼓动内乱，罪当九刀处死。参与叛乱的各舵弟子，各领罪责，日后详加查究，分别处罚。"

他宣布了各人的罪刑，众人都默不作声。江湖上任何帮会，凡背叛本帮、谋害帮主的，理所当然的予以处死，谁都不会有什么异言。众人参与图谋之时，原已知道这个后果。

吴长风大踏步上前，对乔峰躬身说道："帮主，吴长风对你不起，自行了断。盼你知我胡涂，我死之后，你原谅了吴长风。"说着走到法刀之前，大声道："吴长风自行了断，执法弟子松绑。"一名执法弟子道："是！"上前要去解他的绑缚，乔峰喝道："且慢！"

吴长风登时脸如死灰，低声道："帮主，我罪孽太大，你不许我自行了断？"

丐帮规矩，犯了帮规的人倘若自行了断，则死后声名无污，罪行劣迹也决不外传，江湖上若有人数说他的恶行，丐帮反而会出头干涉。武林中好汉谁都将名声看得极重，不肯令自己死后的名字尚受人损辱，吴长风见乔峰不许他自行了断，不禁愧惶交集。

乔峰不答，走到法刀之前，说道："十五年前，契丹国入侵雁门关，宋长老得知讯息，三日不食，四晚不睡，星夜赶回，报知紧急军情，途中连毙九匹好马，他也累得身受内伤，口吐鲜血。终于我大宋守军有备，契丹胡骑不逞而退。这是有功于国的大事，江湖上英雄虽然不知内中详情，咱们丐帮却是知道的。执法长老，宋长老功劳甚大，盼你体察，许他将功赎罪。"

白世镜道："帮主代宋长老求情，所说本也有理。但本帮帮规有云：'叛帮大罪，决不可赦，纵有大功，亦不能赎。以免自恃有功者骄横生事，危及本帮百代基业。'帮主，你的求情于帮规不合，咱们不能坏了历代帮主传下来的规矩。"

宋长老惨然一笑，走上两步，说道："执法长老的话半点也不错。咱们既然身居长老之位，哪一个不是有过不少汗马功劳？倘若人人追论旧功，那么什么罪行都可犯了。帮主，请你见怜，许我自行了断。"只听得喀喀两声响，缚在他手腕上的牛筋已被崩断。

群丐尽皆动容。那牛筋又坚又韧，便是用钢刀利刃斩割，一时也未必便能斫断，宋长老却于举手之间便即崩断，不愧为丐帮四大长老之首。宋长老双手一脱束缚，伸手便去抓面前的法刀，用以自行了断。不料一股柔和的内劲逼将过来，他手指和法刀相距尺许，便伸不过去，正是乔峰不令他取刀。

宋长老惨然变色，叫道："帮主，你……"乔峰一伸手，将左首第一柄法刀拔起。宋长老道："罢了，罢了，我起过杀害你的念头，原是罪有应得，你下手罢！"眼前刀光一闪，噗的一声轻响，只见乔峰将法刀戳入了他自己左肩。

群丐"啊"的一声大叫，不约而同的都站起身来。段誉惊道："大哥，你！"连王语嫣这局外之人，也是为这变故吓得花容变色，脱口叫道：“乔帮主，你不要……”

乔峰道：“白长老，本帮帮规之中，有这么一条：‘本帮弟子犯规，不得轻赦，帮主欲加宽容，亦须自流鲜血，以洗净其罪。’是也不是？”

白世镜脸容仍是僵硬如石，缓缓的道：“帮规是有这么一条，但帮主自流鲜血，洗人之罪，亦须想想是否值得。”

乔峰道：“只要不坏祖宗遗法，那就好了。”转过身来，对着奚长老道：“奚长老当年指点我的武功，虽无师父之名，却有师父之实。这尚是私人的恩德。想当年汪帮主为契丹国五大高手设伏擒获，囚于祁连山黑风洞中，威逼我丐帮向契丹降服。汪帮主身材矮胖，奚长老与之有三分相似，便乔装汪帮主的模样，甘愿代死，使汪帮主得以脱险。这是有功于国家和本帮的大事，本人非免他的罪名不可。”说着拔起第二柄法刀，轻轻一挥，割断奚长老腕间的牛筋，跟着回手一刀，将这柄法刀刺入了自己肩头。

他目光缓缓向陈长老移去。陈长老性情乖戾，往年做了对不起家门之事，变名出亡，老是担心旁人揭他疮疤，心中忌惮乔峰精明，是以和他一直疏疏落落，并无深交，这时见乔峰的目光瞧来，大声道：“乔帮主，我跟你没什么交情，平时得罪你的地方太多，不敢要你流血赎命。”双臂一翻，忽地从背后移到了身前，只是手腕仍被牛筋牢牢缚着。原来他的“通臂拳功”已练到了出神入化之境，一双手臂伸缩自如，身子一蹲，手臂微长，已将一柄法刀抢在手中。

乔峰反手擒拿，轻轻巧巧的抢过短刀，朗声道：“陈长老，我乔峰是个粗鲁汉子，不爱结交为人谨慎、事事把细的朋友，也不喜欢不爱喝酒、不肯多说多话、大笑大吵之人，这是我天生的性格，勉强不来。我和你性情不投，平时难得有好言好语。我也不喜马副帮主的为人，见他到来，往往避开，宁可去和一袋二袋的低辈弟子喝烈酒、吃狗肉。我这脾气，大家都知道的。但如你以为我想除去你和马副帮主，那可就大错而特错了。你和马副帮主老成持重，从不醉酒，那是你们的好处，我乔峰及你们不上。”说到这里，将那法刀插入了自己肩头，说道：“刺杀契丹国左路副元帅耶律不鲁的大功劳，旁人不知，难道我也不知么？”

群丐之中登时传出一阵低语之声，声音中混着惊异、佩服和赞叹。原来数年前契丹国大举入侵，但军中数名大将接连暴毙，师行不利，无功而返，大宋国免除了一场大灾。暴毙的大将之中，便有左路副元帅耶律不鲁在内。丐帮中除了最高的几位首脑人物，谁也不知道这是陈长老所建的大功。

陈长老听乔峰当众宣扬自己的功劳，心下大慰，低声说道：“我陈孤雁名扬天下，深感帮主大恩大德。”

丐帮一直暗助大宋抗御外敌，保国护民，然为了不令敌人注目，以致全力来攻打丐帮，各种谋干不论成败，都是做过便算，决不外泄，是以外间多不知情，即令本帮之中，也是尽量守秘。陈孤雁一向倨傲无礼，自恃年纪比乔峰大，在丐帮中的资历比乔峰久，平时对他并不如何谦敬，群丐众所周知，这时见帮主居然不念旧嫌，代他流血洗罪，无不感动。

乔峰走到吴长风身前，说道：“吴长老，当年你独守鹰愁峡，力抗西夏‘一品堂’的高手，使其行刺杨家将的阴谋无法得逞。单凭杨元帅赠给你的那面‘记功金牌’，便可免了你今日之罪。你取出来给大家瞧瞧罢！”吴长风突然间满脸通红，神色忸怩不安，说道：“这个……这个……”乔峰道：“咱们都是自己兄弟，吴长老有何为难之处，尽说不妨。”吴长风道：“我那面记功金牌嘛，不瞒帮主说，是……这个……那个……已经不见了。”乔峰奇道：“如何会不见了？”

吴长风道：“是自己弄丢了的。嗯……”他定了定神，大声道：

"那一天我酒瘾大发，没钱买酒，把金牌卖了给金铺子啦。"乔峰哈哈大笑，道："爽快，爽快，只是未免对不起杨元帅了。"说着拔起一柄法刀，先割断了吴长风腕上的牛筋，跟着插入自己左肩。

吴长风大声道："帮主，你大仁大义，吴长风这条性命，从此交了给你。人家说你这个那个，我再也不信了。"乔峰拍拍他的肩头，笑道："咱们做叫化子的，没饭吃，没酒喝，尽管向人家讨啊，用不着卖金牌。"吴长风笑道："讨饭容易讨酒难。人家都说：'臭叫化子，吃饱了肚子还想喝酒，太不成话了！不给，不给。'"

群丐听了，都轰笑起来。讨酒为人所拒，丐帮中不少人都经历过，而乔峰赦免了四大长老的罪责，人人都是如释重负。各人目光一齐望着全冠清，心想他是煽动这次叛乱的罪魁祸首，乔峰便再宽宏大量，也决计不会赦他。

乔峰走到全冠清身前，说道："全舵主，你有什么话说？"全冠清道："我所以反你，是为了大宋的江山，为了丐帮百代的基业，可惜跟我说了你身世真相之人，畏事怕死，不敢现身。你将我一刀杀死便是。"乔峰沉吟片刻，道："我身世中有何不对之处，你尽管说来。"全冠清摇头道："我这时空口说白话，谁也不信，你还是将我杀了的好。"

乔峰满腹疑云，大声道："大丈夫有话便说，何必吞吞吐吐，想说却又不说？全冠清，是好汉子，死都不怕，说话却又有什么顾忌了？"

全冠清冷笑道："不错，死都不怕，天下还有什么事可怕？姓乔的，痛痛快快，一刀将我杀了。免得我活在世上，眼看大好丐帮落入胡人手中，我大宋的锦绣江山，更将沦亡于夷狄。"乔峰道："大好丐帮如何会落入胡人手中？你明明白白说来。"全冠清道："我这时说了，众兄弟谁也不信，还道我全冠清贪生怕死，乱嚼舌根。我早已拚着一死，何必死后再落骂名。"

白世镜大声道："帮主，这人诡计多端，信口胡说一顿，只盼你也饶了他的性命，执法弟子，取法刀行刑。"

一名执法弟子应道："是！"迈步上前，拔起一柄法刀，走到全冠清身前。

乔峰目不转睛凝视着全冠清的脸色，只见他只有愤愤不平之容，神色间既无奸诈谲狯，亦无畏惧惶恐，心下更是起疑，向那执法弟子道："将法刀给我。"那执法弟子双手捧刀，躬身呈上。

乔峰接过法刀，说道："全舵主，你说知道我身世真相，又说此事与本帮安危有关，到底真相如何，却又不敢吐实。"说到这里，将法刀还入包袱中包起，放入自己怀中，说道："你煽动叛乱，一死难免，只是今日暂且寄下，待真相大白之后，我再亲自杀你。乔峰并非一味婆婆妈妈的买好示惠之辈，既决心杀你，谅你也逃不出我的手掌。你去罢，解下背上布袋，自今而后，丐帮中没了你这号人物。"

所谓"解下背上布袋"，便是驱逐出帮之意。丐帮弟子除了初入帮而全无职司者之外，每人背上均有布袋，多则九袋，少则一袋，以布袋多寡而定辈份职位之高下。全冠清听乔峰命他解下背上布袋，眼光中陡然间露出杀气，一转身便抢过一柄法刀，手腕翻处，将刀尖对准了自己胸口。江湖上帮会中人被逐出帮，实是难以形容的奇耻大辱，较之当场处死，往往更加令人无法忍受。

乔峰冷冷的瞧着他，看他这一刀是否戳下去。

全冠清稳稳持着法刀，手臂绝不颤抖，转头向着乔峰。两人相互凝视，一时之间，杏子林中更无半点声息。全冠清忽道："乔峰，你好泰然自若！难道你自己真的不知？"乔峰道："知道什么？"

全冠清口唇一动，终于并不说话，缓缓将法刀放还原处，再缓缓将背上布袋一只只的解了下来，恭恭敬敬的放在地下。

眼见全冠清解到第五只布袋时，忽然马蹄声响，北方有马匹急奔而来，跟着传来一两声口哨。群丐中有人发哨相应，那乘马越奔越快，渐渐驰近。吴长风喃喃的道：“有什么紧急变故？”那乘马尚未奔到，忽然东首也有一乘马奔来，只是相距尚远，蹄声隐隐，一时还分不清驰向何方。

片刻之间，北方那乘马已奔到了林外，一人纵马入林，翻身下鞍。那人宽袍大袖，衣饰甚是华丽，他极迅速的除去外衣，露出里面鹑衣百结的丐帮装束。段誉微一思索，便即明白：丐帮中人乘马驰骤，极易引人注目，官府中人往往更会查问干涉，但传报紧急讯息之人必须乘马，是以急足信使便装成富商大贾的模样，但里面仍服鹑衣，不敢忘本。

那人走到大信分舵舵主跟前，恭恭敬敬的呈上一个小小包裹，说道：“紧急军情……”只说了这四个字，便喘气不已，突然之间，他乘来的那匹马一声悲嘶，滚倒在地，竟是脱力而死。那信使身子摇晃，猛地扑倒。显而易见，这一人一马长途奔驰，都已精疲力竭。

大信舵舵主认得这信使是本舵派往西夏刺探消息的弟子之一。西夏时时兴兵犯境，占土扰民，只为害不及契丹而已，丐帮常有谍使前往西夏，刺探消息。他见这人如此奋不顾身，所传的讯息自然极为重要，且必异常紧急，当下竟不开拆，捧着那小包呈给乔峰，说道：“西夏紧急军情。信使是跟随易大彪兄弟前赴西夏的。”

乔峰接过包裹，打了开来，见里面裹着一枚蜡丸。他捏碎蜡丸，取出一个纸团，正要展开来看，忽听得马蹄声紧，东首那乘马已奔入林来。马头刚在林中出现，马背上的乘客已飞身而下，喝道：“乔峰，蜡丸传书，这是军情大事，你不能看。”

众人都是一惊，看那人时，只见他白须飘动，穿着一身补钉累累的鹑衣，是个年纪极高的老丐。传功、执法两长老一齐站起身来，说道：“徐长老，何事大驾光临？”

群丐听得徐长老到来，都是耸然动容。这徐长老在丐帮中辈份极高，今年已八十七岁，前任汪帮主都尊他一声“师伯”，丐帮之中没一个不是他的后辈。他退隐已久，早已不问世务。乔峰和传功、执法等长老每年循例向他请安问好，也只是随便说说帮中家常而已。不料这时候他突然赶到，而且制止乔峰阅看西夏军情，众人自是无不惊讶。

乔峰立即左手一紧，握住纸团，躬身施礼，道：“徐长老安好！”跟着摊开手掌，将纸团送到徐长老面前。

乔峰是丐帮帮主，辈份虽比徐长老为低，但遇到帮中大事，终究是由他发号施令，别说徐长老只不过是一位退隐前辈，便是前代的历位帮主复生，那也是位居其下。不料徐长老不许他观看来自西夏国的军情急报，他竟然毫不抗拒，众人尽皆愕然。

徐长老说道：“得罪！”从乔峰手掌中取过纸团，握在左手之中，随即目光向群丐团团扫去，朗声说道：“马大元马兄弟的遗孀马夫人即将到来，向诸位有所陈说，大伙儿请待她片刻如何？”群丐都眼望乔峰，瞧他有何话说。

乔峰满腹疑团，说道：“假若此事关连重大，大伙儿等候便是。”徐长老道：“此事关连重大。”说了这六字，再也不说什么，向乔峰补行参见帮主之礼，便即坐在一旁。

段誉心下嘀咕，又想乘机找些话题和王语嫣说说，向她低声道：“王姑娘，丐帮中的事情真多。咱们且避了开去呢，还是在旁瞧瞧热闹？”王语嫣皱眉道：“咱们是外人，本不该参预旁人的机密大事，不过……不过……他们所争的事情跟我表哥有关，我想听听。”段誉附和道：“是啊，那位马副帮主据说是你表哥杀的，遗下一个无依无靠的寡妇，想必十分可怜。”王语嫣忙道：“不！不！马副帮主不是我表哥杀的，乔帮主不也这么说吗？”

这时马蹄声又作，两骑马奔向杏林而来。丐帮在此聚会，路旁固然留下了记号，附近更有人接引同道，防敌示警。

众人只道其中一人必是马大元的寡妻，哪知马上乘客却是一个老翁，一个老妪，男的身裁矮小，而女的甚是高大，相映成趣。

乔峰站起相迎，说道："太行山冲霄洞谭公、谭婆贤伉俪驾到，有失远迎，乔峰这里谢过。"徐长老和传功、执法等六长老一齐上前施礼。

段誉见了这等情状，料知这谭公、谭婆必是武林中来头不小的人物。

谭婆道："乔帮主，你肩上插这几把玩意干什么啊？"手臂一长，立时便将他肩上四柄法刀拔了下来，手法快极。她这一拔刀，谭公即刻从怀中取出一只小盒，打开盒盖，伸指沾些药膏，抹在乔峰肩头。金创药一涂上，创口中如喷泉般的鲜血立时便止。谭婆拔刀手法之快，固属人所罕见，但终究是一门武功，然谭公取盒、开盖、沾药、敷伤、止血，几个动作干净利落，虽然快得异常，却人人瞧得清清楚楚，真如变魔术一般，而金创药止血的神效，更是不可思议，药到血停，绝不迟延。

乔峰见谭公、谭婆不问情由，便替自己拔刀治伤，虽然微嫌鲁莽，却也好生感激，口中称谢之际，只觉肩头由痛变痒，片刻间便疼痛大减，这金创药的灵效，不但从未经历，抑且闻所未闻。

谭婆又问："乔帮主，世上有谁这么大胆，竟敢用刀子伤你？"乔峰笑道："是我自己刺的。"谭婆奇道："为什么自己刺自己？活得不耐烦了么？"乔峰微笑道："我自己刺着玩儿的，这肩头皮粗肉厚，也伤不到筋骨。"

宋奚陈吴四长老听乔峰替自己隐瞒真相，不由得既感且愧。

谭婆哈哈一笑，说道："你撒什么谎儿？我知道啦，你鬼精灵的，打听到谭公新得极北寒玉和玄冰蟾蜍，合成了灵验无比的伤药，就这么来试他一试。”

乔峰不置可否，只微微一笑，心想：“这位老婆婆大是戆直。世上又有谁这么空闲，在自己身上戳几刀，来试你的药灵是不灵。”

只听得蹄声得得，一头驴子闯进林来，驴上一人倒转而骑，背向驴头，脸朝驴尾。谭婆登时笑逐颜开，叫道：“师哥，你又在玩什么古怪花样啦？我打你的屁股！”

众人瞧那驴背上之人时，只见他缩成一团，似乎是个七八岁的孩童模样。谭婆伸手一掌往他屁股上拍去。那人一骨碌翻身下地，突然间伸手撑足，变得又高又大。众人都是微微一惊。谭公却脸有不豫之色，哼了一声，向他侧目斜睨，说道：“我道是谁，原来是你。”随即转头瞧着谭婆。

那倒骑驴子之人说是年纪很老，似乎倒也不老，说他年纪轻，却又全然不轻，总之是三十岁到六十岁之间，相貌说丑不丑，说俊不俊。他双目凝视谭婆，神色间关切无限，柔声问道：“小娟，近来过得快活么？”

这谭婆牛高马大，白发如银，满脸皱纹，居然名字叫做“小娟”，娇娇滴滴，跟她形貌全不相称，众人听了都觉好笑。但每个老太太都曾年轻过来，小姑娘时叫做“小娟”，老了总不成改名叫做“老娟”？段誉正想着这件事，只听得马蹄声响，又有数匹马驰来，这一次却奔跑并不急骤。

乔峰却在打量那骑驴客，猜不透他是何等样人物。他是谭婆的师兄，在驴背上所露的这手缩骨功又如此高明，自是非同寻常，可是却从来未曾听过他的名字。

那数乘马来到杏子林中，前面是五个青年，一色的浓眉大眼，容貌甚为相似，年纪最大的三十余岁，最小的二十余岁，显然是一母同胞的五兄弟。

吴长风大声道："泰山五雄到了，好极，好极！什么好风把你们哥儿五个一齐都吹了来啊？"泰山五雄中的老三叫做单叔山，和吴长风甚为熟稔，抢着说道："吴四叔你好，我爹爹也来啦。"吴长风脸上微微变色，道："当真，你爹爹……"他做了违犯帮规之事，心下正虚，听到泰山"铁面判官"单正突然到来，不由得暗自慌乱。"铁面判官"单正生平嫉恶如仇，只要知道江湖上有什么不公道之事，定然伸手要管。他本身武功已然甚高，除了亲生的五个儿子外，又广收门徒，徒子徒孙共达二百余人，"泰山单家"的名头，在武林中谁都忌惮三分。

跟着一骑马驰进林中，泰山五雄一齐上前拉住马头，马背上一个身穿茧绸长袍的老者飘身而下，向乔峰拱手道："乔帮主，单正不请自来，打扰了。"

乔峰久闻单正之名，今日尚是初见，但见他满脸红光，当得起"童颜鹤发"四字，神情却甚谦和，不似江湖上传说的出手无情，当即抱拳还礼，说道："若知单老前辈大驾光临，早该远迎才是。"

那骑驴客忽然怪声说道："好哇！铁面判官到来，就该远迎。我'铁屁股判官'到来，你就不该远迎了。"

众人听到"铁屁股判官"这五个字的古怪绰号，无不哈哈大笑。王语嫣、阿朱、阿碧三人虽觉笑之不雅，却也不禁嫣然。泰山五雄听这人如此说，自知他是有心戏侮自己父亲，登时勃然变色，只是单家家教极严，单正既未发话，做儿子的谁也不敢出声。

单正涵养甚好，一时又捉摸不定这怪人的来历，装作并未听见，朗声道："请马夫人出来叙话。"

树林后转出一顶小轿，两名健汉抬着，快步如飞，来到林中一放，揭开了轿帷。轿中缓步走出一个全身缟素的少妇。那少妇低下了头，向乔峰盈盈拜了下去，说道："未亡人马门康氏，参见帮主。"

乔峰还了一礼，说道：“嫂嫂，有礼！”

马夫人道：“先夫不幸亡故，多承帮主及众位伯伯叔叔照料丧事，未亡人衷心铭感。”她话声极是清脆，听来年纪甚轻，只是她始终眼望地下，见不到她的容貌。

乔峰料想马夫人必是发现了丈夫亡故的重大线索，这才亲身赶到，但帮中之事她不先禀报帮主，却去寻徐长老和铁面判官作主，其中实是大有蹊跷，回头向执法长老白世镜望去。白世镜也正向他瞧来。两人的目光之中都充满了异样神色。

乔峰先接外客，再论本帮事务，向单正道：“单老前辈，太行山冲霄洞谭氏伉俪，不知是否素识？”单正抱拳道：“久仰谭氏伉俪的威名，幸会，幸会。”乔峰道：“谭老爷子，这一位前辈，请你给在下引见，以免失了礼数。”

谭公尚未答话，那骑驴客抢着说道：“我姓双，名歪，外号叫作‘铁屁股判官’。”

铁面判官单正涵养再好，到这地步也不禁怒气上冲，心想：“我姓单，你就姓双，我叫正，你就叫歪，这不是冲着我来么？”正待发作，谭婆却道：“单老爷子，你莫听赵钱孙随口胡诌，这人是个颠子，跟他当不得真的。”

乔峰心想：“这人名叫赵钱孙吗？料来不会是真名。”说道：“众位，此间并无座位，只好随意在地下坐了。”他见众人分别坐定，说道：“一日之间，得能会见众位前辈高人，实不胜荣幸之至。不知众位驾到，有何见教？”

单正道：“乔帮主，贵帮是江湖上第一大帮，数百年来侠名播于天下，武林中提起‘丐帮’二字，谁都十分敬重，我单某向来也是极为心仪的。”乔峰道：“不敢！”

赵钱孙接口道：“乔帮主，贵帮是江湖上第一大帮，数百年来侠名播于天下，武林中提起‘丐帮’二字，谁都十分敬重，我双某向来也是极为心仪的。”他这番话和单正说的一模一样，就是将“单某”的“单”字改成了“双”字。

乔峰知道武林中这些前辈高人大都有副希奇古怪的脾气，这赵钱孙处处跟单正挑眼，不知为了何事，自己总之双方都不得罪就是，于是也跟着说了句：“不敢！”

单正微微一笑，向大儿子单伯山道：“伯山，余下来的话，你跟乔帮主说。旁人若要学我儿子，尽管学个十足便是。”

众人听了，都不禁打个哈哈，心想这铁面判官道貌岸然，倒也阴损得紧，赵钱孙倘若再跟着单伯山学嘴学舌，那就变成学做他儿子了。

不料赵钱孙说道：“伯山，余下来的话，你跟乔帮主说。旁人若要学我儿子，尽管学个十足便是。”这么一来，反给他讨了便宜去，认了是单伯山的父亲。

单正最小的儿子单小山火气最猛，大声骂道：“他妈的，这不是活得不耐烦了么？”

赵钱孙自言自语：“他妈的，这种窝囊儿子，生四个已经太多，第五个实在不必再生，嘿嘿，也不知是不是亲生的。”

听他这般公然挑衅，单正便是泥人也有土性儿，转头向赵钱孙道：“咱们在丐帮是客，争闹起来，那是不给主人面子，待此间事了之后，自当再来领教阁下的高招。伯山，你自管说罢！”

赵钱孙又学着他道：“咱们在丐帮是客，争闹起来，那是不给主人面子，待此间事了之后，自当再来领教阁下的高招。伯山，老子叫你说，你自管说罢！”

单伯山恨不得冲上前去，拔刀猛砍他几刀，方消心头之恨，当下强忍怒气，向乔峰道：“乔帮主，贵帮之事，我父子原是不敢干预，但我爹爹说：君子爱人以德……”说到这里，眼光瞧向赵钱孙，看他是否又再学舌，若是照学，势必也要这么说：“但我爹爹说：君子爱人以德”，那便是叫单正为“爹爹”了。

不料赵钱孙仍然照学，说道：“乔帮主，贵帮之事，我父子原是不敢干预，但我儿子说：君子爱人以德。”他将“爹爹”两字改成“儿子”，自是明讨单正的便宜。众人一听，都皱起了眉头，觉得这赵钱孙太也过份，只怕当场便要流血。

单正淡淡的道：“阁下老是跟我过不去。但兄弟与阁下素不相识，实不知什么地方得罪了你，尚请明白示知。倘若是兄弟的不是，即行向阁下陪礼请罪便了。”

众人心下暗赞单正，不愧是中原得享大名的侠义前辈。

赵钱孙道：“你没得罪我，可是得罪了小娟，这比得罪我更加可恶十倍。”

单正奇道：“谁是小娟？我几时得罪她了？”赵钱孙指着谭婆道：“这位便是小娟。小娟是她的闺名，天下除我之外，谁也称呼不得。”单正又好气，又好笑，说道：“原来这是谭婆婆的闺名，在下不知，冒昧称呼，还请恕罪。”赵钱孙老气横秋的道：“不知者不罪，初犯恕过，下次不可。”单正道：“在下久仰太行山冲霄洞谭氏伉俪的大名，却无缘识荆，在下自省从未在背后说人闲言闲语，如何会得罪了谭家婆婆？”

赵钱孙愠道：“我刚才正在问小娟：‘你近来过得快活么？’她尚未答话，你这五个宝贝儿子便大模大样、横冲直撞的来到，打断了她的话头，至今尚未答我的问话。单老兄，你倒去打听打听，小娟是什么人？我‘赵钱孙李，周吴郑王’又是什么人？难道我们说话之时，也容你随便打断的么？”

单正听了这番似通非通的言语，心想这人果然脑筋不大灵，说道：“兄弟有一事不明，却要请教。”赵钱孙道：“什么事？我倘若高兴，指点你一条明路，也不打紧。”单正道：“多谢，多谢。阁下说谭婆的闺名，天下便只阁下一人叫得，是也不是？”赵钱孙道："正是。如若不信，你再叫一声试试，瞧我'赵钱孙李，周吴郑王，冯陈褚卫，蒋沈韩杨'是不是跟你狠狠打上一架？"单正道："兄弟自然不敢叫，却难道连谭公也叫不得么？"

赵钱孙铁青着脸，半晌不语。众人都想，单正这一句话可将他问倒了。不料突然之间，赵钱孙放声大哭，涕泪横流，伤心之极。

这一着人人都大出意料之外，此人天不怕，地不怕，胆敢和"铁面判官"挺撞到底，哪想到这么轻轻一句话，却使得他号啕大哭，难以自休。

单正见他哭得悲痛，倒不好意思起来，先前胸中积蓄的满腔怒火，登时化为乌有，反而安慰他道："赵兄，这是兄弟的不是了……"

赵钱孙呜呜咽咽的道："我不姓赵。"单正更奇了，问道："然则阁下贵姓？"赵钱孙道："我没有姓，你别问，你别问。"

众人猜想这赵钱孙必有一件极伤心的难言之隐，到底是什么事，他自己不说，旁人自也不便多问，只有让他抽抽噎噎、悲悲切切，一股劲儿的哭之不休。

谭婆沉着脸道："你又发颠了，在众位朋友之前，要脸面不要？"

赵钱孙道："你抛下了我，去嫁了这老不死的谭公，我心中如何不悲，如何不痛？我心也碎了，肠也断了，这区区外表的脸皮，要来何用？"

众人相顾莞尔，原来说穿了毫不希奇。那自然是赵钱孙和谭婆从前有过一段情史，后来谭婆嫁了谭公，而赵钱孙伤心得连姓名也不要了，疯疯颠颠的发痴。眼看谭氏夫妇都是六十以上的年纪，怎地这赵钱孙竟然情深若斯，数十年来苦恋不休？谭婆满脸皱纹，白发萧萧，谁也看不出这又高又大的老妪，年轻时能有什么动人之处，竟使得赵钱孙到老不能忘情。

谭婆神色忸怩，说道：“师哥，你尽提这些旧事干什么？丐帮今日有正经大事要商量，你乖乖的听着罢。”

这几句温言相劝的软语，赵钱孙听了大是受用，说道：“那么你向我笑一笑，我就听你的话。”谭婆还没笑，旁观众人中已有十多人先行笑出声来。

谭婆却浑然不觉，回眸向他一笑。赵钱孙痴痴的向她望着，这神情显然是神驰目眩，魂飞魄散。谭公坐在一旁，满脸怒气，却又无可如何。

这般情景段誉瞧在眼里，心中蓦地一惊：“这三人都情深如此，将世人全然置之度外，我……我对王姑娘，将来也会落到赵钱孙这般结果么？不，不！这谭婆对她师哥显然颇有情意，而王姑娘念念不忘的，却只是她的表哥慕容公子。比之赵钱孙，我是大大的不如，大大的不及了。”

乔峰心中却想的是另一回事：“那赵钱孙果然并不姓赵。向来听说太行山冲霄洞谭公、谭婆，以太行嫡派绝技著称，从这三人的话中听来，三人似乎并非出于同一师门。到底谭公是太行派呢？还是谭婆是太行派？倘若谭公是太行派，那么这赵钱孙与谭婆师兄妹，又是什么门派？”

只听赵钱孙又道：“听得姑苏出了个‘以彼之道，还施彼身’的慕容复，胆大妄为，乱杀无辜。老子倒要会他一会，且看这小子有什么本事，能还施到我‘赵钱孙李，周吴郑王’身上？小娟，你叫我到江南，我自然是要来的。何况我……”

他一番话没说完，忽听得一人号啕大哭，悲悲切切，呜呜咽咽，哭声便和他适才没半点分别。众人听了，都是一愕，只听那人跟着连哭带诉：“我的好师妹啊，老子什么地方对不起你？为什么你去嫁了这姓谭的糟老头子？老子日想夜想，牵肚挂肠，记着的就是你小娟师妹。想咱师父在世之日，待咱二人犹如子女一般，你不嫁老子，可对得起咱师父么？”

这说话的声音语调，和赵钱孙委实一模一样，若不是众人亲眼见到他张口结舌、满脸诧异的神情，谁都以为定是出于他的亲口。各人循声望去，见这声音发自一个身穿淡红衫子的少女。

那人背转了身子，正是阿朱。段誉和阿碧、王语嫣知道她模拟别人举止和说话的神技，自不为异，其余众人却无不又是好奇，又是好笑，以为赵钱孙听了之后，必定怒发如狂。不料阿朱这番话触动他的心事，眼见他本来已停了哭泣，这时又眼圈儿红了，嘴角儿扁了，泪水从眼中滚滚而下，竟和阿朱尔唱彼和的对哭起来。

单正摇了摇头，朗声说道：“单某虽然姓单，却是一妻四妾，儿孙满堂。你这位双歪双兄，偏偏形单影只，凄凄惶惶。这种事情乃是悔之当初，今日再来重论，不免为时已晚。双兄，咱们承丐帮徐长老与马夫人之邀，来到江南，是来商量阁下的婚姻大事么？”赵钱孙摇头道：“不是。”单正道：“然则咱们还是来商议丐帮的要事，才是正经。”赵钱孙勃然怒道：“什么？丐帮的大事正经，我和小娟的事便不正经么？”

谭公听到这里，终于忍无可忍，说道：“阿慧，阿慧，你再不制止他发疯发颠，我可不能干休了。”

众人听到“阿慧”两字称呼，均想：“原来谭婆另有芳名，那‘小娟’二字，确是赵钱孙独家专用的。”

谭婆顿足道：“他又不是发疯发颠，你害得他变成这副模样，还不心满意足么？”谭公奇道：“我……我……我怎地害了他？”谭婆道：“我嫁了你这糟老头子，我师哥心中自然不痛快……”谭公道：“你嫁我之时，我可既不糟，又不老。”谭婆怒道：“也不怕丑，难道你当年就挺英俊潇洒么？”

徐长老和单正相对摇头，均想这三个宝贝当真为老不尊，三人都是武林中大有身份的前辈耆宿，却在众人面前争执这些陈年情史，实在好笑。

徐长老咳嗽一声，说道："泰山单兄父子，太行山谭氏夫妇，以及这位兄台，今日惠然驾临，敝帮全帮上下均感光宠。马夫人，你来从头说起罢。"

那马夫人一直垂手低头，站在一旁，背向众人，听得徐长老的说话，缓缓回过身来，低声说道："先夫不幸身故，小女子只有自怨命苦，更悲先夫并未遗下一男半女，接续马氏香烟……"她虽说得甚低，但语音清脆，一个字一个字的传入众人耳里，甚是动听。她说到这里，话中略带呜咽，微微啜泣。杏林中无数英豪，心中均感难过。同一哭泣，赵钱孙令人好笑，阿朱令人惊奇，马夫人却令人心酸。

只听她续道："小女子殓葬先夫之后，检点遗物，在他收藏拳经之处，见到一封用火漆密密封固的书信。封皮上写道：'余若寿终正寝，此信立即焚化，拆视者即为毁余遗体，令余九泉不安。余若死于非命，此信立即交本帮诸长老会同拆阅，事关重大，不得有误。'"

马夫人说到这里，杏林中一片肃静，当真是一针落地也能听见。她顿了一顿，继续说道："我见先夫写得郑重，知道事关重大，当即便要去求见帮主，呈上遗书，幸好帮主率同诸位长老，到江南为先夫报仇来了，亏得如此，这才没能见到此信。"

众人听她语气有异，既说"幸好"，又说"亏得"，都不自禁向乔峰瞧去。

乔峰从今晚的种种情事之中，早觉察到有一个重大之极的图谋在对付自己，虽则全冠清和四长老的叛帮逆举已然敉平，但显然此事并未了结，此时听马夫人说到这里，反感轻松，神色泰然，心道："你们有什么阴谋，尽管使出来好了。乔某生平不作半点亏心事，不管有何倾害诬陷，乔某何惧？”

只听马夫人接着道：“我知此信涉及帮中大事，帮主和诸长老既然不在洛阳，我生怕耽误时机，当即赴郑州求见徐长老，呈上书信，请他老人家作主。以后的事情，请徐长老告知各位。”

徐长老咳嗽几声，说道：“此事说来恩恩怨怨，老朽当真好生为难。”这两句话声音嘶哑，颇有苍凉之意。他慢慢从背上解下一个麻布包袱，打开包袱，取出一只油布招文袋，再从招文袋中抽出一封信来，说道：“这封便是马大元的遗书。大元的曾祖、祖父、父亲，数代都是丐帮中人，不是长老，便是八袋弟子。我眼见大元自幼长大，他的笔迹我是认得很清楚的。这信封上的字，确是大元所写。马夫人将信交到我手中之时，信上的火漆仍然封固完好，无人动过。我也担心误了大事，不等会同诸位长老，便即拆来看了。拆信之时，太行山铁面判官单兄也正在座，可作明证。”

单正道：“不错，其时在下正在郑州徐老府上作客，亲眼见到他拆阅这封书信。”

徐长老掀开信封封皮，抽了一张纸笺出来，说道：“我一看这张信笺，见信上字迹笔致遒劲，并不是大元所写，微感惊奇，见上款写的是‘剑髯吾兄’四字，更是奇怪。众位都知道，‘剑髯’两字，是本帮前任汪帮主的别号，若不是跟他交厚相好之人，不会如此称呼，而汪帮主逝世已久，怎么有人写信与他？我不看笺上所写何字，先看信尾署名之人，一看之下，更是诧异。当时我不禁‘咦’的一声，说道：‘原来是他！’单兄好奇心起，探头过来一看，也奇道：‘咦！原来是他！’”

单正点了点头，示意当时自己确有此语。

赵钱孙插口道：“单老兄，这就是你的不对了。这是人家丐帮的机密书信，你又不是丐帮中的一袋、二袋弟子，连个没入流的弄蛇化子硬要饭的，也还挨不上，怎可去偷窥旁人的阴私？”别瞧他一直疯疯颠颠的，这几句话倒也真在情在理。单正老脸微赭，说道："我只瞧一瞧信尾署名，也没瞧信中文字。"赵钱孙道："你偷一千两黄金固然是贼，偷一文小钱仍然是贼，只不过钱有多少、贼有大小之分而已。大贼是贼，小毛贼也是贼。偷看旁人的书信，便不是君子。不是君子，便是小人。既是小人，便是卑鄙混蛋，那就该杀！"

单正向五个儿子摆了摆手，示意不可轻举妄动，且让他胡说八道，一笔帐最后总算，心下固自恼怒，却也颇感惊异："此人一遇上便尽找我碴子的挑眼，莫非跟我有旧怨？江湖上没将泰山单家放在眼中之人，倒也没有几个。此人到底是谁，怎么我全然想不起来？"

众人都盼徐长老将信尾署名之人的姓名说将出来，要知道到底是什么人物，何以令他及单正如此惊奇，却听赵钱孙缠夹不休，不停的捣乱，许多人都向他怒目而视。

谭婆忽道："你们瞧什么？我师哥的话半点也不错。"

赵钱孙听谭婆出口相助，不由得心花怒放，说道："你们瞧，连小娟也这么说，那还有什么错的？小娟说的话，做的事，从来不会错的。"

忽然一个和他一模一样的声音说道："是啊，小娟说的话，做的事，从来不会错的。她嫁了谭公，没有嫁你，完全没有嫁错。"说话之人正是阿朱。她怒恼赵钱孙出言诬蔑慕容公子，便不停的跟他作对。

赵钱孙一听，不由得啼笑皆非，阿朱是以子之矛，攻子之盾，用的正是慕容氏的拿手法门："以彼之道，还施彼身"。

这时两道感谢的亲切眼光分从左右向阿朱射将过来，左边一道来自谭公，右边一道来自单正。

便在此时，人影一晃，谭婆已然欺到阿朱身前，扬起手掌，便往她右颊上拍了下去，喝道：“我嫁不嫁错，关你这臭丫头什么事？”这一下出手快极，阿朱待要闪避，固已不及，旁人更无法救援。拍的一声轻响过去，阿朱雪白粉嫩的面颊上登时出现五道青紫的指印。

赵钱孙哈哈笑道：“教训教训你这臭丫头，谁教你这般多嘴多舌！”

阿朱泪珠在眼眶之中转动，正在欲哭未哭之间，谭公抢近身去，从怀中又取出那只小小白玉盒子，打开盒盖，右手手指在盒中沾了些油膏，手臂一长，在阿朱脸上划了几划，已在她伤处薄薄的敷了一层。谭婆打她巴掌，手法已是极快，但终究不过出掌收掌。谭公这敷药上脸，手续却甚是繁复细致，居然做得和谭婆一般快捷，使阿朱不及转念避让，油膏已然上脸。她一愕之际，只觉本来热辣辣、胀鼓鼓的脸颊之上，忽然间清凉舒适，同时左手中多了一件小小物事。她举掌一看，见是一只晶莹润滑的白玉盒子，知是谭公所赠，乃是灵验无比的治伤妙药，不由得破涕为笑。

徐长老不再理会谭婆如何唠唠叨叨的埋怨谭公，低沉着嗓子说道：“众位兄弟，到底写这封信的人是谁，我此刻不便言明。徐某在丐帮七十余年，近三十年来退隐山林，不再闯荡江湖，与人无争，不结怨仇。我在世上已为日无多，既无子孙，又无徒弟，自问绝无半分私心。我说几句话，众位信是不信？”

群丐都道：“徐长老的话，有谁不信？”

徐长老向乔峰道：“帮主意下若何？”

乔峰道：“乔某对徐长老素来敬重，前辈深知。”

徐长老道：“我看了此信之后，思索良久，心下疑惑难明，唯恐有甚差错，当即将此信交于单兄过目。单兄和写信之人向来交好，认得他的笔迹。此事关涉太大，我要单兄验明此信的真伪。”

单正向赵钱孙瞪了一眼，意思是说："你又有什么话说？"赵钱孙道："徐长老交给你看，你当然可以看，但你第一次看，却是偷看。好比一个人从前做贼，后来发了财，不做贼了，但尽管他是财主，却洗不掉从前的贼出身。"

徐长老不理赵钱孙的打岔，说道："单兄，请你向大伙儿说说，此信是真是伪。"

单正道："在下和写信之人多年相交，舍下并藏得有此人的书信多封，当即和徐长老、马夫人一同赶到舍下，检出旧信对比，字迹固然相同，连信笺信封也是一般，那自是真迹无疑。"

徐长老道："老朽多活了几年，做事力求仔细，何况此事牵涉本帮兴衰气运，有关一位英雄豪杰的声名性命，如何可以冒昧从事？"

众人听他这么说，不自禁的都瞧向乔峰，知道他所说的那一位"英雄豪杰"，自是指乔峰而言。只是谁也不敢和他目光相触，一见他转头过来，立即垂下眼光。

徐长老又道："老朽得知太行山谭氏伉俪和写信之人颇有渊源，于是去冲霄洞向谭氏伉俪请教。谭公、谭婆将这中间的一切原委曲折，一一向在下说明，唉，在下实是不忍明言，可怜可惜，可悲可叹！"

这时众人这才明白，原来徐长老邀请谭氏伉俪和单正来到丐帮，乃是前来作证。

徐长老又道："谭婆说道，她有一位师兄，于此事乃是身经目击，如请他亲口述说，最是明白不过，她这位师兄，便是赵钱孙先生了。这位先生的脾气和别人略有不同，等闲请他不到。总算谭婆的面子极大，片笺飞去，这位先生便应召而到……"

谭公突然满面怒色，向谭婆道："怎么？是你去叫他来的么？怎地事先不跟我说？瞒着我偷偷摸摸。"谭婆怒道："什么瞒着你偷偷摸摸？我写了信，要徐长老遣人送去，乃是光明正大之事。就是你爱喝干醋，我怕你唠叨啰唆，宁可不跟你说。”谭公道：“背夫行事，不守妇道，那就不该！”

谭婆更不打话，出手便是一掌，拍的一声，打了丈夫一个耳光。

谭公的武功明明远比谭婆为高，但妻子这一掌打来，既不招架，亦不闪避，一动也不动的挨了她一掌，跟着从怀中又取出一只小盒，伸指沾些油膏，涂在脸上，登时消肿退青。一个打得快，一个治得快，这么一来，两人心头怒火一齐消了。旁人瞧着，无不好笑。

只听得赵钱孙长叹一声，声音悲切哀怨之至，说道：“原来如此，原来如此。唉，早知这般，悔不当初。受她打几掌，又有何难？”语声之中，充满了悔恨之意。

谭婆幽幽的道：“从前你给我打了一掌，总是非打还不可，从来不肯相让半分。”

赵钱孙呆若木鸡，站在当地，怔怔的出了神，追忆昔日情事，这小师妹脾气暴躁，爱使小性儿，动不动便出手打人，自己无缘无故的挨打，心有不甘，每每因此而起争吵，一场美满姻缘，终于无法得谐。这时亲眼见到谭公逆来顺受、挨打不还手的情景，方始恍然大悟，心下痛悔，悲不自胜，数十年来自怨自艾，总道小师妹移情别恋，必有重大原因，殊不知对方只不过有一门“挨打不还手”的好处。“唉，这时我便求她在我脸上再打几掌，她也是不肯的了。”

徐长老道：“赵钱孙先生，请你当众说一句，这信中所写之事，是否不假。”

赵钱孙喃喃自语：“我这蠢材傻瓜，为什么当时想不到？学武功是去打敌人、打恶人、打卑鄙小人，怎么去用在心上人、意中人身上？打是情、骂是爱，挨几个耳光，又有什么大不了？”

众人又是好笑，又觉他情痴可怜，丐帮面临大事待决，他却如此颠三倒四，徐长老请他千里迢迢的前来分证一件大事，眼见此人痴痴迷迷，说出话来，谁也不知到底有几分可信。

徐长老再问一声："赵钱孙先生，咱们请你来此，是请你说一说信中之事。"

赵钱孙道："不错，不错。嗯，你问我信中之事，那信写得虽短，却是余意不尽，'四十年前同窗共砚，切磋拳剑，情景宛在目前；临风远念，想师兄两鬓虽霜，风采笑貌，当如昔日也。'"徐长老问他的是马大元遗书之事，他却背诵起谭婆的信来。

徐长老无法可施，向谭婆道："谭夫人，还是你叫他说罢。"

不料谭婆听赵钱孙将自己平平常常的一封信背得熟极如流，不知他魂梦中翻来覆去的已念了多少遍，心下感动，柔声道："师哥，你说一说当时的情景罢。"

赵钱孙道："当时的情景，我什么都记得清清楚楚。你梳了两条小辫子，辫子上扎了红头绳，那天师父教咱们'偷龙转凤'这一招……"

谭婆缓缓摇头，道："师哥，不要说咱们从前的事。徐长老问你，当年在雁门关外，乱石谷前那一场血战，你是亲身参预的，当时情形若何，你跟大伙儿说说。"

赵钱孙颤声道："雁门关外，乱石谷前……我……我……"蓦地里脸色大变，一转身，向西南角上无人之处拔足飞奔，身法迅捷已极。

眼见他便要没入杏子林中，再也追他不上，众人齐声大叫："喂！别走，别走，快回来，快回来。"赵钱孙哪里理会，只有奔得更加快了。

突然间一个声音朗朗说道："师兄两鬓已霜，风采笑貌，更不如昔日也。"赵钱孙蓦地住足，回头问道："是谁说的？"那声音道："若非如此，何以见谭公而自惭形秽，发足奔逃？"众人向那说话之人看去，原来却是全冠清。

赵钱孙怒道："谁自惭形秽了？他只不过会一门'挨打不还手'的功夫，又有什么胜得过我了？"

忽听得杏林彼处，有一个苍老的声音说道："能够挨打不还手，那便是天下第一等的功夫，岂是容易？"

那竹棒一掷而至的余劲不衰，直挺挺的插在地下泥中。群丐齐声惊呼。朝阳初升，一缕缕金光从杏子树枝叶间透进来，照着打狗棒，发出碧油油的光泽。

十六

昔时因

众人回过头来，只见杏子树后转出一个身穿灰布衲袍的老僧，方面大耳，形貌威严。

徐长老叫道："天台山智光大师到了，三十余年不见，大师仍然这等清健。"

智光和尚的名头在武林中并不响亮，丐帮中后一辈的人物都不知他的来历。但乔峰、六长老等却均肃立起敬，知他当年曾发大愿心，飘洋过海，远赴海外蛮荒，采集异种树皮，治愈浙闽两广一带无数染了瘴毒的百姓。他因此而大病两场，结果武功全失，但嘉惠百姓，实非浅鲜。各人纷纷走近施礼。

智光大师向赵钱孙笑道："武功不如对方，挨打不还手已甚为难。倘若武功胜过对方，能挨打不还手，更是难上加难。"赵钱孙低头沉思，若有所悟。

徐长老道："智光大师德泽广被，无人不敬。但近十余年来早已不问江湖上事务。今日佛驾光降，实是丐帮之福。在下感激不尽。"

智光道："丐帮徐长老和泰山单判官联名折柬相召，老衲怎敢不来？天台山与无锡相距不远，两位信中又道，此事有关天下苍生气运，自当奉召。"

乔峰心道："原来你也是徐长老和单正邀来的。"又想："素闻智光大师德高望重，决不会参与陷害我的阴谋，有他老人家到来，实是好事。"

赵钱孙忽道："雁门关外乱石谷前的大战，智光和尚也是有份的，你来说罢。"

智光听到"雁门关外乱石谷前"这八个字，脸上忽地闪过了一片奇异的神情，似乎又兴奋，又恐惧，又是惨不忍睹，最后则是一片慈悲和怜悯，叹道："杀孽太重，杀孽太重！此事言之有愧。众位施主，乱石谷大战已是三十年前之事，何以今日重提？"

徐长老道："只因此刻本帮起了重大变故，有一封涉及此事的书信。"说着便将那信递了过去。

智光将信看了一遍，从头又看一遍，摇头道："冤家宜解不宜结，何必旧事重提？依老衲之见，将此信毁去，泯灭痕迹，也就是了。"徐长老道："本帮副帮主惨死，若不追究，马副帮主固然沉冤不雪，敝帮更有土崩瓦解之危。"智光大师点头道："那也说得是，那也说得是。"

他抬起头来，但见一钩眉月斜挂天际，冷冷的清光泻在杏树梢头。

智光向赵钱孙瞧了一眼，说道："好，老衲从前做错了的事，也不必隐瞒，照实说来便是。"赵钱孙道："咱们是为国为民，不能说是做错了事。"智光摇头道："错便错了，又何必自欺欺人？"转身向着众人，说道："三十年前，中原豪杰接到讯息，说契丹国有大批武士要来偷袭少林寺，想将寺中秘藏数百年的武功图谱，一举夺去。"

众人轻声惊噫，均想："契丹武士的野心当真不小。"少林寺武功绝技乃中土武术的瑰宝，契丹国和大宋累年相战，如将少林寺的武功秘笈抢夺了去，一加传播，军中人人习练，战场之上，大宋官兵如何再是敌手？

智光续道："这件事当真非同小可，要是契丹此举成功，大宋便有亡国之祸，我黄帝子孙说不定就此灭种，尽数死于辽兵的长矛利刀之下。我们以事在紧急，不及详加计议，听说这些契丹武士要道经雁门，一面派人通知少林寺严加戒备，各人立即兼程赶去，要在雁门关外迎击，纵不能尽数将之歼灭，也要令他们的奸谋难以得逞。"

众人听到和契丹打仗，都忍不住热血如沸，又是栗栗危惧，大宋屡世受契丹欺凌，打一仗，败一仗，丧师割地，军民死于契丹刀枪之下的着实不少。

智光大师缓缓转过头去，凝视着乔峰，说道："乔帮主，倘若你得知了这项讯息，那便如何？"

乔峰朗声说道："智光大师，乔某见识浅陋，才德不足以服众，致令帮中兄弟见疑，说来好生惭愧。但乔某纵然无能，却也是个有肝胆、有骨气的男儿汉，于这大节大义份上，决不致不明是非。我大宋受辽狗欺凌，家国之仇，谁不思报？倘若得知了这项讯息，自当率同本帮弟兄，星夜赶去阻截。"

他这番话说得慷慨激昂，众人听了，尽皆动容，均想："男儿汉大丈夫固当如此。"

智光点了点头，道："如此说来，我们前赴雁门关外伏击辽人之举，以乔帮主看来，是不错的？"

乔峰心下渐渐有气："你将我当作什么人？这般说话，显是将我瞧得小了。"但神色间并不发作，说道："诸位前辈英风侠烈，乔某敬仰得紧，恨不早生三十年，得以追随先贤，共赴义举，手刃胡虏。"

智光向他深深瞧了一眼，脸上神气大是异样，缓缓说道："当时大伙儿分成数起，赶赴雁门关。我和这位仁兄，"说着向赵钱孙指了指，说道："都是在第一批。我们这批共是二十一人，带头的大哥年纪并不大，比我还小着好几岁，可是他武功卓绝，在武林中又地位尊崇，因此大伙儿推他带头，一齐奉他的号令行事。这批人中丐帮汪帮主，万胜刀王维义王老英雄，地绝剑黄山鹤云道长，都是当时武林中第一流的高手。那时老衲尚未出家，混迹于群雄之间，其实万分配不上，只不过报国杀敌，不敢后人，有一分力，就出一分力罢了。这位仁兄，当时的武功就比老衲高得多，现今更加不必说了。"

赵钱孙道："不错，那时你的武功和我已相差很大，至少差上这么一大截。"说着伸出双手，竖起手掌比了一比，两掌间相距尺许。他随即觉得相距之数尚不止此，于是将两掌又自外分开，使掌心间相距到尺半模样。

智光续道："过得雁门关时，已将近黄昏。我们出关行了十余里，一路小心戒备，突然之间，西北角上传来马匹奔跑之声，听声音至少也有十来骑。带头大哥高举右手，大伙儿便停了下来。各人心中又是欢喜，又是担忧，没一人说一句话。欢喜的是，消息果然不假，幸好我们毫不耽搁的赶到，终于能及时拦阻。但人人均知来袭的契丹武士定是十分厉害之辈，善者不来，来者不善，既敢向中土武学的泰山北斗少林寺挑衅，自然人人是契丹千中挑、万中选的勇士。大宋和契丹打仗，向来败多胜少，今日之战能否得胜，实在难说之极。

"带头大哥一挥手，我们二十一人便分别在山道两旁的大石后面伏了下来。山谷左侧是个乱石嶙峋的深谷，一眼望将下去，黑黝黝的深不见底。

"耳听得蹄声越来越近，接着听得有七八人大声唱歌，唱的正是辽歌，歌声曼长，豪壮粗野，也不知是什么意思。我紧紧握住刀柄，掌心都是汗水，伸掌在膝头裤子上擦干，不久又已湿了。带头大哥正伏在我身旁，他知我沉不住气，伸手在我肩头轻拍两下，向我笑了一笑，又伸左掌虚劈一招，作个杀尽胡虏的姿式。我也向他笑了笑，心下便定得多了。

“辽人当先的马匹奔到五十余丈之外，我从大石后面望将出去，只见这些契丹武士身上都披皮裘，有的手中拿着长矛，有的提着弯刀，有的则是弯弓搭箭，更有人肩头停着巨大凶猛的猎鹰，高歌而来，全没理会前面有敌人埋伏。片刻之间，我已见到了先头几个契丹武士的面貌，个个短发浓髯，神情凶悍。眼见他们越驰越近，我一颗心也越跳越厉害，竟似要从嘴里跳将出来一般。”

众人听到这里，明知是三十年前之事，却也不禁心中怦怦而跳。

智光向乔峰道：“乔帮主，此事成败，关连到大宋国运，中土千千万万百姓的生死，而我们却又确无制胜把握。唯一的便宜，只不过是敌在明处而我在暗里，你想我们该当如何才是？”

乔峰道：“自来兵不厌诈。这等两国交兵，不能讲什么江湖道义、武林规矩。辽狗杀戮我大宋百姓之时，又何尝手下容情了？依在下之见，当用暗器。暗器之上，须喂剧毒。”

智光伸手一拍大腿，说道：“正是。乔帮主之见，恰与我们当时所想一模一样。带头的大哥眼见辽狗驰近，一声长啸，众人的暗器便纷纷射了出去，钢镖、袖箭、飞刀、铁锥……每一件都是喂了剧毒的。只听得众辽狗啊啊呼叫，乱成一团，一大半都摔下马来。”

群丐之中，登时有人拍手喝采，欢呼起来。

智光续道：“这时我已数得清楚，契丹武士共有一十九骑，我们用暗器料理了十二人，余下的已只不过七人。我们一拥而上，刀剑齐施，片刻之间，将这七人尽数杀了，竟没一个活口逃走。”

丐帮中又有人欢呼。但乔峰、段誉等人却想：“你说这些契丹武士都是千中挑、万中选的头等勇士，怎地如此不济，片刻间便都给你们杀了？”

只听智光叹了口气，说道：“我们一举而将一十九名契丹武士尽数歼灭，虽是欢喜，可也大起疑心，觉得这些契丹人太也脓包，尽皆不堪一击，绝非什么好手。难道听到的讯息竟然不确？又难道辽人故意安排这诱敌之计，教我们上当？没商量得几句，只听得马蹄声响，西北角上又有两骑马驰来。

“这一次我们也不再隐伏，径自迎了上去。只见马上是男女二人，男的身材魁梧，相貌堂堂，服饰也比适才那一十九名武士华贵得多。那女的是个少妇，手中抱着一个婴儿，两人并辔谈笑而来，神态极是亲昵，显是一对少年夫妻。这两名契丹男女一见到我们，脸上微现诧异之色，但不久便见到那一十九名武士死在地下，那男子立时神色十分凶猛，向我们大声喝问，叽哩咕噜的契丹话说了一大串，也不知说些什么。

“山西大同府的铁塔方大雄方三哥举起一条镔铁棍，喝道：‘兀那辽狗，纳下命来！’挥棍便向那契丹男子打了过去。带头大哥心下起疑，喝道：‘方三哥，休得鲁莽，别伤他性命，抓住他问个清楚。’

“带头大哥这句话尚未说完，那辽人右臂伸出，已抓住了方大雄手中的镔铁棍，向外一拗，喀的一声轻响，方大雄右臂关节已断。那辽人提起铁棍，从半空中击将下来，我们大声呼喊，眼见已不及上前抢救，当下便有七八人向他发射暗器。那辽人左手袍袖一拂，一股劲风挥出，将七八枚暗器尽数掠在一旁。眼见方大雄性命无幸，不料他镔铁棍一挑，将方大雄的身子挑了起来，连人带棍，一起摔在道旁，叽哩咕噜的不知又说了些什么。

“这人露了这一手功夫，我们人人震惊，均觉此人武功之高，实是罕见，显然先前所传的讯息非假，只怕以后续来的好手越来越强，我们以众欺寡，杀得一个是一个，当下六七人一拥而上，向他攻了过去。另外四五人则向那少妇攻去。

“不料那少妇却全然不会武功，有人一剑便斩断她一条手臂，她怀抱着的婴儿便跌下地来，跟着另一人一刀砍去了她半边脑袋。那辽人武功虽强，但被七八位高手刀剑齐施的缠住了，如何分得出手来相救妻儿？起初他连接数招，只是夺去我们兄弟的兵刃，并不伤人，待见妻子一死，眼睛登时红了，脸上神色可怖之极。那时候我一见到他的目光，不由得心惊胆战，不敢上前。”

赵钱孙道：“那也怪不得你，那也怪不得你！”本来他除了对谭婆讲话之外，说话的语调中总是带着几分讥嘲和漫不在乎，这两句话却深含沉痛和歉仄之意。

智光道：“那一场恶战，已过去了三十年，但这三十年之中，我不知道曾几百次在梦中重历其境。当时恶斗的种种情景，无不清清楚楚的印在我心里。那辽人双臂斜兜，不知用什么擒拿手法，便夺到了我们两位兄弟的兵刃，跟着一刺一劈，当场杀了二人。他有时从马背上飞纵而下，有时又跃回马背，兔起鹘落，行如鬼魅。不错，他真如是个魔鬼化身，东边一冲，杀了一人；西面这么一转，又杀了一人。只片刻之间，我们二十一人之中，已有九人死在他手下。

“这一来大伙儿都红了眼睛，带头大哥、汪帮主等个个舍命上前，跟他缠斗。可是那人武功实在太过奇特厉害，一招一式，总是从决计料想不到的方位袭来。其时夕阳如血，雁门关外朔风呼号之中，夹杂着一声声英雄好汉临死时的叫唤，头颅四肢，鲜血兵刃，在空中乱飞乱掷，那时候本领再强的高手也只能自保，谁也无法去救助旁人。

“我见到这等情势，心下实是吓得厉害，然而见众兄弟一个个惨死，不由得热血沸腾，鼓起勇气，骑马向他直冲过去。我双手举起大刀，向他头顶急劈，知道这一劈倘若不中，我的性命便也交给他了。眼见大刀刃口离他头顶已不过尺许，突见那辽人抓了一人，将他的脑袋凑到我刀下。我一瞥之下，见这人是江西杜氏三雄中的老二，自是大吃一惊，百忙中硬生生的收刀。大刀急缩，喀的一声，劈在我坐骑头上，那马一声哀嘶，跳了起来。便在此时，那辽人的一掌也已击到。幸好我的坐骑不迟不早，刚在这时候跳起，挡接了他这一掌，否则我筋骨齐断，哪里还有命在？

“他这一掌的力道好不雄浑，将我击得连人带马，向后仰跌而出，我身子飞了起来，落在一株大树树顶，架在半空。那时我已惊得浑浑噩噩，也不知自己是死是活，身在何处。从半空中望将下来，但见围在那辽人身周的兄弟越来越少，只剩下了五六人。跟着看见这位仁兄……”说着望向赵钱孙，续道：“……身子一晃，倒在血泊之中，只道他也送了性命。”

赵钱孙摇头道：“这种丑事虽然说来有愧，却也不必相瞒，我不是受了伤，乃是吓得晕了过去。我见那辽人抓住杜二哥的两条腿，往两边一撕，将他身子撕成两爿，五脏六腑都流了出来。我突觉自己的心不跳了，眼前一黑，什么都不知道了。不错，我是个胆小鬼，见到别人杀人，竟会吓得晕了过去。”

智光道：“见了这辽人犹如魔鬼般的杀害众兄弟，若说不怕，那可是欺人之谈。”他向挂在山顶天空的眉月望了一眼，又道：“那时和那辽人缠斗的，只剩下四个人了。带头大哥自知无幸，终究会死在他的手下，连声喝问：‘你是谁？你是谁？’那辽人并不答话，转手两个回合，再杀二人，忽起一足，踢中了汪帮主背心上的穴道，跟着左足鸳鸯连环，又踢中了带头大哥胁下穴道。这人以足尖踢人穴道，认穴之准，脚法之奇，直是匪夷所思。若不是我自知死在临头，而遭殃的又是我最敬仰的二人，几乎脱口便要喝出采来。

“那辽人见强敌尽歼，奔到那少妇尸首之旁，抱着她大哭起来，哭得凄切之极。我听了这哭声，心下竟忍不住的难过，觉得这恶兽魔鬼一样的辽狗，居然也有人性，哀痛之情，似乎并不比咱们汉人来得浅了。”

赵钱孙冷冷的道：“那又有什么希奇？野兽的亲子夫妇之情，未必就不及人。辽人也是人，为什么就不及汉人了？”丐帮中有几人叫了起来：“辽狗凶残暴虐，胜过了毒蛇猛兽，和我汉人大不相同。”赵钱孙只是冷笑，并不答话。

智光续道：“那辽人哭了一会，抱起他儿子尸身看了一会，将婴尸放在他母亲怀中，走到带头大哥身前，大声喝骂。带头大哥毫不屈服，向他怒目而视，只是苦于被点了穴道，说不出半句话来。那辽人突然间仰天长啸，从地下拾起一柄短刀，在山峰的石壁上划起字来，其时天色已黑，我和他相距又远，瞧不见他写些什么。”

赵钱孙道：“他刻划的是契丹文字，你便瞧见了，也不识得。”

智光道：“不错，我便瞧见了，也不识得。那时四下里寂静无声，但听得石壁上嗤嗤声响，石屑落地的声音竟也听得见，我自是连大气也不敢透上一口。也不知过了多少时候，只听得当的一声，他掷下短刀，俯身抱起他妻子和儿子的尸身，走到崖边，涌身便往深谷中跳了下去。”

众人听得这里，都是“啊”的一声，谁也料想不到竟会有此变故。

智光大师道：“众位此刻听来，犹觉诧异，当时我亲眼瞧见，实是惊讶无比。我本想如此武功高强之人，在辽国必定身居高位，此次来中原袭击少林寺，他就算不是大首领，也必是众武士中最重要的人物之一。他擒住了我们的带头大哥和汪帮主，将余人杀得一干二净，大获全胜，自必就此乘胜而进，万万想不到竟会跳崖自尽。

“我先前来到这谷边之时，曾向下张望，只见云锁雾封，深不见底，这一跳将下去，他武功虽高，终究是血肉之躯，如何会有命在？我一惊之下，忍不住叫了出来。

“哪知奇事之中，更有奇事，便在我一声惊呼之时，忽然间‘哇哇’两声婴儿的啼哭，从乱石谷中传了上来，跟着黑黝黝一件物事从谷中飞上，拍的一声轻响，正好跌在汪帮主身上。婴儿啼哭之声一直不止，原来跌在汪帮主身上的正是那个婴儿。那时我恐惧之心已去，从树上纵下，奔到汪帮主身前看时，只见那契丹婴儿横卧在他腹上，兀自啼哭。

“我想了一想，这才明白。原来那契丹少妇被杀，她儿子摔在地下，只是闭住了气，其实未死。那辽人哀痛之余，一摸婴儿的口鼻已无呼吸，只道妻儿俱丧，于是抱了两具尸体投崖自尽。那婴儿一经震荡，醒了过来，登时啼哭出声。那辽人身手也真了得，不愿儿子随他活生生的葬身谷底，立即将婴儿抛了上来，他记得方位距离，恰好将婴儿投在汪帮主腹上，使孩子不致受伤。他身在半空，方始发觉儿子未死，立时还掷，心思固转得极快，而使力之准更不差厘毫，这样的机智，这样的武功，委实可怖可畏。

“我眼看众兄弟惨死，哀痛之下，提起那个契丹婴儿，便想将他往山石上一摔，撞死了他。正要脱手掷出，只听得他又大声啼哭，我向他瞧去，只见他一张小脸胀得通红，两只漆黑光亮的大眼正也在向我瞧着。我这眼若是不瞧，一把摔死了他，那便万事全休。但我一看到他可爱的脸庞，说什么也下不了这毒手，心想：‘欺侮一个不满周岁的婴儿，那算是什么男子汉、大丈夫？’”

群丐中有人插口道：“智光大师，辽狗杀我汉人同胞，不计其数。我亲眼见到辽狗手持长矛，将我汉人的婴儿活生生的挑在矛头，骑马游街，耀武扬威。他们杀得，咱们为什么杀不得？”

智光大师叹道：“话是不错，但常言道，恻隐之心，人皆有之。这一日我见到这许多人惨死，实不能再下手杀这婴儿。你们说我做错了事也好，说我心肠太软也好，我终究留下了这婴儿的性命。

“跟着我便想去解开带头大哥和汪帮主的穴道。一来我本事低微，而那契丹人的踢穴功又太特异，我抓拿打拍，按捏敲摩，推血过宫，松筋揉肌，只忙得全身大汗，什么手法都用遍了，带头大哥和汪帮主始终不能动弹，也不能张口说话。我无法可施，生怕契丹人后援再到，于是牵过三匹马来，将带头大哥和汪帮主分别抱上马背。我自己乘坐一匹，抱了那契丹婴儿，牵了两匹马，连夜回进雁门关，找寻跌打伤科医生疗治解穴，却也解救不得。幸好到第二日晚间，满得十二个时辰，两位被封的穴道自行解开了。

“带头大哥和汪帮主记挂着契丹武士袭击少林寺之事，穴道一解，立即又赶出雁门关察看。但见遍地血肉尸骸，仍和昨日傍晚我离去时一模一样。我探头到乱石谷向下张望，也瞧不见什么端倪。当下我们三人将殉难众兄弟的尸骸埋葬了，查点人数，却见只有一十七具。本来殉难的共有一十八人，怎么会少了一具呢？”他说到此处，眼光向赵钱孙望去。

赵钱孙苦笑道：“其中一具尸骸活了转来，自行走了，至今行尸走肉，那便是我‘赵钱孙李，周吴郑王’。”

智光道：“但那时咱三人也不以为异，心想混战之中，这位仁兄掉入了乱石谷内，那也甚是平常。我们埋葬了殉难的诸兄弟后，余愤未泄，将一众契丹人的尸体提起来都投入了乱石谷中。

“带头大哥忽向汪帮主道：‘剑通兄，那契丹人若要杀了咱二人，当真易如反掌，何以只踢了咱们穴道，却留下了性命？’汪帮主道：‘这件事我也苦思不明。咱二人是领头的，杀了他的妻儿，按理说，他自当赶尽杀绝才是。’

“三人商量不出结果。带头大哥道：‘他刻在石壁上的文字，或许含有什么深意。’苦于我们三人都不识契丹文字，带头大哥舀些溪水来，化开了地下凝血，涂在石壁之上，然后撕下白袍衣襟，将石壁的文字拓了下来。那些契丹文字深入石中，几及两寸，他以一柄短刀随意刻划而成，单是这份手劲，我看便已独步天下，无人能及。三人只瞧得暗暗惊诧，追思前一日的情景，兀自心有余悸。回到关内，汪帮主找到了一个牛马贩子，那人常往辽国上京贩马，识得契丹文字，将那白布拓片给他一看。他用汉文译了出来，写在纸上。”

他说到这里，抬头向天，长叹了一声，续道：“我们三人看了那贩子的译文后，你瞧瞧我，我瞧瞧你，实是难以相信。但那契丹人其时已决意自尽，又何必故意撒谎？我们另行又去找了一个通契丹文之人，叫他将拓片的语句口译一遍，意思仍是一样。唉，倘若真相确是如此，不但殉难的十七名兄弟死得冤枉，这些契丹人也是无辜受累，而这对契丹人夫妇，我们更是万分的对他们不起了。”

众人急于想知道石壁上的文字是什么意思，却听他迟迟不说，有些性子急躁之人便问：“那些字说些什么？”“为什么对他们不起？”“那对契丹夫妇为什么死得冤枉？”

智光道：“众位朋友，非是我有意卖关子，不肯吐露这契丹文字的意义。倘若壁上文字确是实情，那么带头大哥、汪帮主和我的所作所为，确是大错特错，委实无颜对人。我智光在武林中只是个无名小卒，做错了事，不算什么，但带头大哥和汪帮主是何等的身份地位？何况汪帮主已然逝世，我可不能胡乱损及他二位的声名，请恕我不能明言。”

丐帮前任帮主汪剑通威名素重，于乔峰、诸长老、诸弟子皆深有恩义，群丐虽好奇心甚盛，但听这事有损汪帮主的声名，谁都不敢相询了。

智光继续说道：“我们三人计议一番，都不愿相信当真如此，却又不能不信。当下决定暂行寄下这契丹婴儿的性命，先行赶到少林寺去察看动静，要是契丹武士果然大举来袭，再杀这婴儿不迟。一路上马不停蹄，连日连夜的赶路，到得少林寺中，只见各路英雄前来赴援的已到得不少。此事关涉我神州千千万万百姓的生死安危，只要有人得到讯息，谁都要来出一分力气。”

智光的目光自左至右向众人脸上缓缓扫过，说道：“那次少林寺中聚会，这里年纪较长的英雄颇有参预，经过的详情，我也不必细说了。大家谨慎防备，严密守卫，各路来援的英雄越到越多。然而从九月重阳前后起，直到腊月，三个多月之中，竟没半点警耗，待想找那报讯之人来详加询问，却再也找他不到了。我们这才料定讯息是假，大伙儿是受人之愚。雁门关外这一战，双方都死了不少人，当真死得冤枉。

“但过不多久，契丹铁骑入侵，攻打河北诸路军州，大伙儿于契丹武士是否要来偷袭少林寺一节，也就不怎么放在心上。他们来袭也好，不来袭也好，总而言之，契丹人是我大宋的死敌。

“带头大哥、汪帮主和我三人因对雁门关外之事心中有愧，除了向少林寺方丈说明经过、又向死难诸兄弟的家人报知噩耗之外，并没向旁人提起，那契丹婴孩也就寄养在少室山下的农家。事过之后，如何处置这个婴儿，倒是颇为棘手。我们对不起他的父母，自不能再伤他性命。但说要将他抚养长大，契丹人是我们死仇，我们三人心中都想到了‘养虎贻患’四字。后来带头大哥拿了一百两银子，交给那农家，请他们养育这婴儿，要那农人夫妇自认是这契丹婴儿的父母，那婴儿长成之后，也决不可让他得知领养之事。那对农家夫妇本无子息，欢天喜地的答应了。他们丝毫不知这婴儿是契丹骨血，我们将孩子带去少室山之前，早在路上给他换过了汉儿的衣衫。大宋百姓恨契丹人入骨，如见孩子穿着契丹装束，定会加害于他……”

乔峰听到这里，心中已猜到了八九分，颤声问道：“智光大师，那……那少室山下的农人，他，他，他姓什么？”

智光道：“你既已猜到，我也不必隐瞒。那农人姓乔，名字叫作三槐。”

乔峰大声叫道："不，不！你胡说八道，捏造这么一篇鬼话来诬陷我。我是堂堂汉人，如何是契丹胡虏？我……我……三槐公是我亲生的爹爹，你再瞎说……"突然间双臂一分，抢到智光身前，左手一把抓住了他胸口。

单正和徐长老同叫："不可！"上前抢人。

乔峰身手快极，带着智光的身躯，一晃闪开。

单正的儿子单仲山、单叔山、单季山三人齐向他身后扑去。乔峰右手抓起单叔山远远摔出，跟着又抓起单仲山摔出，第三次抓起单季山往地下一掷，伸足踏住了他头颅。

"单氏五虎"在山东一带威名颇盛，五兄弟成名已久，并非初出茅庐的后辈。但乔峰左手抓着智光，右手连抓连掷，将单家这三条大汉如稻草人一般抛掷自如，教对方竟没半分抗拒余地。旁观众人都瞧得呆了。

单正和单伯山、单小山三人骨肉关心，都待扑上救援，却见他踏住了单季山的脑袋，料知他功力厉害，只须稍加劲力，单季山的头颅非给踩得稀烂不可，三人只跨出几步，便都停步。单正叫道："乔帮主，有话好说，千万不可动蛮。我单家与你无冤无仇，请你放了我孩儿。"铁面判官说到这样的话，等如是向乔峰苦苦哀求了。

徐长老也道："乔帮主，智光大师江湖上人人敬仰，你不得伤害他性命。"

乔峰热血上涌，大声道："不错，我乔峰和你单家无冤无仇，智光大师的为人，我也素所敬仰。你们……你们……要除去我帮主之位，那也罢了，我拱手让人便是，何以编造了这番言语出来，诬蔑于我？我……我乔某到底做了什么坏事，你们如此苦苦逼我？"

他最后这几句声音也嘶哑了，众人听着，不禁都生出同情之意。

但听得智光大师身上的骨骼格格轻响，均知他性命已在呼吸之间，生死之差，只系于乔峰的一念。除此之外，便是风拂树梢，虫鸣草际，人人呼吸喘急，谁都不敢作声。

过得良久，赵钱孙突然嘿嘿冷笑，说道："可笑啊可笑！汉人未必高人一等，契丹人也未必便猪狗不如！明明是契丹，却硬要冒充汉人，那有什么滋味？连自己的亲生父母也不肯认，枉自称什么男子汉、大丈夫？"

乔峰睁大了眼睛，狠狠的凝视着他，问道："你也说我是契丹人么？"

赵钱孙道："我不知道。只不过那日雁门关外一战，那个契丹武士的容貌身材，却跟你一模一样。这一架打将下来，只吓得我赵钱孙魂飞魄散，心胆俱裂，那对头人的相貌，便再隔一百年我也不会忘记。智光大师抱起那契丹婴儿，也是我亲眼所见。我赵钱孙行尸走肉，世上除了小娟一人，更无挂怀之人，更无挂怀之事。你做不做丐帮帮主，关我屁事？我干么要来诬陷于你？我自认当年曾参预杀害你的父母，又有什么好处？乔帮主，我赵钱孙的武功跟你可差得远了，要是我不想活了，难道连自杀也不会么？"

乔峰将智光大师缓缓放下，右足足尖一挑，将单季山一个庞大的身躯轻轻踢了出去，拍的一声，落在地下。单季山一弹便即站起，并未丝毫受伤。

乔峰眼望智光，但见他容色坦然，殊无半分作伪和狡狯的神态，问道："后来怎样？"

智光道："后来你自己知道了。你长到七岁之时，在少室山中采栗，遇到野狼。有一位少林寺的僧人将你救了下来，杀死恶狼，给你治伤，自后每天便来传你武功，是也不是？"

乔峰道："是！原来这件事你也知道。"那少林僧玄苦大师传他武功之时，叫他决计不可向任何人说起，是以江湖上只知他是丐帮汪帮主的嫡传弟子，谁也不知他和少林寺实有极深的渊源。

智光道："这位少林僧人，乃是受了我们带头大哥的重托，请他从小教诲你，使你不致走入歧途。为了此事，我和带头大哥、汪帮主三人曾起过一场争执。我说由你平平稳稳务农为生，不要学武，再卷入江湖恩仇之中。带头大哥却说我们对不起你父母，须当将你培养成为一位英雄人物。”

乔峰道：“你们……你们到底怎样对不起他？汉人和契丹相斫相杀，有什么对得起、对不起之可言？”

智光叹道：“雁门关外石壁上的遗文，至今未泯，将来你自己去看罢。带头大哥既是这个主意，汪帮主也偏着他多些，我自是拗不过他们。到得十六岁上，你遇上了汪帮主，他收你作了徒儿，此后有许许多多的机缘遇合，你自己天资卓绝，奋力上进，固然非常人之所能及，但若非带头大哥和汪帮主处处眷顾，只怕也不是这般容易罢？”

乔峰低头沉思，自己这一生遇上什么危难，总是逢凶化吉，从来不吃什么大亏，而许多良机又往往自行送上门来，不求自得，从前只道自己福星高照，一生幸运，此刻听了智光之言，心想莫非当真由于什么有力人物暗中扶持，而自己竟全然不觉？他心中一片茫然：“倘智光之言不假，那么我是契丹人而不是汉人了。汪帮主不是我的恩师，而是我的杀父之仇。暗中助我的那个英雄，也非真是好心助我，只不过内疚于心，想设法赎罪而已。不！不！契丹人凶残暴虐，是我汉人的死敌，我怎么能做契丹人？”

只听智光续道：“汪帮主初时对你还十分提防，但后来见你学武进境既快，为人慷慨豪侠，待人仁厚，对他恭谨尊崇，行事又处处合他心意，渐渐的真心喜欢了你。再后来你立功愈多，威名越大，丐帮上上下下一齐归心，便是帮外之人，也知丐帮将来的帮主非你莫属。但汪帮主始终拿不定主意，便由于你是契丹人之故。他试你三大难题，你一一办到，但仍要到你立了七大功劳之后，他才以打狗棒相授。那一年泰山大会，你连创丐帮强敌九人，使丐帮威震天下，那时他更无犹豫的余地，方立你为丐帮帮主。以老衲所知，丐帮数百年来，从无第二个帮主之位，如你这般得来艰难。”

乔峰低头道：“我只道恩师汪帮主是有意锻炼于我，使我多历艰辛，以便担当大任，却原来……却原来……”到了这时，心中已有七八成信了。

智光道：“我之所知，至此为止。你出任丐帮帮主之后，我听得江湖传言，都说你行侠仗义，造福于民，处事公允，将丐帮整顿得好生兴旺，我私下自是代你喜欢。又听说你数度坏了契丹人的奸谋，杀过好几个契丹的英雄人物，那么我们先前‘养虎贻患’的顾忌，便成了杞人之忧。这件事原可永不提起，却不知何人去抖了出来？这于丐帮与乔帮主自身，都不见得有什么好处。”说着长长叹了口气，脸上大有悲悯之色。

徐长老道：“多谢智光大师回述旧事，使大伙有如身历其境。这一封书信……”他扬了扬手中那信，续道：“是那位带头大侠写给汪帮主的，书中极力劝阻汪帮主，不可将帮主大位传于乔帮主。乔帮主，你不妨自己过一过目。”说着便将书信递将过去。

智光道：“先让我瞧瞧，是否真是原信。”说着将信接在手中，看了一遍，说道：“不错，果然是带头大哥的手迹。”说着左手手指微一用劲，将信尾署名撕了下来，放入口中，舌头一卷，已吞入肚中。

智光撕信之时，先向火堆走了几步，与乔峰离远了些，再将信笺凑到眼边，似因光亮不足，瞧不清楚，再这么撕信入口，信笺和嘴唇之间相距不过寸许。乔峰万万料不到这位德高望重的老僧竟会使这狡狯伎俩，一声怒吼，左掌拍出，凌空拍中了他穴道，右手立时将信抢过，但终于慢了一步，信尾的署名已被他吞入了咽喉。乔峰又是一掌，拍开了他穴道，怒道：“你……你干什么？”

智光微微一笑，说道：“乔帮主，你既知道了自己身世，想来定要报你杀父杀母之仇。汪帮主已然逝世，那不用说了。这位带头大哥的姓名，老衲却不愿让你知道。老衲当年曾参预伏击令尊令堂，一切罪孽，老衲甘愿一身承担，要杀要剐，你尽管下手便是。”

乔峰见他垂眉低目，容色慈悲庄严，心下虽是悲愤，却也不由得肃然起敬，说道：“是真是假，此刻我尚未明白。便要杀你，也不忙在一时。”说着向赵钱孙横了一眼。

赵钱孙耸了耸肩头，似乎漫不在乎，说道：“不错，我也在内，这帐要算我一份，你几时欢喜，随时动手便了。”

谭公大声道：“乔帮主，凡事三思，可不要胡乱行事才好。若是惹起了胡汉之争，中原豪杰人人与你为敌。”赵钱孙虽是他的情敌，他这时却出口相助。

乔峰冷笑一声，心乱如麻，不知如何回答才好，就着火光看那信时，只见信上写道：

“剑髯吾兄：数夕长谈，吾兄传位之意始终不改。然余连日详思，仍期期以为不可。乔君才艺超卓，立功甚伟，为人肝胆血性，不仅为贵帮中矫矫不群之人物，即遍视神州武林同道，亦鲜有能及。以此才具而继承吾兄之位，他日丐帮声威愈张，自意料中事耳。”

乔峰读到此处，觉得这位前辈对自己极是推许，心下好生感激，继续读下去：

“然当日雁门关外血战，惊心动魄之状，余无日不萦于怀。此子非我族类，其父其母，死于我二人之手。他日此子不知其出身来历则已，否则不但丐帮将灭于其手，中原武林亦将遭逢莫大浩劫。当世才略武功能及此子者，实寥寥也。贵帮帮内大事，原非外人所能置喙，唯尔我交情非同寻常，此事复牵连过巨，祈三思之。”下面的署名，已被智光撕去了。

徐长老见乔峰读完此信后呆立不语，当下又递过一张信笺来，说道："这是汪帮主的手书，你自当认得出他的笔迹。"

乔峰接了过来，只见那张信笺上写道：

"字谕丐帮马副帮主、传功长老、执法长老暨诸长老：乔峰若有亲辽叛汉、助契丹而压大宋之举者，全帮即行合力击杀，不得有误。下毒行刺，均无不可，下手者有功无罪。汪剑通亲笔。"

下面注的日子是"大宋元丰六年五月初七日"。乔峰记得分明，那正是自己接任丐帮帮主之日。

乔峰认得清清楚楚，这几行字确是恩师汪剑通的亲笔，这么一来，于自己的身世哪里更有什么怀疑，但想恩师一直待己有如慈父，教诲固严，爱己亦切，哪知道便在自己接任丐帮帮主之日，却暗中写下了这通遗令。他心中一阵酸痛，眼泪便夺眶而出，泪水一点点的滴在汪帮主那张手谕之上。

徐长老缓缓说道："乔帮主休怪我们无礼。汪帮主这通手谕，原只马副帮主一人知晓，他严加收藏，从来不曾对谁说起。这几年来帮主行事光明磊落，决无丝毫通辽叛宋、助契丹而压汉人的情事，汪帮主的遗令自是决计用不着。直到马副帮主突遭横死，马夫人才寻到了这通遗令。本来嘛，大家疑心马副帮主是姑苏慕容公子所害，倘若帮主能为大元兄弟报了此仇，帮主的身世来历，原无揭破必要。老朽思之再三，为大局着想，本想毁了这封书信和汪帮主的遗令，可是……可是……"他说到这里，眼光向马夫人瞧去，说道："一来马夫人痛切夫仇，不能让大元兄弟冤沉海底，死不瞑目。二来乔帮主袒护胡人，所作所为，实已危及本帮……"

乔峰道："我袒护胡人，此事从何说起？"

徐长老道："'慕容'两字，便是胡姓。慕容氏是鲜卑后裔，与契丹一般，同为胡虏夷狄。"乔峰道："嗯，原来如此，我倒不知。"徐长老道："三则，帮主是契丹人一节，帮中知者已众，变乱已生，隐瞒也自无益。"

乔峰仰天嘘了一口长气，在心中闷了半天的疑团，此时方始揭破，向全冠清道："全冠清，你知道我是契丹后裔，是以反我，是也不是？"全冠清道："不错。"乔峰又问："宋奚陈吴四大长老听信你言而欲杀我，也是为此？"全冠清道："不错。只是他们将信将疑，拿不定主意，事到临头，又生畏缩。"乔峰道："我的身世端倪，你从何处得知？"全冠清道："此事牵连旁人，恕在下难以奉告。须知纸包不住火，任你再隐秘之事，终究会天下知闻。执法长老便早已知道。"

霎时之间，乔峰脑海中思潮如涌，一时想："他们心生嫉妒，捏造了种种谎言，诬陷于我。乔峰纵然势孤力单，亦当奋战到底，不能屈服。"随即又想："恩师的手谕，明明千真万确。智光大师德高望重，于我无恩无怨，又何必来设此鬼计？徐长老是我帮元老重臣，岂能有倾覆本帮之意？铁面判官单正、谭公、谭婆等俱是武林中大有名望的前辈，这赵钱孙虽然疯疯颠颠，却也不是泛泛之辈。众口一辞的都如此说，哪里还有假的？"

群丐听了智光、徐长老等人的言语，心情也十分混乱。有些人先前已然听说他是契丹后裔，但始终将信将疑，旁的人则是此刻方知。眼见证据确凿，连乔峰自己似乎也已信了。乔峰素来于属下极有恩义，才德武功，人人钦佩，哪料到他竟是契丹的子孙。辽国和大宋的仇恨纠结极深，丐帮弟子死于辽人之手的，历年来不计其数，由一个契丹人来做丐帮帮主，直是不可思议之事。但说要将他逐出丐帮，却是谁也说不出口。一时杏林中一片静寂，唯闻各人沉重的呼吸之声。

突然之间，一个清脆的女子声音响了起来："各位伯伯叔叔，先夫不幸亡故，到底是何人下的毒手，此时自是难加断言。但想先夫平生诚稳笃实，拙于言词，江湖上并无仇家，妾身实在想不出，为何有人要取他性命。然而常言道得好：‘慢藏海盗’，是不是因为先夫手中握有什么重要物事，别人想得之而甘心？别人是不是怕他泄漏机密，坏了大事，因而要杀他灭口？”说这话的，正是马大元的遗孀马夫人。这几句话的用意再也明白不过，直指杀害马大元的凶手便是乔峰，而其行凶的主旨，在于掩没他是契丹人的证据。

乔峰缓缓转头，瞧着这个全身缟素，娇怯怯、俏生生、小巧玲珑的女子，说道：“你疑心是我害死了马副帮主？”

马夫人一直背转身子，双眼向地，这时突然抬起头来，瞧向乔峰。但见她一对眸子晶亮如宝石，黑夜中发出闪闪光采，乔峰微微一凛，听她说道：“妾身是无知无识的女流之辈，出外抛头露面，已是不该，何敢乱加罪名于人？只是先夫死得冤枉，哀恳众位伯伯叔叔念着故旧之情，查明真相，替先夫报仇雪恨。”说着盈盈拜倒，竟对乔峰磕起头来。

她没一句说乔峰是凶手，但每一句话都是指向他的头上。乔峰眼见她向自己跪拜，心下恚怒，却又不便发作，只得跪倒还礼，道：“嫂子请起。”

杏林左首忽有一个少女的声音说道：“马夫人，我心中有一个疑团，能不能请问你一句话？”众人向声音来处瞧去，见是个穿淡红衫子的少女，正是阿朱。

马夫人问道：“姑娘有什么话要查问我？”阿朱道：“查问是不敢。我听夫人言道，马前辈这封遗书，乃是用火漆密密固封，而徐长老开拆之时，漆印仍属完好。那么在徐长老开拆之前，谁也没看过信中的内文了？”马夫人道：“不错。”阿朱道：“然则那位带头大侠的书信和汪帮主的遗令，除了马前辈之外，本来谁都不知。慢藏海盗、杀人灭口的话，便说不上。”

众人听了，均觉此言甚是有理。

马夫人道：“姑娘是谁？却来干预我帮中的大事？”阿朱道：

“贵帮大事，我一个小小女子，岂敢干预？只是你们要诬陷我们公子爷，我非据理分辩不可。”马夫人又问：“姑娘的公子爷是谁？是乔帮主么？”阿朱摇头微笑，道：“不是。是慕容公子。”

马夫人道：“嗯，原来如此。”她不再理会阿朱，转头向执法长老道：“白长老，本帮帮规如山，若是长老犯了帮规，那便如何？”执法长老白世镜脸上肌肉微微一动，凛然道：“知法犯法，罪加一等。”马夫人道：“若是比你白长老品位更高之人呢？”白世镜知她意中所指，不自禁的向乔峰瞧了一眼，说道：“本帮帮规乃祖宗所定，不分辈份尊卑，品位高低，须当一体凛遵。同功同赏，同罪同罚。”

马夫人道：“那位姑娘疑心得甚是，初时我也是一般的想法。但在我接到先夫噩耗之前的一日晚间，忽然有人摸到我家中偷盗。”

众人都是一惊。有人问道：“偷盗？偷去了什么？伤人没有？”

马夫人道：“并没伤人。贼子用了下三滥的薰香，将我及两名婢仆薰倒了，翻箱倒箧的大搜一轮，偷去了十来两银子。次日我便接到先夫不幸遭难的噩耗，哪里还有心思去理会贼子盗银之事？幸好先夫将这封遗书藏在极隐秘之处，才没给贼子搜去毁灭。”

这几句话再也明白不过，显是指证乔峰自己或是派人赴马大元家中盗书，他既去盗书，自是早知遗书中的内容，杀人灭口一节，可说是昭然若揭。至于他何以会知遗书内容，则或许是那位带头大侠、汪帮主、马副帮主无意中泄漏的，那也不是奇事。

阿朱一心要为慕容复洗脱，不愿乔峰牵连在内，说道：“小毛贼来偷盗十几两银子，那也事属寻常，只不过时机巧合而已。”

马夫人道：“姑娘之言甚是，初时我也这么想。但后来在那小贼进屋出屋的窗口墙脚之下，拾到了一件物事，原来是那小毛贼匆忙来去之际掉下的。我一见那件物事，心下惊惶，方知这件事非同小可。”

宋长老道：“那是什么物事？为什么非同小可？”马夫人缓缓从背后包袱中取出一条八九寸长的物事，递向徐长老，说道：“请众位伯伯叔叔作主。”待徐长老接过那物事，她扑倒在地，大放悲声。

众人向徐长老看去，只见他将那物事展了开来，原来是一柄折扇。徐长老沉着声音，念着扇面上的一首诗道：

“朔雪飘飘开雁门，平沙历乱卷蓬根；
功名耻计擒生数，直斩楼兰报国恩。”

乔峰一听到这首诗，当真是一惊非同小可，凝目瞧折扇时，见扇面反面绘着一幅壮士出塞杀敌图。这把扇子是自己之物，那首诗是恩师汪剑通所书，而这幅图画，便是出于徐长老手笔，笔法虽不甚精，但一股侠烈之气，却随着图中朔风大雪而更显得慷慨豪迈。这把扇子是他二十五岁生日那天恩师所赠，他向来珍视，妥为收藏，怎么会失落在马大元家中？何况他生性洒脱，身上决不携带折扇之类的物事。

徐长老翻过扇子，看了看那幅图画，正是自己亲手所绘，叹了口长气，喃喃的道：“非我族类，其心必异。汪帮主啊汪帮主，你这件事可大大的做错了。”

乔峰乍闻自己身世，竟是契丹子裔，心中本来百感交集，近十年来，他每日里便是计谋如何破灭辽国，多杀契丹胡虏，突然间惊悉此事，纵然他一生经历过不少大风大浪，也禁不住手足无措。然而待得马夫人口口声声指责他阴谋害死马大元，自己的折扇又再出现，他心中反而平定，霎时之间，脑海中转过了几个念头：“有人盗我折扇，嫁祸于我，这等事可难不倒乔峰。”向徐长老道：“徐长老，这柄折扇是我的。”

丐帮中辈份较高、品位较尊之人，听得徐长老念那诗句，已知是乔峰之物，其余帮众却不知道，待听得乔峰自认，又都是一惊。

徐长老心中也是感触甚深，喃喃说道："汪帮主总算将我当作心腹，可是密留遗令这件大事，却不让我知晓。"

马夫人站起身来，说道："徐长老，汪帮主不跟你说，是为你好。"徐长老不解，问道："什么？"马夫人凄然道："丐帮中只大元知道此事，便惨遭不幸，你……你……若是事先得知，未必能逃过此劫。"

乔峰朗声道："各位更有什么话说？"他眼光从马夫人看到徐长老，看到白世镜，看到传功长老，一个个望将过去。众人均默然无语。

乔峰等了一会，见无人作声，说道："乔某身世来历，惭愧得紧，我自己未能确知。但既有这许多前辈指证，乔某须当尽力查明真相。这丐帮帮主的职份，自当退位让贤。"说着伸手到右裤脚外侧的一只长袋之中，抽了一条晶莹碧绿的竹杖出来，正是丐帮帮主的信物打狗棒，双手持了，高高举起，说道："此棒承汪帮主相授，乔某执掌丐帮，虽无建树，差幸亦无大过。今日退位，哪一位英贤愿意肩负此职，请来领受此棒。"

丐帮历代相传的规矩，新帮主就任，例须由原来帮主以打狗棒相授，在授棒之前，先传授打狗棒法。就算旧帮主突然逝世，但继承之人早已预立，打狗棒法亦已传授，因此帮主之位向来并无纷争。乔峰方当英年，预计总要二十年后，方在帮中选择少年英侠，传授打狗棒法。这时群丐见他手持竹杖，气概轩昂的当众站立，有谁敢出来承受此棒？

乔峰连问三声，丐帮中始终无人答话。乔峰说道："乔峰身世未明，这帮主一职，无论如何是不敢担任了。徐长老、传功、执法两位长老，本帮镇帮之宝的打狗棒，请你三位连同保管。日后定了帮主，由你三位一同转授不迟。"

徐长老道："那也说得是。打狗棒法的事，只好将来再说了。”上前便欲去接竹棒。

宋长老忽然大声喝道：“且慢！”徐长老愕然停步，道：“宋兄弟有何话说？”宋长老道：“我瞧乔帮主不是契丹人。”徐长老道：“何以见得？”宋长老道：“我瞧他不像。”徐长老道：“怎么不像？”宋长老道：“契丹人穷凶极恶，残暴狠毒。乔帮主却是大仁大义的英雄好汉。适才我们反他，他却甘愿为我们受刀流血，赦了我们背叛的大罪。契丹人哪会如此？”

徐长老道：“他自幼受少林高僧与汪帮主养育教诲，已改了契丹人的凶残习性。”

宋长老道：“既然性子改了，那便不是坏人，再做我们帮主，有什么不妥？我瞧本帮之中，再也没哪一个能及得上他英雄了得。别人要当帮主，只怕我姓宋的不服。”

群丐中与宋长老存一般心思的，实是大有人在。乔峰恩德素在众心，单凭几个人的口述和字据，便免去他帮主之位，许多向来忠于他的帮众便大为不服。宋长老领头说出了心中之意，群丐中登时便有数十人呼叫起来：“有人阴谋陷害乔帮主，咱们不能轻信人言。”“几十年前的旧事，单凭你们几个人胡说八道，谁知是真是假？”“帮主大位，不能如此轻易更换！”“我一心一意跟随乔帮主！要硬换帮主便杀了我头，我也不服。”

奚长老大声道：“谁愿跟随乔帮主的，随我站到这边。”他左手拉着宋长老，右手拉了吴长老，走到了东首。跟着大仁分舵、大信分舵、大义分舵的三个舵主也走到了东首。三分舵的舵主一站过去，他们属下的帮众自也纷纷跟随而往。全冠清、陈长老、传功长老，以及大智、大勇两舵的舵主，却留在原地不动。这么一来，丐帮人众登时分成了两派，站在东首的约占五成，留在原地的约为三成，其余帮众则心存犹豫，不知听谁的主意才是。执法长老白世镜行事向来斩钉截铁，说一不二，这时却好生为难，迟疑不决。

全冠清道："众位兄弟，乔帮主才略过人，英雄了得，谁不佩服？然而咱们都是大宋百姓，岂能听从一个契丹人的号令？乔峰的本事越大，大伙儿越是危险。"

奚长老叫道："放屁，放屁，放你娘的狗屁！我瞧你的模样，倒有九分像是契丹人。"

全冠清大声道："大家都是尽忠报国的好汉，难道甘心为异族的奴隶走狗么？"他这几句话倒真有效力，走向东首的群丐之中，有十余人又回向西首。东首丐众骂的骂，拉的拉，登生纷扰，霎时间或出拳脚，或动兵刃，数十人便混打起来。众长老大声约束，但各人心中均有所偏，吴长老和陈长老戟指对骂，眼看便要动手相斗。

乔峰喝道："众兄弟停手，听我一言。"他语声威严，群丐纷争立止，都转头瞧着他。

乔峰朗声道："这丐帮帮主，我是决计不当了……"宋长老插口道："帮主，你切莫灰心……"乔峰摇头道："我不是灰心。别的事或有阴谋诬陷，但我恩师汪帮主的笔迹，别人无论如何假造不来。"他提高声音，说道："丐帮是江湖上第一大帮，威名赫赫，武林中谁不敬仰？若是自相残杀，岂不教旁人笑歪了嘴巴？乔某临去时有一言奉告，倘若有谁以一拳一脚加于本帮兄弟身上，便是本帮莫大的罪人。"

群丐本来均以义气为重，听了他这几句话，都是暗自惭愧。

忽听得一个女子的声音说道："倘若有谁杀了本帮的兄弟呢？"说话的正是马夫人。乔峰道："杀人者抵命，残害兄弟，举世痛恨。"马夫人道："那就好了。"

乔峰道："马副帮主到底是谁所害，是谁偷了我这折扇，去陷害于乔某，终究会查个水落石出。马夫人，以乔某的身手，若要到你府上取什么物事，谅来不致空手而回，更不会失落什么随身物事。别说府上只不过三两个女流之辈，便是皇宫内院，相府帅帐，千军万马之中，乔某要取什么物事，也未必不能办到。”

这几句话说得十分豪迈，群丐素知他的本事，都觉甚是有理，谁也不以为他是夸口。马夫人低下头去，再也不说什么。

乔峰抱拳向众人团团行了一礼，说道：“青山不改，绿水长流，众位好兄弟，咱们再见了。乔某是汉人也好，是契丹人也好，有生之年，决不伤一条汉人的性命，若违此誓，有如此刀。”说着伸出左手，凌空向单正一抓。

单正只觉手腕一震，手中单刀把捏不定，手指一松，单刀竟被乔峰夺了过去。乔峰右手的拇指扳住中指，往刀背上弹去，当的一声响，那单刀断成两截，刀头飞开数尺，刀柄仍拿在他手中。他向单正说道：“得罪！”抛下刀柄，扬长去了。

众人群相愕然之际，跟着便有人大呼起来：“帮主别走！”“丐帮全仗你主持大局！”“帮主快回来！”

忽听得呼的一声响，半空中一根竹棒掷了下来，正是乔峰反手将打狗棒飞送而至。

徐长老伸手去接，右手刚拿到竹棒，突觉自手掌以至手臂、自手臂以至全身，如中雷电轰击般的一震。他急忙放手，那竹棒一掷而至的余劲不衰，直挺挺的插在地下泥中。

群丐齐声惊呼，瞧着这根“见棒如见帮主”的本帮重器，心中都是思虑千万。

朝阳初升，一缕缕金光从杏子树枝叶间透进来，照着“打狗棒”，发出碧油油的光泽。

段誉叫道：“大哥，大哥，我随你去！”发足待要追赶乔峰，但只奔出三步，总觉舍不得就此离开王语嫣，回头向她望了一眼。这一眼一望，那是再也不能脱身了，心中自然而然的生出万丈柔丝，拉着他转身走到王语嫣身前，说道："王姑娘，你们要到哪里去？"

王语嫣道："表哥给人家冤枉，说不定他自己还不知道呢，我得去告知他才是。"

段誉心中一酸，满不是味儿，道："嗯，你们三位年轻姑娘，路上行走不便，我护送你们去罢。"又加上一句，自行解嘲："多闻慕容公子的英名，我实在也想见他一见。"

只听得徐长老朗声道："如何为马副帮主报仇雪恨，咱们自当从长计议。只是本帮不可一日无主，乔……乔峰去后，这帮主一职由哪一位来继任，是急不容缓的大事。乘着大伙都在此间，须得即行议定才是。"

宋长老道："依我之见，大家去寻乔帮主回来，请他回心转意，不可辞任……"他话未说完，西首有人叫道："乔峰是契丹胡虏，如何可做咱们首领？今日大伙儿还顾念旧情，下次见到，便是仇敌，非拼个你死我活不可。"吴长老冷笑道："你和乔帮主拼个你死我活，配么？"那人怒道："我一人自然打他不过，十个怎样？十个不成，一百人怎样？丐帮义士忠心报国，难道见敌畏缩么？"他这几句话慷慨激昂，西首群丐中有不少人喝起采来。

采声未毕，忽听得西北角上一个人阴恻恻的道："丐帮与人约在惠山见面，毁约不至，原来都鬼鬼祟祟的躲在这里，嘿嘿嘿，可笑啊可笑。"这声音尖锐刺耳，咬字不准，又似大舌头，又似鼻子塞，听来极不舒服。

大义分舵蒋舵主和大勇分舵方舵主同声"啊哟"，说道："徐长老，咱们误了约会，对头寻上门来啦！"

段誉也即记起，日间与乔峰在酒楼初会之时，听到有人向他禀报，说约定明日一早，与西夏"一品堂"的人物在惠山相会，当时乔峰似觉太过匆促，但还是答应了约会。眼见此刻卯时已过，丐帮中人极大多数未知有此约会，便是知道的，也是潜心于本帮帮内大事，都把这约会抛到了脑后，这时听到对方讥嘲之言，这才猛地醒觉。

徐长老连问：“是什么约会？对头是谁？”他久不与闻江湖与本帮事务，一切全不知情。执法长老低声问蒋舵主道：“是乔帮主答应了这约会么？”蒋舵主道：“是，不过属下已奉乔帮主之命，派人前赴惠山，要对方将约会押后七日。”

那说话阴声阴气之人耳朵也真尖，蒋舵主轻声所说的这两句话，他竟也听见了，说道：“既已定下了约会，哪有什么押后七日、押后八日的？押后半个时辰也不成。”

白世镜怒道：“我大宋丐帮是堂堂帮会，岂会惧你西夏胡虏？只是本帮自有要事，没功夫来跟你们这些跳梁小丑周旋。更改约会，事属寻常，有什么可啰唆的？”

突然间呼的一声，杏树后飞出一个人来，直挺挺的摔在地下，一动也不动。这人脸上血肉模糊，喉头已被割断，早已气绝多时，群丐认得是本帮大义分舵的谢副舵主。

蒋舵主又惊又怒，说道：“谢兄弟便是我派去改期的。”

执法长老道：“徐长老，帮主不在此间，请你暂行帮主之职。”他不愿泄露帮中无主的真相，以免示弱于敌。徐长老会意，心想此刻自己若不出头，无人主持大局，便朗声说道：“常言道两国相争，不斩来使。敝帮派人前来更改会期，何以伤他性命？”

那阴恻恻的声音道：“这人神态倨傲，言语无礼，见了我家将军不肯跪拜，怎能容他活命？”群丐一听，登时群情汹涌，许多人便纷纷喝骂。

徐长老直到此时，尚不知对头是何等样人，听白世镜说是“西夏胡虏”，而那人又说什么“我家将军”，真教他难以摸得着头脑，便道：“你鬼鬼祟祟的躲着，为何不敢现身？胡言乱语的，瞎吹什么大气？”

那人哈哈大笑，说道：“到底是谁鬼鬼祟祟的躲在杏子林中？”

猛听得远处号角呜呜吹起，跟着隐隐听得大群马蹄声自数里外传来。

徐长老凑嘴到白世镜耳边，低声问道：“那是什么人，为了什么事？”白世镜也低声道：“西夏国有个讲武馆，叫做什么‘一品堂’，是该国国王所立，堂中招聘武功高强之士，优礼供养，要他们传授西夏国军官的武艺。”徐长老点了点头，道：“西夏国整军经武，还不是来打我大宋江山的主意？”白世镜低声道：“正是如此。凡是进得‘一品堂’之人，都号称武功天下一品。统率一品堂的是位王爷，官封征东大将军，叫做什么赫连铁树。据本帮派在西夏的易大彪兄弟报知，最近那赫连铁树带领馆中勇士，出使汴梁，朝见我大宋太后和皇上。其实朝聘是假，真意是窥探虚实。他们知晓本帮是大宋武林中一大支柱，想要一举将本帮摧毁，先树声威。然后再引兵犯界，长驱直进。”徐长老暗暗心惊，低声道：“这条计策果然毒辣得紧。”

白世镜道：“这赫连铁树离了汴梁，便到洛阳我帮总舵。恰好其时乔帮主率同我等，到江南来为马副帮主报仇，西夏人扑了个空。这干人一不做，二不休，竟赶到了江南来，终于和乔帮主定下了约会。”

徐长老心下沉吟，低声道：“他们打的是如意算盘，先是一举毁我丐帮，说不定再去攻打少林寺，然后再将中原各大门派帮会打个七零八落。”白世镜道：“话是这么说，可是这些西夏武士便当真如此了得？有什么把握，能这般有恃无恐？乔帮主多少知道一些虚实，只可惜他在这紧急关头……”说到这里，自觉不妥，登时住口。

这时马蹄声已近，陡然间号角急响三下，八骑马分成两行，冲进林来。八匹马上的乘者都手执长矛，矛头上缚着一面小旗。矛头闪闪发光，依稀可看到左首四面小旗上都绣着“西夏”两个白字，右首四面绣着“赫连”两个白字，旗上另有西夏文字。跟着又是八骑马分成两行，奔驰入林。马上乘者四人吹号，四人击鼓。

群丐都暗皱眉头：“这阵仗全然是行军交兵，却哪里是江湖上英雄好汉的相会？”

在号手鼓手之后，进来八名西夏武士。徐长老见这八人神情，显是均有上乘武功，心想：“看来这便是一品堂中的人物了。”那八名武士分向左右一站，一乘马缓缓走进了杏林。马上乘客身穿大红锦袍，三十四五岁年纪，鹰钩鼻、八字须。他身后紧跟着一个身形极高、鼻子极大的汉子，一进林便喝道：“西夏国征东大将军驾到，丐帮帮主上前拜见。”声音阴阳怪气，正是先前说话的那人。

徐长老道：“本帮帮主不在此间，由老朽代理帮务。丐帮兄弟是江湖草莽，西夏将军如以官礼相见，咱们高攀不上，请将军去拜会我大宋王公官长，不用来见我们要饭的叫化子。若以武林同道身份相见，将军远来是客，请下马叙宾主之礼。”这几句话不亢不卑，既不得罪对方，亦顾到自己身份。群丐都想：“果然姜是老的辣，徐长老很是了得。”

那大鼻子道：“贵帮帮主既不在此间，我家将军是不能跟你叙礼的了。”一斜眼看到打狗棒插在地下，识得是丐帮的要紧物事，说道：“嗯，这根竹棒儿晶莹碧绿，拿去做个扫帚柄儿，倒也不错。”手臂一探，马鞭挥出，便向那打狗棒卷去。

群丐齐声大呼：“滚你的！”“你奶奶的！”“狗鞑子！”眼见他马鞭鞭梢正要卷到打狗棒上，突然间人影一晃，一人斜刺里飞跃而至，挡在打狗棒之前，伸出手臂，让马鞭卷在臂上。他手臂一曲，那大鼻汉子无法再坐稳马鞍，纵身一跃，站在地下。两人同时使劲，拍的一声，马鞭从中断为两截。那人反手抄起打狗棒，一言不发的退了开去。

众人瞧这人时，见他弓腰曲背，正是帮中的传功长老。他武功甚高，平素不喜说话，却在帮中重器遭逢危难之时，挺身维护，刚才这一招，大鼻汉子被拉下马背，马鞭又被拉断，可说是输了。

这大鼻汉子虽受小挫，丝毫不动声色，说道："要饭的叫化子果然气派甚小，连一根竹棒儿也舍不得给人。"

徐长老道："西夏国的英雄好汉和敝帮定下约会，为了何事？"

那汉子道："我家将军听说中原丐帮有两门绝技，一是打猫棒法，一是降蛇十八掌，想要见识见识。"

群丐一听，无不勃然大怒，此人故意把打狗棒法说成打猫棒法，将降龙十八掌说成降蛇十八掌，显是极意侮辱，眼见今日之会，一场判生死、争存亡的恶斗已在所难免。

群丐喝骂声中，徐长老、传功长老、执法长老等人心下却暗暗着急："这打狗棒法和降龙十八掌，自来只本帮帮主会使，对头既知这两项绝技的名头，仍是有恃无恐的前来挑战，只怕不易应付。"徐长老道："你们要见识敝帮的打猫棒法和降蛇十八掌，那一点不难。只要有煨灶猫和癞皮蛇出现，叫化子自有对付之法。阁下是学做猫呢，还是学做蛇？"吴长老哈哈笑道："对方是龙，我们才降龙。对方是蛇，叫化子捉蛇再拿手不过了。"

大鼻汉子斗嘴又输一场，正在寻思说什么话。他身后一人粗声粗气的道："打猫也好，降蛇也好，来来来，谁来跟我先打上一架？"说着从人丛中挤了出来，双手叉腰的一站。

群丐见这人相貌丑陋，神态凶恶，忽听段誉大声道："喂，徒儿，你也来了，见了师父怎么不磕头？"原来那丑陋汉子正是南海鳄神岳老三。

他一见段誉，大吃一惊，神色登时尴尬之极，说道："你……

你……”段誉道：“乖徒儿，丐帮帮主是我结义的兄长，这些人是你的师伯师叔，你不得无礼。快快回家去罢！”南海鳄神大吼一声，只震得四边杏树的树叶瑟瑟乱响，骂道：“王八蛋，狗杂种！”

段誉道：“你骂谁是王八蛋、狗杂种？”南海鳄神凶悍绝伦，但对自己说过的话，无论如何不肯食言，他曾拜段誉为师，倒不抵赖，便道：“我喜欢骂人，你管得着么？我又不是骂你。”段誉道：“嗯，你见了师父，怎地不磕头请安？那还成规矩么？”南海鳄神忍气上前，跪下去磕了个头，说道：“师父，你老人家好！”他越想越气，猛地跃起，发足便奔，口中连声怒啸。

众人听得那啸声便如潮水急退，一阵阵的渐涌渐远，然而波涛澎湃，声势猛恶，单是听这啸声，便知此人武功非同小可，丐帮中大概只有徐长老、传功长老等二三人才抵敌得住。段誉这么一个文弱书生居然是他师父，可奇怪之极了。王语嫣、阿朱、阿碧三人知道段誉全无武功，更是诧异万分。

西夏国众武士中突有一人纵跃而出，身形长如竹竿，窜纵之势却迅捷异常，双手各执一把奇形兵刃，柄长三尺，尖端是一只五指钢抓。段誉识得此人是“天下四恶”中位居第四的“穷凶极恶”云中鹤，心想：“难道这四个恶人都投靠了西夏？”凝目往西夏国人丛中瞧去，果见“无恶不作”叶二娘怀抱一个小儿笑吟吟的站着，只是没见到那首恶“恶贯满盈”段延庆。段誉寻思：“只要延庆太子不在此处，那二恶和四恶，丐帮想能对付得了。”

原来“天下四恶”在大理国铩羽北去，遇到西夏国一品堂中出来招聘武学高手的使者，四恶不甘寂寞，就都投效。这四人武功何等高强，稍献身手，立受礼聘。此次东来汴梁，赫连铁树带同四人，颇为倚重。段延庆自高身份，虽然依附一品堂，却独往独来，不受羁束号令，不与众人同行。

云中鹤叫道：“我家将军要瞧瞧丐帮的两大绝技。到底叫化儿们是确有真实本领，还是胡吹大气，快出来见个真章罢！”

奚长老道：“我去跟他较量一下。”徐长老道：“好！此人轻功甚是了得，奚兄弟小心了。”奚长老道：“是！”倒拖钢杖，走到云中鹤身前丈余处站定，说道：“本帮绝技，因人而施，对付阁下这等无名小卒，哪用得着打狗棒法？看招！”钢杖一起，呼呼风响，向云中鹤左肩斜击下来。奚长老矮胖身材，但手中钢杖却长达丈余，一经舞动，虽是对付云中鹤这等极高之人，仍能凌空下击。云中鹤侧身闪避，砰的一声，泥土四溅，钢杖击在地下，杖头陷入尺许。云中鹤自知真力远不如他，当下东一飘，西一晃，展开轻功，与他游斗。奚长老的钢杖舞成一团白影，却始终沾不上云中鹤的衣衫。

段誉正瞧得出神，忽听得耳畔一个娇柔的声音说道：“段公子，咱们帮谁的好？”段誉侧过头来，见说话的正是王语嫣，不禁心神荡漾，忙道：“什么……什么帮谁的好？”王语嫣道：“这瘦长个儿是你徒儿的朋友，这矮胖叫化是你把兄的下属。他二人越斗越狠，咱们该当帮谁？”段誉道：“我徒儿是个恶人，这瘦长条子人品更坏，不用帮他。”

王语嫣沉吟道：“嗯！不过丐帮众人将你把兄赶走，不让他做帮主，又冤枉我表哥，我讨厌他们。”在她少女心怀之中，谁对她表哥不好，谁就是天下最恶之人，接着道：“这矮胖老头使的是五台山二十四路伏魔杖，他身材太矮，那‘秦王鞭石’、‘大鹏展翅’两招使得不好。只要攻他右侧下盘，他便抵挡不了。只不过这瘦长子看不出来，以为矮子的下盘必固，其实是然而不然。”

她话声甚轻，场中精于内功的众高手却都已听到了。这些人大半识得奚长老武功家数，然于他招数中的缺陷所在，却未必能看得出来，但一经王语嫣指明，登时便觉不错，奚长老使到“秦王鞭石”与“大鹏展翅”这两招时，确是威猛有余，沉稳不足，下盘颇有弱点。

云中鹤向王语嫣斜睨一眼，赞道："小妞儿生得好美，更难得是这般有眼光，跟我去做个老婆，也还使得。"他说话之际，手中钢抓向奚长老下盘疾攻三招。第三招上奚长老挡架不及，嗤的一声响，大腿上被他钢抓划了长长一道口子，登时鲜血淋漓。

王语嫣听云中鹤称赞自己相貌美丽，颇是高兴，于他的轻薄言语倒也不以为忤，微笑道："也不怕丑，你有什么好？我才不嫁你呢。"云中鹤大为得意，说道："为什么不嫁？你另外有了小白脸心上人是不是？我先杀了你的意中人，瞧你嫁不嫁我？"这句话大犯王语嫣之忌，她俏脸一板，不再理他。

云中鹤还想说几句话讨便宜，丐帮中吴长老纵跃而出，举起鬼头刀，左砍四刀，右砍四刀，上削四刀，下削四刀，四四一十六刀，来势极其凶猛。云中鹤不识他刀法的路子，东闪西躲，缩头跳脚，一时十分狼狈。

王语嫣笑道："吴长老这路四象六合刀法，其中含有八卦生克变化，那瘦长个儿就不识得了。不知他会不会使'鹤蛇八打'，倘若会使，四象六合刀法可以应手而破。"丐帮众人听她又出声帮助云中鹤，脸上都现怒色，只见云中鹤招式一变，长腿远跨，钢抓横掠，宛然便如一只仙鹤。王语嫣嘴凑到段誉耳边，低声道："这瘦长个儿上了我的当啦，说不定他左手都会被削了下来。"段誉奇道："是么？"

只见吴长老刀法凝重，斜砍横削，似乎不成章法，出手越来越慢，突然间快砍三刀，白光闪动。云中鹤"啊"的一声叫，左手手背已被刀锋带中，左手钢抓拿捏不定，当的一声掉在地下，总算他身法快捷，向后急退，躲开了吴长老跟着进击的三刀。

吴长老走到王语嫣身前，竖刀一立，说道："多谢姑娘！"王语嫣笑道："吴长老好精妙的'奇门三才刀'！"吴长老一惊，心道："你居然识得我这路刀法。"原来王语嫣故意将吴长老的刀法说成是"四象六合刀"，又从云中鹤的招数之中，料得他一定会使"鹤蛇八打"，引得他不知不觉的处处受制，果然连左手也险被削掉。

站在赫连铁树身边、说话阴阳怪气的大鼻汉子名叫努儿海，见王语嫣只几句话，便相助云中鹤打伤奚长老，又是几句话，使吴长老伤了云中鹤，向赫连铁树道："将军，这汉人小姑娘甚是古怪，咱们擒回一品堂，令她尽吐所知，大概极有用处。"赫连铁树道："甚好，你去擒了她来。"努儿海搔了搔头皮，心想："将军这个脾气可不大妙，我每向他献什么计策，他总是说：'甚好，你去办理。'献计容易办事难，看来这小姑娘的武功深不可测，我莫要在人之前出丑露乖。今日反正是要将这群叫化子一鼓聚歼，不如先下手为强。"左手作个手势，四名下属便即转身走开。

努儿海走上几步，说道："徐长老，我们将军是要看打狗棒法和降龙十八掌，你们有宝献宝，倘若真是不会，我们可没功夫奉陪，这便要告辞了。"徐长老冷笑道："贵国一品堂的高手，胡吹什么武功一品，原来只是些平平无奇之辈，要想见识打狗棒法和降龙十八掌，只怕还有些不配。"努儿海道："要怎地才配见识？"

徐长老道："须得先将我们这些不中用的叫化子都打败了，丐帮的头儿才会出来……"刚说到这里，突然间大声咳嗽，跟着双眼剧痛，睁不开来，泪水不绝涌出。他大吃一惊，一跃而起，闭住呼吸，连踢三脚。努儿海没料到这人发皓如雪，说打便打，身手这般快捷，急忙闪避，但只避得了胸口的要害，肩头却已被踢中，晃得两下，借势后跃。徐长老第二次跃起时，身在半空，便已手足酸麻，重重摔将下来。

丐帮人众纷纷呼叫："不好，鞑子捣鬼！""眼睛里什么东西？""我睁不开眼了。"各人眼睛刺痛，泪水长流。王语嫣、阿朱、阿碧三人同样的睁不开眼来。

原来西夏人在这顷刻之间，已在杏子林中撒布了“悲酥清风”，那是一种无色无臭的毒气，系搜集西夏大雪山欢喜谷中的毒物制炼成水，平时盛在瓶中，使用之时，自己人鼻中早就塞了解药，拔开瓶塞，毒水化汽冒出，便如微风拂体，任你何等机灵之人也都无法察觉，待得眼目刺痛，毒气已冲入头脑。中毒后泪下如雨，称之为“悲”，全身不能动弹，称之为“酥”，毒气无色无臭，称之为“清风”。

但听得“咕咚”、“啊哟”之声不绝，群丐纷纷倒地。

段誉服食过莽牯朱蛤，万毒不侵，这“悲酥清风”吸入鼻中，他却既不“悲”，亦不“酥”，但见群丐、王语嫣和朱碧双姝都神情狼狈，一时不明其理，心中自也惊恐。

努儿海大声吆喝，指挥众武士捆缚群丐，自己便欺到王语嫣身旁，伸手去拿她手腕。

段誉喝道：“你干什么？”情急之下，右手食指疾伸，一股真气从指尖激射而出，嗤嗤有声，正是大理段氏的“六脉神剑”。努儿海不识厉害，毫不理会，仍是去抓王语嫣手腕，突然间喀的一声响，他右手臂骨莫名其妙的断折为二，软垂垂挂着。努儿海惨叫停步。

段誉俯身抱住王语嫣纤腰，展开“凌波微步”，斜上三步，横跨两步，冲出了人堆。

叶二娘右手一挥，一枚毒针向他背心射去。这枚毒针准头既正，去势又劲，段誉本来无论如何难以避开，但他的步法忽斜行，忽倒退，待得毒针射到，他身子早在右方三尺之外。西夏武士中三名好手跃下马背，大呼追到。段誉欺到一人马旁，先将王语嫣横着放上马鞍，随即飞身上马，纵马落荒而逃。

西夏武士早已占了杏林四周的要津，忽见段誉一骑马急窜出来，当即放箭，杏林中树林遮掩，十余枝狼牙羽箭都钉在杏子树上。

段誉大叫：“乖马啊乖马，跑得越快越好！回头给你吃鸡吃肉，吃鱼吃羊。”至于马儿不吃荤腥，他哪里还会想起。

两人下得马来，将马匹系在一株杏树上。段誉将瓷瓶拿在手中，蹑手蹑足的走入林中，放眼四顾，空荡荡地竟无一个人影。

十七
今日意

两人共骑，奔跑一阵，放眼尽是桑树，不多时便已将西夏众武士抛得影踪不见。

段誉问道："王姑娘，你怎么啦？"王语嫣道："我中了毒，身上一点力气也没了。"段誉听到"中毒"，吓了一跳，忙问："要不要紧？怎生找解药才好？"王语嫣道："我不知道啊。你催马快跑，到了平安的所在再说。"段誉道："什么所在才平安？"王语嫣道："我也不知道啊。"段誉心道："我曾答允保护她平安周全，怎地反而要她指点，那成什么话？"无法可施之下，只得任由坐骑乱走。

奔驰了一顿饭时分，不听到追兵声音，心下渐宽，却淅淅沥沥的下起雨来。段誉过不了一会，便问："王姑娘，你觉得怎样？"王语嫣总是答道："没事。"段誉有美同行，自是说不出喜欢，可是又怕她所中的毒性子猛烈，不由得一会儿微笑，一会儿发愁。

雨越下越大，段誉脱下长袍，罩在王语嫣身上，但也只好得片刻，过不多时，两人身上里里外外的都湿透了。段誉又问："王姑娘，你觉得怎样？"王语嫣叹道："又冷又湿，找个什么地方避一避雨啊。"

王语嫣不论说什么话，在段誉听来，都如玉旨纶音一般，她说要找一个地方避一避雨，段誉明知未脱险境，却也连声称是，心下又起呆念："王姑娘心中念念不忘的，只是她表哥慕容复。我今日与她同遭凶险，尽心竭力的回护于她，若是为她死了，想她日后一生之中，总会偶尔念及我段誉三分。将来她和慕容复成婚之后，生下儿女，瓜棚豆架之下与子孙们说起往事，或许会提到今日之事。那时她白发满头，说到'段公子'这三个字时，珠泪点点而下……"想得出神，不禁眼眶也自红了。

王语嫣见他脸有愁苦之意，却不觅地避雨，问道："怎么啦？没地方避雨么？"段誉道："那时候你跟你女儿说道……"王语嫣奇道："什么我女儿？"

段誉吃了一惊，这才醒悟，笑道："对不起，我在胡思乱想。"游目四顾，见东北方有一座大碾坊，小溪的溪水推动木轮，正在碾米，便道："那边可以避雨。"纵马来到碾坊。这时大雨刷刷声响，四下里水气濛濛。

他跃下马来，见王语嫣脸色苍白，不由得万分怜惜，又问："你肚痛么？发烧么？头痛么？"王语嫣摇摇头，微笑道："没什么。"段誉道："唉，不知西夏人放的是什么毒，我拿得到解药就好了。"王语嫣道："你瞧这大雨！你先扶我下马，到了里面再说不迟。"段誉跌足道："是，是！你瞧我可有多胡涂。"王语嫣一笑，心道："你本来就胡涂嘛。"

段誉瞧着她的笑容，不由得神为之夺，险些儿又忘了去推碾坊的门，待得将门推开，转身回来要扶王语嫣下马，一双眼睛始终没离开她的娇脸，没料到碾坊门前有一道沟，左足跨前一步，正好踏在沟中。王语嫣忙叫："小心！"却已不及，段誉"啊"的一声，人已摔了出去，扑在泥泞之中，挣扎着爬了起来，脸上、手上、身上全是烂泥，连声道："对不起，对不起。你……你没事么？"

王语嫣道："唉，你自己没事么？可摔痛了没有？"段誉听到她关怀自己，欢喜得灵魂儿飞上了半天，忙道："没有，没有。就算摔痛了，也不打紧。"伸手去要扶王语嫣下马，蓦地见到自己手掌中全是污泥，急忙缩回，道："不成！我去洗干净了再来扶你。"王语嫣叹道："你这人当真婆婆妈妈得紧。我全身都湿了，再多些污泥有什么干系？"段誉歉然笑道："我做事乱七八糟，服侍不好姑娘。"还是在溪水中洗去了手上污泥，这才扶王语嫣下马，走进碾坊。

两人跨进门去，只见舂米的石杵提上落下，不断打着石臼中的米谷，却不见有人。段誉叫道："这儿有人么？"

忽听得屋角稻草堆中两人齐叫："啊哟！"站起两个人来，一男一女，都是十八九岁的农家青年。两人衣衫不整，头发上沾满了稻草，脸上红红的，神色十分尴尬忸怩。原来两人是一对爱侣，那农女在此照料碾米，那小伙子便来跟她亲热，大雨中料得无人到来，当真是肆无忌惮，连段誉和王语嫣在外边说了半天话也没听见。

段誉抱拳道："吵扰，吵扰！我们只是来躲躲雨。两位有什么贵干，尽管请便，不用理睬我们。"

王语嫣心道："这书呆子又来胡说八道了。他二人当着咱们，怎样亲热？"这两句话却不敢说出口来。她乍然见到那一男一女的神态，早就飞红了脸，不敢多看。

段誉却全心全意都贯注在王语嫣身上，于这对农家青年全没在意。他扶着王语嫣坐在凳上，说道："你身上都湿了，那怎么办？"

王语嫣脸上又加了一层晕红，心念一动，从鬓边拔下了一枝镶着两颗大珠的金钗，向那农女道："姊姊，我这只钗子给了你，劳你驾借一套衣衫给我换换。"

那农女虽不知这两颗珍珠贵重，但黄金却是识得的，心中不信，道："我去拿衣裳给你换，这……这金钗儿我勿要。"说着便从身旁的木梯走了上去。

王语嫣道："姊姊，请你过来。"那农女已走了四五级梯级，重行回下，走到她身前。王语嫣将金钗塞在她手中，说道："这金钗真的送了给你。你带我去换换衣服，好不好？"

那农女见王语嫣美貌可爱，本就极愿相助，再得一枚金钗，自是大喜，推辞几次不得，便收下了，当即扶着她到上面的阁楼中去更换衣衫。阁楼上堆满了稻谷和米筛、竹箕之类的农具。那农女手头原有几套旧衣衫正在缝补，那小伙子一来，早就抛在一旁，不再理会，这时正好合王语嫣之用。

那农家青年畏畏缩缩的偷看段誉，兀自手足无措。段誉笑问："大哥，你贵姓？"那青年道："我……我贵姓金。"段誉道："原来是金大哥。"那青年道："勿是格。我叫金阿二，金阿大是我阿哥。"段誉道："嗯，是金二哥。"

刚说到这里，忽听得马蹄声响，十余骑向着碾坊急奔而来，段誉吃了一惊，跳起身来，叫道："王姑娘，敌人追来啦！"

王语嫣在那农女相助之下，刚除下上身衣衫，绞干了湿衣，正在抹拭，马蹄声她也听到了，心下惶急，没做理会处。

这几乘马来得好快，片刻间到了门外，有人叫道："这匹马是咱们的，那小子和妞儿躲在这里。"王语嫣和段誉一在阁楼，一在楼下，同时暗暗叫苦，均想："先前将马牵进碾坊来便好了。"但听得砰的一声响，有人踢开板门，三四名西夏武士闯了进来。

段誉一心保护王语嫣，飞步上楼。王语嫣不及穿衣，只得将一件湿衣挡在胸前。她中毒后手足酸软，左手拿着湿衣只提到胸口，便又垂了下来。段誉急忙转身，惊道："对不起，冒犯了姑娘，失礼，失礼。"王语嫣急道："怎么办啊？"

只听得一名武士问金阿二道："那小妞儿在上面么？"金阿二道："你问人家姑娘作啥事体？"那武士砰的一拳，打得他跌出丈余。金阿二性子甚是倔强，破口大骂。

那农女叫道："阿二哥，阿二哥，勿要同人家寻相骂。"她关心爱侣，下楼相劝。不料那武士单刀一挥，已将金阿二的脑袋劈成了两半。那农女一吓之下，从木梯上骨碌碌的滚了下来。另一名武士一把抱住，狞笑道："这小妞儿自己送上门来。"嗤的一声，已撕破了她的衣衫。那农女伸手在他脸上狠狠一抓，登时抓出五条血痕。那武士大怒，使劲一掌，打在她的胸口，只打得她肋骨齐断，立时毙命。

段誉听得楼下惨呼之声，探头一看，见这对农家青年霎时间死于非命，心下难过，暗道："都是我不好，累得你们双双惨亡。"见那武士抢步上梯，忙将木梯向外一推。木梯虚架在楼板之上，便向外倒去。那武士抢先跃在地下，接住了木梯，又架到楼板上来。段誉又欲去推，另一名武士右手一扬，一枝袖箭向他射来。段誉不会躲避，噗的一声，袖箭钉入了他左肩。第一名武士乘着他伸手按肩，已架好木梯，一步三级的窜了上来。

王语嫣坐在段誉身后谷堆上，见到这武士出掌击死农女，以及在木梯纵下窜上的身法，说道："你用左手食指，点他小腹'下脘穴'。"

段誉在大理学那北冥神功和六脉神剑之时，于人身的各个穴道是记得清清楚楚的，刚听得王语嫣呼叫，那武士左足已踏上了楼头，其时哪有余裕多想，一伸食指，便往他小腹"下脘穴"点去。那武士这一窜之际，小腹间门户洞开，大叫一声，向后直摜出去，从半空摔了下来，便即毙命。

段誉叫道："奇怪，奇怪！"只见一名满腮虬髯的西夏武士舞动大刀护住上身，又登木梯抢了上来，段誉急问："点他哪里？点他哪里？"王语嫣惊道："啊哟，不好！"段誉道："怎么不好？"王语嫣道："他刀势劲急，你若点他胸口'膻中穴'，手指没碰到穴道，手臂已先给他砍下来了。"

她刚说得这几句话，那虬髯武士已抢上了楼头。段誉一心只在保护王语嫣，不及想自己的手臂会不会被砍，右手一伸，运出内劲，伸指往他胸口“膻中穴”点去。那武士举刀向他手臂砍来，突然间“啊”的一声大叫，仰面翻跌下去，胸口一个小孔中鲜血激射而出，射得有两尺来高。王语嫣和段誉都又惊又喜，谁也没料到这一指之力竟如此厉害。

段誉于顷刻间连毙两人，其余的武士便不敢再上楼来，聚在楼下商议。

王语嫣道：“段公子，你将肩头的袖箭拔了去。”段誉大喜，心想：“她居然也关怀到我肩头的箭伤。”伸手一拔，将袖箭起了出来。这枝箭深入寸许，已碰到肩骨，这么用力一拔，原是十分疼痛，但他心喜之下，并不如何在意，说道：“王姑娘，他们又要攻上来了，你想如何对付才是？”一面说，一面转头向着王语嫣，蓦地见到她衣衫不整，急忙回头，说道：“啊哟，对不起。”

王语嫣羞得满脸通红，偏又无力穿衣，灵机一动，便去钻在稻谷堆里，只露出了头，笑道：“不要紧了，你转过头来罢。”

段誉慢慢侧身，全神提防，只要见到她衣衫不甚妥贴，露出肌肤，便即转头相避，正斜过半边脸孔，一瞥眼间，只见窗外有一名西夏武士站在马背之上，探头探脑的要跳进屋来，忙道：“这边有敌人。”

王语嫣心想：“不知这人的武功家数如何。”说道：“你用袖箭掷他。”

段誉依言扬手，将手中袖箭掷了出去。他发射暗器全然外行，袖箭掷出时没半点准头，离那人的脑袋少说也有两尺。那武士本来不用理睬，但段誉这一掷之势手劲极强，一枝小小袖箭飞出时呜呜声响，那武士吃了一惊，矮身相避，在马鞍上缩成了一团。

王语嫣伸长头颈，瞧得清楚，说道：“他是西夏人摔角好手，让他扭住你，你手掌在他天灵盖上一拍，那便赢了。”

段誉道：“这个容易。”走到窗口，只见那武士从马鞍上涌身一跃，撞破窗格，冲了过来。段誉叫：“你来干什么？”那武士不懂汉语，瞪眼相视，左手一探，已扭住段誉胸口。这人身手也真快捷，这一扭之后，跟着手臂上挺，将段誉举在半空。段誉反手一掌，拍的一声，正中他脑门。那武士本想将段誉举往楼板上重重一摔，摔他个半死，不料这一掌下来，早将他击得头骨碎裂而死。

段誉又杀了一人，不由得心中发毛，越想越害怕，大叫：“我不想再杀人了！要我再杀人，那可下不了手啦，你们快快走罢！”用力一推，将这摔角好手的尸身抛了下去。

追寻到碾坊来的西夏武士共有十五人，此刻尚余十二人，其中四个是一品堂的好手，两个是汉人，两个是西夏人。那四名好手见段誉的武功一会儿似乎高强无比，一会儿又似幼稚可笑，当真说得上“深不可测”，当下不敢轻举妄动，聚在一起，轻声商议进攻之策。那八名西夏武士却另有计较，搬拢碾坊中的稻草，便欲纵火。

王语嫣惊道：“不好了，他们要放火！”段誉顿足道：“那怎么办？”眼见碾坊的大水轮被溪水推动，不停的转将上来，又转将下去，他心中也如水轮之转。

只听得一个汉人叫道：“大将军有令，那小姑娘须当生擒，不可伤了她的性命，暂缓纵火。”随又提高声音叫道：“喂，小杂种和小姑娘，快快下来投降，否则我们可要放火了，将你们活活的烧成两只烧猪。”他连叫三遍，段誉和王语嫣只是不睬。那人取过火折打着了火，点燃一把稻草，举在手中，说道：“你们再不降服，我便生火了。”说着扬动火种，作势要投向稻草堆。

段誉见情势危急，说道：“我去攻他个措手不及。”跨步踏上了水轮。水轮甚巨，径逾两丈，比碾坊的屋顶还高。段誉双手抓住轮上叶子板，随着轮子转动，慢慢下降。

那人还在大呼小叫，喝令段誉和王语嫣归服，不料段誉已悄悄从阁楼上转了下来，伸指便往他背心点去。他使的是六脉神剑中少阳剑剑法，原应一指得手，哪知他向人偷袭，自己先已提心吊胆，气势不壮，这真气内力便发不出来。他内力发得出发不出纯须碰巧，这一次便发不出劲。那人只觉得背心上有什么东西轻轻触了一下，回过头来，只见段誉正在向自己指指点点。

那人亲眼见到段誉连杀三人，见他右手乱舞乱挥，又在使什么邪术，也是颇为忌惮，急忙向左跃开。段誉又出一指，仍是无声无息，不知所云。那人喝道："臭小子，你鬼鬼祟祟的干什么？"左手箕张，向他顶门抓来。段誉身子急缩，双手乱抓，恰巧攀住水轮，便被轮子带了上去。那人一抓落空，噗的一声，木屑纷飞，在水轮叶子板上抓了个大缺口。

王语嫣道："你只须绕到他背后，攻他背心第七椎节之下的'至阳穴'，他便要糟。这人是晋南虎爪门的弟子，功夫练不到至阳穴。"

段誉在半空中叫道："那好极了！"攀着水轮，又降到了碾坊大堂。

西夏众武士不等他双足着地，便有三人同时出手抓去。段誉右手连摇，道："在下寡不敌众，好汉打不过人多，我只要斗他一人。"说着斜身侧进，踏着"凌波微步"的步子，闪得几闪，已欺到那人身后，喝一声："着！"一指点出，嗤嗤声响，正中他"至阳穴"，那人哼也不哼，扑地即死。

段誉杀了一人，想要再从水轮升到王语嫣身旁，却已来不及了，一名西夏武士拦住了他退路，举刀劈来。段誉叫道："啊哟，糟糕！鞑子兵断我后路。十面埋伏，兵困垓下，大事糟矣！"向左斜跨，那一刀便砍了个空。碾坊中十一人登时将他团团围住，刀剑齐施。

段誉大叫："王姑娘，我跟你来生再见了。段誉四面楚歌，自身难保，只好先去黄泉路上等你。"他嘴里大呼小叫，狼狈万状，脚下的"凌波微步"步法却是巧妙无比。

王语嫣看得出了神，问道："段公子，你脚下走的可是'凌波微步'么？我只闻其名，不知其法。"

段誉喜道："是啊，是啊！姑娘要瞧，我这便从头至尾演一遍给你看，不过能否演得到底，却要看我脑袋的造化了。"当下将从卷轴上学来的步法，从第一步起走了起来。

那十一名西夏武士飞拳踢腿，挥刀舞剑，竟没法沾得上他的一片衣角。十一人哇哇大叫："喂，你拦住这边！""你守东北角，下手不可容情。""啊哟，不好，小王八蛋从这里溜出去了。"

段誉前一脚，后一步，在水轮和杵臼旁乱转。王语嫣虽然聪明博学，却也瞧不出个所以然来，叫道："你躲避敌人要紧，不用演给我看。"段誉道："良机莫失！此刻不演，我一命呜呼之后，你可见不到了。"

他不顾自己生死，务求从头至尾，将这套"凌波微步"演给心上人观看。哪知痴情人有痴情之福，他若待见敌人攻来，再以巧妙步法闪避，一来他不懂武功，对方高手出招虚虚实实，变化难测，他有心闪避，定然闪避不了；二来敌人共有十一个之多，躲得了一个，躲不开第二个，躲得了两个，躲不开第三个。可是他自管自的踏步，对敌人全不理会，变成十一名敌人个个向他追击。这"凌波微步"每一步都是踏在别人决计意想不到的所在，眼见他左足向东跨出，不料踏实之时，身子却已在西北角上。十一人越打越快，但十分之九的招数都是递向自己人身上，其余十分之一则是落了空。

阿甲、阿乙、阿丙见段誉站在水轮之旁，拳脚刀剑齐向他招呼，而阿丁、阿戊、阿己的兵刃自也是攻向他所处的方位。段誉身形闪处，突然转向，乒乒乓乓、叮当呛啷，阿甲、阿乙、阿丙、阿丁……各人兵刃交在一起，你挡架我，我挡架你。有几名西夏武士手脚稍慢，反为自己人所伤。

王语嫣只看得数招，便已知其理，叫道：“段公子，你的脚步甚是巧妙繁复，一时之间我瞧不清楚。最好你踏完一遍，再踏一遍。”段誉道：“行，你吩咐什么，我无不依从。”堪堪那八八六十四卦的方位踏完，他又从头走了起来。

王语嫣寻思：“段公子性命暂可无碍，却如何方能脱此困境？我上身不穿衣衫，真羞也羞死了。唯有设法指点段公子，让他将十一个敌人一一击毙。”当下不再去看段誉的步法，转目端详十一人的武功家数。

忽听得喀的一声响，有人将木梯搁到了楼头，一名西夏武士又要登楼。十一人久战段誉不下，领头的西夏人便吩咐下属，先将王语嫣擒住了再说。

王语嫣吃了一惊，叫道：“啊哟！”

段誉抬起头来，见到那西夏武士登梯上楼，忙问：“打他哪里？”王语嫣道：“抓‘志室穴’最妙！”段誉大步上前，一把抓到他后腰“志室穴”，也不知如何处置才好，随手一掷，正好将他投入了碾米的石臼之中。一个两百来斤的石杵被水轮带动，一直在不停舂击，一杵一杵的舂入石臼，石臼中的谷早已成极细米粉，但无人照管，石杵仍如常下击。那西夏武士身入石臼，石杵舂将下来，砰的一声，打得他脑浆迸裂，血溅米粉。

那西夏高手不住催促，又有三名西夏武士争先上梯。王语嫣叫道：“一般办理！”段誉伸手又抓住了一人的“志室穴”，使劲一掷，又将他抛入了石臼。这一次有意抛掷，用劲反不如上次恰到好处，石杵落下时打在那人腰间，惨呼之声动人之心魄，一时却不得便死。石杵舂一下，那人惨呼一声。

段誉一呆，另外两名西夏武士已从木梯爬了上去。段誉惊道：

“使不得，快退下来。”左手手指乱指乱点，他心中惶急，真气激荡，六脉神剑的威力发了出来，嗤嗤两剑，戳在两人的背心。那两人登时摔下。

余下七名西夏武士见段誉空手虚点，便能杀人，这等功夫实是闻所未闻。他们不知段誉这门功夫并非从心所欲，真要使时，未必能够，情急之下误打误撞，却往往见功。七人越想越怕，都已颇有怯意，但说就此退去，却又心有不甘。

王语嫣居高临下，对大堂中战斗瞧得清清楚楚，见敌方虽只剩下七人，然其中三人武功颇为了得，那西夏人吆喝指挥，隐然是这一批人的首领，叫道：“段公子，你先去杀了那穿黄衣戴皮帽之人，要设法打他后脑‘玉枕’和‘天柱’两处穴道。”

段誉道：“谨遵台命。”向那人冲去。

那西夏人暗暗心惊：“玉枕和天柱两处穴道，正是我罩门所在，这小姑娘怎地知道？”眼见段誉冲到，当即单刀横砍，不让他近身。段誉连冲数次，不但无法走到他身后，险些反被他单刀所伤。总算那人听了王语嫣的呼喝后心有所忌，一意防范自己脑后罩门，否则段誉已大大不妙。段誉叫道：“王姑娘，这人好生厉害，我走不到他背后。”

王语嫣道：“那个穿灰袍的，罩门是在头颈的‘廉泉穴’。那个黄胡子，我瞧不出他武功家数，你向他胸口戳几指看。”段誉道：“遵命！”伸指向那人胸口点去。他这几指手法虽对，劲力全无，但那黄胡子如何知道？急忙矮身躲了三指，待得段誉第四指点到，他凌空一跃，从空中搏击而下，掌力凌厉，将段誉全身都罩住了。

段誉只感呼吸急促，头脑晕眩，大骇之下，闭着眼睛双手乱点，嗤嗤嗤嗤响声不绝，少商、商阳、中冲、关冲、少冲、少泽，六脉神剑齐发，那黄胡子身中六洞，但掌势不消，拍的一响，一掌击在段誉肩头。其时段誉全身真气激荡，这一掌力道虽猛，在他浑厚的内力抗拒之下，竟伤他不得半分，反将那黄胡子弹出丈许。

王语嫣却不知他未曾受伤，惊道：“段公子，你没事么？可受了伤？”

段誉睁开眼来，见那黄胡子仰天躺在地下，胸口小腹的六个小孔之中鲜血直喷，脸上神情狰狞，一对眼睛睁得大大的，恶狠狠的瞧着自己，兀自未曾气绝。段誉吓得一颗心怦怦乱跳，叫道：“我不想杀你，是你自己……自己找上我来的。”脚下仍是踏着凌波微步，在大堂中快步疾走，双手不住的抱拳作揖，向余下的六人道：“各位英雄好汉，在下段誉和你们往日无怨，近日无仇，请你们网开一面，这就出去罢。我……我……实在是不敢再杀人了。这……这……弄死这许多人，教我如何过意得去？实在是太过残忍。你们快快退去罢，算是我段誉输了，求……求你们高抬贵手。”

一转身间，忽见门边站着一个西夏武士，也不知是什么时候进来的，这人中等身材，服色和其余西夏武士无异，只是脸色蜡黄，木无表情，就如死人一般。段誉心中一寒：“这是人是鬼？莫非……莫非……给我打死的西夏武士阴魂不散，寃鬼出现？”颤声道：“你……你是谁？想……想干什么？”

那西夏武士挺身站立，既不答话，也不移动身子，段誉一斜身，反手抓住了身旁一名西夏武士后腰的“志室穴”，向那怪人掷去。那人微一侧身，砰的一声，那西夏武士的脑袋撞在墙上，头盖碎裂而死。段誉吁了口气，道：“你是人，不是鬼。”

这时除了那新来的怪客之外，西夏武士已只剩下了五人，其中一名西夏人和一名汉人是“一品堂”的好手。余下三名寻常武士眼看己方人手越斗越少，均萌退志，一人走向门边，便去推门。那西夏好手喝道：“干什么？”刷刷刷三刀，向段誉砍去。

段誉眼见青光霍霍，对方的利刀不住的在面前晃动，随时随刻都会剁到自己身上，心中怕极，叫道：“你……你这般横蛮，我可要打你玉枕穴和天柱穴了，只怕你抵敌不住，我劝你还是……还是乘早收兵，大家好来好散的为妙。”那人刀招越来越紧，刀刀不离段誉的要害。若不是段誉脚下也加速移步，每一刀都能要了他性命。

那汉人好手一直退居在后，此刻见段誉苦苦哀求，除了尽力闪避，再无还手余地，灵机一动，抢到石臼旁，抓起两把已碾得极细的米粉，向段誉面门掷去。段誉步法巧妙，这两下自是掷他不中。那汉人两把掷出，跟着又是两把，再是两把，大堂中米粉糠屑，四散飞舞，顷刻间如烟似雾。

段誉大叫：“糟糕，糟糕！我这可瞧不见啦！”王语嫣也知情势万分凶险，心想段誉所以能在数名好手间安然无损，全仗了那神妙无方的凌波微步。敌人向他发招攻击，始终是瞻之在前，忽焉在后，兵刃拳脚的落点和他身子间总是有厘毫之差，现下大堂中米粉糠屑烟雾弥漫，众人任意发招，这一盲打乱杀，那便极可能打中在他身上。要是众武士一上来便不理段誉身在何处，自顾自施展一套武功，早将他砍成十七廿八块了。

段誉双目被米粉蒙住了，睁不开来，狠命一跃，纵到水轮边上，攀住水轮叶子板，向上升高。只听得“啊、啊”两声惨呼，两名西夏武士已被那西夏好手乱刀误砍而死。跟着叮当两声，有人喝道：“是我！”另一人道：“小心，是我！”是那西夏好手和汉人好手刀剑相交，拆了两个回合。接着“啊”的一声惨叫，最后一名西夏武士不知被谁一脚踢中要害，向外飞出，临死时的叫喊，令段誉听着不由得毛骨悚然，全身发抖。他颤声叫道：“喂喂，你们人数越来越少，何必再打？杀人不过头点地，我向你们求饶，也就是了。”

那汉人从声音中辨别方位，右手一挥，一枚钢镖向他射来，这一镖去势本来甚准，但水轮不停转动，待得钢镖射到，轮子已带着段誉下降，拍的一响，钢镖将他袖子一角钉在水轮叶子板上。段誉吃了一惊，心想：“我不会躲避暗器，敌人一发钢镖袖箭，我总是遭殃。”怯意一盛，手便软了，五指抓不住水轮叶子板，腾的一声，摔了下来。

那汉人好手从迷雾中隐约看到，扑上来便抓。段誉记得王语嫣说过要点他“廉泉穴”，但一来在慌乱之中，二来虽识得穴道，平时却无习练，手忙脚乱的伸指去点他“廉泉穴”，部位全然不准，既偏左，又偏下，竟然点中他的“气户穴”。“气户穴”乃是笑穴，那人真气逆了，忍不住哈哈大笑。他一剑又一剑的向段誉刺去，口中却嘻嘻、哈哈、嘿嘿、呵呵的大笑不已。

那西夏好手问道：“容兄，你笑什么？”那汉人无法答话，只不断大笑。那西夏人不明就里，怒道：“大敌当前，你弄什么玄虚？”那汉人道：“哈哈，我……这个……哈哈，呵呵……”挺剑朝段誉背心刺去。段誉向左斜走，那西夏好手迷雾中瞧不清楚，正好也向这边撞来，两人一下子便撞了个满怀。

这西夏人一撞到段誉身子，左手疾翻，已使擒拿手扭住了段誉右臂。他眼见对方之所长全在脚法，这一扭正是取胜的良机，右手抛去单刀，回过来又抓住了段誉的左腕。段誉大叫：“苦也，苦也！”用力挣扎。但那西夏人两手便如铁箍相似，却哪里挣扎得脱？

那汉人瞧出便宜，挺剑便向段誉背心疾刺而下。那西夏人暗想：“不妙！他这一剑刺入数寸，正好取了敌人性命。但如他不顾义气，要独居其功，说不定刺入尺许，便连我也刺死了。”当即拖着段誉，退了一步。

那汉人笑声不绝，抢上一步，欲待伸剑再刺，突然砰的一声，水轮叶子击在他的后脑，将他打得晕了过去。那汉人虽然昏晕，呼吸未绝，仍哈哈哈的笑个不停，但有气无力，笑声十分诡异。水轮缓缓转去，第二片叶子砰的一下，又在他胸口撞了一下，他笑声轻了几分，撞到七八下时，“哈哈、哈哈”之声，已如是梦中打鼾一般。

王语嫣见段誉被擒，无法脱身，心中焦急之极，又想大门旁尚有一名神色可怖的西夏武士站着，只要他随手一刀一剑，段誉立时毙命。她惊惶之下，大声叫道："你们别伤段公子性命，大家……大家慢慢商量。"

那西夏人牢牢扭住段誉，横过右臂，奋力压向他胸口，想压断他肋骨，又或逼得他难以呼吸，窒息而死。段誉心中害怕之极。他被扭住的是左腕和右臂，吸人内力的"北冥神功"使用不上，只得左手拼命伸指乱点，每一指都点到了空处，只感胸口压力越来越重，渐渐的喘不过气来。

正危急间，忽听得嗤嗤数声，那西夏好手"啊"的一声轻呼，说道："好本事，你终于点中了我的……我的玉枕……"双手渐渐放松，脑袋垂了下来，倚着墙壁而死。

段誉大奇，扳过他身子一看，果见他后脑"玉枕穴"上有一小孔，鲜血汩汩流出，这伤痕正是自己六脉神剑所创。他一时想不明白，不知自己在紧急关头中功力凝聚，一指点出，真气冲上墙壁，反弹过来，击中了那西夏好手的后脑。段誉一共点了数十指，从墙壁上一一反弹在对方背后各处。但那西夏人功力既高，而真气的反弹之力又已大为减弱，损伤不到他分毫，可是最后一股真气恰好反弹到他的"玉枕穴"上。那"玉枕穴"是他的罩门所在，最是柔嫩，真气虽弱，一撞之下还是立时送命。

段誉又惊又喜，放下那西夏人的尸身，叫道："王姑娘，王姑娘，敌人都打死了！"

忽听得身后一个冷冰冰的声音说道："未必都死了！"段誉一惊回头，见是那个神色木然的西夏武士，心想："我倒将你忘了。你武功不高，我一抓你志室穴，便能杀你。"笑道："老兄快快去罢，我决计不能再杀你。”那人道：“你有杀我的本领么？”语气十分傲慢。段誉实不愿再多杀伤，抱拳道：“在下不是阁下对手，请你手下容情，饶过我罢。”

那西夏武士道：“你这几句话说得嬉皮笑脸，绝无求饶的诚意。段家一阳指和六脉神剑名驰天下，再得这位姑娘指点要诀，果然非同小可。在下领教你的高招。”这几句话每个字都是平平吐出，既无轻重高低，亦无抑扬顿挫，听来十分的不惯，想来他是外国人，虽识汉语，遣词用句倒是不错，声调就显得十分的别扭了。

段誉天性不喜武功，今日杀了这许多人，实为情势所迫，无可奈何，说到打架动手，当真是可免则免，当即一揖到地，诚诚恳恳的道：“阁下责备甚是，在下求饶之意不敬不诚，这里谢过。在下从未学过武功，适才伤人，尽属侥幸，但得苟全性命，已是心满意足，如何还敢逞强争胜？”

那西夏武士嘿嘿冷笑，说道：“你从未学过武功，却在举手之间，尽歼西夏一品堂中的四位高手，又杀武士一十一人。倘若学了武功，武林之中，还有噍类么？”

段誉自东至西的扫视一过，但见碾坊中横七竖八的都是尸首，一个个身上染满了血污，不由得难过之极，掩面道：“怎……怎地我杀了这许多人？我……我实在不想杀人，那怎么办？怎么办？”那人冷笑数声，斜目睨视，瞧他这几句话是否出于本心。段誉垂泪道：“这些人都有父母妻儿，不久之前个个还如生龙活虎一般，却都给我害死了，我……我……如何对得起他们？”说到这里，不禁捶胸大恸，泪如雨下，呜呜咽咽的道：“他们未必真的想要杀我，只不过奉命差遣，前来拿人而已。我跟他们素不相识，焉可遽下毒手？”他心地本来仁善，自幼念经学佛，便蝼蚁也不敢轻害，岂知今日竟闯下这等大祸来。

那西夏武士冷笑道：“你假惺惺的猫哭老鼠，就想免罪么？”

段誉收泪道："不错，人也杀了，罪也犯下了，哭泣又有何益？我得好好将这些尸首埋葬了才是。"

王语嫣心想："这十多具尸首一一埋葬，不知要花费多少时候。"叫道："段公子，只怕再有大批敌人到来，咱们及早远离的为是。"段誉道："是，是！"转身便要上梯。

那西夏武士道："你还没杀我，怎地便走？"段誉摇头道："我不能杀你。再说，我也不是你的对手。"那人道："咱们没打过，你怎知不是我对手？王姑娘将'凌波微步'传了给你，嘿嘿，果然与众不同。"段誉本想说"凌波微步"并非王语嫣所授，但又想这种事何必和外人多言，只道："是啊，我本来不会什么武功，全蒙王姑娘出言指点，方脱大难。"那人道："很好，我等在这里，你去请她指点杀我的法门。"段誉道："我不要杀你。"

那人道："你不要杀我，我便杀你。"说着拾起地下一柄单刀，突然之间，大堂中白光闪动，丈余圈子之内，全是刀影。段誉还没来得及跨步，便已给刀背在肩头重重敲了一下，"啊"的一声，脚步踉跄。他脚步一乱，那西夏武士立时乘势直上，单刀的刃锋已架在他后颈。段誉吓出了一身冷汗，只有呆立不动。

那人道："你快去请教你师父，瞧她用什么法子来杀我。"说着收回单刀，右腿微弹，砰的一下，将段誉踢出一个筋斗。

王语嫣叫道："段公子，快上来。"段誉道："是！"攀梯而上，回头一看，只见那人收刀而坐，脸上仍是一股僵尸般的木然神情，显然浑不将他当作一回事，决计不会乘他上梯时在背后偷袭。段誉上得阁楼，低声道："王姑娘，我打他不过，咱们快想法子逃走。"

王语嫣道："他守在下面，咱们逃不了的。请你拿这件衫子过来。"段誉道："是！"伸手取过那农家女留下的一件旧衣。王语嫣道："闭上眼睛，走过来。好！停住。给我披在身上，不许睁眼。"

段誉一一照做。他原是志诚君子，对王语嫣又是天神一般崇敬，自是丝毫不敢违拗，只是想到她衣不蔽体，一颗心不免怦怦而跳。

王语嫣待他给自己披好衣衫，说道："行了。扶我起来。"段誉没听到她可以睁眼的号令，仍紧紧闭着双眼，听她说"扶我起来"，便伸出右手，不料一下子便碰到她的脸颊，只觉手掌中柔腻滑嫩，不禁吓了一跳，急忙缩手，连声道："对不起，对不起。"

王语嫣当要他替自己披上衣衫之时，早已羞得双颊通红，这时见他闭了眼睛，伸掌在自己脸上乱摸，更加害羞，道："喂，我叫你扶我起来啊！"段誉道："是！是！"眼睛既紧紧闭住，一双手就不知摸向哪里好，生怕碰到她身子，那便罪孽深重，不由得手足无措，十分狼狈。王语嫣也是心神激荡，隔了良久，才想到要他睁眼，嗔道："你怎么不睁眼？"

那西夏武士在下面嘿嘿冷笑，说道："我叫你去学了武功来杀我，却不是叫你二人打情骂俏，动手动脚。"

段誉睁开眼来，但见王语嫣玉颊如火，娇羞不胜，早是痴了，怔怔的凝视着她，西夏武士那几句话全没听见。王语嫣道："你扶我起来，坐在这里。"段誉忙道："是，是！"诚惶诚恐的扶着她身子，让她坐在一张板凳上。

王语嫣双手颤抖，勉力拉着身上衣衫，低头凝思，过了半晌，说道："他不露自己的武功家数，我……我不知道如何才能打败他。"段誉道："他很厉害，是不是？"王语嫣道："适才他跟你动手，一共使了一十七种不同派别的武功。"段誉奇道："什么？只这么一会儿，便使了一十七种不同的武功？"

王语嫣道："是啊！他刚才使单刀圈住你，东砍那一刀，是少林寺的降魔刀法；西劈那一刀，是广西黎山洞黎老汉的柴刀十八路；回转而削的那一刀，又变作了江南史家的'回风拂柳刀'。此后连使一十一刀，共是一十一种派别的刀法。后来反转刀背，在你肩头击上一记，这是宁波天童寺心观老和尚所创的‘慈悲刀’，只制敌而不杀人。他用刀架在你颈中，那是本朝金刀杨老令公上阵擒敌的招数，是‘后山三绝招’之一，本是长柄大砍刀的招数，他改而用于单刀。最后飞脚踢你一个筋斗，那是西夏回人的弹腿。”她一招一招道来，当真如数家珍，尽皆说明其源流派别，段誉听着却是一窍不通，瞠目以对，无置喙之余地。

王语嫣侧头想了良久，道：“你打他不过的，认了输罢。”

段誉道：“我早就认输了。”提高声音说道：“喂，我是无论如何打你不过的，你肯不肯就此罢休？”

那西夏武士冷笑道：“要饶你性命，那也不难，只须依我一件事。”段誉忙问：“什么事？”那人道：“自今而后，你一见到我面，便须爬在地下，向我磕三个响头，高叫一声：‘大老爷饶了小的狗命！’”

段誉一听，气往上冲，说道：“士可杀而不可辱，要我向你磕头哀求，再也休想，你要杀，现下就杀便是。”那人道：“你当真不怕死？”段誉道：“怕死自然是怕的，可是每次见到你便跪下磕头，那还成什么话？”那人冷笑道：“见到我便跪下磕头，也不见得如何委屈了你。要是我一朝做了中原皇帝，你见了我是否要跪下磕头？”

王语嫣听他说“要是我一朝做了中原皇帝”，心中一凛：“怎么他也说这等话？”

段誉道：“见了皇帝磕头，那又是另一回事。这是行礼，可不是求饶。”

那西夏武士道：“如此说来，我这个条款你是不答允的了？”段誉摇头道：“对不起之至，歉难从命，万乞老兄海涵一二。”那人道：“好，你下来罢，我一刀杀了你。”段誉向王语嫣瞧了一眼，心下难过，说道：“你既一定要杀我，那也无法可想，不过我也有一件事相求。”那人道：“什么事？”段誉道：“这位姑娘身中奇毒，肢体乏力，不能行走，请你行个方便，将她送回太湖曼陀山庄她的家里。”

那人哈哈一笑，道：“我为什么要行这个方便？西夏征东大将军颁下将令，是谁擒到这位博学多才的姑娘，赏赐黄金千两，官封万户侯。”段誉道：“这样罢，我写下一封书信，你将这位姑娘送回她家中之后，便可持此书信，到大理国去取黄金五千两，万户侯也照封不误。”那人哈哈大笑，道：“你当我是三岁小孩子？你是什么东西？凭你这小子一封书信，便能给我黄金五千两，官封万户侯？”

段誉心想此事原也难以令人入信，一时无法可施，双手连搓，说道：“这……这……怎么办？我一死不足惜，若让小姐流落此处，身入匪人之手，我可是万死莫赎了。”

王语嫣听他说得真诚，不由得也有些感动，大声向那西夏人道：“喂，你若对我无礼，我表哥来给我报仇，定要搅得你西夏国天翻地覆，鸡犬不安。”那人道：“你表哥是谁？”王语嫣道：“我表哥是中原武林中大名鼎鼎的慕容公子，‘姑苏慕容’的名头，想来你也听到过。‘以彼之道，还施彼身’，你对我不客气，他会加十倍的对你不客气。”

那人冷笑道：“慕容公子倘若见到你跟这小白脸如此亲热，怎么还肯为你报仇？”

王语嫣满脸通红，说道：“你别瞎说，我跟这位段公子半点也没……没有什么……”心想这种事不能多说，转过话头，问道：“喂，军爷，你尊姓大名啊？敢不敢说与我知晓。”

那西夏武士道：“有什么不敢？本官行不改姓，坐不改名，西夏李延宗便是。”

王语嫣道：“嗯，你姓李，那是西夏的国姓。”

那人道："岂但是国姓而已？精忠报国，吞辽灭宋，西除吐蕃，南并大理。"

段誉道："阁下志向倒是不小。李将军，我跟你说，你精通各派绝艺，要练成武功天下第一，恐怕不是难事，但要混壹天下，并非武功天下第一便能办到。"

李延宗哼了一声，并不答话。

王语嫣道："就说要武功天下第一，你也未必能够。"李延宗道："何以见得？"王语嫣道："当今之世，单是以我所见，便有二人的武功远远在你之上。"李延宗踏上一步，仰起了头，问道："是哪二人？"王语嫣道："第一位是丐帮的前任帮主乔峰乔帮主。"李延宗哼了一声，道："名气虽大，未必名副其实。第二个呢？"王语嫣道："第二位便是我表哥，江南慕容复慕容公子。"

李延宗摇了摇头，道："也未必见得。你将乔峰之名排在慕容复之前，是为公为私？"王语嫣问道："什么为公为私？"李延宗道："若是为公，因你以为乔峰的武功确在慕容复之上；若是为私，则因慕容复与你有亲戚之谊，你让外人排名在先。"王语嫣道："为公为私，都是一样。我自然盼望我表哥胜过乔帮主，但眼前可还不能。"李延宗道："眼前虽还不能，那乔峰所精者只是一家之艺，你表哥却博知天下武学，将来技艺日进，便能武功天下第一了。"

王语嫣叹了口气，说道："那还是不成。到得将来，武功天下第一的，多半便是这位段公子了。"

李延宗仰天打个哈哈，说道："你倒会说笑。这书呆子不过得你指点，学会了一门'凌波微步'，难道靠着抱头鼠窜、龟缩逃生的本领，便能得到武功天下第一的称号么？"

王语嫣本想说："他这'凌波微步'的功夫非我所授。他内力雄浑，根基厚实，无人可及。"但转念一想："这人似乎心胸狭窄，我若照实说来，只怕他非杀了段公子不可。我且激他一激。”便道：“他若肯听我指点，习练武功，那么三年之后，要胜过乔帮主或许仍然不能，要胜过阁下，却是易如反掌。”

李延宗道：“很好，我信得过姑娘之言。与其留下个他日的祸胎，不如今日一刀杀了。段公子，你下来罢，我要杀你了。”

段誉忙道：“我不下来。你……你也不可上来。”

王语嫣没想到弄巧反拙，此人竟不受激，只得冷笑道：“原来你是害怕，怕他三年之后胜过了你。”

李延宗道：“你使激将之计，要我饶他性命，嘿嘿，我李延宗是何等样人，岂能轻易上当？要我饶他性命不难，我早有话在先，只须每次见到我磕头求饶，我决不杀他。”

王语嫣向段誉瞧瞧，心想磕头求饶这种事，他是决计不肯做的，为今之计，只有死中求生，低声问道：“段公子，你手指中的剑气，有时灵验，有时不灵，那是什么缘故？”段誉道：“我不知道。”王语嫣道：“你最好奋力一试，用剑气刺他右腕，先夺下他的长剑，然后紧紧抱住了他，使出‘六阳融雪功’来，消除他的功力。”段誉奇道：“什么‘六阳融雪功’？”王语嫣道：“那日在曼陀山庄，你制服严妈妈救我之时，不是使过这门你大理段氏的神功么？”段誉这才省悟。那日王语嫣误以为他的“北冥神功”是武林中众所不齿的“化功大法”，段誉一时不及解说，随口说道这是他大理段氏家传之学，叫作“六阳融雪功”。他信口胡诌，早已忘了，王语嫣却于天下各门各派的武功无一不牢牢记在心中，何况这等了不起的奇功？

段誉点了点头，心想除此之外，确也更无别法，但这法门实在毫无把握，总之是凶多吉少，于是整理了一下衣衫，说道：“王姑娘，在下无能，不克护送姑娘回府，实深惭愧。他日姑娘荣归宝府，与令表兄成亲大喜，勿忘了在曼陀山庄在下手植的那几株茶花之旁，浇上几杯酒浆，算是在下喝了你的喜酒。”

王语嫣听到他说自己将来可与表哥成亲，自是欢喜，但见他这般的出去让人宰割，心下也是不忍，凄然道：“段公子，你的救命大恩，我有生之日，决不敢忘。”

段誉心想：“与其将来眼睁睁瞧着你和慕容公子成亲，我妒忌发狂，内心煎熬，难以活命，还不如今日为你而死，落得个心安理得。”当下回头向她微微一笑，一步步从梯级走了下去。

王语嫣瞧着他的背影，心想：“这人好生奇怪，在这当口，居然还笑得出？”

段誉走到楼下，向李延宗瞪了一眼，说道：“李将军，你既非杀我不可，就动手罢！”说着一步踏出，跨的正是“凌波微步”。

李延宗单刀舞动，刷刷刷三刀砍去，使的又是另外三种不同派别的刀法。王语嫣也不以为奇，心想兵刃之中，以刀法派别家数最多，倘若真是博学之士，便连使七八十招，也不致将哪一门哪一派的刀法重复使到第二招。段誉这“凌波微步”一踏出，端的变幻精奇。李延宗要以刀势将他圈住，好几次明明已将他围住，不知怎的，他竟又如鬼魅似的跨出圈外。王语嫣见段誉这一次居然能够支持，心下多了几分指望，只盼他奇兵突出，险中取胜。

段誉暗运功力，要将真气从右手五指中迸射出去，但每次总是及臂而止，莫名其妙的缩了回去。总算他的“凌波微步”已走得熟极而流，李延宗出刀再快，也始终砍不到他身上。

李延宗曾眼见他以希奇古怪的指力连毙西夏高手，此刻见他又在指指划划，装神弄鬼，自然不知他是内力使不出来，还道这是行使邪术之前的施法，心想他诸般法门做齐，符咒念毕，这杀人于无形的邪术便要使出来了，心中不禁发毛，寻思：“这人除了脚法奇异之外，武功平庸之极，但邪术厉害，须当在他使出邪术之前杀了才好。但刀子总是砍他不中，那便如何？”一转念间，已有计较，突然回手一掌，击在水轮之上，将木叶子拍下了一大片，左手一抄，提在手中，便向段誉脚上掷去。段誉行走如风，这片木板自掷他不中。但李延宗拳打掌劈，将碾坊中各种家生器皿、竹箩米袋打碎了抓起，一件件都投到段誉脚边。

碾坊中本已横七竖八的躺满了十余具死尸，再加上这许多破烂家生，段誉哪里还有落足之地？他那“凌波微步”全仗进退飘逸，有如风行水面，自然无碍，此刻每一步跨去，总是有物阻脚，不是绊上一绊，便是踏上死尸的头颅身子，这“飘行自在，有如御风”的要诀，哪里还做得到？他知道只要慢得一慢，立时便送了性命，索性不瞧地下，只是按照所练熟的脚法行走，至于一脚高、一脚低，脚底下发出什么怪声，足趾头踢到什么怪物，那是全然不顾的了。

王语嫣也瞧出不对，叫道：“段公子，你快奔出大门，自行逃命去罢，在这地方跟他相斗，立时有性命之忧。”

段誉叫道：“姓段的除非给人杀了，那是无法可想，只教有一口气在，自当保护姑娘周全。”

李延宗冷笑道：“你这人武功脓包，倒是个多情种子，对王姑娘这般情深爱重。”段誉摇头道：“非也非也。王姑娘是神仙般的人物，我段誉一介凡夫俗子，岂敢说什么情，谈什么爱？她瞧得我起，肯随我一起出来去寻她表哥，我便须报答她这番知遇之恩。”李延宗道：“嗯，她跟你出来，是去寻她的表哥慕容公子，那么她心中压根儿便没你这号人物。你如此痴心妄想，那不是癞虾蟆想吃天鹅肉吗？哈哈，哈哈！笑死人了！”

段誉并不动怒，一本正经的道：“你说我是癞虾蟆，王姑娘是天鹅，这比喻很是得当。不过我这头癞虾蟆与众不同，只求向天鹅看上几眼，心愿已足，别无他想。”

李延宗听他说“我这头癞虾蟆与众不同”，实是忍俊不禁，纵声大笑，奇在尽管他笑声响亮，脸上肌肉仍是僵硬如恒，绝无半分笑意。段誉曾见过延庆太子这等连说话也不动嘴唇之人，李延宗状貌虽怪，他也不觉如何诧异，说道："说到脸上木无表情，你和延庆太子可还差得太远，跟他做徒弟也还不配。"李延宗道："延庆太子是谁？"段誉道："他是大理国高手，你的武功颇不及他。"其实他于旁人武功高低，根本无法分辨，心想反正不久便要死在你手下，不妨多说几句不中听的言语，叫你生生气，也是好的。

李延宗哼了一声，道："我武功多高多低，你这小子还摸得出底么？"他口中说话，手里单刀纵横翻飞，更加使得紧了。

王语嫣眼见段誉身形歪斜，脚步忽高忽低，情势甚是狼狈，叫道："段公子，你快到门外去，要缠住他，在门外也是一样。"段誉道："你身子不会动弹，孤身留在此处，我总不放心。这里死尸很多，你一个女孩儿家，一定害怕，我还是在这里陪你的好。"王语嫣叹了口气，心想："你这人真呆得可以，连我怕不怕死尸都顾到了，却不顾自己转眼之间便要丧命。"

其时段誉脚下东踢西绊，好几次敌人的刀锋从头顶身畔掠过，相去只毫发之间。他吓得索索发抖，不住转念："他这么一刀砍来，砍去我半边脑袋，那可不是玩的。大丈夫能屈能伸，为了王姑娘，我就跪下磕头，哀求饶命罢。"心中虽如此想，终究说不出口。

李延宗冷笑道："我瞧你是怕得不得了，只想逃之夭夭。"段誉道："生死大事，有谁不怕？一死之后，可什么都完了，我逃是想逃的，却又不能逃。"李延宗道："为什么？"段誉道："多说无益。我从一数到十，你再杀我不了，可不能再跟我纠缠不清了。你杀不了我，我也杀不了你，大家牛皮糖，捉迷藏，让王姑娘在旁瞧着，可有多气闷腻烦。"

他也不等李延宗是否同意，张口便数："一、二、三……"李延宗道："你发什么呆？"段誉数道："四、五、六……"李延宗笑道："天下居然有你这等无聊之人，委实是辱没了这个'武'

字！”呼呼呼三刀连劈。段誉脚步加快，口中也数得更加快了：“七、八、九、十、十一、十二、十三……好啦，我数到了十三，你尚自杀我不了，居然还不认输，我看你肚子早就饿了，口也干了，去无锡城里松鹤楼喝上几杯，吃些山珍海味，何等逍遥快活？”眼见对方不肯罢手，便想诱之以酒食。

李延宗心想：“我生平不知会过多少大敌，绝无一人和他相似。这人说精不精，说傻不傻，武功说高不高，说低不低，实是生平罕见。跟他胡缠下去，不知伊于胡底？只怕略一疏神，中了他邪术，反将性命送于此处。须得另出奇谋。”他知段誉对王语嫣十分关心，突然抬头向着阁楼，喝道：“很好，很好，你们快一刀将这姑娘杀了，下来助我。”

段誉大吃一惊，只道真有敌人上了阁楼，要加害王语嫣，急忙抬头，便这么脚下略略一慢，李延宗一腿横扫，将他踢倒，左足踏住他胸膛，钢刀架在他颈中。段誉伸指欲点，李延宗右手微微加劲，刀刃陷入他颈中肉里数分，喝道：“你动一动，我立刻切下你的脑袋。”

这时段誉已看清楚阁楼上并无敌人，心中登时宽了，笑道：“原来你骗人，王姑娘并没危险。”跟着又叹道：“可惜，可惜。”李延宗问道：“可惜什么？”段誉道：“你武功了得，本来可算一条英雄好汉，我段誉死在你手中，也还值得。哪知你不能用武功胜我，便行奸使诈，学那卑鄙小人的行径，段誉岂非死得冤枉？”

李延宗道：“我向来不受人激，你死得冤枉，心中不服，到阎罗王面前去告状罢！”

王语嫣叫道：“李将军，且慢。”李延宗道：“什么？”王语嫣道：“你若杀了他，除非也将我即刻杀死，否则总有一日我会杀了你给段公子报仇。”李延宗一怔，道：“你不是说要你表哥来找我么？”王语嫣道：“我表哥的武功未必在你之上，我却有杀你的把握。”李延宗冷笑道：“何以见得？”王语嫣道：“你武学所知虽博，但还及不上我的一半。我初时见你刀法繁多，倒也佩服，但看到五十招后，觉得也不过如此，说你一句‘黔驴技穷’，似乎刻薄，但总而言之，你所知远不如我。”

李延宗道：“我所使刀法，迄今未有一招出于同一门派，你如何知道我所知远不如你？焉知我不是尚有许多武功未曾显露？”

王语嫣道：“适才你使了青海玉树派那一招‘大漠飞沙’之后，段公子快步而过，你若使太乙派的‘羽衣刀’第十七招，再使灵飞派的‘清风徐来’，早就将段公子打倒在地了，何必华而不实的去用山西郝家刀法？又何必行奸使诈、骗得他因关心我而分神，这才取胜？我瞧你于道家名门的刀法，全然不知。”李延宗顺口道：“道家名门的刀法？”王语嫣道：“正是。我猜你以为道家只擅长剑法，殊不知道家名门的刀法刚中带柔，另有一功。”李延宗冷笑道：“你说得当真自负。如此说来，你对这姓段的委实是一往情深。”

王语嫣脸上一红，道：“什么一往情深？我对他压根儿便谈不上什么‘情’字。只是他既为我而死，我自当决意为他报仇。”

李延宗问道：“你说这话决不懊悔？”王语嫣道：“自然决不懊悔。”

李延宗嘿嘿冷笑，从怀中摸出一个瓷瓶，抛在段誉身上，刷的一声响，还刀入鞘，身形一晃，已到了门外。但听得一声马嘶，接着蹄声得得，竟尔骑着马越奔越远，就此去了。

段誉站起身来，摸了摸颈中的刀痕，兀自隐隐生痛，当真如在梦中。王语嫣也是大出意料之外。两人一在楼上，一在楼下，你望望我，我望望你，又是喜欢，又是诧异。

过了良久，段誉才道：“他去了。”王语嫣也道：“他去了。”

段誉笑道："妙极，妙极！他居然不杀我。王姑娘，你武学上的造诣远胜于他，他是怕了你。"王语嫣道："那也未必，他杀你之后，只须又一刀将我杀了，岂非干干净净？"段誉摇头道："这话也对。不过……不过……嗯，他见到你神仙一般的人物，怎敢杀你？"

王语嫣脸上一红，心想："你这书呆子当我是神仙，这种心狠手辣的西夏武人，却哪会将我放在心上？"只是这句话不便出口。

段誉见她忽有娇羞之意，却也不知原由，说道："我拼着性命不要，定要护你周全，不料你固安然无恙，而我一条小命居然也还活了下来，可算便宜之至。"

他向前走得一步，当的一声，一个小瓷瓶掉在地下，正是李延宗投在他身上的，拾起一看，见瓶上写着八个篆字："悲酥清风，嗅之即解"。段誉沉吟道："什么'悲酥清风'？嗯，多半是解药。"拔开瓶塞，一股奇臭难当的气息直冲入鼻。他头眩欲晕，晃了一晃，急忙盖上瓶塞，叫道："上当，上当，臭之极矣！尤甚于身入鲍鱼之肆！"

王语嫣道："请你拿来给我闻闻，说不定以毒攻毒，当能奏效。"段誉道："是！"拿着瓷瓶走到她身前，说道："这东西奇臭难闻，你真的要试试？"王语嫣点了点头。段誉手持瓶塞，却不拔开。

霎时之间，心中转过了无数念头："倘若这解药当真管用，解了她所中之毒，她就不用靠我相助了。她本事胜我百倍，何必要我跟在身畔？就算她不拒我跟随，她去找意中人慕容复，难道我站在一旁，眼睁睁的瞧着他们亲热缠绵？听着他们谈情说爱？难道我段誉真有如此修为，能够心平气和，不动声色？能够脸无不悦之容，口无不平之言？"

王语嫣见他怔怔不语，笑道："你在想什么了？拿来给我闻啊，我不怕臭的。”段誉忙道：“是，是！”拔开瓶塞，送到她鼻边。王语嫣用力嗅了一下，惊道：“啊哟，当真臭得紧。”段誉道：“是吗？我原说多半不管用。”便想将瓷瓶收入怀中，王语嫣道：“给我再闻一下试试。”段誉又将瓷瓶拿到她鼻边，自己也不知到底盼望解药有灵还是无灵。

王语嫣皱起眉头，伸手掩住鼻孔，笑道：“我宁可手足不会动弹，也不闻这臭东西……啊！我的手，我的手会动了！”原来她在不知不觉之间，右手竟已举了起来，掩住了鼻孔，在此以前，便要按住身上披着的衣衫，也是十分费力，十分艰难。

她欣喜之下，从段誉手中接过瓷瓶，用力吸气，既知这臭气极具灵效，那就不再害怕，再吸得几下，肢体间软洋洋的无力之感渐渐消失，向段誉道：“请你下去，我要换衣。”

段誉忙道：“是，是！”快步下楼，瞧着满地都是尸体，除了那一对农家青年之外，尽数是死在自己手下，心下万分抱憾，只见一名西夏武士兀自睁大了眼睛瞧着他，当真是死不瞑目。他深深一揖，说道：“我若不杀老兄，老兄便杀了我。那时候躺在这里的，就不是老兄而是段誉了。在下无可奈何，但心中实在歉仄之至，将来回到大理，定当延请高僧，诵念经文，超度各位仁兄。”他转头向那对农家青年男女的尸体瞧了一眼，回头又向西夏武士的众尸说道：“你们要杀的是我，要捉的是王姑娘，却又何必多伤无辜？”

王语嫣换罢衣衫，拿了湿衣，走下梯来，兀自有些手酸脚软，见段誉对着一干死尸喃喃不休，笑问：“你说些什么？”段誉道：“我只觉杀死了这许多人，心下良深歉仄。”

王语嫣沉吟道：“段公子，你想那姓李的西夏武士，为什么要送解药给我？”

段誉道：“这个……这个……我就不知道了……啊……我知道啦。他……他……”他连说几个“他”字，本想接着道：“他定是对你起了爱慕之心。”但觉这样粗鲁野蛮的一个西夏武士，居然对王语嫣也起爱慕之心，岂不唐突佳人？她美丽绝伦，爱美之心，尽人皆然，如果人人都爱慕她，我段誉对她这般倾倒又有什么珍贵？我段誉还不是和普天下的男子一模一样？唉，甘心为她而死，那有什么了不起？何况我根本就没为她而死，想到此处，又道：“我……我不知道。”

王语嫣道：“说不定又会有大批西夏武士到来，咱们须得急速离开才好。你说到哪里去呢？”她心中所想的自然是去找表哥，但就这么直截了当的说出来，又觉不好意思。

段誉对她的心事自是知道得清清楚楚，说道：“你要到哪里去呢？”问这句话时心中大感酸楚，只待她说出“我要去找表哥”，他只有硬着头皮说：“我陪你同去。”

王语嫣玩弄着手中的瓷瓶，脸上一阵红晕，道：“这个……这个……”隔了一会，道：“丐帮的众位英雄好汉都中了这什么‘悲酥清风’之毒，倘若我表哥在这里，便能将解药拿去给他们嗅上几嗅。再说，阿朱、阿碧只怕也已失陷于敌手……”

段誉跳起身来，大声道：“正是！阿朱、阿碧两位姑娘有难，咱们须当即速前去，设法相救。”

王语嫣心想：“这件事甚是危险，凭我们二人的本事，怎能从西夏武士手中救人？但阿朱、阿碧二人是表哥的心腹使婢，我明知她们失陷于敌，如何可以不救？一切只有见机行事了。”便道：“甚好，咱们去罢。”

段誉指着满地尸首，说道：“总得将他们妥为安葬才是，须当查知各人的姓名，在每人坟上立块墓碑，日后他们家人要来找寻尸骨，迁回故土，也好有个依凭。”

王语嫣格的一笑，说道：“好罢，你留在这里给他们料理丧事。大殓、出殡、发讣、开吊、读祭文、做挽联、作法事、放焰口，好像还有什么头七、二七什么的，等七七四十九日之后，你再一一去通知他们家属，前来迁葬。”

段誉听出了她话中的讥嘲之意，自己想想也觉不对，陪笑道：“依姑娘之见，该当怎样才是？”王语嫣道：“一把火烧得干干净净，岂不是好？”段誉道：“这个，嗯，好像太简慢些了罢？”沉吟半晌，实在也别无善策，只得去觅来火种，点燃了碾坊中的稻草。两人来到碾坊之外，霎时间烈焰腾空，火舌乱吐。

段誉恭恭敬敬的跪拜叩首，说道：“色身无常，不可长保。各位仁兄今日命丧我手，当是前生业报，只盼魂归极乐，永脱轮回之苦。莫怪，莫怪。”噜哩噜唆的说了一大片话，这才站起身来。

碾坊外树上系着十来匹马，正是那批西夏武士骑来的，段誉与王语嫣各骑一匹，沿着大路而行。隐隐听得锣声镗镗，人声喧哗，四邻农民赶着救火来了。

段誉道：“好好一座碾坊因我而焚，我心中好生过意不去。”王语嫣道：“你这人婆婆妈妈，哪有这许多说的？我母亲虽是女流之辈，但行事爽快明决，说干便干，你是个男子汉大丈夫，却偏有这许多顾虑规矩。”段誉心想：“你母亲动辄杀人，将人肉做花肥，我如何能与她比？”说道：“我第一次杀了这许多人，又放火烧人房子，不免有些心惊肉跳。”王语嫣点头道：“嗯！那也说得是，日后做惯了，也就不在乎啦。”段誉一惊，连连摇手，说道：“万万不可，万万不可。一之为甚，其可再乎？杀人放火之事，再也不干了。”

王语嫣和他并骑而行，转过头来瞧着他，很感诧异，道：“江湖之上，杀人放火之事哪一日没有？段公子，你以后洗手不干，不再混迹江湖了么？”段誉道：“我伯父和爹爹要教我武功，我说什么也不肯学，不料事到临头，终于还是逼了上来，唉，我不知怎样才好？”王语嫣微微一笑，道：“你的志向是要读书做官，将来做学士、宰相，是不是？”段誉道：“那也不是，做官也没什么味道。”王语嫣道：“那么你想做什么？难道你，你和我表哥一样，整天便想着要做皇帝？”段誉奇道：“慕容公子想做皇帝？”

王语嫣脸上一红，无意中吐露了表哥的秘密。自经碾坊中这一役，她和段誉死里逃生，共历患难，只觉他性子平易近人，在他面前什么话都可以说，但慕容复一心一意要规复燕国旧邦的大志，究竟不能泄漏，说道：“这话我随口说了，你可千万别对第二人说，更不能在我表哥面前提起，否则他可要怪死我啦。”

段誉心中一阵难过，心想：“瞧你急成这副样子，你表哥要怪责，让他怪责去好了。”口中却只得答应：“是了，我才不去多管你表哥的闲事呢。他做皇帝也好，做叫化也好，我全管不着。”

王语嫣脸上又是一红，听他语气中有不悦之意，柔声道：“段公子，你生气了么？”

段誉自和她相识以来，见她心中所想、口中所言，全是表哥慕容公子，这番第一次如此软语温存的对自己款款而言，不由得心花怒放，一欢喜，险些儿从鞍上掉了下来，忙坐稳身子，笑道：“没有，没有。我生什么气？王姑娘，这一生一世，我是永远永远不会对你生气的。”

王语嫣的一番情意尽数系在表哥身上，段誉虽不顾性命的救她，她也只感激他的恩德，钦佩他的侠义心肠，这时听他说“这一生一世，我是永远永远不会对你生气的”，这句话说得诚挚已极，直如赌咒发誓，这才陡地醒觉：“他……他……他是在向我表白情意么？”不禁羞得满脸通红，慢慢低下了头去，轻轻的道：“你不生气，那就好了。”

段誉心下高兴，一时不知说些什么话好，过了一会，说道：“我什么也不想，只盼永如眼前一般，那就心满意足，别无他求了。”所谓“永如眼前一般”，就是和她并骑而行。

王语嫣不喜欢他再说下去，俏脸微微一沉，正色道：“段公子，今日相救的大德，我永不敢忘。但我心……我心早属他人，盼你言语有礼，以留他日相见的地步。”

这几句话，便如一记沉重之极的闷棍，只打得段誉眼前金星飞舞，几欲晕去。

她这几句话说得再也明白不过：“我的心早属慕容公子，自今而后，你任何表露爱慕的言语都不可出口，否则我不能再跟你相见。你别自以为有恩于我，便能痴心妄想。”这几句话并不过份，段誉也非不知她的心意，只是由她亲口说来，听在耳中，那滋味可当真难受。他偷眼形相王语嫣的脸色，但见她宝相庄严，当真和大理石洞中的玉像一模一样，不由得隐隐有一阵大祸临头之感，心道：“段誉啊段誉，你既遇到了这位姑娘，而她又是早已心属他人，你这一生注定是要受尽煎熬、苦不堪言的了。”

两人默默无言的并骑而行，谁也不再开口。

王语嫣心道：“他多半是在生气了，生了很大的气。不过我还是假装不知的好。这一次我如向他道歉，以后他便会老是跟我说些不三不四的言语，倘若传入了表哥耳中，表哥定会不高兴的。”段誉心道：“我若再说一句吐露心事之言，岂非轻薄无聊，对她不敬？从今而后，段誉宁死也不再说半句这些话了。”王语嫣心想：“他一句话也不说，只是纵马而行，想必知道到什么地方去相救阿朱、阿碧。”段誉也这般想：“她一句话也不说，只是纵马而行，想必知道到什么地方去相救阿朱、阿碧。”

行了约莫一顿饭时分，来到了岔路口，两人不约而同的问道：“向左，还是向右？”交换了一个疑问的眼色之后，同时又问：“你不识得路？唉，我以为你是知道的。”这两句话一出口，两人均觉十分有趣，齐声大笑，适才间的阴霾一扫而空。

可是两人于江湖上的事情一窍不通，商量良久，也想不出该到何处去救人才是。最后段誉道：“他们擒获了丐帮大批人众，不论是杀了还是关将起来，总有些踪迹可寻，咱们还是回到那杏子林去瞧瞧再说。”王语嫣道：“回杏子林去？倘若那些西夏武士仍在那边，咱们岂不是自投罗网？”段誉道：“我想适才落了这么一场大雨，他们定然走了。这样罢，你在林外等我，我悄悄去张上一张，要是敌人果真还在，咱们转身便逃就是。”

当下两人说定，由段誉施展“凌波微步”，奔到朱碧双姝面前，将那瓶臭药给她二人闻上一阵，解毒之后，再设法相救。

两人认明了道路，纵马快奔，不多时已到了杏子林外。两人下得马来，将马匹系在一株杏树上。段誉将瓷瓶拿在手中，蹑手蹑足的走入林中。

林中满地泥泞，草丛上都是水珠。段誉放眼四顾，空荡荡地竟无一个人影，叫道：“王姑娘，这里没人。”王语嫣走进林来，说道：“他们果然走了。咱们到无锡城里去探探消息罢。”段誉道：“很好。”想起又可和她并骑同行，多走一段路，心下大是欢喜，脸上不自禁的露出笑容。

王语嫣奇道：“是我说错了么？”段誉忙道：“没有。咱们这就到无锡城里去。”王语嫣道：“那你为什么好笑？”段誉转开了头，不敢向她正视，微笑道：“我有时会傻里傻气的瞎笑，你不用理会。”王语嫣想想好笑，咯的一声，也笑了出来。这么一来，段誉更忍不住哈哈大笑。

玄慈突然道："阿弥陀佛，罪过罪过！"这八字一出口，三僧忽地飞身而起，转到了佛像身后，从三个不同方位齐向乔峰出掌拍来。

十八

胡汉恩仇　须倾英雄泪

两人按辔徐行，走向无锡。行出数里，忽见道旁松树上悬着一具尸体，瞧服色是西夏武士。再行出数丈，山坡旁又躺着两具西夏武士的死尸，伤口血渍未干，死去未久。段誉道：“这些西夏人遇上了对头，王姑娘，你想是谁杀的？”王语嫣道：“这人武功极高，举手杀人，不费吹灰之力，真是了不起。咦，那边是谁来了？”

只见大道上两乘马并辔而来，马上人一穿红衫，一穿绿衫，正是朱碧双姝。段誉大喜，叫道：“阿朱姑娘，阿碧姑娘，你们脱险啦！好啊，妙极！妙之极矣！”

四人纵马聚在一起，都是不胜之喜。阿朱道：“王姑娘，段公子，你们怎么又回来啦？我和阿碧妹子正要来寻你们呢。”段誉道：“我们也正在寻你们。”说着向王语嫣瞧了一眼，觉得能与她合称“我们”，实是深有荣焉。王语嫣问道：“你们怎样逃脱的？闻了那个臭瓶没有？”阿朱笑道：“真是臭得要命，姑娘，你也闻过了？也是乔帮主救你的？”王语嫣道：“不是。是段公子救了我的。你们是得乔帮主相救？”

段誉听到她亲口说“是段公子救了我的”这句话，全身轻飘飘的如入云端，跟着脑中一阵晕眩，几乎便要从马背上摔将下来。

阿朱道：“是啊，我和阿碧中了毒，迷迷糊糊的动弹不得，和丐帮众人一起，都给那些西夏蛮子上了绑，放在马背上。行了一会，天下大雨，一干人都分散了，分头觅地避雨。几个西夏武士带着我和阿碧躲在那边的一座凉亭里，直到大雨止歇，这才出来。便在那时，后面有人骑了马赶将上来，正是乔帮主。他见咱二人给西夏人绑住了，很是诧异，还没出口询问，我和阿碧便叫：‘乔帮主，救我！’那些西夏武士一听到‘乔帮主’三字，便纷纷抽出兵刃向他杀去。结果有的挂在松树上，有的滚在山坡下，有的翻到了小河中。”

王语嫣笑道：“那还是刚才的事，是不是？”

阿朱道：“是啊。我说：‘乔帮主，咱姊妹中了毒，劳你的驾，在西夏蛮子身上找找解药。’乔帮主在一名西夏武士尸身上搜出了一只小小瓷瓶，是香是臭，那也不用多说。”

王语嫣问道：“乔帮主呢？”阿朱道：“他听说丐帮人都中毒遭擒，说要救他们去，急匆匆的去了。他又问起段公子，十分关怀。”段誉叹道：“我这位把兄当真义气深重。”阿朱道：“丐帮的人不识好歹，将好好一位帮主赶了出来，现下自作自受，正是活该。依我说呢，乔帮主压根儿不用去相救，让他们多吃些苦头，瞧他们还赶不赶人了？”段誉道：“我这把兄香火情重，他宁可别人负他，自己却不肯负人。”

阿碧道：“王姑娘，咱们现下去哪里？”王语嫣道：“我和段公子本来商量着要来救你们两个。现下四个人都平平安安，真是再好不过。丐帮的事跟咱们毫不相干，依我说，咱们去少林寺寻你家公子去罢。”朱碧双姝最关怀的也正是慕容公子，听她这么一说，一齐拍手叫好。段誉心下酸溜溜地，悠悠的道：“你们这位公子，我委实仰慕得紧，定要见见。左右无事，便随你们去少林寺走一遭。”

当下四人调过马头，转向北行。王语嫣和朱碧双姝有说有笑，将碾坊中如何遇险、段誉如何迎敌、西夏武士李延宗如何释命赠药等情细细说了，只听得阿朱、阿碧惊诧不已。

三个少女说到有趣之处，格格轻笑，时时回过头来瞧瞧段誉，用衣袖掩住了嘴，却又不敢放肆嬉笑。段誉知道她们在谈论自己的蠢事，但想自己虽然丑态百出，终于还是保护王语嫣周全，不由得又是羞惭，又有些骄傲；见这三个少女相互间亲密之极，把自己全然当作了外人，此刻已是如此，待得见到慕容公子，自己自然更无容身之地，慕容复多半还会像包不同那样，毫不客气的将自己赶开，想来深觉索然无味。

行出数里，穿过了一大片桑林，忽听得林畔有两个少年人的号哭之声。四人纵马上前，见是两个十四五岁的小沙弥，僧袍上血渍斑斑，其中一人还伤了额头。阿碧柔声问道："小师父，是谁欺侮你们么？怎地受了伤？"

那个额头没伤的沙弥哭道："寺里来了许许多多番邦恶人，杀了我们师父，又将咱二人赶了出来。"四人听到"番邦恶人"四字，相互瞧了一眼，均想："是那些西夏人？"阿朱问道："你们的寺院在哪里？是些什么番邦恶人？"那小沙弥道："我们是天宁寺的，便在那边……"说着手指东北，又道："那些番人捉了一百多个叫化子，到寺里来躲雨，要酒要肉，又要杀鸡杀牛。师父说罪过，不让他们在寺里杀牛，他们将师父和寺里十多位师兄都杀了，呜呜，呜呜。"阿朱问道："他们走了没有？"那小沙弥指着桑林后袅袅升起的炊烟，道："他们正在煮牛肉，真是罪过，菩萨保佑，把这些番人打入阿鼻地狱。"阿朱道："你们快走远些，若给那些番人捉到，别让他们将你两个宰来吃了。"两个小沙弥一惊，踉踉跄跄的走了。

段誉不悦道："他二人走投无路，阿朱姊姊何必再出言恐吓？"阿朱笑道："这不是恐吓啊，我说的是真话。"阿碧道："丐帮众人既都囚在那天宁寺中，乔帮主赶向无锡城中，可扑了个空。"

阿朱忽然异想天开，说道："王姑娘，我想假扮乔帮主，混进寺中，将那个臭瓶丢给众叫化闻闻。他们脱险之后，必定好生感激乔帮主。”王语嫣微笑道：“乔帮主身材高大，是个魁梧奇伟的汉子，你怎扮得他像？”阿朱笑道：“越是艰难，越显得阿朱的手段。”王语嫣笑道：“你扮得像乔帮主，却冒充不了他的绝世神功。天宁寺中尽是西夏一品堂的高手人物，你如何能来去自如？依我说呢，扮作一个火工道人，或是一个乡下的卖菜婆婆，那还容易混进去些。”阿朱道：“要我扮乡下婆婆，没什么好玩，那我就不去了。”

王语嫣向段誉望望，欲言又止。段誉问道：“姑娘想说什么？”王语嫣道：“我本来想请你扮一个人，和阿朱一块儿去天宁寺，但想想又觉不妥。”段誉道：“要我扮什么人？”王语嫣道：“丐帮的英雄们疑心病好重，冤枉我表哥和乔帮主暗中勾结，害死了他们的马副帮主，倘若……倘若……我表哥和乔帮主去解了他们的困厄，他们就不会瞎起疑心了。”段誉心中酸溜溜地，说道：“你要我扮你表哥？”王语嫣粉脸一红，说道：“天宁寺中敌人太强，你二人这般前去，甚是危险，那还是不去的好。”

段誉心想：“你要我干什么，我便干什么，粉身碎骨，在所不辞。”突然又想：“我扮作了她的表哥，说不定她对我的神态便不同些，便享得片刻温柔，也是好的。”想到此处，不由得精神大振，说道：“那有什么危险？逃之夭夭，正是我段誉的拿手好戏。”

王语嫣道：“我原说不妥呢，我表哥杀敌易如反掌，从来没逃之夭夭的时候。”段誉一听，一股凉气登时从顶门上直扑下来，心想：“你表哥是大英雄，大豪杰，我原不配扮他。冒充了他而在人前出丑，岂不污辱了他的声名。”阿碧见他闷闷不乐，便安慰道：“敌众我寡，暂且退让，勿要紧的。咱们只不过想去救人，又不是什么比武扬名。”

阿朱一双妙目向着段誉上上下下打量，看了好一会，点头道：“段公子，要乔装我家公子，实在颇为不易。好在丐帮诸人本来不识我家公子，他的声音笑貌到底如何，只须得个大意也就是了。”段誉道：“你本事大，假扮乔帮主最合适，否则乔帮主是丐帮人众朝夕见面之人，稍有破绽，立时便露出马脚。”阿朱微笑道：“乔帮主是位伟丈夫，我要扮他反而容易。我家公子跟你身材差不多、年纪也大不了太多，大家都是公子哥儿、读书相公，要你舍却段公子的本来面目，变成一位慕容公子，那实在甚难。”

段誉叹道：“慕容公子是人中龙凤，别人岂能邯郸学步？我想倒还是扮得不大像的好，否则待会儿逃之夭夭起来，岂非有损慕容公子的清名令誉？”

王语嫣脸上一红，低声道：“段公子，我说错了话，你还在恼我么？”段誉忙道：“没有，没有，我怎敢恼你？”

王语嫣嫣然一笑，道：“阿朱姊姊，你们却到哪里改装去？”阿朱道：“须得到个小市镇上，方能买到应用的物事。”

当下四个人拨过马头，转而向西。行出七八里，到了一镇，叫做马郎桥。那市镇甚小，并无客店，阿朱想出主意，雇了一艘船停在河中，然后去买了衣物，在船中改装。江南遍地都是小河，船只之多，不下于北方的牲口。

她先替段誉换了衣衫打扮，让他右手持折扇，穿一青色长袍，左手手指上戴个戒指，阿朱道：“我家公子戴的是汉玉戒指，这里却哪里买去？用只青田石的充充，也就行了。”段誉只是苦笑，心道：“慕容复是珍贵的玉器，我是卑贱的石头，在这三个少女心目之中，我们二人的身价亦复如此。”阿朱在他脸上涂些面粉，加高鼻子，又使他面颊较为丰腴，再提笔改画眉毛、眼眶，化装已毕，笑问王语嫣：“姑娘，你说还有什么地方不像？”

王语嫣不答，只是痴痴的瞧着他，目光中脉脉含情，显然是心摇神驰，芳心如醉。

段誉和她这般如痴如醉的目光一触，心中不禁一荡，随即想起："她这时瞧的可是慕容复，并不是我段誉。"又想："那慕容复又不知是如何英俊，如何胜我百倍，可惜我瞧不见自己。"心中一会儿欢喜，一会儿着恼。

两人你瞧瞧我，我瞧瞧你，各自思涌如潮，不知阿朱、阿碧早到后舱自行改装去了。

过了良久，忽听得一个男子的声音粗声道："啊，你在这儿，找得我做哥哥的好苦。"段誉一惊，抬起头来，见说话的正是乔峰，不禁大喜，说道："大哥，是你，那好极了。咱们正想改扮了你去救人，现下你亲自到来，阿朱姊姊也不用乔装改扮了。"

乔峰道："丐帮众人将我逐出帮外，他们是死是活，乔某也不放在心上。好兄弟，来来来，咱哥俩上岸去斗酒，喝他二十大碗。"段誉忙道："大哥，丐帮群豪都是你旧日的好兄弟，你还是去救他们一救罢。"乔峰怒道："你书呆子知道什么？来，跟我喝酒去！"说着一把抓住了段誉手腕。段誉无奈，只得道："好，我先陪你喝酒，喝完了酒再去救人！"

乔峰突然间格格娇笑，声音清脆宛转，一个魁梧的大汉发出这种小女儿的笑声，实是骇人。段誉一怔之下，立时明白，笑道："阿朱姊姊，你易容改装之术当真神乎其技，难得连说话声音也学得这么像。"

阿朱改作了乔峰的声音，说道："好兄弟，咱们去罢，你带好了那个臭瓶子。"向王语嫣和阿碧道："两位姑娘在此等候好音便了。"说着携着段誉之手，大踏步上岸。不知她在手上涂了什么东西，一只柔腻粉嫩的小手，伸出来时居然也是黑黝黝地，虽不及乔峰手掌粗大，但旁人一时之间却也难以分辨。

王语嫣眼望着段誉的后影，心中只想："如果他真是表哥，那就好了。表哥，这时候你也在想念我么？"

阿朱和段誉乘马来到离天宁寺五里之外，生怕给寺中西夏武士听到蹄声，将坐骑系在一家农家的牛棚中，步行而前。

阿朱道："慕容兄弟，到得寺中，我便大言炎炎，吹牛恐吓，你乘机用臭瓶子给丐帮众人解毒。"她说这几句话时粗声粗气，已俨然是乔峰的口吻。段誉笑着答应。

两人大踏步走到天宁寺外，只见寺门口站着十多名西夏武士，手执长刀，貌相凶狠。阿朱和段誉一见之下，心中打鼓，都不由得惶恐。阿朱低声道："段公子，待会你得拉着我，急速逃走，否则他们要是找我比武，那可难以对付了。"段誉道："是了。"但这两字说来声音颤抖，心下实在也是极为害怕。

两人正在细声商量、探头探脑之际，寺门口一名西夏武士已见到了，大声喝道："兀那两个蛮子，鬼鬼祟祟的不是好人，做奸细么？"呼喝声中，四名武士奔将过来。

阿朱无可奈何，只得挺起胸膛，大踏步上前，粗声说道："快报与你家将军知道，说道丐帮乔峰、江南慕容复，前来拜会西夏赫连大将军。"

那为首的武士一听之下，大吃一惊，忙抱拳躬身，说道："原来是丐帮乔帮主光降，多有失礼，小人立即禀报。"当即快步转身入内，余人恭恭敬敬的垂手侍立。

过不多时，只听得号角之声响起，寺门大开，西夏一品堂堂主赫连铁树率领努儿海等一众高手，迎了出来。叶二娘、南海鳄神、云中鹤三人也在其内。段誉心中怦怦乱跳，低下了头，不敢直视。

赫连铁树道："久仰'姑苏慕容'的大名，有道是'以彼之道，还施彼身'，今日得见高贤，荣幸啊荣幸。"说着向段誉抱拳行礼。他想西夏"一品堂"已与丐帮翻脸成仇，对乔峰就不必假客气。

段誉急忙还礼，说道："赫连大将军威名及于海隅，在下早就企盼得见西夏一品堂的众位英雄豪杰，今日来得鲁莽，还望海涵。"

说这些文诌诌的客套言语，原是他的拿手好戏，自是毫没破绽。

赫连铁树道："常听武林中言道：'北乔峰，南慕容'，说到中原英杰，首推两位，今日同时驾临，幸如何之？请，请。"侧身相让，请二人入殿。

阿朱和段誉硬着头皮，和赫连铁树并肩而行。段誉心想："听这西夏将军的言语神态，似乎他对慕容公子的敬重，尚在对我乔大哥之上，难道那慕容复的武功人品，当真比乔大哥犹胜一筹？我看，不见得啊，不见得。"

忽听得一人怪声怪气的说道："不见得啊，不见得。"段誉吃了一惊，侧头瞧那说话之人，正是南海鳄神。他眯着一双如豆小眼，斜斜打量段誉，只是摇头。段誉心中大跳，暗道："糟糕，糟糕！可给他认出了。"只听南海鳄神说道："瞧你骨头没三两重，有什么用？喂，我来问你。人家说你会'以彼之道，还施彼身'，我岳老二可不相信。"段誉当即宽心："原来他并没认出我。"只听南海鳄神又道："我也不用你出手，我只问你，你知道我岳老二有什么拿手本事？你用什么他妈的功夫来对付我，才算是他妈的'以老子之道，还施老子之身'？"说着双手叉腰，神态倨傲。

赫连铁树本想出声制止，但转念一想，慕容复名头大极，是否名副其实，不妨便由这疯疯颠颠的南海鳄神来考他一考，当下并不插口。

说话之间，各人已进了大殿，赫连铁树请段誉上座，段誉却以首位相让阿朱。

南海鳄神大声道："喂，慕容小子，你且说说看，我最拿手的功夫是什么。"段誉微微一笑，心道："旁人问我，我还真的答不上来。你来问我，那可巧了。"当下打开折扇，轻轻摇了几下，说道："南海鳄神岳老三，你本来最拿手的本领，是喀喇一声，扭断了人的脖子，近年来功夫长进了，现下最得意的武功，是鳄尾鞭和鳄嘴剪。我要对付你，自然是用鳄尾鞭与鳄嘴剪了。”

他一口说出鳄尾鞭和鳄嘴剪的名称，南海鳄神固然惊得张大了口合不拢来，连叶二娘与云中鹤也是诧异之极。这两件兵刃是南海鳄神新近所练，从未在人前施展过，只在大理无量山峰巅与云中鹤动手，才用过一次，当时除了木婉清外，更无外人得见。他们却哪里料想得到，木婉清早已将此事原原本本的说与眼前这个假慕容公子知道。

南海鳄神侧过了头，又细细打量段誉。他为人虽凶残狠恶，却有佩服英雄好汉之心，过了一会，大拇指一挺，说道：“好本事！”段誉笑道：“见笑了。”南海鳄神心想：“他连我新练的拿手兵刃也说得出来，我其余的武功也不用问他了。可惜老大不在这儿，否则倒可好好的考他一考。啊，有了！”大声说道：“慕容公子，你会使我的武功，不算希奇；倘若我师父到来，他的武功你一定不会。”段誉微笑道：“你师父是谁？他又有什么了不起的功夫？”南海鳄神得意洋洋的笑道：“我的受业师父，去世已久，不说也罢。我新拜的师父本事却非同小可，不说别的，单是一套‘凌波微步’，相信世上便无第二个会得。”

段誉沉吟道：“‘凌波微步’，嗯，那确是了不起的武功。大理段公子居然肯收阁下为徒，我却有些不信。”南海鳄神忙道：“我干么骗你？这里许多人都曾亲耳听到，段公子亲口叫我徒儿。”段誉心下暗笑：“初时他死也不肯拜我为师，这时却唯恐我不认他为徒。”便道：“嗯，既是如此，阁下想必已学到了你师父的绝技？恭喜，恭喜！”

南海鳄神将脑袋摇得博浪鼓相似，说道：“没有，没有！你自称于天下武功无所不知，无所不晓，如能走得三步‘凌波微步’，岳老二便服了你。”

段誉微笑道：“凌波微步虽难，在下却也曾学得几步。岳老爷子，你倒来捉捉我看。”说着长衫飘飘，站到大殿之中。

西夏群豪从来没听见过“凌波微步”之名，听南海鳄神说得如此神乎其技，都企盼见识见识，当下分站大殿四角，要看段誉如何演法。

南海鳄神一声厉吼，左手一探，右手从左手掌底穿出，便向段誉抓去。段誉斜踏两步，后退半步，身子如风摆荷叶，轻轻巧巧的避开了，只听得噗的一声响，南海鳄神收势不及，右手五指插入了大殿的圆柱之中，陷入数寸。旁观众人见他如此功力，尽皆失色。南海鳄神一击不中，吼声更厉，身子纵起，从空搏击而下。段誉毫不理会，自管自的踏着八卦步法，潇洒自如的行走。南海鳄神加快扑击，吼叫声越来越响，浑如一头猛兽相似。

段誉一瞥间见到他狰狞的面貌，心中一窒，急忙转过了头，从袖中取出一条手巾，绑住了自己眼睛，说道：“我就算绑住眼睛，你也捉我不到。”

南海鳄神双掌飞舞，猛力往段誉身上击去，但总是差着这么一点。旁人都代段誉栗栗危惧，手心中捏了一把冷汗。阿朱关心段誉，更是心惊肉跳，突然放粗了嗓子，喝道：“南海鳄神，慕容公子这凌波微步，比之你师父如何？”

南海鳄神一怔，胸口一股气登时泄了，立定了脚步，说道：“好极，好极！你能包住了眼睛走这怪步，只怕我师父也办不到。好！姑苏慕容，名不虚传，我南海鳄神服了你啦。”

段誉拉去眼上手巾，返身回座。大殿上登时采声有如春雷。

赫连铁树待两人入座，端起茶盏，说道：“请用茶。两位英雄光降，不知有何指教？”

阿朱道：“敝帮有些兄弟不知怎地得罪了将军，听说将军派出高手，以上乘武功将他们擒来此间。在下斗胆，要请将军释放。”她将“派出高手，以上乘武功将他们擒来此间”的话，说得特别着重，讥刺西夏人以下毒的卑鄙手段擒人。

赫连铁树微微一笑，说道："话是不差。适才慕容公子大显身手，果然名下无虚。乔帮主与慕容公子齐名，总也得露一手功夫给大伙儿瞧瞧，好让我们西夏人心悦诚服，这才好放回贵帮的诸位英雄好汉。"

阿朱心下大急，心想："要我冒充乔帮主的身手，这不是立刻便露出马脚么？"正要饰词推诿，忽觉手脚酸软，想要移动一根手指也已不能，正与昨晚中了毒气之时一般无异，不禁大惊："糟了，没想到便在这片刻之间，这些西夏恶人又会故技重施，那便如何是好？"

段誉百邪不侵，浑无知觉，只见阿朱软瘫在椅上，知她又已中了毒气，忙从怀中取出那个臭瓶，拔开瓶塞，送到她鼻端。阿朱深深闻了几下，以中毒未深，四肢麻痹便去。她伸手拿住了瓶子，仍是不停的嗅着，心下好生奇怪，怎地敌人竟不出手干涉？瞧那些西夏人时，只见一个个软瘫在椅上，毫不动弹，只眼珠骨溜溜乱转。

段誉说道："奇哉怪也，这干人作法自毙，怎地自己放毒，自己中毒？"阿朱走过去推了推赫连铁树。

大将军身子一歪，斜在椅中，当真是中了毒。他话是还会说的，喝道："喂，是谁擅用'悲酥清风'？快取解药来，快取解药来！"喝了几声，可是他手下众人个个软倒，都道："禀报将军，属下动弹不得。"努儿海道："定有内奸，否则怎能知道这'悲酥清风'的繁复使法。"赫连铁树怒道："不错！那是谁？你快快给我查明了，将他碎尸万段。"努儿海道："是！为今之计，须得先取到解药才是。"赫连铁树道："这话不错，你这就去取解药来。"

努儿海眉头皱起，斜眼瞧着阿朱手中瓷瓶，说道："乔帮主，烦你将这瓶子中的解药，给我们闻上一闻，我家将军定有重谢。"

阿朱笑道："我要去解救本帮的兄弟要紧，谁来贪图你家将军的重谢。"

努儿海又道：“慕容公子，我身边也有个小瓶，烦你取出来，拔了瓶塞，给我闻闻。”

段誉伸手到他怀里，掏出一个小瓶，果然便是解药，笑道：“解药取出来了，却不给你闻。”和阿朱并肩走向后殿，推开东厢房门，只见里面挤满了人，都是丐帮被擒的人众。

阿朱一进去，吴长老便大声叫了起来：“乔帮主，是你啊，谢天谢地。”阿朱将解药给他闻了，说道：“这是解药，你逐一给众兄弟解去身上之毒。”吴长老大喜，待得手足能够活动，便用瓷瓶替宋长老解毒。段誉则用努儿海的解药替徐长老解毒。

阿朱道：“丐帮人多，如此逐一解毒，何时方了？吴长老，你到西夏人身边搜搜去，且看是否尚有解药。”

吴长老道：“是！”快步走向大殿，只听得大殿上怒骂声、嘈叫声、辟拍声大作，显然吴长老一面搜解药，一面打人出气。过不多时，他捧了六个小瓷瓶回来，笑道：“我专拣服饰华贵的胡虏去搜，果然穿着考究的，身边便有解药，哈哈，那家伙可就惨了。”段誉笑问：“怎么？”吴长老笑道：“我每人都给两个嘴巴，身边有解药的，便下手特别重些。”

他忽然想起没见过段誉，问道：“这位兄台高姓大名，多蒙相救。”段誉道：“在下复姓慕容，相救来迟，令各位委屈片时，得罪得罪。”

丐帮众人听到眼前此人竟便是大名鼎鼎的“姑苏慕容”，都是不胜骇异。

宋长老道：“咱们瞎了眼睛，冤枉慕容公子害死马副帮主。今日若不是他和乔帮主出手相救，大伙儿落在这批西夏恶狗手中，还会有什么好下场？”吴长老也道：“乔帮主，大人不记小人之过，你还是回来作咱们的帮主罢。”

全冠清冷冷的道：“乔爷和慕容公子，果然是知交好友。”他称乔峰为“乔爷”而不称“乔帮主”，自是不再认他为帮主，而说他和慕容公子果然是知交好友，这句话甚是厉害。丐帮众人疑心乔峰假手慕容复，借刀杀人而除去马大元，乔峰一直否认与慕容复相识。今日两人偕来天宁寺，有说有笑，神情颇为亲热，显然并非初识。

阿朱心想这干人个个是乔峰的旧交，时刻稍久，定会给他们瞧出破绽，便道：“帮中大事，慢慢商议不迟，我去瞧瞧那些西夏恶狗。”说着便向大殿走去。段誉随后跟出。

两人来到殿中，只听得赫连铁树正在破口大骂：“快给我查明了，这个王八羔子的西夏人叫什么名字，回去抄他的家，将他家中男女老幼杀个鸡犬不留。他奶奶的，他是西夏人，怎么反而相助外人，偷了我的‘悲酥清风’来胡乱施放？”段誉一怔，心道：“他在骂哪一个西夏人啊？”只听赫连铁树骂一句，努儿海便答应一句。赫连铁树又道：“他在墙上写这八个字，那不是明着讥刺咱们么？”

段誉和阿朱抬头看时，只见粉墙上龙蛇飞舞般写着四行字，每行四字：

“以彼之道，还施彼身，迷人毒风，原璧归君。”

墨渖淋漓，兀自未干，显然写字之人离去不久。

段誉“啊”的一声，道：“这……阿……这是慕容公子写的吗？”阿朱低声道：“别忘了你自己是慕容公子。我家公子能写各家字体，我辨不出这几个字是不是他写的。”

段誉向努儿海问道：“这是谁写的？”

努儿海不答，只暗自担心，不知丐帮众人将如何对付他们，他们擒到丐帮群豪之后，拷打侮辱，无所不至，他们只须“以彼之道，还施彼身”，那就难当得很了。

阿朱见丐帮中群豪纷纷来到大殿，低声道：“大事已了，咱们去罢！”大声道：“我另有要事，须得和慕容公子同去办理，日后再见。”说着快步出殿。吴长老等大叫：“帮主慢走，帮主慢走。”阿朱哪敢多停，反而和段誉越走越快。丐帮中群豪对乔峰向来敬畏，谁也不敢上前阻拦。

两人行出里许，阿朱笑道：“段公子，说来也真巧，你那个丑八怪徒儿正好要你试演凌波微步的功夫，还说你比他师父更行呢。”段誉“嗯”了一声。阿朱又道：“不知是谁暗放迷药？那西夏将军口口声声说是内奸，我看多半是西夏人自己干的。”

段誉陡然间想起一个人，说道：“莫非是李延宗？便是咱们在碾坊中相遇的那个西夏武士？”阿朱没见过李延宗，无法置答，只道：“咱们去跟王姑娘说，请她参详参详。”

正行之间，马蹄声响，大道上一骑疾驰而来，段誉远远见到正是乔峰，喜道：“是乔大哥！”正要出口招呼，阿朱忙一拉他的衣袖，道：“别嚷，正主儿来了！”转过了身子。段誉醒悟：“阿朱扮作乔大哥的模样，给他瞧见了可不大妙。”不多时乔峰已纵马驰近。段誉不敢和他正面相对，心想：“乔大哥和丐帮群豪相见，真相便即大白，不知会不会怪责阿朱如此恶作剧？”

乔峰救了阿朱、阿碧二女之后，得知丐帮众兄弟为西夏人所擒，心下焦急，四处追寻。但江南乡间处处稻田桑地，水道陆路，纵横交叉，不比北方道路单纯，乔峰寻了大半天，好容易又撞到天宁寺的那两个小沙弥，问明方向，这才赶向天宁寺来。他见段誉神采飞扬，状貌英俊，心想：“这位公子和我那段誉兄弟倒是一时瑜亮。”阿朱早便背转了身子，他便没加留神，心中挂怀丐帮兄弟，快马加鞭，疾驰而过。

来到天宁寺外，只见十多名丐帮弟子正绑住一个个西夏武士，押着从寺中出来。乔峰大喜：“丐帮众兄弟原来已反败为胜。”

群丐见乔峰去而复回，纷纷迎上，说道：“帮主，这些贼虏如何发落，请你示下。”乔峰道：“我早已不是丐帮中人，‘帮主’

二字，再也休提起。大伙儿有损伤没有？”

寺中徐长老等得报，都快步迎出，见到乔峰，或羞容满面，或喜形于色。宋长老大声道：“帮主，昨天在杏子林中，本帮派在西夏的探子送来紧急军情，徐长老自作主张，不许你看，你道那是什么？徐长老，快拿出来给帮主看。”言语之间已颇不客气。

徐长老脸有惭色，取出本来藏在蜡丸中的那小纸团，叹道：“是我错了。”递给乔峰。

乔峰摇头不接。宋长老夹手抢过，摊开那张薄薄的皱纸，大声读道：

“启禀帮主：属下探得，西夏赫连铁树将军率同大批一品堂好手，前来中原，想对付我帮。他们有一样厉害毒气，放出来时全无气息，令人不知不觉的就动弹不得。跟他们见面之时，千万要先塞住鼻孔，或者先打倒他们的头脑，抢来臭得要命的解药，否则危险万分。要紧，要紧。大信舵属下易大彪火急禀报。”

宋长老读罢，与吴长老、奚长老等齐向徐长老怒目而视。白世镜道：“易大彪兄弟这个火急禀报，倒是及时赶到的，可惜咱们没及时拆阅。好在众兄弟只受了一场鸟气，倒也无人受到损伤。帮主，咱们都得向你请罪才是。你大仁大义，唉，当真没得说的。”

吴长老道：“帮主，你一离开，大伙儿便即着了道儿，若不是你和慕容公子及时赶来相救，丐帮全军覆没。你不回来主持大局，做大伙儿的头儿，那是决计不成的。”乔峰奇道：“什么慕容公子？”吴长老道：“全冠清这些人胡说八道，你莫听他的。结交朋友，又是什么难事？我信得过你和慕容公子是今天才相识的。”乔峰道：“慕容公子？你说是慕容复么？我从未见过他面。”

徐长老和宋、奚、陈、吴四长老面面相觑，都惊得呆了，均想：“只不过片刻之前，他和慕容公子携手进来给众人解毒，怎么这时忽然又说不识慕容公子？”奚长老凝思片刻，恍然大悟，道：

“啊，是了，适才那青年公子自称复姓慕容，但并不是慕容复。天下双姓‘慕容’之人何止千万，那有什么希奇？”陈长老道：“他在墙上自题‘以彼之道，还施彼身’却不是慕容复是谁？”

忽然有个怪声怪气的声音说道：“那娃娃公子什么武功都会使，而且门门功夫比原来的主儿更加精妙，那还不是慕容复？当然是他！一定是他！”众人向说话之人瞧去，只见他鼠目短髯，面皮焦黄，正是南海鳄神。他中毒后被绑，却忍不住插嘴说话。

乔峰奇道：“那慕容复来过了么？”南海鳄神怒道：“放你娘的臭屁！刚才你和慕容复携手进来，不知用什么鬼门道，将老子用麻药麻住了。你快快放了老子便罢，否则的话，哼哼！哼哼……”他接连说了几个“哼哼”，但“否则的话”那便如何，却说不上来，想来想去，也只是“哼哼”而已。

乔峰道：“瞧你也是一位武林中的好手，怎地如此胡说八道？我几时来过了？什么和慕容复携手进来，更是荒谬之极。”

南海鳄神气得哇哇大叫：“乔峰，他妈的乔峰，枉你是丐帮一帮之主，竟敢撒这漫天大谎！大小朋友，刚才乔峰是不是来过？咱家将军是不是请他上坐，请他喝茶？”一众西夏人都道：“是啊，慕容复试演‘凌波微步’，乔峰在旁鼓掌喝采，难道这是假的？”

吴长老扯了扯乔峰的袖子，低声道：“帮主，明人不做暗事，刚才的事，那是抵赖不了的。”乔峰苦笑道：“吴四哥，难道刚才你也见过我来？”吴长老将那盛放解药的小瓷瓶递了过去，道：“帮主，这瓶子还给你，说不定将来还会有用。”乔峰道：“还给我？什么还给我？”吴长老道：“这解药是你刚才给我的，你忘了么？”乔峰道：“怎么？吴四哥，你当真刚才见过我？”吴长老见他绝口抵赖，心下既感不快，又是不安。

乔峰虽然精明能干，却怎猜得到竟会有人假扮了他，在片刻之前，来到天宁寺中解救众人？他料想这中间定然隐伏着一个重大阴谋。吴长老、奚长老都是直性子人，决计不会干什么卑鄙勾当，但那玩弄权谋之人策略厉害，自能妥为布置安排，使得自己的所作所为，在众人眼中看出来处处显得荒唐邪恶。

丐帮群豪得他解救，本来人人感激，但听他矢口不认，却都大为惊诧。有人猜想他这几天中多遭变故，以致神智错乱；有人以为乔峰另有对付西夏人的秘计密谋，因此不肯在西夏敌人之前直认其事；有人料想马大元确是他假手于慕容复所害，生怕奸谋败露，索性绝口否认识得慕容其人；有人猜想他图谋重任丐帮帮主，在安排什么计策；更有人深信他是为契丹出力，既反西夏，亦害大宋。各人心中的猜测不同，脸上便有惋惜、崇敬、难过、愤恨、鄙夷、仇视等种种神气。

乔峰长叹一声，说道："各位均已脱险，乔峰就此别过。"说着一抱拳，翻身上马，鞭子一扬，疾驰而去。

忽听得徐长老叫道："乔峰，将打狗棒留了下来。"乔峰陡地勒马，道："打狗棒？在杏林之中，我不是已交了出来了吗？"徐长老道："咱们失手遭擒，打狗棒落在西夏众恶狗手中。此时遍寻不见，想必又为你取去。"

乔峰仰天长笑，声音悲凉，大声道："我乔峰和丐帮再无瓜葛，要这打狗棒何用？徐长老，你也将乔峰瞧得忒也小了。"双腿一夹，胯下马匹四蹄翻飞，向北驰去。

乔峰自幼父母对他慈爱抚育，及后得少林僧玄苦大师授艺，再拜丐帮汪帮主为师，行走江湖，虽然多历艰险，但师父朋友，无不对他赤心相待。这两天中，却是天地间斗起风波，一向威名赫赫、至诚仁义的帮主，竟给人认作是卖国害民、无耻无信的小人。他任由坐骑信步而行，心中混乱已极："倘若我真是契丹人，过去十余年中，我杀了不少契丹人，破败了不少契丹的图谋，岂不是大大的不忠？如果我父母确是在雁门关外为汉人害死，我反拜杀害父母的仇人为师，三十年来认别人为父为母，岂不是大大的不孝？乔峰啊乔峰，你如此不忠不孝，有何面目立于天地之间？倘若三槐公不是我的父亲，那么我自也不是乔峰了？我姓什么？我亲生父亲给我起了什么名字？嘿嘿，我不但不忠不孝，抑且无名无姓。”

转念又想：“可是，说不定这一切都是出于一个大奸大恶之人的诬陷，我乔峰堂堂大丈夫，给人摆布得身败名裂，万劫不复，倘若激于一时之愤，就此一走了之，对丐帮从此不闻不问，岂非枉自让奸人阴谋得逞？嗯，总而言之，须得查究明白才是。”

心下盘算，第一步是赶回河南少室山，向三槐公询问自己的身世来历，第二步是入少林寺叩见受业恩师玄苦大师，请他赐示真相。这两人对自己素来爱护有加，决不致有所隐瞒。

筹算既定，心下便不烦恼。他从前是丐帮之主，行走江湖，当真是四海如家，此刻不但不能再到各处分舵食宿，而且为了免惹麻烦，反而处处避道而行，不与丐帮中的旧属相见。只行得两天，身边零钱花尽，只得将那匹从西夏人处夺来的马匹卖了，以作盘缠。

不一日，来到嵩山脚下，径向少室山行去。这是他少年时所居之地，处处景物，皆是旧识。自从他出任丐帮帮主以来，以丐帮乃江湖上第一大帮，少林派是武林中第一大派，丐帮帮主来到少林，种种仪节排场，惊动甚多，是以他从未回来，只每年派人向父母和恩师奉上衣食之敬、请安问好而已。这时重临故土，想到自己身世大谜，一两个时辰之内便可揭开，饶是他镇静沉稳，心下也不禁惴惴。

他旧居是在少室山之阳的一座山坡之旁。乔峰快步转过山坡，只见菜园旁那株大枣树下放着一顶草笠、一把茶壶。茶壶柄子已断，乔峰认得是父亲乔三槐之物，胸间陡然感到一阵暖意：“爹爹勤勉节俭，这把破茶壶已用了几十年，仍不舍得丢掉。”

看到那株大枣树时，又忆起儿时每逢枣熟，父亲总是携着他的小手，一共击打枣子。红熟的枣子饱胀皮裂，甜美多汁，自从离开故乡之后，从未再尝到过如此好吃的枣子。乔峰心想："就算他们不是我亲生的爹娘，但对我这番养育之恩，总是终身难报。不论我身世真相如何，我决不可改了称呼。"

他走到那三间土屋之前，只见屋外一张竹席上晒满了菜干，一只母鸡带领了一群小鸡，正在草间啄食。他不自禁的微笑："今晚娘定要杀鸡做菜，款待她久未见面的儿子。"他大声叫道："爹！娘！孩儿回来了。"

叫了两声，不闻应声，心想："啊，是了，二老耳朵聋了，听不见了。"推开板门，跨了进去，堂上板桌板凳、犁耙锄头，宛然与他离家时的模样并无大异，却不见人影。

乔峰又叫了两声："爹！娘！"仍不听得应声，他微感诧异，自言自语："都到哪里去啦？"探头向卧房中一张，不禁大吃一惊，只见乔三槐夫妇二人都横卧在地，动也不动。

乔峰急纵入内，先扶起母亲，只觉她呼吸已然断绝，但身子尚有微温，显是死去还不到一个时辰，再抱起父亲时，也是这般。乔峰又是惊慌，又是悲痛，抱着父亲尸身走出屋门，在阳光下细细检视，察觉他胸口肋骨根根断绝，竟是被武学高手以极厉害的掌力击毙，再看母亲尸首，也一般无异。乔峰脑中混乱："我爹娘是忠厚老实的农夫农妇，怎会引得武学高手向他们下此毒手？那自是因我之故了。"

他在三间屋内，以及屋前、屋后和屋顶上仔细察看，要查知凶手是何等样人。但下手之人竟连脚印也不留下一个。乔峰满脸都是眼泪，越想越悲，忍不住放声大哭。

只哭得片刻，忽听得背后有人说道："可惜，可惜，咱们来迟了一步。"乔峰倏地转过身来，见是四个中年僧人，服饰打扮是少林寺中的。乔峰虽曾在少林派学艺，但授他武功的玄苦大师每日夜半方来他家中传授，因此他对少林寺的僧人均不相识。他此时心中悲苦，虽见来了外人，一时也难以收泪。

一名高高的僧人满脸怒容，大声说道："乔峰，你这人当真是猪狗不如。乔三槐夫妇就算不是你亲生父母，十余年养育之恩，那也非同小可，如何竟忍心下手杀害？"乔峰泣道："在下适才归家，见父母被害，正要查明凶手，替父母报仇，大师何出此言？"那僧人怒道："契丹人狼子野心，果然是行同禽兽！你竟亲手杀害义父义母，咱们只恨相救来迟。姓乔的，你要到少室山来撒野，可还差着这么一大截。"说着呼的一掌，便向乔峰胸口劈到。

乔峰正待闪避，只听得背后风声微动，情知有人从后偷袭，他不愿这般不明不白的和这些少林僧人动手，左足一点，轻飘飘的跃出丈许，果然另一名少林僧一足踢了个空。

四名少林僧见他如此轻易避开，脸上均现惊异之色。那高大僧人骂道："你武功虽强，却又怎地？你想杀了义父义母灭口，隐瞒你的出身来历，只可惜你是契丹孽种，此事早已轰传武林，江湖上哪个不知，哪个不晓？你行此大逆之事，只有更增你的罪孽。"另一名僧人骂道："你先杀马大元，再杀乔三槐夫妇，哼哼，这丑事就能遮盖得了么？"

乔峰虽听得这两个僧人如此丑诋辱骂，心中却只有悲痛，殊无丝毫恼怒之意，他生平临大事，决大疑，遭逢过不少为难之事，这时很能沉得住气，抱拳行礼，说道："请教四位大师法名如何称呼？是少林寺的高僧么？"

一个中等身材的和尚脾气最好，说道："咱们都是少林弟子。唉，你义父、义母一生忠厚，却落得如此惨报。乔峰，你们契丹人，下手忒也狠毒了。"

乔峰心想："他们既不肯宣露法名，多问也是无益。那高个子的和尚说道，他们相救来迟，当是得到了讯息而来救援，却是谁去通风报讯的？是谁预知我爹娘要遭遇凶险？”便道：“四位大师慈悲为怀，赶下山来救我爹娘，只可惜迟了一步……”

那高个儿的僧人性烈如火，提起醋钵大的拳头，呼的一拳，又向乔峰击到，喝道：“咱们迟了一步，才让你行此忤逆之事，亏你还在自鸣得意，出言讥刺。”

乔峰明知他们四人一片好心，得到讯息后即来救援自己爹娘，实不愿跟他们动手过招，但若不将他们制住，就永远弄不明白真相，便道：“在下感激四位的好意，今日事出无奈，多有得罪！”说着转身如风，伸手往第三名僧人肩头拍去。那僧人喝道：“当真动手么？”一句话刚说完，肩头已被乔峰拍中，身子一软，坐倒在地。

乔峰受业于少林派，于四僧武功家数烂熟于胸，接连出掌，将四名僧人一一拍倒，说道：“得罪了！请问四位师父，你们说相救来迟，何以得知我爹娘身遭厄难？是谁将这音讯告知四位师父的？”

那高个儿僧人怒道：“你不过想查知报讯之人，又去施毒手加害。少林弟子，岂能屈于你契丹贱狗的逼供？你纵使毒刑，也休想从我口中套问出半个字来。”

乔峰心下暗叹：“误会越弄越深，我不论问什么话，他们都当是盘问口供。”伸手在每人背上推拿了几下，解开四僧被封的穴道，说道：“若要杀人灭口，我此刻便送了四位的性命。是非真相，总盼将来能有水落石出之日。”

忽听得山坡旁一人冷笑道：“要杀人灭口，也未必有这么容易！”

乔峰一抬头，只见山坡旁站着十余名少林僧，手中均持兵器。为首二僧都是五十上下年纪，手中各提一柄方便铲，铲头精钢的月牙发出青森森的寒光，那二僧目光炯炯射人，一见便知内功深湛。乔峰虽然不惧，但知来人武功不弱，只要一交上手，若不杀伤数人，就不易全身而退。他双手抱拳，说道：“乔峰无礼，谢过诸位大师。”突然间身子倒飞，背脊撞破板门，进了土屋。

这一下变故来得快极，众僧齐声惊呼，五六人同时抢上，刚到门边，一股劲风从门中激射而出。这五六人各举左掌，疾运内力挡格，蓬的一声大响，尘土飞扬，被门内拍出的掌力逼得都倒退了四五步。待得站定身子，均感胸口气血翻涌，各人面面相觑，心下都十分明白：“乔峰这一掌力道虽猛，却是尚有余力，第二掌再击将过来，未必能够挡住。”各人认定他是穷凶极恶之徒，只道他要蓄力再发，没想到他其实是掌下留情，不欲伤人。

众僧蓄势戒备，隔了半晌，为首的两名僧人举起方便铲，同时使一招“双龙入洞”，势挟劲风，二僧身随铲进，并肩抢入了土屋。当当当双铲相交，织成一片光网，护住身子，却见屋内空荡荡地，哪里有乔峰的人影？更奇的是，连乔三槐夫妇的尸首也已影踪不见。

那使方便铲的二僧，是少林寺“戒律院”中职司监管本派弟子行为的“持戒僧”与“守律僧”，平时行走江湖，查察门下弟子功过，本身武功固然甚强，见闻之广更是人所不及。他二人见乔峰在这顷刻之间走得不知去向，已极为难能，竟能携同乔三槐夫妇的尸首而去，更是不可思议了。众僧在屋前屋后、炕头灶边，翻寻了个遍。戒律院二僧疾向山下追去，直追出二十余里，哪里有乔峰的踪迹？

谁也料不到乔峰挟了爹娘的尸首，反向少室山上奔去。他窜向一个人所难至、林木茂密的陡坡，将爹娘掩埋了，跪下来恭恭敬敬的磕了八个响头，心中暗祝：“爹，娘，是何人下此毒手，害你二老性命，儿子定要拿到凶手，到二老坟前剜心活祭。”

想起此次归家，便只迟得一步，不能再见爹娘一面，否则爹娘见到自己已长得如此雄健魁梧，一定好生欢喜。倘若三人能聚会一天半日，那也得有片刻的快活。想到此处，忍不住泣不成声。他自幼便硬气，极少哭泣，今日实是伤心到了极处，悲愤到了极处，泪如泉涌，难以抑止。

突然间心念一转，暗叫："啊哟，不好，我的受业恩师玄苦大师别要又遭到凶险。"

陡然想明白了几件事："那凶手杀我爹娘，并非时刻如此凑巧，恰好在我回家之前的半个时辰中下手，那是他早有预谋，下手之后，立即去通知少林寺的僧人，说我正在赶上少室山，要杀我爹娘灭口。那些少林僧侠义为怀，一心想救我爹娘，却撞到了我。当世知我身世真相之人，还有一位玄苦师父，须防那凶徒更下毒手，将罪名栽在我身上。"

一想至玄苦大师或将因己之故而遭危难，不由得五内如焚，拔步便向少林寺飞奔。他明知寺中高手如云，达摩堂中几位老僧更是各具非同小可的绝技，自己只要一露面，众僧群起而攻，脱身就非易事，是以尽拣荒僻的小径急奔。荆棘杂草，将他一双裤脚钩得稀烂，小腿上鲜血淋漓，却也只好听由如此。绕这小径上山，路程远了一大半，奔得一个多时辰，才攀到了少林寺后。其时天色已然昏暗，他心中一喜一忧，喜的是黑暗之中自己易于隐藏身形，忧的是凶手乘黑偷袭，不易发现他的踪迹。

他近年来纵横江湖，罕逢敌手，但这一次所遇之敌，武功固然谅必高强，而心计之工，谋算之毒，自己更从未遇过。少林寺虽是龙潭虎穴一般的所在，却并未防备有人要来加害玄苦大师，倘若有人偷袭，只怕难免遭其暗算。乔峰何尝不知自己处于嫌疑极重之地，倘若此刻玄苦大师已遭毒手，又未有人见到凶手的模样，而自己若被人发现偷偷摸摸的潜入寺中，那当真百喙莫辩了。他此刻若要独善其身，自是离开少林寺越远越好，但一来关怀恩师玄苦大师的安危，二来想乘机捉拿真凶，替爹娘报仇，至于干冒大险，却也顾不得了。

他虽在少室山中住了十余年，却从未进过少林寺，寺中殿院方向，全不知悉，自更不知玄苦大师住于何处，心想："但盼恩师安然无恙。我见了恩师之面，禀明经过，请他老人家小心提防，再叩问我的身世来历，说不定恩师能猜到真凶是谁。"

少林寺中殿堂院落，何止数十，东一座，西一座，散在山坡之间。玄苦大师在寺中并不执掌职司，"玄"字辈的僧人少说也有二十余人，各人服色相同，黑暗中却往哪里找去？乔峰心下盘算："唯一的法子，是抓到一名少林僧人，逼他带我去见玄苦师父，见到之后，我再说明种种不得已之处，向他郑重陪罪。但少林僧人大都尊师重义，倘若以为我是要不利于玄苦大师，多半宁死不屈，决计不肯说出他的所在。嗯，我不妨去厨下找一个火工来带路，可是这些人却又未必知道我师父的所在。"

一时彷徨无计，每经过一处殿堂厢房，便俯耳窗外，盼能听到什么线索。他虽然长大魁伟，但身手矫捷，窜高伏低，直似灵猫，竟没给人知觉。

一路如此听去，行到一座小舍之旁，忽听得窗内有人说道："方丈有要事奉商，请师叔即到'证道院'去。"另一个苍老的声音道："是！我立即便去。"乔峰心想："方丈集人商议要事，或许我师父也会去。我且跟着此人上'证道院'去。"只听得"呀"的一声，板门推开，出来两个僧人，年老的一个向西，年少的匆匆向东，想是再去传人。

乔峰心想，方丈请这老僧前去商议要事，此人行辈身份必高，少林寺不同别处寺院，凡行辈高者，武功亦必高深。他不敢紧随其后，只是望着他的背影，远远跟随，眼见他一径向西，走进了最西的一座屋宇之中。乔峰待他进屋带上了门，才绕圈走到屋子后面，听明白四周无人，方始伏到窗下。

他又是悲愤，又是恚怒，自忖："乔峰行走江湖以来，对待武林中正派同道，哪一件事不是光明磊落，大模大样？今日却迫得我这等偷偷摸摸，万一行踪败露，乔某一世英名，这张脸却往哪里搁去？”随即转念：“当年师父每晚下山授我武艺，纵然大风大雨，亦从来不停一晚。这等重恩，我便粉身碎骨，亦当报答，何况小小羞辱？”

只听得门外脚步声响，先后来了四人，过不多时，又来了两人，窗纸上映出人影，共有十余人聚集。乔峰心想：“倘若他们商议的是少林派中机密要事，给我偷听到了，我虽非有意，总是不妥，还是离得远些为是。师父若在屋里，这里面高手如云，任他多厉害的凶手也伤他不着，待得集议已毕，群僧分散，我再设法和师父相见。”

正想悄悄走开，忽听得屋内十余个僧人一齐念起经来。乔峰不懂他们念的是什么经文，但听得出声音庄严肃穆，有几人的诵经声中又颇有悲苦之意。这一段经文念得甚长，他渐觉不妥，寻思：“他们似乎是在做什么法事，又或是参禅研经，我师父或者不在此处。”侧耳细听，果然在群僧齐声诵经的声音之中，听不出有玄苦大师那沉着厚实的嗓音在内。

他一时拿不定主意是否要再等一会，只听得诵经之声止歇，一个威严的声音说道：“玄苦师弟，你还有什么话要说么？”乔峰大喜：“师父果在此间，他老人家也是安好无恙。原来他适才没一起念经。”

只听得一个浑厚的声音说起话来，乔峰听得明白，正是他的受业师父玄苦大师，但听他说道：“小弟受戒之日，先师给我取名为玄苦。佛祖所说七苦，乃是生、老、病、死、怨憎会、爱别离、求不得。小弟勉力脱此七苦，只能渡己，不能渡人，说来惭愧。这‘怨憎会’的苦，原是人生必有之境。宿因所种，该当有此业报。众位师兄、师弟见我偿此宿业，该当为我欢喜才是。”乔峰听他语音平静，只是他所说的都是佛家言语，不明其意所指。

又听那威严的声音道："玄悲师弟数月前命丧奸人之手，咱们全力追拿凶手，似违我佛勿嗔勿怒之戒。然降魔诛奸，是为普救世人，我辈学武，本意原为宏法，学我佛大慈大悲之心，解除众生苦难……"乔峰心道："这声音威严之人，想必是少林寺方丈玄慈大师了。"只听他继续说道："……除一魔头，便是救无数世人。师弟，那人可是姑苏慕容么？"

乔峰心道："这事又牵缠到了姑苏慕容氏身上。听说少林派玄悲大师在大理国境内遭人暗算，难道他们也疑心是慕容公子下的毒手？"

只听玄苦大师说道："方丈师兄，小弟不愿让师兄和众位师兄弟为我操心，以致更增我的业报。那人若能放下屠刀，自然回头是岸，倘若执迷不悟，唉，他也是徒然自苦而已。此人形貌如何，那也不必说了。"

方丈玄慈大师说道："是！师弟大觉高见，做师兄的太过执着，颇落下乘了。"玄苦道："小弟意欲静坐片刻，默想忏悔。"玄慈道："是，师弟多多保重。"

只听得板门呀的一声打开，一个高大瘦削的老僧当先缓缓走出。他行出丈许，后面鱼贯而出，共是一十七名僧人。十八位僧人都双手合什，低头默念，神情庄严。

待得众僧远去，屋内寂静无声，乔峰为这周遭的情境所慑，一时不敢现身叩门，忽听得玄苦大师说道："佳客远来，何以徘徊不进？"

乔峰吃了一惊，自忖："我屏息凝气，旁人纵然和我相距咫尺，也未必能察觉我潜身于此。师父耳音如此，内功修为当真了得。"当下恭恭敬敬的走到门口，说道："师父安好，弟子乔峰叩见师父。"

玄苦轻轻"啊"了一声，道："是峰儿？我这时正在想念你，只盼和你会见一面，快进来。”声音之中，充满了喜悦之意。

乔峰大喜，抢步而进，便即跪下叩头，说道：“弟子平时少有侍奉，多劳师父挂念。师父清健，孩儿不胜之喜。”说着抬起头来，仰目瞧向玄苦。

玄苦大师本来脸露微笑，油灯照映下见到乔峰的脸，突然间脸色大变，站起身来，颤声道：“你……你……原来便是你，你便是乔峰，我……我亲手调教出来的好徒儿？”但见他脸上又是惊骇、又是痛苦、又混和着深深的怜悯和惋惜之意。

乔峰见师父瞬息间神情大异，心中惊讶之极，说道：“师父，孩儿便是乔峰。”

玄苦大师道：“好，好，好！”连说三个“好”字，便不说话了。

乔峰不敢再问，静待他有何教训指示，哪知等了良久，玄苦大师始终不言不语。乔峰再看他脸色时，只见他脸上肌肉僵硬不动，一副神气和适才全然一模一样，不禁吓了一跳，伸手去摸他手掌，但觉颇有凉意，忙再探他鼻息，原来早已气绝多时。这一下乔峰只吓得目瞪口呆，脑中一片混乱：“师父一见我，就此吓死了？决计不会，我又有什么可怕？多半他是早已受伤。”却又不敢径去检视他的身子。

他定了定神，心意已决：“我若此刻悄然避去，岂是乔峰铁铮铮好汉子的行径？今日之事，纵有万般凶险，也当查问个水落石出。”他走到屋外，朗声叫道：“方丈大师，玄苦师父圆寂了，玄苦师父圆寂了。”这两句呼声远远传送出去，山谷鸣响，阖寺俱闻。呼声虽然雄浑，却是极其悲苦。

玄慈方丈等一行人尚未回归各自居室，猛听得乔峰的呼声，一齐转身，快步回到“证道院”来。只见一条长大汉子站在院门之旁，伸袖拭泪，众僧均觉奇怪。玄慈合什问道：“施主何人？”他关心玄苦安危，不等乔峰回答，便抢步进屋，只见玄苦僵立不倒，更是一怔。众僧一齐入内，垂首低头，诵念经文。

乔峰最后进屋，跪地暗许心愿：“师父，弟子报讯来迟，你已遭人毒手。弟子和那奸人的仇恨又深了一层。弟子纵然历尽万难，也要找到这奸人来碎尸万段，为恩师报仇。”

玄慈方丈念经已毕，打量乔峰，问道：“施主是谁？适才呼叫的便是施主吗？”

乔峰道：“弟子乔峰，弟子见到师父圆寂，悲痛不胜，以致惊动方丈。”

玄慈听到乔峰的名字，吃了一惊，身子一颤，脸上现出异样神色，向他凝视半晌，才道：“施主你……你……你便是丐帮的……前任帮主？”

乔峰听到他说“丐帮的前任帮主”这七个字，心想：“江湖上的讯息传得好快，他既知我已不是丐帮帮主，自也知道我被逐出丐帮的原由。”说道：“正是。”

玄慈道：“施主何以夤夜闯入敝寺？又怎生见到玄苦师弟圆寂？”

乔峰心有千言万语，一时不知如何说才好，只得道：“玄苦大师是弟子的受业恩师，但不知我恩师受了什么伤，是何人下的毒手？”

玄慈方丈垂泪道：“玄苦师弟受人偷袭，胸间吃了人一掌重手，肋骨齐断，五脏破碎，仗着内功深厚，这才支持到此刻。我们问他敌人是谁，他说并不相识，又问凶手形貌年岁。他却说道佛家七苦，‘怨憎会’乃是其中一苦，既遇上了冤家对头，正好就此解脱，凶手的形貌，他决计不说。”

乔峰恍然而悟：“原来适才众僧已知师父身受重伤，念经诵佛，乃是送他西归。”他含泪说道：“众位高僧慈悲为念，不记仇冤。弟子是俗家人，务须捉到这下手的凶人，千刀万剐，替师父报仇。贵寺门禁森严，不知那凶人如何能闯得进来？”

玄慈沉吟未答，一名身裁矮小的老僧忽然冷冷的道：“施主闯进少林，咱们没能阻拦察觉，那凶手当然也能自来自去、如入无人之境了。”

乔峰躬身抱拳，说道：“弟子以事在紧迫，不及在山门外通报求见，多有失礼，还恳诸位师父见谅。弟子与少林派渊源极深，决不敢有丝毫轻忽冒犯之意。”他最后那两句话意思是说，如果少林派失了面子，我也连带丢脸，心知自己闯入少林后院，直到自行呼叫，才有人知觉，这件事传将出去，于少林派的颜面实是大有损伤。

正在这时，一个小沙弥捧着一碗热气腾腾的药走进房来，向着玄苦的尸体道：“师父，请用药。”他是服侍玄苦的沙弥，在“药王院”中煎好了一服疗伤灵药“九转回春汤”，送来给师父服用。他见玄苦直立不倒，不知已死。乔峰心中悲苦，哽咽道：“师父他……”

那小沙弥转头向他瞧了一眼，突然大声惊呼：“是你！你……又来了！”呛啷一声，药碗失手掉在地下，瓷片药汁，四散飞溅。那小沙弥向后跃开两步，靠在墙上，尖声道：“是他，打伤师父的便是他！”

他这么一叫，众人无不大惊。乔峰更是惶恐，大声道：“你说什么？”那小沙弥不过十二三岁年纪，见了乔峰十分害怕，躲到了玄慈方丈身后，拉住他的衣袖，叫道：“方丈，方丈！”玄慈道：“青松，不用害怕，你说好了，你说是他打了师父？”小沙弥青松道：“是的，他用手掌打师父的胸口，我在窗口看见的。师父，师父，你打还他啊。”直到此刻，他兀自未知玄苦已死。

玄慈方丈道：“你瞧得仔细些，别认错了人。”青松道：“我瞧得清清楚楚的，他身穿灰布直缀，方脸蛋，眉毛这般上翘，大口大耳朵，正是他，师父，你打他，你打他。”

乔峰一股凉意从背脊上直泻下来，心道：“是了，那凶手正是装扮作我的模样，以嫁祸于我。师父听到我回来，本极欢喜，但一见到我脸，见我和伤他的凶手一般形貌，这才说道：‘原来便是你，你便是乔峰，我亲手调教出来的好徒儿。’师父和我十余年不见，我自孩童变为成人，相貌早不同了。”再想到玄苦大师临死之前连说的那三个“好”字，当真心如刀割：“师父中人重手，却不知敌人是谁，待得见到了我，认出我和凶手的形貌相似，心中大悲，一恸而死。师父身受重伤，本已垂危，自是不会细想：倘若当真是我下手害他，何以第二次又来相见。”

忽听得人声喧哗，一群人快步奔来，到得“证道院”外止步不进。两名僧人躬着身子，恭恭敬敬的进来，正是在少室山脚下和乔峰交过手的持戒、守律二僧。那持戒僧只说得一声：“禀告方丈……”便已见到乔峰，脸上露出惊诧愤怒的神色，不知他何以竟在此处。其余众僧也都横眉怒目，狠狠的瞪着乔峰。

玄慈方丈神色庄严，缓缓的道：“施主虽已不在丐帮，终是武林中的成名人物。今日驾临敝寺，出手击死玄苦师弟，不知所为何来，还盼指教。”

乔峰长叹一声，对着玄苦的尸身拜伏在地，说道：“师父，你临死之时，还道是弟子下手害你，以致饮恨而殁。弟子虽万万不敢冒犯师父，但奸人所以加害，正是因弟子而起。弟子今日一死以谢恩师，殊不足惜，但从此师父的大仇便不得报了。弟子有犯少林尊严，师父恕罪。”猛地呼呼两声，吐出两口长气。堂中两盏油灯应声而灭，登时黑漆一团。

乔峰出言祷祝之时，心下已盘算好了脱身之策。他一吹灭油灯，左手挥掌击在守律僧的背心，这一掌全是阴柔之力，不伤他内脏，但将他一个肥大的身躯拍得穿堂破门而出。

黑暗中群僧听得风声，都道乔峰出门逃走，各自使出擒拿手法，抓向守律僧身上。众僧都是一般的心思，不愿下重手将乔峰打死，要擒住了详加盘问，他害死玄苦大师，到底所为何来。这十余位高僧均是少林寺第一流好手。少林寺第一流好手，自也是武林中的第一流好手。各人擒拿手法并不相同，却各有独到之处。一时之间，擒龙手、鹰爪手、虎爪功、金刚指、握石掌……各种各式少林派最高明的擒拿手法，都抓在守律僧身上。众高僧武功也真了得，黑暗中单听风声，出手不差厘毫。那守律僧这一下可吃足了苦头，霎时之间，周身要穴着了诸般擒拿手法，身子凌空而悬，作声不得，这等经历，只怕自古以来从未有人受过。

这些高僧阅历既深，应变的手段自也了得，当时更有人飞身上屋，守住屋顶。证道院的各处通道和前门后门，片刻间便有高手僧人占住要处。别说乔峰是条长大汉子，他便是化身为狸猫老鼠，只怕也难以逃脱。

小沙弥青松取过火刀火石，点燃了堂中油灯，众僧立即发觉是抓错了守律僧。

达摩院首座玄难大师传下号令，全寺僧众各守原地，不得乱动。群僧均想，乔峰胆子再大，也决不敢孤身闯进少林寺这龙潭虎穴来杀人，必定另有强援，多半乘乱另有图谋，可不能中了调虎离山之计。

证道院中的十余高僧和持戒僧所率领的一干僧众，则在证道院邻近各处细搜，几乎每一块石头都翻了转来，每一片草丛都有人用棍棒拍打。这么一来，众位大和尚虽说慈悲为怀，有好生之德，但蛤蟆、地鼠、蚱蜢、蚂蚁，却也误伤了不少。

忙碌了一个多时辰，只差着没将土地挖翻，却哪里找得着乔峰？各人都是啧啧连声，称奇道怪，偶尔不免口出几句辱骂之言，佛家十戒虽戒“恶语”，那也顾不得了。当下将玄苦大师的法体移入“舍利院”中火化，将守律僧送到“药王院”去用药治伤。群僧垂头丧气，相对默然，都觉这一次的脸实在丢得厉害。少林寺高手如云，以这十余位高僧的武功声望，每一个在武林中都叫得出响当当的字号，竟让乔峰赤手空拳，独来独往，别说杀伤擒拿，连他如何逃走，竟也摸不着半点头脑。

原来乔峰料到变故一起，群僧定然四处追寻，但于适才聚集的室中，却决计不会着意，是以将守律僧一掌拍出之后，身子一缩，悄没声的钻到了玄苦大师生前所睡的床下，十指插入床板，身子紧贴床板。虽然也有人曾向床底匆匆一瞥，却看不到他。待得玄苦大师的法体移出，执事僧将证道院的板门带上，更没人进来了。

乔峰横卧床底，耳听得群僧扰攘了半夜，人声渐息，寻思：“等到天明，脱身可又不易了，此时不走，更待何时？”从床底悄悄钻将出来，轻推板门，闪身躲在树后。

心想此刻人声虽止，但少林众高僧岂能就此罢休，放松戒备？证道院是在少林寺的极西之处，只须更向西行，即入丛山。只要一出少林寺，群僧人手分散，纵然遇上，也决计拦截他不住。但他雅不欲与少林僧众动手，只盼日后擒到真凶，带入寺来，说明原委。今日多与一僧动手，多胜一人，便是多结一个无谓的冤家，倘若自己失手伤人杀人，更加不堪设想。自己在寺西失踪，群僧看守最严的，必是寺西通向少室山的各处山径。他略一盘算，心想最稳妥的途径，反是穿寺而过，从东方离寺。

当下矮着身子，在树木遮掩下悄步而行，横越过四座院舍，躲在一株菩提树之后，忽见对面树后伏着两僧。那两名僧人丝毫不动，黑暗中绝难发觉，只是他眼光尖利，见到一僧手中所持戒刀上的闪光，心道：“好险！我刚才倘若走得稍快，行藏非败露不可。”在树后守了一会，那两名僧人始终不动，这一个“守株待兔”之策倒也十分厉害，自己只要一动，便给二僧发现，可是又不能长期僵持，始终不动。

他略一沉吟，拾起一块小石子，伸指弹出，这一下劲道使得甚巧，初缓后急，石子飞出时无甚声音，到得七八丈外，破空之声方厉，击在一株大树上，拍的一响，发出异声。

那二僧矮着身子，疾向那大树扑去。

乔峰待二僧越过自己，纵身跃起，翻入了身旁的院子，月光下瞧得明白，一块匾额上写着“菩提院”三字。他知那二僧不见异状，定然去而复回，当下更不停留，直趋后院，穿过菩提院前堂，斜身奔入后殿。

一瞥眼间，只见一条大汉的人影迅捷异常的在身后一闪而过，身法之快，直是罕见。

乔峰吃了一惊：“好身手，这人是谁？”回掌护身，回过头来，不由得哑然失笑，只见对面也是一条大汉单掌斜立，护住面门，含胸拔背，气凝如岳，原来后殿的佛像之前安着一座屏风，屏风上装着一面极大的铜镜，擦得晶光净亮，镜中将自己的人影照了出来，铜镜上镌着四句经偈，佛像前点着几盏油灯，昏黄的灯光之下，依稀看到是：“一切有为法，如梦幻泡影，如露亦如电，当作如是观。”

乔峰一笑回首，正要举步，猛然间心头似被什么东西猛力一撞，登时呆了，他只知在这一霎时间，想起了一件异常重要的事情。然而是什么事，却模模糊糊的捉摸不住。

怔立片刻，无意中回头又向铜镜瞧了一眼，见到了自己的背影，猛地省悟：“我不久之前曾见过我自己的背影，那是在什么地方？我又从来没见过这般大的铜镜，怎能如此清晰的见到我自己背影？”正自出神，忽听得院外脚步声响，有数人走了进来。

百忙中无处藏身，见殿上并列着三尊佛像，当即窜上神座，躲到了第三座佛像身后。听脚步声共是六人，排成两列，并肩来到后殿，各自坐在一个蒲团之上。乔峰从佛像后窥看，见六人都是中年僧人，心想：“我此刻窜向后殿，这六僧如均武功平平，那便不致发现，但只要其中有一人内功深湛，耳目聪明，就能知觉。且静候片刻再说。”

忽听得右首一僧道：“师兄，这菩提院中空荡荡地，有什么经书？师父为什么叫咱们来看守？说什么防敌人偷盗？”左首一僧微微一笑，道：“这是菩提院的秘密，多说无益。”右首的僧人道：“哼，我瞧你也未必知道。”左首的僧人受激不过，说道：“我怎不知道？‘一梦如是’……”他说了这半句话，蓦地惊觉，突然住口。右首的僧人问道：“什么叫做‘一梦如是’？”坐在第二个蒲团上的僧人道：“止清师弟，你平时从来不多嘴多舌，怎地今天问个不休？你要知道菩提院的秘密，去问你自己师父罢。”

那名叫止清的僧人便不再问，过了一会，道：“我到后面方便去。”说着站起身来。他自右首走向左边侧门，经过自左数来第五名僧人的背后时，忽然右脚一起，便踢中了那僧后心“悬枢穴”。悬枢穴在人身第十三脊椎之下，那僧在蒲团上盘膝而坐，悬枢穴正在蒲团边缘，被止清足尖踢中，身子缓缓向右倒去。这止清出足极快，却又悄无声息，跟着便去踢那第四僧的“悬枢穴”，接着又踢第三僧，霎时之间，接连踢倒三僧。

乔峰在佛像之后看得明白，心下大奇，不知这些少林僧何以忽起内哄。只见那止清伸足又踢左首第二僧，足尖刚碰上他穴道，那被他踢中穴道的三僧之中，有两僧从蒲团上跌了下来，脑袋撞到殿上砖地，砰砰有声。左首那僧吃了一惊，跃起身来察看，瞥眼见到止清出足将他身右的僧人踢倒，更是惊骇，叫道：“止清，你干什么？”止清指着外面道：“你瞧，是谁来了？”那僧人掉头向外看去，止清飞起右脚，往他后心疾踢。

这一下出足极快，本来非中不可，但对面铜镜将这一脚偷袭照得清清楚楚，那僧斜身避过，反手还掌，叫道：“你疯了么？”止清出掌如风，斗到第八招时，那僧人小腹中拳，跟着又给踹了一脚。乔峰见止清出招阴柔险狠，浑不是少林派的家数，心下更奇。

那僧人情知不敌，大声呼叫：“有奸细，有奸细……”止清跨步上前，左拳击中他的胸口，那僧人登时晕倒。

止清奔到铜镜之前，伸出右手食指，在镜上那首经偈第一行第一个“一”字上一揿。乔峰从镜中见他跟着又在第二行的“梦”字上揿了一下，心想：“那僧人说秘密是‘一梦如是’，镜上共有四个‘如’字，不知该揿哪一个？”

但见止清伸指在第三行的第一个“如”字上一揿，又在第四行的“是”字上一揿。他手指未离镜面，只听得轧轧声响，铜镜已缓缓翻起。

乔峰这时如要脱身而走，原是良机，但他好奇心起，要看个究竟，为什么这少林僧要戕害同门，铜镜后面又有什么东西，说不定这事和玄苦大师被害之事有关。

左首第一僧被止清击倒之前曾大声呼叫，少林寺中正有百余名僧众在四处巡逻，一听得叫声，纷纷赶来。但听得菩提寺东南西北四方都有不少脚步声传到。

乔峰心下犹豫：“莫要给他们发现了我的踪迹。”但想群僧一到，目光都射向止清，自己脱身之机甚大，也不必急于逃走。只见止清探手到铜镜后的一个小洞中去摸索，却摸不到什么。便在这时，从北而来的脚步声已近菩提院门外。

止清一顿足，显是十分失望，正要转身离开，忽然矮身往铜镜的背面一张，低声喜呼：“在这里了！”伸手从铜镜背面摘下一个小小包裹，揣在怀里，便欲觅路逃走，但这时四面八方群僧大集，已无去路。止清四面一望，当即从菩提院的前门中奔了出去。

乔峰心想：“此人这么出去，非立时遭擒不可。”便在此时，只觉风声飒然，有人扑向他的藏身之处，乔峰听风辨形，左手一伸，已抓住了敌人的左腕腕门，右手一搭，按在他背心神道穴上，内力吐出，那人全身酸麻，已然不能动弹。乔峰拿住敌人，凝目瞧他面貌，竟见此人就是止清。他一怔之下，随即明白：“是了！这人如我一般，也到佛像之后藏身，凑巧也挑中了这第三尊佛像，想是这尊佛像身形最是肥大之故。他为什么先从前门奔出，却又悄悄从后门进来？嗯，地下躺着五个和尚，待会旁人进来一问，那五个和尚都说他从前门逃走了，大家就不会在这菩提院中搜寻。嘿，此人倒也工于心计。”

乔峰心中寻思，手上仍是拿住止清不放，将嘴唇凑到他耳边，低声道：“你若声张，我一掌便送了你的性命，知不知道？”止清点了点头。

便在这时，大门中冲进七八个和尚，其中三人手持火把，大殿上登时一片光亮。众僧见到殿上五僧横卧在地，登时吵嚷起来：“乔峰那恶贼又下毒手！”“嗯，是止湛、止渊师兄他们！”“啊哟，不好！这铜镜怎么给掀起了？乔峰盗去了菩提院的经书！”“快快禀报方丈。”乔峰听到这些人纷纷议论，不禁苦笑：“这笔帐又算在我的身上。”片刻之间，殿上聚集的僧众愈来愈多。

乔峰只觉得止清挣扎了几下，想要脱身逃走，已明其意：“此刻群僧集在殿上，止湛、止渊他们未醒。这止清僧若要逃走，这时正是良机，他便大摇大摆的在殿上出现，也无人起疑，人人都道我是凶手。”随即心中又是一动：“看来这止清还不够机灵，他当时何必躲在这里？他从殿中出去，怎会有人盘问于他？”

突然之间，殿上人声止息，谁都不再开口说一句话，跟着众僧齐声道：“参见方丈，参见达摩院首座，参见龙树院首座。”

只听得拍拍轻响，有人出掌将止湛、止渊等五僧拍醒，又有人问道：“是乔峰作的手脚么？他怎么会得知铜镜中的秘密？”止湛道：“不是乔峰，是止清……”突然纵跃声起，骂道：“好，好！你为什么暗算同门？”

乔峰在佛像之后，无法看到他在骂谁。

只听得一人大声惊叫："止湛师兄，你拉我干么？"止湛怒道："你踢倒我等五人，盗去经书，这般大胆！禀告方丈，叛贼止清，私开菩提院铜镜，盗去藏经！"那人叫道："什么？什么？我一直在方丈身边，怎会来盗什么藏经？"

一个苍老嘶哑的声音森然道："先关上铜镜，将经过情形说来。"

止渊走过去将铜镜放回原处。这一来，殿上群僧的情状，乔峰在镜中瞧得清清楚楚。只见一僧指手划脚，甚是激动，乔峰向他瞧了一眼，不由得吃了一惊，原来这人正是止清。乔峰一惊之下，自然而然的再转头去看身旁被自己擒住那僧，只见这人的相貌和殿上的止清僧全然一样，细看之下，或有小小差异，但一眼瞧去，殊无分别。乔峰寻思："世上形貌如此相像之人，极是罕有。是了，想他二人是孪生兄弟。这法子倒妙，一个到少林寺来出家，一个在外边等着，待得时机到来，另一个扮作和尚到寺中来盗经。那真止清寸步不离方丈，自是无人对他起疑。"

只听得止湛将止清如何探问铜镜秘密，自己如何不该随口说了四字，止清如何假装出外方便、偷袭踢倒四僧，又如何和自己动手、将自己打倒等情，一一说了。止湛讲述之时，止渊等四僧不住附和，证实他的言语全无虚假。

玄慈方丈脸上神色一直不以为然，待止湛说完，缓缓问道："你瞧清楚了？确是止清无疑？"止湛和止渊等齐道："禀告方丈，我们和止清无冤无仇，怎敢诬陷于他？"玄慈叹道："此事定有别情。刚才止清一直在我身边，并未离开。达摩院首座也在一起。"

方丈此言一出，殿上群僧谁也不敢作声。达摩院首座玄难大师说道："正是。我也瞧见止清陪着方丈师兄，他怎会到菩提院来盗经？"龙树院首座玄寂问道："止湛，那止清和你动手过招，拳脚中有何特异之处？”他便是那个语音苍老嘶哑之人。

止湛大叫一声：“啊也！我怎么没想起来？那止清和弟子动手，使的不是本门武功。”玄寂道：“是哪一门哪一派的功夫，你能瞧得出来吗？”见止湛脸上一片茫然，无法回答，又问：“是长拳呢，还是短打？擒拿手？还是地堂、六合、通臂？”止湛道：“他……他的功夫阴毒得紧，弟子几次都是莫名其妙的着了他道儿。”

玄寂、玄难等几位行辈最高的老僧和方丈互视一眼，均想，今日寺中来了本领极高的对手，玩弄玄虚，叫人如堕五里雾中，为今之计，只有一面加紧搜查，一面镇定从事，见怪不怪，否则寺中惊扰起来，只怕祸患更加难以收拾。

玄慈双手合什，说道：“菩提院中所藏经书，乃本寺前辈高僧所著阐扬佛法、渡化世人的大乘经论，倘若佛门弟子得了去，念诵钻研，自然颇有裨益。但如世俗之人得去，不加尊重，实是罪过不小。各位师弟师侄，自行回归本院安息，有职司者照常奉行。”

群僧遵嘱散去，只止湛、止渊等，还是对着止清唠叨不休。玄寂向他们瞪了一眼，止湛等吃了一惊，不敢再说什么，和止清并肩而出。

群僧退去，殿上只留下玄慈、玄难、玄寂三僧，坐在佛像前蒲团之上。玄慈突然说道：“阿弥陀佛，罪过罪过！”这八字一出口，三僧忽地飞身而起，转到了佛像身后，从三个不同方位齐向乔峰出掌拍来。

乔峰没料到这三僧竟已在铜镜之中，发现了自己踪迹，更想不到这三个老僧老态龙钟，说打便打，出掌如此迅捷威猛。一霎时间，已觉呼吸不畅，胸口气闭，少林寺三高僧合击，确是非同小可。百忙中分辨掌力来路，只觉上下左右及身后五个方位，已全被三僧的掌力封住，倘若硬闯，非使硬功不可，不是击伤对方，便是自己受伤。一时不及细想，双掌运力向身前推出，喀喇喇声音大响，身前佛像被他连座推倒。乔峰顺手提起止清，纵身而前，只觉背心上掌风凌厉，掌力未到，风势已及。

乔峰不愿与少林高僧对掌斗力，右手抓起身前那座装有铜镜的屏风，回臂转腕，将屏风如盾牌般挡在身后，只听得当的一声大响，玄难一掌打在铜镜之上，只震得乔峰右臂隐隐酸麻，镜周屏风碎成数块。

乔峰借着玄难这一掌之力，向前纵出丈余，忽听得身后有人深深吸了口气，声音大不寻常。乔峰立知有一位少林高僧要使“劈空神拳”这一类的武功，自己虽然不惧，却也不欲和他以功力相拼，当即又将铜镜挡到身后，内力也贯到了右臂之上。

便在此时，只觉得对方的掌风斜斜而来，方位殊为怪异。乔峰一愕，立即醒觉，那老僧的掌力不是击向他背心，却是对准了止清的后心。乔峰和止清素不相识，原无救他之意，但既将他提在手中，自然而然起了照顾的念头，一推铜镜，已护住了止清，只听得拍的一声闷响，铜镜声音哑了，原来这镜子已被玄难先前的掌力打裂，这时再受到玄慈方丈的劈空掌，便声若破锣。

乔峰回镜挡架之时，已提着止清跃向屋顶，只觉他身子甚轻，和他魁梧的身材实在颇不相称，但那破锣似的声音一响，自己竟然在屋檐上立足不稳，膝间一软，又摔了下来。他自行走江湖以来，从来没遇到过如此厉害的对手，不由得吃了一惊，一转身，便如渊渟岳峙般站在当地，气度沉雄，浑不以身受强敌围攻为意。

玄慈说道：“阿弥陀佛，乔施主，你到少林寺来杀人之余，又再损毁佛像。”

玄寂喝道：“吃我一掌！”双掌自外向里转了个圆圈，缓缓向乔峰推了过来。他掌力未到，乔峰已感胸口呼吸不畅，顷刻之间，玄寂的掌力如怒潮般汹涌而至。

乔峰抛去铜镜，右掌还了一招“降龙十八掌”中的“亢龙有悔”。两股掌力相交，嗤嗤有声，玄寂和乔峰均退了三步。乔峰一霎时只感全身乏力，脱手放下止清，但一提真气，立时便又精神充沛，不等玄寂第二掌再出，叫道：“失陪了！”提起止清，飞身上屋而去。

玄难、玄寂二僧同时“咦”的一声，骇异无比。玄寂适才所出那一掌，实是毕生功力之所聚，叫作“一拍两散”，所谓“两散”，是指拍在石上，石屑四“散”、拍在人身，魂飞魄“散”。这路掌法就只这么一招，只因掌力太过雄浑，临敌时用不着使第二招，敌人便已毙命，而这一掌以如此排山倒海般的内力为根基，要想变招换式，亦非人力之所能。不料乔峰接了这一招，非但不当场倒毙，居然在极短的时间之中便即回力，携人上屋而走。

玄难叹道：“此人武功，当真了得！”玄寂道：“须当及早除去，免成无穷大患。”玄难连连点头。玄慈方丈却遥望乔峰去路的天边，怔怔出神。

乔峰临去时回头一瞥，只见铜镜被玄慈方丈那一拳打得碎成数十块，散在地下，每块碎片之中，都映出了他的后影。乔峰又是没来由的一怔：“为什么每次我看到自己背影，总是心下不安？到底其中有什么古怪？”其时急于远离少林，心头虽浮上这层疑云，在一阵急奔之下，便又忘怀了。

少室山中的道路他极是熟悉，窜向山后，尽拣陡削的窄路行走，奔出数里，耳听得并无少林僧众追来，心下稍定，将止清放下地来，喝道：“你自己走罢！可别想逃走。”不料止清双足一着地，便即软瘫委顿，蜷成一团，似乎早已死了。乔峰一怔，伸手去探他鼻息，只觉呼吸若有若无，极是微弱，再去搭他脉搏，也是跳动极慢，看来立时便要断气。

乔峰心想：“我心中存着无数疑团，正要问你，可不能让你如此容易便死。这和尚落在我的手中，只怕阴谋败露，多半是服了烈性毒药自杀。”伸手到他胸口去探他心跳，只觉着手轻软，这和尚竟是个女子！

乔峰急忙缩手，越来越奇：“他……他是个女子所扮？”黑暗中无法细察此人形貌。他是个豪迈豁达之人，不拘小节，可不像段誉那么知书识礼，顾忌良多，提着止清后心拉了起来，喝道：“你到底是男人，还是女人？你不说实话，我可要剥光你衣裳来查明真相了？”止清口唇动了几动，想要说话，却说不出半点声音，显是命在垂危，如悬一线。

乔峰心想：“不论此人是男是女，是好是歹，总不能让他就此死去。”当下伸出右掌，抵在他后心，自己丹田中真气鼓荡，自腹至臂，自臂及掌，传入了止清体内，就算救不了他性命，至少也要在他口中问到若干线索。过不多时，止清脉搏渐强，呼吸也顺畅起来。乔峰见他一时不致便死，心下稍慰，寻思：“此处离少林未远，不能逗留太久。”当下双手将止清横抱在臂弯之中，迈开大步，向西北方行去。

这时又觉止清身躯极轻，和他魁梧的身材殊不相称，心想：“我除你衣衫虽是不妥，难道鞋袜便脱不得？”伸手扯下他右足僧鞋，一捏他的脚板，只觉着手坚硬，显然不是生人的肌肉，微微使力一扯，一件物事应手而落，竟是一只木制的假脚，再去摸止清的脚时，那才是柔软细巧的一只脚掌。乔峰哼了一声，暗道：“果然是个女子。”

当下展开轻功，越行越快，奔到天色黎明，估量离少林寺已有五十余里，抱着止清走到右首的一座小树林之中，见一条清溪穿林而过，走到溪旁，掬些清水洒在止清脸上，再用她僧袍的衣袖擦了几下，突然之间，她脸上肌肉一块块的落将下来。乔峰吓了一跳：“怎么她肌肤烂成了这般模样？”凝目细看，只见她脸上的烂肉之下，露出光滑晶莹的肌肤。

止清被乔峰抱着疾走，一直昏昏沉沉，这时脸上给清水一湿，睁开眼来，见到乔峰，勉强笑了一笑，轻轻说道："乔帮主！"实在太过衰弱，叫了这声后，又闭上眼睛。

乔峰见她脸上花纹斑斓，凹凹凸凸，瞧不清真貌，将她僧袍的衣袖在溪水中浸得湿透，在她脸上用力擦洗几下，灰粉簌簌应手而落，露出一张娇美的少女脸蛋来。乔峰失声叫道："是阿朱姑娘！"

乔装止清混入少林寺菩提院的，正是慕容复的侍婢阿朱。她改装易容之术，妙绝人寰，踩木脚增高身形，以棉花耸肩凸腹，更用面粉糊浆堆肿了面颊，戴上僧帽，穿上僧袍，竟连与止清日常见面的止湛、止渊等人也认不出来。

她迷迷糊糊之中，听得乔峰叫她"阿朱姑娘"，想要答应，又想解释为什么混入少林寺中，但半点力气也无，连舌头也不听使唤，竟然"嗯"的一声也答应不出。

乔峰初时认定止清奸诈险毒，自己父母和师父之死，定和他有极大关连，是以不惜耗费真力，救他性命，要着落在他身上查明诸般真相，心下早已打定主意，如他不说，便要以种种惨酷难熬的毒刑拷打逼迫。哪知此人真面目一现，竟然是那个娇小玲珑、俏美可喜的小姑娘阿朱，当真是做梦也料想不到。乔峰虽和阿朱、阿碧二人见过数面，又曾从西夏武士的手中救了她二人出来，但并不知阿朱精于易容之术，倘若换作段誉，便早就猜到了。

乔峰这时已辨明白她并非中毒，乃是受了掌力之伤，略一沉吟，已知其理，先前玄慈方丈发劈空掌击来，自己以铜镜挡架，虽未击中阿朱，但其时自己左手之中提着她，这凌厉之极的掌力已传到了她身上，想明此节，不由得暗自歉仄："倘若我不是多管闲事，任由她自来自去，她早已脱身溜走，决不致遭此大难。"他心中好生看重慕容复，爱屋及乌，对他的侍婢也不免青眼有加。心想："她所以受此重伤，全系因我之故。义不容辞，非将她治好不可。须得到市镇上，请大夫医治。"说道："阿朱姑娘，我抱你到镇上去治伤。"阿朱道："我怀里有伤药。"说着右手动了动，却无力气伸入怀中。

乔峰伸手将她怀中物事都取了出来，除了有些碎银，见有一个金锁片打造得十分精致，锁片上镌着两行小字："天上星，亮晶晶，永灿烂，长安宁。"此外有只小小的白玉盒子，正是谭公在杏子林中送给她的。乔峰心头一喜，知道这伤药极具灵效，说道："救你性命要紧，得罪莫怪。"伸手便解开了她衣衫，将一盒寒玉冰蟾膏尽数涂在她胸脯上。阿朱羞不可抑，伤口又感剧痛，登时便晕了过去。

乔峰替她扣好衣衫，把白玉盒子和金锁片放回她怀里，碎银子则自己取了，伸手抄起她身子，快步向北而行。

行出二十余里，到了一处人烟稠密的大镇，叫作许家集。乔峰找到当地最大一家客店，要了两间上房，将阿朱安顿好了，请了个医生来看她伤势。

那医生把了阿朱的脉搏，不住摇头，说道："姑娘的病是没药医的，这张方子只是聊尽人事而已。"乔峰看药方上写了些甘草、薄荷、桔梗、半夏之类，都是些连寻常肚痛也未必能治的温和药物。

他也不去买药，心想："倘若连冲霄洞谭公的灵药也治她不好，这镇上庸医的药更有何用？"当下又运真气，以内力输入她体内。顷刻之间，阿朱的脸上现出红晕，说道："乔帮主，亏你救我，要是落入了那些贼秃手中，可要了我的命啦。"乔峰听她说话的中气甚足，大喜道："阿朱姑娘，我真担心你好不了呢。"阿朱道："你别叫我姑娘什么的，直截了当的叫我阿朱便是了。乔帮主，你到少林寺去干什么？"乔峰道："我早不是什么帮主啦，以后别再叫我帮主。"阿朱道："嗯，对不住，我叫你乔大爷。"

乔峰道："我先问你，你到少林寺去干什么？"阿朱笑道："唉，说出来你可别笑我胡闹，我听说我家公子到了少林寺，想去找他，跟他说王姑娘的事。哪知道我好好的进寺去，守山门的那个止清和尚凶霸霸的说道，女子不能进少林寺。我跟他争吵，他反而骂我。我偏偏要进去，而且还扮作了他的模样，瞧他有什么法子？"

乔峰微微一笑，说道："你易容改装，终于进了少林寺，那些大和尚们可并不知你是女子啊。最好你进去之后，再以本来面目给那些大和尚们瞧瞧。他们气破了肚子，可半点奈何你不得。"他本来对少林寺极是尊敬，但一来玄苦已死，二来群僧不问青红皂白，便冤枉他弑父、弑母、弑师，犯了天下最恶的三件大罪，心下自不免气恼。

阿朱坐起身来，拍手笑道："乔大爷，你这主意真高。待我身子好了，我便男装进寺，再改穿女装，大摇大摆的走到大雄宝殿去居中一坐，让个个和尚气得在地下打滚，那才好玩呢！啊……"她一口气接不上来，身子软软的弯倒，伏在床上，一动不动了。

乔峰吃了一惊，食指在她鼻孔边一探，似乎呼吸全然停了。他心中焦急，忙将掌心贴在她背心"灵台穴"上，将真气送入她体内。不到一盏茶时分，阿朱慢慢仰起身来，歉然笑道："啊哟，怎么说话之间，我便睡着了，乔大爷，真对不住。"乔峰知道情形不妙，说道："你身子尚未复元，且睡一会养养神。"阿朱道："我倒不疲倦，不过你累了半夜，你请去歇一会儿罢。"乔峰道："好，过一会我来瞧你。"

他走到客堂中，要了五斤酒，两斤熟牛肉，自斟自饮。此时心下烦恼，酒入愁肠易醉，五斤酒喝完，竟然便微有醺醺之意。他拿了两个馒头，到阿朱房中去给她吃，进门后叫了两声，不闻回答，走到床前，只见她双目微闭，脸颊凹入，竟似死了。伸手去摸摸她额头，幸喜尚有暖气，忙以真气相助。阿朱慢慢醒转，接过馒头，高高兴兴的吃了起来。

这一来，乔峰知道她此刻全仗自己的真气续命，只要不以真气送入她体内，不到一个时辰便即气竭而死，那便如何是好？

阿朱见他沉吟不语，脸有忧色，说道："乔大爷，我受伤甚重，连谭老先生的灵药也治不了，是么？"乔峰忙道："不，不！没什么，将养几天，也就好了。"阿朱道："你别瞒我。我自己知道，只觉得心中空荡荡地，半点力气也没有。"乔峰道："你安心养病，我总有法子医好你。"阿朱听他语气，知道自己实是伤重，心下也不禁害怕，不由得手一抖，一个吃了一半的馒头便掉在地下。乔峰只道她内力又尽，当下又伸掌按她灵台穴。

阿朱这一次神智却尚清醒，只觉一股暖融融的热气从乔峰掌心传入自己身体，登时四肢百骸，处处感舒服。她微一沉吟，已明白自己其实已垂危数次，都靠乔峰以真气救活，心中又是感激，又是惊惶。她人虽机伶，终究年纪幼小，怔怔的流下泪来，说道："乔大爷，我不愿死，你别抛下我在这里不理我。"

乔峰听她说得可怜，安慰她道："决计不会的，你放心好啦。我乔峰是什么人，怎能舍弃身遭危难的朋友？"阿朱道："我不配做你朋友。乔大爷，我是要死了么？人死了之后会不会变鬼？"乔峰道："你不用多疑。你年纪这么小，受了这一点儿轻伤，怎么就会死？"阿朱道："你会不会骗人？"乔峰道："不会的。"阿朱道："你是武林中出名的英雄好汉，人家都说：'北乔峰，南慕容'，你和我家公子爷南北齐名，你生平有没说过不算数的话？"乔峰微笑道："小时候，我常常说谎。后来在江湖上行走，便不骗人啦。"阿朱道："你说我伤势不重，是不是骗我？"

乔峰心想："你若知道自己伤势极重，心中一急，那就更加难救。为了你好，说不得，只好骗你一骗。"便道："我不会骗你的。”阿朱叹了口气，说道：“好，我便放心了。乔大爷，我求你一件事。”乔峰道：“什么事？”阿朱道：“今晚你在我房里陪我，别离开我。”她想乔峰这一走开，自己只怕挨不到天明。乔峰道：“很好，你便不说，我也会坐在这里陪你。你别说话，安安静静的睡一会儿。”

阿朱闭上眼睛，过了一会，又睁开眼来，说道：“乔大爷，我睡不着，我求你一件事，行不行？”乔峰道：“什么事？”阿朱道：“我小时候睡不着，我妈便在我床边唱歌儿给我听。只要唱得三支歌，我便睡熟啦。”乔峰微笑道：“这会儿去找你妈妈，可不容易。”阿朱叹了口气，幽幽的道：“我爹爹、妈妈不知在哪里，也不知是不是还活在世上。乔大爷，你唱几支歌儿给我听罢。”

乔峰不禁苦笑，他这样个大男子汉，唱歌儿来哄一个少女入睡，可实在不成话，便道：“唱歌我当真不会。”阿朱道：“你小时候，你妈妈可有唱歌给你听？”乔峰搔了搔头，道：“那倒好像有的，不过我都忘了。就是记得，我也唱不来。”阿朱叹道：“你不肯唱，那也没法子。”乔峰歉然道：“我不是不肯唱，实在是不会。”阿朱忽然想起一事，拍手笑道：“啊，有了，乔大爷，我再求你一件事，这一次你可不许不答允。”

乔峰觉得这个小姑娘天真烂漫，说话行事却往往出人意表，她说再求自己一件事，不知又是什么精灵古怪的玩意，说道：“你先说来听听，能答允就答允，不能答允就不答允。”阿朱道：“这件事，世上之人，只要满得四五岁，那就谁都会做，你说容易不容易？”乔峰不肯上当，道：“到底是什么事，你总得说明白在先。”阿朱嫣然一笑，道：“好罢！你讲几个故事给我听，兔哥哥也好，狼婆婆也好，我就睡着了。”

乔峰皱起眉头，脸色尴尬。不久之前，他还是个叱咤风云、领袖群豪、江湖第一大帮的帮主。数日之间，被人免去帮主，逐出丐帮，父母师父三个世上最亲之人在一日内逝世，再加上自己是胡是汉，身世未明，却又负了叛逆弑亲的三条大罪，如此重重打击加上身来，没一人和他分忧，那也罢了，不料在这客店之中，竟要陪伴这样一个小姑娘唱歌讲故事。这等婆婆妈妈的无聊事，他从前只要听见半句，立即就掩耳疾走。他生平只喜欢和众兄弟喝酒猜拳、喧哗叫嚷，酒酣耳热之余，便纵谈军国大事，讲论天下英雄。什么讲个故事听听，兔哥哥、狼婆婆的，那真是笑话奇谈了。

然而一瞥眼间，见阿朱眼光中流露出热切盼望的神气，又见她容颜憔悴，心想："她受了如此重伤，只怕已难以痊愈，一口气接不上来，随时便能丧命。她想听故事，我便随口说一个罢。"便道："好，我就讲个故事给你听，就怕你会觉得不好听。"

阿朱喜上眉梢，道："一定好听的，你快讲罢。"

乔峰虽然答允了，真要他说故事，可实在说不上来，过了好一会，才道："嗯，我说一个狼故事。从前，有一个老公公，在山里行走，看见有一只狼，给人缚在一只布袋里，那狼求他释放，老公公便解开布袋，将狼放了出来。那狼……"阿朱接口道："那狼说它肚子饿了，要吃老公公，是不是？"乔峰道："唉，这故事你听见过的？"阿朱道："这是中山狼的故事。我不爱听书上的故事，我要你讲乡下的，不是书上写的故事。"

乔峰沉吟道："不是书上的，要是乡下的故事。好，我讲一个乡下孩子的故事给你听。

"从前，山里有一家穷人家，爹爹和妈妈只有一个孩子。那孩子长到七岁时，身子已很高大，能帮着爹爹上山砍柴了。有一天，爹爹生了病，他们家里很穷，请不起大夫，买不起药。可是爹爹的病一天天重起来，不吃药可不行，于是妈妈将家中仅有的六只母鸡、一篓鸡蛋，拿到镇上去卖。

"母鸡和鸡蛋卖得了四钱银子，妈妈便去请大夫。可是那大夫说，山里路太远，不愿去看病，妈妈苦苦哀求他，那大夫总是摇头不允。妈妈跪下来求恳。那大夫说：‘到你山里穷人家去看病，没的惹了一身瘴气穷气。你四钱银子，又治得了什么病？’妈妈拉着他袍子的衣角，那大夫用力挣脱，不料妈妈拉得很紧，嗤的一声，袍子便撕破了一条长缝。那大夫大怒，将妈妈推倒在地下，又用力踢了她一脚，还拉住她要赔袍子，说这袍子是新缝的，值得二两银子。”

阿朱听他说到这里，轻声道：“这个大夫实在太可恶了。”

乔峰仰头瞧着窗外慢慢暗将下来的暮色，缓缓说道：“那孩子陪在妈妈身边，见妈妈给人欺侮，便冲上前去，向那大夫又打又咬。但他只是个孩子，有什么力气，给那大夫抓了起来，掼到了大门外。妈妈忙奔到门外去看那孩子。那大夫怕那女人再来纠缠，便将大门关上了。孩子额头撞在石块上，流了很多血。妈妈怕事，不敢再在大夫门前逗留，便一路哭泣，拉着孩子的手，回家去了。

“那孩子经过一家铁店门前，见摊子上放着几把杀猪杀牛的尖刀。打铁师傅正在招呼客人买犁耙、锄头，忙得不可开交，那孩子便偷了一把尖刀，藏在身边，连妈妈也没瞧见。

“到得家中，妈妈也不将这事说给爹爹听，生怕爹爹气恼，更增病势，要将那四钱银子取出来交给爹爹，不料一摸怀中，银子却不见了。

“妈妈又惊慌又奇怪，出去问儿子，只见孩子拿着一把明晃晃的新刀，正在石头上磨，妈妈问他：‘刀子哪里来的？’孩子不敢说是偷的，便撒谎道：‘是人家给的。’妈妈自然不信，这样一把尖头新刀，市集上总得卖钱半二钱银子，怎么会随便送给孩子？问他是谁送的，那孩子却又说不上来。妈妈叹了口气，说道：‘孩子，爹爹妈妈穷，平日没能买什么玩意儿给你，当真委屈了你。你买了把刀子来玩，男孩子家，也没什么。多余的钱你给妈妈，爹爹有病，咱们买斤肉来煨汤给他喝。’那孩子一听，瞪着眼道：‘什么多余的钱？’妈妈道：‘咱们那四钱银子，你拿了去买了刀子，是不是？’那孩子急了，叫道：‘我没拿钱，我没拿钱。’爹爹妈妈从来不打他骂他，虽然只是个几岁大的孩子，也当他客人一般，一向客客气气的待他……”

乔峰说到这里，心中忽然一凛：“为什么这样？天下父母亲对待儿子，可从来不是这样的，就算溺爱怜惜，也决不会这般的尊重而客气。”自言自语：“为什么这样奇怪？”

阿朱问道：“什么奇怪啊？”说到最后两字时，已气若游丝。乔峰知她体内真气又竭，当即伸掌抵在她背心，以内力送入她体内。

阿朱精神渐复，叹道：“乔大爷，你每给我渡一次气，自己的内力便消减一次，练武功之人，真气内力是第一要紧的东西。你这般待我，阿朱……如何报答？”乔峰笑道：“我只须静坐吐纳，练上几个时辰，真气内力便又恢复如常，又说得上什么报答？我和你家主人慕容公子千里神交，虽未见面，我心中已将他当作了朋友。你是他家人，何必和我见外？”阿朱黯然道：“我每隔一个时辰，体气便渐渐消逝，你总不能……总不能永远……”乔峰道：“你放心，咱们总能找一位医道高明的大夫，给你治好伤势。”

阿朱微笑道：“只怕那大夫嫌我穷，怕沾上瘴气穷气，不肯给我医治。乔大爷，你那故事还没说完呢，什么事好奇怪？”

乔峰道：“嗯，我说溜了嘴。妈妈见孩子不认，也不说了，便回进屋中。过了一会，孩子磨完了刀回进屋去，只听妈妈正在低声和爹爹说话，说他偷钱买了一柄刀子，却不肯认。他爹爹道：‘这孩子跟着咱们，从来没什么玩的，他要什么，由他去罢，咱们一向挺委屈了他。’二人说到这里，看见孩子进屋，便住口不说了。爹爹和颜悦色的摸着他头，道：‘乖孩子，以后走路小心些，怎么头上跌得这么厉害？’至于不见了四钱银子和他买了把新刀子的事，爹爹一句不提，甚至连半点不高兴的样子也没有。

“孩子虽然只有七岁，却已很懂事，心想：‘爹爹妈妈疑心我偷了钱去买刀子，要是他们狠狠的打我一顿，骂我一场，我也并不在乎。可是他们偏偏仍是待我这么好。’他心中不安，向爹爹道：‘爹，我没偷钱，这把刀子也不是买来的。’爹爹道：‘你妈多事，钱不见了，有什么打紧？大惊小怪的查问，妇道人家就心眼儿小。好孩子，你头上痛不痛？’那孩子只得答道：‘还好！’他想辩白，却无从辩起，闷闷不乐，晚饭也不吃，便去睡了。

“他在床上翻来覆去，说什么也睡不着，又听得妈妈轻轻哭泣，想是既忧心爹爹病重，又气恼日间受了那大夫的辱打。孩子悄悄起身，从窗子里爬了出去，连夜赶到镇上，到了那大夫门外。那屋子前门后门都关得紧紧地，没法进去。孩子身子小，便从狗洞里钻进屋去，见一间房的窗纸上透出灯光，大夫还没睡，正在煎药。孩子推开了房门……”

阿朱为那孩子担忧，说道：“这小孩儿半夜里摸进人家家里，只怕要吃大亏。”

乔峰摇头道：“没有。那大夫听得开门的声音，头也没抬，问道：‘谁？’孩子一声不出，走近身去，拔出尖刀，一刀便戳了过去。他身子矮，这一刀戳在大夫的肚子上。那大夫只哼了几声，便倒下了。”

阿朱“啊”的一声，惊道：“这孩子将大夫刺死了？”

乔峰点了点头，道：“不错。孩子又从狗洞里爬将出来，回到家里。黑夜之中来回数十里路，也累得他惨了。第二天早上，大夫的家人才发现他死了，肚破肠流，死状很惨，但大门和后门都紧紧闭着，里面好好的上了闩，外面的凶手怎么能进屋来？大家都疑心是大夫家中自己人干的。知县老爷将大夫的兄弟、妻子都捉去拷打审问，闹了几年，大夫的家也就此破了。这件事始终成为许家集的一件疑案。”

阿朱道：“你说许家集？那大夫……便是这镇上的么？”

乔峰道："不错。这大夫姓邓。本来是这镇上最出名的医生，远近数县，都是知名的。他的家在镇西，本来是高大的白墙，现下都破败了。刚才我去请医生给你看病，还到那屋子前面去看来。"

阿朱问道："那个生病的老爹呢？他的病好了没有。"乔峰道："后来少林寺一位和尚送了药，治好了他的病。"阿朱道："少林寺中倒也有好和尚。"乔峰道："自然有。少林寺中有几位高僧仁心侠骨，着实令人可敬。"说着心下黯然，想到了受业恩师玄苦大师。

阿朱"嗯"的一声，沉吟道："那大夫瞧不起穷人，不拿穷人的性命当一回事，固然可恶，但也罪不至死。这个小孩子，也太野蛮了。我真不相信有这种事情，七岁大的孩子，怎地胆敢动手杀人？啊，乔大爷，你说这是个故事，不是真的？"乔峰道："是真的事情。"阿朱叹息一声，轻声道："这样凶狠的孩子，倒像是契丹的恶人！"

乔峰突然全身一颤，跳起身来，道："你……你说什么？"

阿朱见到他脸上变色，一惊之下，蓦地里什么都明白了，说道："乔大爷，乔大爷，对不起，我……我不是有意用言语伤你。当真不是故意……"乔峰呆立片刻，颓然坐下，道："你猜到了？"阿朱点点头。乔峰道："无意中说的言语，往往便是真话。我这么下手不容情，当真由于是契丹种的缘故？"阿朱柔声道："乔大爷，阿朱胡说八道，你不必介怀。那大夫踢你妈妈，你自小英雄气概，杀了他也不希奇。"

乔峰双手抱头，说道："那也不单因为他踢我妈妈，还因他累得我受了冤枉。妈妈那四钱银子，定是在大夫家中拉拉扯扯之时掉在地下了。我……我生平最受不得给人冤枉。"

可是，便在这一日之中，他身遭三桩奇冤。自己是不是契丹人，还无法知晓，但乔三槐夫妇和玄苦大师，却明明不是他下手杀的，然而杀父、杀母、杀师这三件大罪的罪名，却都安在他的头上。到底凶手是谁？如此陷害他的是谁？

便在这时，又想到了另一件事："为什么爹爹妈妈都说，我跟着他们是委屈了我？父母穷，儿子自然也穷，有什么委屈不委屈的？只怕我的确不是他们亲生儿子，是旁人寄养在他们那里的。想必交托寄养之人身份甚高，因此爹爹妈妈待我十分客气，不但客气，简直是敬重。那寄养我的人是谁？多半便是汪帮主了。"他父母待他，全不同寻常父母对待亲儿，以他生性之精明，照理早该察觉，然而从小便是如此，习以为常，再精明的人也不会去细想，只道他父母特别温和慈祥而已。此刻想来，只觉事事都证实自己是契丹夷种。

阿朱安慰他道："乔大爷，他们说你是契丹人，我看定是诬蔑造谣。别说你慷慨仁义，四海闻名，单是你对我如此一个微不足道的小丫鬟，也这般尽心看顾，契丹人残毒如虎狼一般，跟你是天上地下，如何能够相比？"

乔峰道："阿朱，倘若我真是契丹人呢，你还受不受我看顾？"

其时中土汉人，对契丹切齿痛恨，视作毒蛇猛兽一般，阿朱一怔，说道："你别胡思乱想，那决计不会。契丹族中要是能出如你这样的好人，咱们大家也不会痛恨契丹人了。"

乔峰默然不语，心道："如果我真是契丹人，连阿朱这样的小丫鬟也不会理我了。"霎时之间，只觉天地虽大，竟无自己容身之所，思涌如潮，胸口热血沸腾，自知为阿朱接气多次，内力消耗不少，当下盘膝坐在床畔椅上，缓缓吐纳运气。

阿朱也闭上了眼睛。

玄难光了一双膀子，露出瘦骨棱棱的两条长臂，狂怒之下，脸色铁青，双臂直上直下，猛攻而前。

十九

虽万千人吾往矣

乔峰运功良久，忽听得西北角上高处传来阁阁两声轻响，知有武林中人在屋顶行走，跟着东南角上也是这么两响。听到西北角上的响声时，乔峰尚不以为意，但如此两下凑合，多半是冲着自己而来。他低声向阿朱道：“我出去一会，即刻就回来，你别怕。”阿朱点了点头。乔峰也不吹灭烛火，房门本是半掩，他侧身挨了出去，绕到后院窗外，贴墙而立。

只听得客店靠东一间上房中有人说道：“是向八爷么？请下来罢。”西北角上那人笑道：“关西祁老六也到了。”房内那人道：“好极，好极！一块儿请进。”屋顶两人先后跃下，走进了房中。

乔峰心道：“关西祁老六人称‘快刀祁六’，是关西闻名的好汉。那向八爷想必是湘东的向望海，听说此人仗义疏财，武功了得。这两人不是奸险之辈，跟我素无纠葛，决不是冲着我来，倒是瞎疑心了。房中那人说话有些耳熟，却是谁人？”

只听向望海道：“‘阎王敌’薛神医突然大撒英雄帖，遍邀江湖同道，势头又是这般紧迫，说什么‘英豪见帖，便请驾临’。鲍大哥，你可知为了何事？”

乔峰听到“阎王敌薛神医”六个字，登时惊喜交集：“薛神医是在附近么？我只道他远在甘州。若在近处，阿朱这小丫头可有救了。”

他早听说薛神医是当世医中第一圣手，只因“神医”两字太出名，连他本来的名字大家也都不知道了。江湖上的传说更加夸大，说他连死人也医得活，至于活人，不论受了多么重的伤，生了多么重的病，他总有法子能治，因此阴曹地府的阎罗王也大为头痛，派了无常小鬼去拘人，往往给薛神医从旁阻挠，拦路夺人。这薛神医不但医道如神，武功也颇了得。他爱和江湖上的朋友结交，给人治了病，往往向对方请教一两招武功。对方感他活命之恩，传授时自然决不藏私，教他的都是自己最得意的功夫。

只听得快刀祁六问道：“鲍老板，这几天做了什么好买卖啊？”乔峰心道：“怪道房中那人的声音听来耳熟，原来是‘没本钱’鲍千灵。此人劫富济穷，颇有侠名，当年我就任丐帮帮主，他也曾参与典礼。”

他既知房中是向望海、祁六、鲍千灵三人，便不想听人阴私，寻思：“明日一早去拜访鲍千灵，向他探问薛神医的落脚之地。”正要回房，忽听得鲍千灵叹了口气，说道：“唉，这几天心境挺坏，提不起做买卖兴致，今天听到他杀父、杀母、杀师的恶行，更是气愤。”说着伸掌在桌上重重击了一下。

乔峰听到“杀父、杀母、杀师”这几个字，心中一凛：“他是在说我了。”

向望海道：“乔峰这厮一向名头很大，假仁假义，倒给他骗了不少人，哪想得到竟会干出这样滔天的罪行来。”鲍千灵道：“当年他出任丐帮帮主，我和他也有过一面之缘。这人过去的为人，我一向是十分佩服的。听赵老三说他是契丹夷种，我还力斥其非，和赵老三为此吵得面红耳赤，差些儿动手打上一架。唉，夷狄之人，果然与禽兽无异，他隐瞒得一时，到得后来，终于凶性大发。”祁六道：“没想到他居然出身少林，玄苦大师是他的师父。”鲍千灵道：“此事本来极为隐秘，连少林派中也极少人知。但乔峰既杀了他师父，少林派可也瞒不住了。这姓乔的恶贼只道杀了他父母和师父，便能隐瞒他的出身来历，跟人家来个抵死不认，没料到弄巧成拙，罪孽越来越大。”

乔峰站在门外，听到鲍千灵如此估量自己的心事，寻思：“‘没本钱’鲍千灵跟我算得上是有点交情的，此人决非信口雌黄之辈，连他都如此说，旁人自是更加说得不堪之极了。唉，乔某遭此不白奇冤，又何必费神去求洗刷？从此隐姓埋名，十余年后，教江湖上的朋友都忘了有我这样一号人物，也就是了。”霎时之间，不由得万念俱灰。

却听得向望海道：“依兄弟猜想，薛神医大撒英雄帖，就是为了商议如何对付乔峰。这位‘阎王敌’嫉恶如仇，又听说他跟少林寺的玄难、玄寂两位大师交情着实不浅。”鲍千灵说道：“不错，我想江湖上近来除了乔峰行恶之外，也没别的什么大事。向兄、祁兄，来来来，咱们干上几斤白酒，今夜来个抵足长谈。”

乔峰心想，他们就是说到明朝天亮，也不过是将我加油添酱的臭骂一夜而已，当下不愿再听，回到阿朱房中。

阿朱见他脸色惨白，神气极是难看，问道：“乔大爷，你遇上了敌人吗？”心下担忧，怕他受了内伤。乔峰摇了摇头。阿朱仍不放心，问道：“你没受伤，是不是？”

乔峰自踏入江湖以来，只有为友所敬、为敌所惧，哪有像这几日中如此受人轻贱卑视，他听阿朱这般询问，不由得傲心登起，大声道：“没有。那些无知小人对我乔某造谣诬蔑，倒是不难，要出手伤我，未必有这么容易。”突然之间，将心一横，激发了英雄气概，说道：“阿朱，明日我去给你找一个天下最好的大夫治伤，你放心安睡罢。”

阿朱瞧着他这副睥睨傲视的神态，心中又是敬仰，又是害怕，只觉眼前这人和慕容公子全然不同，可是又有很多地方相同，两人都是天不怕、地不怕，都是又骄傲、又神气。但乔峰粗犷豪迈，像一头雄狮，慕容公子却温文潇洒，像一只凤凰。

乔峰心意已决，更无挂虑，坐在椅上便睡着了。

阿朱见黯淡的灯光照在他脸上，过了一会，听得他发出轻轻鼾声，脸上的肌肉忽然微微扭动，咬着牙齿，方方的面颊两旁肌肉凸了出来。阿朱忽起怜悯之意，只觉得眼前这个粗壮的汉子心中很苦，比自己实是不幸得多。

次日清晨，乔峰以内力替阿朱接续真气，付了店帐，命店伴去雇了一辆骡车。他扶着阿朱坐入车中，然后走到鲍千灵的房外，大声道："鲍兄，小弟乔峰拜见。"

鲍千灵和向望海、祁六三人骂了乔峰半夜，倦极而眠，这时候还没起身，忽听得乔峰呼叫，都是大吃一惊，齐从炕上跳了下来，抽刀的抽刀，拔剑的拔剑，摸鞭的摸鞭。三人兵刃一入手，登时呆了，只见自己兵刃上贴着一张小小白纸，写着"乔峰拜上"四个小字。三人互望了几眼，心下骇然，知道昨晚睡梦之中，已给乔峰做下了手脚，他若要取三人性命，当真易如反掌。其中鲍千灵更是惭愧，他外号叫作"没本钱"，日走千家，夜闯百户，飞檐走壁，取人钱财，最是他的拿手本领，不料夜中着了乔峰的道儿，直到此刻方始知觉。

鲍千灵将软鞭缠还腰间，心知乔峰若有伤人之意，昨晚便已下手，当即抢到门口，说道："鲍千灵的项上人头，乔兄何时要取，随时来拿便是。鲍某专做没本钱生意，全副家当蚀在乔兄手上，也没什么。阁下连父亲、母亲、师父都杀，对鲍某这般泛泛之交，下手何必容情？"他一见到软鞭上的字条，便已打定了主意，知道今日之事凶险无比，索性跟他强横到底，真的无法逃生，也只好将一条性命送在他手中了。

乔峰抱拳道："当日山东青州府一别，匆匆数年，鲍兄风采如昔，可喜可贺。"鲍千灵哈哈一笑，说道："苟且偷生，直到如今，总算还没死。"乔峰道："听说'阎王敌'薛神医大撒英雄帖，在下颇想前去见识见识，便与三位一同前往如何？"

鲍千灵大奇，心想："薛神医大撒英雄帖，为的就在对付你。你没的活得不耐烦了，竟敢孤身前往，到底有何用意？久闻丐帮乔帮主胆大心细，智勇双全，若不是有恃无恐，决不会去自投罗网，我可别上了他的当才好。"

乔峰见他迟疑不答，道："乔某有事相求薛神医，还盼鲍兄引路。"

鲍千灵心想："我正愁逃不脱他的毒手，将他引到英雄宴中，群豪围攻，他便有三头六臂，终究寡不敌众。只是跟他一路同行，实是九死一生。"虽然心下惴惴，总想还是将他领到英雄会中去的为妙，便道："这英雄大宴，便设在此去东北七十里的聚贤庄。乔兄肯去，再好也没有了。鲍千灵有言在先，自来会无好会，宴无好宴，乔兄此去凶多吉少，莫怪鲍千灵事先不加关照。"

乔峰淡淡一笑，道："鲍兄好意，乔某心领。英雄宴既设在聚贤庄上，那么做主人的是游氏双雄了？聚贤庄的所在，那也容易打听，三位便请先行，小弟过得一个时辰，慢慢再去不迟，也好让大伙儿预备预备。"

鲍千灵回头向祁六和向望海两人瞧了一眼，两人缓缓点头。鲍千灵道："既是如此，我们三人在聚贤庄上恭候乔兄大驾。"

鲍、祁、向三人匆匆结了店帐，跨上坐骑，加鞭向聚贤庄进发。一路催马而行，时时回头张望，只怕乔峰忽乘快马，自后赶到，幸好始终不见。鲍千灵固是个机灵之极的人物，祁六和向望海也均是阅历富、见闻广的江湖豪客。但三人一路上商量推测，始终捉摸不透乔峰说要独闯英雄宴有何用意。

祁六忽道："鲍大哥，你见到乔峰身旁的那辆大车没有，这中间只怕有什么古怪。"向望海道："难道车中埋伏有什么厉害人物？"鲍千灵道："就算车中重重叠叠的挤满了人，挤到七八个，那也塞得气都透不过来了。加上乔峰，不足十人，到得英雄宴中，只不过如大海中的一只小船，那又有什么作为？"

说话之间，一路上遇到的武林同道渐多，都是赶到聚贤庄去赴英雄宴的。这次英雄宴乃临时所邀，但发的是无名帖，帖上不署宾客姓名，见者有份，只要是武林中人，一概欢迎。接到请帖之人连夜快马转邀同道，一个转一个，一日一夜之间，帖子竟也已传得极远。只因时间迫促，来到聚贤庄的，大都是少林寺左近方圆数百里内的人物。但河南是中州之地，除了本地武人之外，北上南下的武林知名之士得到讯息，尽皆来会，人数着实不少。

这次英雄宴由聚贤庄游氏双雄和"阎王敌"薛神医联名邀请。游氏双雄游骥、游驹家财豪富，交游广阔，武功了得，名头响亮，但在武林中既无什么了不起的势力，也算不上如何德高望重，原本请不到这许多英雄豪杰。那薛神医却是人人都要竭力与他结交的。武学之士尽管大都自负了得，却很少有人自信能够打遍天下无敌手，就算真的自以为当世武功第一，也难保不生病受伤。如能交上了薛神医这位朋友，自己就是多了一条性命，只要不是当场毙命，薛神医肯伸手医治，那便是死里逃生了。因此游氏双雄请客，收到帖子的不过是自觉脸上有光，这薛神医的帖子，却不啻是一道救命的符箓。人人都想，今日跟他攀上了交情，日后自己有什么三长两短，他便不能袖手不理，而在刀头上讨生活之人，谁又保得定没有两短三长？请帖上署名是"薛慕华、游骥、游驹"三个名字，其后附了一行小字："游骥、游驹附白：薛慕华先生人称'薛神医’。”若不是有这行小字，收到帖子的多半还不知薛慕华是何方高人，来到聚贤庄的只怕连三成也没有了。

鲍千灵、祁六、向望海三人到得庄上，游老二游驹亲自迎了出来。进得大厅，只见厅上已黑压压的坐满了人。鲍千灵有识得的，有不相识的，一进厅中，四面八方都是人声，多半说：“鲍老板，发财啊！”“老鲍，这几天生意不坏啊。”鲍千灵连连拱手，和各路英雄招呼。他可真还不敢大意，这些江湖英雄慷慨豪迈的固多，气量狭窄的可也着实不少，一个不小心向谁少点了一下头，没笑上一笑答礼，说不定无意中便得罪了人，因此而惹上无穷后患，甚至酿成杀身之祸，那也不是奇事。

游驹引着他走到东首主位之前。薛神医站起身来，说道：“鲍兄、祁兄、向兄三位大驾光降，当真是往老朽脸上贴金，感激之至。”鲍千灵连忙答礼，说道：“薛老爷子见召，鲍千灵便是病得动弹不得，也要叫人抬了来。”游老大游骥笑道：“你当真病得动弹不得，更要叫人抬了来见薛老爷子啦！”旁边的人都哈哈大笑起来。游驹道：“三位路上辛苦，请到后厅去用些点心。”

鲍千灵道：“点心慢慢吃不迟，在下有一事请问。薛老爷子和两位游爷这次所请的宾客之中，有没乔峰在内？”

薛神医和游氏双雄听到“乔峰”两字，均微微变色。游骥说道：“我们这次发的是无名帖，见者统请。鲍兄提起乔峰，是何意思？鲍兄与乔峰那厮颇有交情，是也不是？”

鲍千灵道：“乔峰那厮说要到聚贤庄来，参与英雄大宴。”

他此言一出，登时群相耸动。大厅上众人本来各自在高谈阔论，喧哗嘈杂，突然之间，大家都静了下来。站得远的人本来听不到鲍千灵的话，但忽然发觉谁都不说话了，自己说了一半的话也就戛然而止。霎时之间，大厅上鸦雀无声，后厅的闹酒声、走廊上的谈笑声，却远远传了过来。

薛神医问道："鲍兄如何得知乔峰那厮要来？"

鲍千灵道："是在下与祁兄、向兄亲耳听到的。说来惭愧，在下三人，昨晚栽了一个大筋斗。"向望海向他连使眼色，叫他不可自述昨晚的丑事。但鲍千灵知道薛神医和游氏双雄固然精干，而英雄会中智能之士更是不少，自己稍有隐瞒，定会惹人猜疑。这一件事非同小可，自己已被卷入了漩涡之中，一个应付不得当，立时身败名裂。他缓缓从腰间解下软鞭，那张写着"乔峰拜上"四字的小纸条仍贴在鞭上。他将软鞭双手递给薛神医，说道："乔峰命在下三人传话，说道今日要到聚贤庄来。"跟着便将如何见到乔峰、他有何言语等情，一字不漏、丝毫不易的说了一遍。向望海连连跺脚，满脸羞得通红。

鲍千灵泰然自若的将经过情形说完，最后说道："乔峰这厮乃契丹狗种，就算他大仁大义，咱们也当将他除了，何况他恶性已显，为祸日烈。倘若他远走高飞，倒是不易追捕。也真是冥冥中自有天意，居然要来自投罗网。"

游驹沉吟道："素闻乔峰智勇双全，其才颇足以济恶，倒也不是个莽撞匹夫，难道他真敢到这英雄大宴中来？"

鲍千灵道："只怕他另有奸谋，却不可不防。人多计长，咱们大伙儿来合计合计。"

说话之间，外面又来了不少英雄豪杰，有"铁面判官"单正和他的五个儿子，谭公、谭婆夫妇和赵钱孙一干人。过不多时，少林派的玄难、玄寂两位高僧也到了。薛神医和游氏兄弟一一欢迎款接。说起乔峰的为恶，人人均大为愤怒。

忽然知客的管家进来禀报："丐帮徐长老率同传功、执法二长老，以及宋奚陈吴四长老齐来拜庄。"

众人都是一凛。丐帮是江湖上第一大帮，非同小可。向望海道："丐帮大举前来，果然为乔峰声援来了。"单正道："乔峰已然破门出帮，不再是丐帮的帮主，我亲眼见到他们已反脸成仇。”向望海道：“故旧的香火之情，未必就此尽忘。”游骥道：“丐帮众位长老都是铁铮铮的好男儿，岂能不分是非，袒护仇人？倘若仍然相助乔峰，那不是成了汉奸卖国贼么？”众人点头称是，都道：“一个人就算再不成器，也决计不愿做汉奸卖国贼。”

薛神医和游氏双雄迎出庄去。只见丐帮来者不过十二三人，群雄心下先自宽了，均想：“莫说这些叫化头儿不会袒护乔峰，就算此来不怀好意，这十二三人又成得什么气候？”群雄与徐长老等略行寒暄，便迎进大厅，只见丐帮诸人都脸有忧色，显是担着极重的心事。

各人分宾主坐下。徐长老开言道：“薛兄，游家两位老弟，今日邀集各路英雄在此，可是为了武林中新出的这个祸胎乔峰么？”

群雄听他称乔峰为“武林中新出的祸胎”，大家对望了一眼，不约而同的吁了口气。游骥道：“正是为此。徐长老和贵帮诸位长老一齐驾临，确是武林大幸。咱们扑杀这番狗，务须得到贵帮诸长老点头，否则要是惹起什么误会，伤了和气，大家都不免抱憾了。”

徐长老长叹一声，说道：“此人丧心病狂，行止乖张。本来嘛，他曾为敝帮立过不少大功，便在最近，咱们误中奸人暗算，也是他出手相救的。可是大丈夫立身处世，总当以大节为重，一些小恩小惠，也只好置之脑后了。他是我大宋的死仇，敝帮诸长老虽都受过他的好处，却不能以私恩而废公义。常言道大义灭亲，何况他眼下早已不是本帮的什么亲人。”

他此言一出，群雄纷纷鼓掌喝采。

游骥接着说起乔峰也要来赴英雄大宴。诸长老听了都不胜骇异，各人跟随乔峰日久，知他行事素来有勇有谋，倘若当真单枪匹马闯到聚贤庄来，那就奇怪之至了。

向望海忽道：“我想乔峰那厮乃是故布疑阵，让大伙儿在这里空等，他却溜了个不知去向。这叫做金蝉脱壳之计。”吴长老伸手重重在桌上一拍，骂道：“脱你妈的金蝉壳！乔峰是何等样人物，他说过了话，哪有不作数的？”向望海给他骂得满脸通红，怒道：“你要为乔峰出头，是不是？向某第一个就不服气，来来来，咱们较量较量。”

吴长老听到乔峰杀父母、杀师父、大闹少林寺种种讯息，心下郁闷之极，满肚子怨气怒火，正不知向谁发作才好，这向望海不知趣的来向他挑战，真是求之不得。他身形一晃，纵入大厅前的庭院，大声道：“乔峰是契丹狗种，还是堂堂汉人，此时还未分明。倘若他真是契丹胡虏，我吴某第一个跟他拼了。要杀乔峰，数到第一千个，也轮不到你这臭王八蛋。你是什么东西，在这里啰里啰唆，脱你奶奶的金蝉臭壳！滚过来，老子来教训教训你。”

向望海脸色早已铁青，刷的一声，从刀鞘中拔出单刀，一看到刀锋，登时想起“乔峰拜上”那张字条来，不禁一怔。

游骥说道：“两位都是游某的贤客，冲着游某的面子，不可失了和气。”徐长老也道：“吴兄弟，行事不可莽撞，须得顾全本帮的声名。”

人丛中忽然有人细声细气的说道：“丐帮出了乔峰这样一位人物，声名果然好得很啊，真要好好顾全一下才是啊！”

丐帮群豪一听，纷纷怒喝：“是谁在说话？”“有种的站出来，躲在人堆里做矮子，是什么好汉了？”“是哪一个混帐王八蛋？”

但那人说了那句话后，就此寂然无声，谁也不知说话的是谁。丐帮群豪给人这么冷言冷语的讥刺了两句，都是十分恼怒，但找不到认头之人，却也无法可施。丐帮虽是江湖上第一大帮，但帮中群豪都是化子，终究不是什么讲究礼仪的上流人物，有的吆喝呼叫，有的更连人家祖宗十八代也骂到了。

薛神医眉头一皱，说道：“众位暂息怒气，听老朽一言。”群丐渐渐静了下来。

人丛中忽又发出那冷冷的声音："很好，很好，乔峰派了这许多厉害家伙来卧底，待会定有一场好戏瞧了。"

吴长老等一听，更加恼怒，只听得刷刷之声不绝，刀光耀眼，许多人都抽出了兵刃。其余宾客只道丐帮众人要动手，也有许多人取出兵刃，一片喝骂叫嚷之声，乱成一团。薛神医和游氏兄弟劝告大家安静，但他三人的呼叫只有更增厅上喧哗。

便在这乱成一团之中，一名管家匆匆进来，走到游骥身边，在他耳边低声说了一句话。游骥脸上变色，问了一句话。那管家手指门外，脸上充满惊骇和诧异的神色。游骥在薛神医的耳边说了一句话，薛神医的脸色也立时变了。游驹走到哥哥身边，游骥向他说了一句话，游驹也登时变色。这般一个传两个，两个传四个，四个传八个，越传越快，顷刻之间，嘈杂喧哗的大厅中寂然无声。

因为每个人都听到了四个字："乔峰拜庄！"

薛神医向游氏兄弟点点头，又向玄难、玄寂二僧望了一眼，说道："有请！"那管家转身走了出去。

群豪心中都怦怦而跳，明知己方人多势众，众人一拥而上，立时便可将乔峰乱刀分尸，但此人威名实在太大，孤身而来，显是有恃无恐，实猜不透他有什么奸险阴谋。

一片寂静之中，只听得蹄声答答，车轮在石板上隆隆滚动，一辆骡车缓缓的驶到了大门前，却不停止，从大门中直驶进来。游氏兄弟眉头深皱，只觉此人肆无忌惮，无礼已极。

只听得喀喀两声响，骡车轮子辗过了门槛，一条大汉手执鞭子，坐在车夫位上。骡车帷子低垂，不知车中藏的是什么。群豪不约而同的都瞧着那赶车大汉。

但见他方面长身，宽胸粗膀，眉目间不怒自威，正是丐帮的前任帮主乔峰。

乔峰将鞭子往座位上一搁，跃下车来，抱拳说道："闻道薛神医和游氏兄弟在聚贤庄摆设英雄大宴，乔某不齿于中原豪杰，岂敢厚颜前来赴宴？只是今日有急事相求薛神医，来得冒昧，还望恕罪。"说着深深一揖，神态甚是恭谨。

乔峰越礼貌周到，众人越是料定他必安排下阴谋诡计。游驹左手一摆，他门下四名弟子悄悄从两旁溜了出去，察看庄子前后有何异状。薛神医拱手还礼，说道："乔兄有什么事要在下效劳？"

乔峰退了两步，揭起骡车的帷幕，伸手将阿朱扶了出来，说道："只因在下行事鲁莽，累得这个小姑娘中了别人的掌力，身受重伤。当今之世，除了薛神医外，无人再能医得，是以不揣冒昧，赶来请薛神医救命。"

群豪一见骡车，早就在疑神疑鬼，猜想其中藏着什么古怪，有的猜是毒药炸药，有的猜是毒蛇猛兽，更有的猜想是薛神医的父母妻儿，给乔峰捉了来作为人质，却没一个料得到车中出来的，竟然是个十六七岁的小姑娘，而且是来求薛神医治伤，无不大为诧异。

只见这少女身穿淡黄衫子，颧骨高耸，着实难看。原来阿朱想起姑苏慕容氏在江湖上怨家太多，那薛神医倘若得知自己的来历，说不定不肯医治，因此在许家集镇上买了衣衫，在大车之中改了容貌，但医生要搭脉看伤，要装成男子或老年婆婆，却是不成。

薛神医听了这几句话，也是大出意料之外。他一生之中，旁人千里迢迢的赶来求他治病救命，那是寻常之极，几乎天天都有，但眼前大家正在设法擒杀乔峰，这无恶不作、神人共愤的凶徒居然自己送上门来，实在令人难以相信。

薛神医上上下下打量阿朱，见她容貌颇丑，何况年纪幼小，乔峰决不会是受了这稚女的美色所迷。他忽尔心中一动："莫非这小姑娘是他的妹子？嗯，那决计不会，他对父母和师父都下毒手，岂能为一个妹子而干冒杀身的大险。难道是他的女儿？可没听说乔峰曾娶过妻子。”他精于医道，于各人的体质形貌，自是一望而知其特点，眼见乔峰和阿朱两人，一个壮健粗犷，一个纤小瘦弱，没半分相似之处，可以断定决无骨肉关连。他微一沉吟，问道：“这位姑娘尊姓，和阁下有何瓜葛？”

乔峰一怔，他和阿朱相识以来，只知道她叫“阿朱”，到底是否姓朱，却说不上来，便问阿朱道：“你可是姓朱？”阿朱微笑道：“我姓阮。”乔峰点了点头，道：“薛神医，她原来姓阮。我也是此刻才知。”

薛神医更是奇怪，问道：“如此说来，你跟这位姑娘并无深交？”乔峰道：“她是我一位朋友的丫鬟。”薛神医道：“阁下那位朋友是谁？想必与阁下情如骨肉，否则怎能如此推爱？”乔峰摇头：“那位朋友我只是神交，从来没见过面。”

他此言一出，厅上群豪都是“啊”的一声，群相哗然。一大半人心中不信，均想世上哪有此事，他定是借此为由，要行使什么鬼计。但也有不少人知道乔峰生平不打诳语，尽管他作下了凶横恶毒的事来，但他自重身份，多半不会公然撒谎骗人。

薛神医伸出手去，替阿朱搭了搭脉，只觉她脉息极是微弱，体内却真气鼓荡，两者极不相称，再搭她左手脉搏，已知其理，向乔峰道：“这位姑娘若不是敷了太行山谭公的治伤灵药，又得阁下以内力替她续命，早已死在玄慈大师的大金刚掌力之下了。”

群雄一听，又都群相耸动。谭公、谭婆面面相觑，心道：“她怎么会敷上我们的治伤灵药？”玄难、玄寂二僧更是奇怪，均想：“方丈师兄几时以大金刚掌力打过这个小姑娘？倘若她真是中了方丈师兄的大金刚掌力，哪里还能活命？”玄难道：“薛居士，我方丈师兄数年未离本寺，而少林寺中向无女流入内，这大金刚掌力决非出于我师兄之手。”

薛神医皱眉道：“世上更有何人能使这门大金刚掌？”

玄难、玄寂相顾默然。他二人在少林寺数十年，和玄慈是一师所授，用功不可谓不勤，用心不可谓不苦，但这大金刚掌始终以天资所限，无法练成。他二人倒也不感抱憾，早知少林派往往要隔上百余年，才有一个特出的奇才能练成这门掌法。只是练功的诀窍等等，上代高僧详记在武经之中，有时全寺数百僧众竟无一人练成，却也不致失传。

玄寂想问：“她中的真是大金刚掌？”但话到口边，便又忍住，这句话若问了出口，那是对薛神医的医道有存疑之意，这可是大大的不敬，转头向乔峰道：“昨晚你潜入少林寺，害死我玄苦师兄，曾挡过我方丈师兄的一掌大金刚掌。我方丈师兄那一掌，若是打在这小姑娘身上，她怎么还能活命？”乔峰摇头道：“玄苦大师是我恩师，我对他大恩未报，宁可自己性命不在，也决不能以一指加于恩师。”玄寂怒道：“你还想抵赖？那么你掳去那少林僧呢？这件事难道也不是你干的？”

乔峰心道：“我掳去的那‘少林僧’，此刻明明便在你眼前。”说道：“大师硬栽在下掳去了一位少林高僧，请问那位高僧是谁？”

玄寂和玄难对望一眼，张口结舌，都说不出话来。昨晚玄慈、玄难、玄寂三大高僧合击乔峰，被他脱身而去，明明见他还擒去了一名少林僧，可是其后查点全寺僧众，竟一个也没缺少，此事之古怪，实是百思不得其解。

薛神医插口道：“乔兄孤身一人，昨晚进少林，出少林，自身毫发不伤，居然还掳去一位少林高僧，这可奇了。这中间定有古怪，你说话大是不尽不实。”

乔峰道：“玄苦大师非我所害，我昨晚也决计没从少林寺中掳去一位少林高僧。你们有许多事不明白，我也有许多事不明白。”

玄难道：“不管怎样，这小姑娘总不是我方丈师兄所伤。想我方丈师兄乃有道高僧，一派掌门之尊，如何能出手打伤这样一个小姑娘？这小姑娘再有千般的不是，我方丈师兄也决计不会和她一般见识。”

乔峰心念一动：“这两个和尚坚决不认阿朱为玄慈方丈所伤，那再好没有。否则的话，薛神医碍于少林派的面子，无论如何是不肯医治的。”当下顺水推舟，便道：“是啊，玄慈方丈慈悲为怀，决不能以重手伤害这样一个小姑娘。多半是有人冒充少林寺的高僧，招摇撞骗，胡乱出手伤人。”

玄寂与玄难对望一眼，缓缓点头，均想：“乔峰这厮虽然奸恶，这几句话倒也有理。”

阿朱心中在暗暗好笑：“乔大爷这话一点也不错，果然是有人冒充少林寺的僧人，招摇撞骗，胡乱出手伤人。不过所冒充的不是玄慈方丈，而是止清和尚。”可是玄寂、玄难和薛神医等，又哪里猜得到乔峰言语中的机关？

薛神医见玄寂、玄难二位高僧都这么说，料知无误，便道：“如此说来，世上居然还有旁人能使这门大金刚掌了。此人下手之时，受了什么阻挡，掌力消了十之七八，是以阮姑娘才不致当场毙命。此人掌力雄浑，只怕能和玄慈方丈并驾齐驱。”

乔峰心下钦佩：“玄慈方丈这一掌确是我用铜镜挡过了，消去了大半掌力。这位薛神医当真医道如神，单是搭一下阿朱的脉搏，便将当时动手过招的情形说得一点不错，看来他定有治好阿朱的本事。”言念及此，脸上露出喜色，说道：“这位小姑娘倘若死在大金刚掌掌力之下，于少林派的面子须不大好看，请薛神医慈悲。”说着深深一揖。

玄寂不等薛神医回答，问阿朱道：“出手伤你的是谁？你是在何处受的伤？此人现下在何处？”他顾念少林派声名，又想世上居然有人会使大金刚掌，急欲问个水落石出。

阿朱天性极为顽皮，她可不像乔峰那样，每句话都讲究分寸，她胡说八道，瞎三话四，乃是家常便饭，心念一转：“这些和尚都怕我公子，我索性抬他出来，吓吓他们。”便道：“那人是个青年公子，相貌很是潇洒英俊，约莫二十八九岁年纪。我和这位乔大爷正在客店里谈论薛神医的医术出神入化，别说举世无双，甚且是空前绝后，前无古人，后无来者，只怕天上神仙也有所不及……”

世人没一个不爱听恭维的言语。薛神医生平不知听到过多少称颂赞誉，但这些言语出之于一个韶龄少女之口，却还是第一次，何况她不怕难为情的大加夸张，他听了忍不住拈须微笑。乔峰却眉头微皱，心道：“哪有此事？小妞儿信口开河。”

阿朱续道：“那时候我说：‘世上既有了这位薛神医，大伙儿也不用学什么武功啦！’乔大爷问道：‘为什么？’我说：‘打死了的人，薛神医都能救得活来，那么练拳、学剑还有什么用？你杀一个，他救一个，你杀两个，他救一双，大伙儿这可不是白累么？’”

她伶牙俐齿，声音清脆，虽在重伤之余，又学了青城派那些人的四川口音，但一番话说来犹如珠落玉盘，动听之极。众人都是一乐，有的更加笑出声来。

阿朱却一笑也不笑，继续说道：“邻座有个公子爷一直在听我二人说话，忽然冷笑道：‘天下掌力，大都轻飘飘的没有真力，那姓薛的医生由此而浪得虚名。我这一掌，瞧他也治得好么？’他说了这几句话，就向我一掌凌空击来。我见他和我隔着数丈远，只道他是随口说笑，也不以为意。乔大爷却大吃一惊……”

玄寂问道：“他就伸手挡架么？”

阿朱摇头道：“不是！乔大爷倘若伸手挡架，那个青年公子就伤不到我了。乔大爷离我甚远，来不及相救，急忙提起一张椅子从横里掷来。他的劲力也真使得恰到好处，只听得喀喇喇一声响，那只椅子已被那青年公子的劈空掌力击碎。那位公子说的满口是软绵绵的苏州话，哪知手上的功夫却一点也不软绵绵了。我登时只觉全身轻飘飘的，好像是飞进了云端里一样，半分力气也无，只听得那公子说道：‘你去叫薛神医多翻翻医书，先练上一练，日后替玄慈大师治伤之时，就不会手足无措了。’”

玄难皱眉问道：“这句话是什么意思？”

阿朱道：“他好像是说，将来要用这大金刚掌来打伤玄慈大师。”

群雄“哦”的一声，好几人同时说道：“以彼之道，还施彼身！”又有几人道：“果然是姑苏慕容！”所以用到“果然是”这三字，意思说他们事先早已料到了。谁也不知阿朱为了少林派冤枉慕容公子，他迟早与少林寺会有一番纠葛，是以胡吹一番，先行吓对方一吓，扬扬慕容公子的威风。

游驹忽道：“乔兄适才说道是有人冒充少林高僧，招摇撞骗，打伤了这姑娘。这位姑娘却又说打伤她的是个青年公子。到底是谁的话对？”

阿朱忙道：“冒充少林高僧之人，也是有的，我就瞧见两个和尚自称是少林僧人，却去偷了人家一条黑狗，宰来吃了。”她自知谎话中露出破绽，便东拉西扯，换了话题。

薛神医也知她的话不尽不实，一时拿不定主意是否该当给她治伤，向玄寂、玄难瞧瞧，向游骥、游驹望望，又向乔峰和阿朱看看。

乔峰道：“薛先生今日救了这位姑娘，乔峰日后不敢忘了大德。”薛神医嘿嘿冷笑，道：“日后不敢忘了大德？难道今日你还想能活着走出这聚贤庄么？”乔峰道：“是活着出去也好，死着出去也好，那也管不了这许多。这位姑娘的伤势，总得请你医治才是。”薛神医淡淡的道：“我为什么要替她治伤？”乔峰道：“救人一命，胜造七级浮屠。薛先生在武林中广行功德，眼看这位姑娘无辜丧命，想必能打动先生的恻隐之心。”

薛神医道：“不论是谁带这姑娘来，我都给她医治。哼，单单是你带来，我便不治。”

乔峰脸上变色，森然道：“众位今日群集聚贤庄，为的是商议对付乔某，姓乔的岂有不知？”阿朱插嘴道：“啊哟，乔大爷，既然如此，你就不该为了我而到这里来冒险啦。”乔峰道：“我想众位都是堂堂丈夫，是非分明，要杀之而甘心的只乔某一人，跟这个小姑娘丝毫无涉。薛先生竟将痛恨乔某之意，牵连到阮姑娘身上，岂非大大的不该？”

薛神医给他说得哑口无言，过了一会，才道：“给不给人治病救命，全凭我自己的喜怒好恶，岂是旁人强求得了的？乔峰，你罪大恶极，我们正在商议围捕，要将你乱刀分尸，祭你的父母、师父。你自己送上门来，那是再好也没有了。你便自行了断罢！”

他说到这里，右手一摆，群雄齐声呐喊，纷纷拿出兵刃。大厅上密密麻麻的寒光耀眼，说不尽各种各样的长刀短剑，双斧单鞭。跟着又听得高处呐喊声大作，屋檐和屋角上露出不少人来，也都手执兵刃，把守着各处要津。

乔峰虽见过不少大阵大仗，但往常都是率领丐帮与人对敌，己方总也是人多势众，从不如这一次般孤身陷入重围，还携着一个身受重伤的少女，到底如何突围，半点计较也无，心中实也不禁惴惴。

阿朱更是害怕，哇的一声，哭了出来，说道：“乔大爷，你快自行逃走。不用管我！他们跟我无怨无仇，不会害我的。”

乔峰心念一动：“不错，这些人都是行侠仗义之辈，决不会无故加害于她。我还是及早离开这是非之地为妙。”但随即又想：“大丈夫救人当救彻。薛神医尚未答允治伤，不知她死活如何，我乔峰岂能贪生怕死，一走了之？”

纵目四顾，一瞥间便见到不少武学高手，这些人倒有一大半相识，俱是身怀绝艺之辈。他一见之下，登时激发了雄心豪气，心道：“乔峰便是血溅聚贤庄，给人乱刀分尸，那又算得什么？大丈夫生而何欢，死而何惧？”哈哈一笑，说道：“你们都说我是契丹人，要除我这心腹大患。嘿嘿，是契丹人还是汉人，乔某此刻自己也不明白……”

人丛中忽有一个细声细气的人说道：“是啊，你是杂种，自己也不知道是什么种。”这人便是先前曾出言讥刺丐帮的，只是他挤在人丛之中，说得一两句话便即住口，谁也不知到底是谁，群雄几次向声音发出处注目查察，始终没见到是谁口唇在动。若说那人身材特别矮小，这群人中也无特异矮小之人。

乔峰听了这几句话，凝目瞧了半晌，点了点头，不加理会，向薛神医续道：“倘若我是汉人，你今日如此辱我，乔某岂能善罢干休？倘若我果然是契丹人，决意和大宋豪杰为敌，第一个便要杀你，免得我伤一个大宋英雄，你便救一位大宋好汉。是也不是？”薛神医道：“不错，不管怎样，你都是要杀我的了。”乔峰道：“我求你今日救了这位姑娘，一命还一命，乔某永远不动你一根寒毛便是。”薛神医嘿嘿冷笑，道：“老夫生平救人治病，只有受人求恳，从不受人胁迫。”乔峰道：“一命还一命，甚是公平，也说不了是什么胁迫。”

人丛中那细声细气的声音忽然又道：“你羞也不羞？你自己转眼便要给人乱刀斩成肉酱，还说什么饶人性命？你……”

乔峰突然一声怒喝：“滚出来！”声震屋瓦，梁上灰尘簌簌而落。群雄均是耳中雷鸣，心跳加剧。

人丛中一条大汉应声而出，摇摇晃晃的站立不定，便似醉酒一般。这人身穿青袍，脸色灰败，群雄都不认得他是谁。

谭公忽然叫道："啊，他是追魂杖谭青。是了，他是'恶贯满盈'段延庆的弟子。"

丐帮群豪听得他是"恶贯满盈"段延庆的弟子，更加怒不可遏，齐声喝骂，心中却也均栗栗危惧。原来那日西夏赫连铁树将军，以及一品堂众高手中了自己"悲酥清风"之毒，尽数为丐帮所擒。不久段延庆赶到，丐帮群豪无一是他敌手。段延庆以奇臭解药解除一品堂众高手所中毒质，群起反戈而击，丐帮反而吃了大亏。群丐对段延庆又恼且惧，均觉丐帮中既没了乔峰，此后再遇上这"天下第一大恶人"，终究仍是难以抗拒。

只见追魂杖谭青脸上肌肉扭曲，显得全身痛楚已极，双手不住乱抓胸口，从他身上发出话声道："我……我和你无怨无仇，何……何故破我法术？"说话仍是细声细气，只是断断续续、上气不接下气一般，口唇却丝毫不动。各人见了，尽皆骇然。大厅上只有寥寥数人，才知他这门功夫是腹语之术，和上乘内功相结合，能迷得对方心神迷惘，失魂而死。但若遇上了功力比他更深的对手，施术不灵，却会反受其害。

薛神医怒道："你是'恶贯满盈'段延庆的弟子？我这英雄之宴，请的是天下英雄好汉，你这种无耻败类，如何也混将进来？"

忽听得远处高墙上有人说道："什么英雄之宴，我瞧是狗熊之会！"他说第一个字相隔尚远，说到最后一个"会"字之时，人随声到，从高墙上飘然而落，身形奇高，行动却是快极。屋顶上不少人发拳出剑阻挡，都是慢了一步，被他闪身抢过。大厅上不少人认得，此人乃是"穷凶极恶"云中鹤。

云中鹤飘落庭中，身形微晃，已奔入大厅，抓起谭青，疾向薛神医冲来。厅上众人都怕他伤害薛神医，登时有七八人抢上相护。哪知道云中鹤早已算定，使的是以进为退、声东击西之计，见众人奔上，早已闪身后退，上了高墙。

这英雄会中好手着实不少，真实功夫胜得过云中鹤的，没有五六十人，也有三四十人，只是被他占了先机，谁都猝不及防。加之他轻功高极，一上了墙头，那就再也追他不上。群雄中不少人探手入囊，要待掏摸暗器，原在屋顶驻守之人也纷纷呼喝，过来拦阻，但眼看均已不及。

乔峰喝道："留下罢！"挥掌凌空拍出，掌力疾吐，便如有一道无形的兵刃，击在云中鹤背心。

云中鹤闷哼一声，重重摔将下来，口中鲜血狂喷，有如泉涌。那谭青却仍是直立，只不过忽而跄踉向东，忽而蹒跚向西，口中咿咿啊啊的唱起小曲来，十分滑稽。大厅上却谁也没笑，只觉眼前情景可怖之极，生平从所未睹。

薛神医知道云中鹤受伤虽重，尚有可救，谭青心魂俱失，天下已无灵丹妙药能救他性命了。他想乔峰只轻描淡写的一声断喝，一掌虚拍，便有如斯威力，若要取自己性命，未必有谁能阻他得住。他沉吟之间，只见谭青直立不动，再无声息，双眼睁得大大的，竟已气绝。

适才谭青出言侮辱丐帮，丐帮群豪尽皆十分气恼，可是找不到认头之人，气了也只是白饶，这时眼见乔峰一到，立时便将此人治死，均感痛快。宋长老、吴长老等直性汉子几乎便要出声喝采，只因想到乔峰是契丹大仇，这才强行忍住。每人心底却都不免隐隐觉得："只要他做咱们帮主，丐帮仍是无往不利，否则的话，唉，竟似步步荆棘，丐帮再也无复昔日的威风了。"

只见云中鹤缓缓挣扎着站起，蹒跚着出门，走几步，吐一口血。群雄见他伤重，谁也不再难为他，均想："此人骂我们是'狗熊之会'，谁也奈何他不得，反倒是乔峰出手，给大伙儿出了这口恶气。"

乔峰说道："两位游兄，在下今日在此遇见不少故人，此后是敌非友，心下不胜伤感，想跟你讨几碗酒喝。"

众人听他要喝酒，都是大为惊奇。游驹心道："且瞧他玩什么伎俩。"当即吩咐庄客取酒。聚贤庄今日开英雄之宴，酒菜自是备得极为丰足，片刻之间，庄客便取了酒壶、酒杯出来。

乔峰道："小杯何能尽兴？相烦取大碗装酒。"两名庄客取出几只大碗，一坛新开封的白酒，放在乔峰面前桌上，在一只大碗中斟满了酒。乔峰道："都斟满了！"两名庄客依言将几只大碗都斟满了。

乔峰端起一碗酒来，说道："这里众家英雄，多有乔峰往日旧交，今日既有见疑之意，咱们干杯绝交。哪一位朋友要杀乔某的，先来对饮一碗，从此而后，往日交情一笔勾销。我杀你不是忘恩，你杀我不算负义。天下英雄，俱为证见。"

众人一听，都是一凛，大厅上一时鸦雀无声。各人均想："我如上前喝酒，势必中他暗算。他这劈空神拳击将出来，如何能够抵挡？"

一片寂静之中，忽然走出一个全身缟素的女子，正是马大元的遗孀马夫人。她双手捧起酒碗，森然说道："先夫命丧你手，我跟你还有什么故旧之情？"将酒碗放到唇边，喝了一口，说道："量浅不能喝尽，生死大仇，有如此酒。"说着将碗中酒水都泼在地下。

乔峰举目向她直视，只见她眉目清秀，相貌颇美，那晚杏子林中，火把之光闪烁不定，此刻方始看清她的容颜，没想到如此厉害的一个女子，竟是这么一副娇怯怯的模样。他默然无语的举起大碗，一饮而尽，向身旁庄客挥了挥手，命他斟满。

马夫人退后，徐长老跟着过来，一言不发的喝了一大碗酒，乔峰跟他对饮一碗。传功长老过来喝后，跟着执法长老白世镜过来。他举起酒碗正要喝酒，乔峰道："且慢！"白世镜道："乔兄有何吩咐？”他对乔峰素来恭谨，此时语气竟也不异昔日，只不过不称“帮主”而已。

乔峰叹道：“咱们是多年好兄弟，想不到以后成了冤家对头。”白世镜眼中泪珠滚动，说道：“乔兄身世之事，在下早有所闻，当时便杀了我头，也不能信，岂知……岂知果然如此。若非为了家国大仇，白世镜宁愿一死，也不敢与乔兄为敌。”乔峰点头道：“此节我所深知。待会化友为敌，不免恶斗一场。乔峰有一事奉托。”白世镜道：“但教和国家大义无涉，白某自当遵命。”乔峰微微一笑，指着阿朱道：“丐帮众位兄弟，若念乔某昔日也曾稍有微劳，请照护这个姑娘平安周全。”

众人一听，都知他这几句话乃是“托孤”之意，眼看他和众友人一一干杯，跟着便是大战一场，在中原众高手环攻之下，纵然给他杀得十个八个，最后总是难逃一死。群豪虽然恨他是胡虏鞑子，多行不义，却也不禁为他的慷慨侠烈之气所动。

白世镜素来和乔峰交情极深，听他这几句话，等如是临终遗言，便道：“乔兄放心，白世镜定当求恳薛神医赐予医治。这位阮姑娘若有三长两短，白世镜自刎以谢乔兄便了。”这几句话说得很是明白，薛神医是否肯医，他自然没有把握，但他必定全力以赴。

乔峰道：“如此兄弟多谢了。”白世镜道：“待会交手，乔兄不可手下留情，白某若然死在乔兄手底，丐帮自有旁人照料阮姑娘。”说着举起大碗，将碗中烈酒一饮而尽。乔峰也将一碗酒喝干了。

其次是丐帮宋长老、奚长老等过来和他对饮。丐帮的旧人饮酒绝交已毕，其余帮会门派中的英豪，一一过来和他对饮。

众人越看越是骇然，眼看他已喝了四五十碗，一大坛烈酒早已喝干，庄客又去抬了一坛出来，乔峰却兀自神色自若。除了肚腹鼓起外，竟无丝毫异状。众人均想：“如此喝将下去，醉也将他醉死了，还说什么动手过招？”

殊不知乔峰却是多一分酒意，增一分精神力气，连日来多遭冤屈，郁闷难伸，这时将一切都抛开了，索性尽情一醉，大斗一场。

他喝到五十余碗时，鲍千灵和快刀祁六也均和他喝过了，向望海走上前来，端起酒碗，说道：“姓乔的，我来跟你喝一碗！”言语之中，颇为无礼。

乔峰酒意上涌，斜眼瞧着他，说道：“乔某和天下英雄喝这绝交酒，乃是将往日恩义一笔勾销之意。凭你也配和我喝这绝交酒？你跟我有什么交情？”说到这里，更不让他答话，跨上一步，右手探出，已抓住他胸口，手臂振处，将他从厅门中摔将出去，砰的一声，向望海重重撞在照壁之上，登时便晕了过去。

这么一来，大厅上登时大乱。

乔峰跃入院子，大声喝道：“哪一个先来决一死战！”群雄见他神威凛凛，一时无人胆敢上前。乔峰喝道：“你们不动手，我先动手了！”手掌扬处，砰砰两声，已有两人中了劈空掌倒地。他随势冲入大厅，肘撞拳击，掌劈脚踢，霎时间又打倒数人。

游骥叫道：“大伙儿靠着墙壁，莫要乱斗！”大厅上聚集着三百余人，倘若一拥而上，乔峰武功再高，也决计无法抗御，只是大家挤在一团，真能挨到乔峰身边的，不过五六人而已，刀枪剑戟四下舞动，一大半人倒要防备为自己人所伤。游骥这么一叫，大厅中心登时让了一片空位出来。

乔峰叫道：“我来领教领教聚贤庄游氏双雄的手段。”左掌一起，一只大酒坛迎面向游骥飞了过去。游骥双掌一封，待要运掌力拍开酒坛，不料乔峰跟着右掌击出，嘭的一声响，一只大酒坛登时化为千百块碎片。碎瓦片极为锋利，在乔峰凌厉之极的掌力推送下，便如千百把钢镖、飞刀一般，游骥脸上中了三片，满脸都是鲜血，旁人也有十余人受伤。只听得喝骂声、惊叫声、警告声闹成一团。

忽听得厅角中一个少年的声音惊叫："爹爹，爹爹！"游骥知是自己的独子游坦之，百忙中斜眼瞧去，见他左颊上鲜血淋漓，显是也为瓦片所伤，喝道："快进去！你在这里干什么？"游坦之道："是！"缩入了厅柱之后，却仍探出头来张望。

乔峰左足踢出，另一只酒坛又凌空飞起。他正待又行加上一掌，忽然间背后一记柔和的掌力虚飘飘拍来。这一掌力道虽柔，但显然蕴有浑厚内力。乔峰知是一位高手所发，不敢怠慢，回掌招架。两人内力相激，各自凝了凝神。乔峰向那人瞧去，只见他形貌猥琐，正是那个自称为"赵钱孙李，周吴郑王"的无名氏"赵钱孙"，心道："此人内力了得，倒是不可轻视！"吸一口气，第二掌便如排山倒海般击了过去。

赵钱孙知道单凭一掌接他不住，双掌齐出，意欲挡他一掌。身旁一个女子喝道："不要命了么？"将他往斜里一拉，避开了乔峰正面这一击。但乔峰的掌力还是汹涌而前的冲出，赵钱孙身后的三人首当其冲，只听得砰砰砰三响，三人都飞了起来，重重撞在墙壁之上，只震得墙上灰土大片大片掉将下来。

赵钱孙回头一看，见拉他的乃是谭婆，心中一喜，说道："小娟，是你救了我一命。"谭婆道："我攻他左侧，你向他右侧夹击。"赵钱孙一个"好"字才出口，只见一个矮瘦老者向乔峰跃了过去，却是谭公。

谭公身裁矮小，武功却着实了得，左掌拍出，右掌疾跟而至，左掌一缩回，又加在右掌的掌力之上。他这连环三掌，便如三个浪头一般，后浪推前浪，并力齐发，比之他单掌掌力大了三倍。乔峰叫道："好一个'长江三叠浪'！"左掌挥出，两股掌力相互激荡，挤得余人都向两旁退去。便在此时，赵钱孙和谭婆也已攻到，跟着丐帮徐长老、传功长老、陈长老等纷纷加入战团。

传功长老叫道："乔兄弟，契丹和大宋势不两立，咱们公而忘私，老哥哥要得罪了。"乔峰笑道："绝交酒也喝过了，干么还称兄道弟？看招！"左脚向他踢出。他话虽如此说，对丐帮群豪总不免有香火之情，非但不欲伤他们性命，甚至不愿他们在外人之前出丑，这一脚踢出，忽尔中途转向，快刀祁六一声怪叫，飞身而起。

他却不是自己跃起，乃是给乔峰踢中臀部，身不由主的向上飞起。他手中单刀本是运劲向乔峰头上砍去，身子高飞，这一刀仍猛力砍出，嗒的一声，砍在大厅的横梁之上，深入尺许，竟将他刃锋牢牢咬住。快刀祁六这口刀是他成名的利器，今日面临大敌，哪肯放手？右手牢牢的抓住刀柄。这么一来，身子便高高吊在半空。这情状本是极为古怪诡奇，但大厅上人人面临生死关头，有谁敢分心去多瞧他一眼？谁有这等闲情逸致来笑上一笑？

乔峰艺成以来，虽然身经百战，从未一败，但同时与这许多高手对敌，却也是生平未遇之险。这时他酒意已有十分，内力鼓荡，酒意更渐渐涌将上来，双掌飞舞，逼得众高手无法近身。

薛神医医道极精，武功却算不得是第一流人物。他于医道一门，原有过人的天才，几乎是不学而会。他自幼好武，师父更是一位武学深湛的了不起人物，但在某一年上，薛神医和七个师兄弟同时被师父开革出门。他不肯另投明师，于是别出心裁，以治病与人交换武功，东学一招，西学一式，武学之博，可说江湖上极为罕有。但坏也就坏在这个"博"字上，这一博，贪多嚼不烂，就没一门功夫是真正练到了家的。

他医术如神之名既彰，所到之处，人人都敬他三分。他向人请教武功，旁人多半是随口恭维几句，为了讨好他，往往言过其实，谁也不跟他当真。他自不免沾沾自喜，总觉得天下武功，十之八九在我胸中矣。此时一见乔峰和群雄搏斗，出手之快，落手之重，实是生平做梦也想像不到，不由得脸如死灰，一颗心怦怦乱跳，一句话也说不出来，更不用说上前动手了。

他靠墙而立，心中惧意越来越盛，但若就此悄悄退出大厅，终究说不过去，一斜眼间，只见一位老僧站在身边，正是玄难。他突然想起一事，大是惭愧，向玄难道："适才我有一句言语，极是失礼，大师勿怪才好。"

玄难全神贯注的在瞧着乔峰，对薛神医的话全没听见，待他说了两遍，这才一怔，问道："什么话失礼了？"

薛神医道："我先前言道：'乔峰孤身一人，进少林，出少林，毫发不伤，还掳去了一位少林高僧，这可奇了！'"玄难道："那便如何？"薛神医歉然道："这乔峰武功之高，实是世上罕有其匹。我此刻才知他进出少林，伤人掳人，来去自如，原是极难拦阻。"

他这几句话本意是向玄难道歉，但玄难听在耳中，却是加倍的不受用，哼了一声，道："薛神医想考较考较少林派的功夫，是也不是？"不等他回答，便即缓步而前，大袖飘动，袖底呼呼呼的拳力向乔峰发出。他这门功夫乃少林寺七十二绝技之一，叫作"袖里乾坤"，衣袖拂起，拳劲却在袖底发出。少林高僧自来以参禅学佛为本，练武习拳为末，嗔怒已然犯戒，何况出手打人？但少林派数百年来以武学为天下之宗，又岂能不动拳脚？这路"袖里乾坤"拳藏袖底，形相便雅观得多。衣袖似是拳劲的掩饰，使敌人无法看到拳势来路，攻他个措手不及。殊不知衣袖之上，却也蓄有极凌厉的招数和劲力，要是敌人全神贯注的拆解他袖底所藏拳招，他便转宾为主，径以袖力伤人。

乔峰见他攻到，两只宽大的衣袖鼓风而前，便如是两道顺风的船帆，威势非同小可，大声喝道："袖里乾坤，果然了得！"呼的一掌，拍向他衣袖。玄难的袖力广被宽博，乔峰这一掌却是力聚而凝，只听得嗤嗤声响，两股力道相互激荡，突然间大厅上似有数十只灰蝶上下翻飞。

群雄都是一惊，凝神看时，原来这许多灰色的蝴蝶都是玄难的衣袖所化，当即转眼向他身上看去，只见他光了一双膀子，露出瘦骨棱棱的两条长臂，模样甚是难看。原来两人内劲冲激，僧袍的衣袖如何禁受得住？登时被撕得粉碎。

这么一来，玄难既无衣袖，袖里自然也就没有“乾坤”了。他狂怒之下，脸色铁青，乔峰只如此一掌，便破了他的成名绝技，今日丢的脸实在太大，双臂直上直下，猛攻而前。

众人尽皆识得，那是江湖上流传颇广的“太祖长拳”。宋太祖赵匡胤以一对拳头、一条杆棒，打下了大宋的锦绣江山。自来帝皇，从无如宋太祖之神勇者。那一套“太祖长拳”和“太祖棒”，当时是武林中最为流行的武功，就算不会使的，看也看得熟了。

这时群雄眼见这位名满天下的少林高僧所使的，竟是这一路众所周知的拳法，谁都为之一怔，待得见他三拳打出，各人心底不自禁的发出赞叹：“少林派得享大名，果非幸致。同样的一招‘千里横行’，在他手底竟有这么强大的威力。”群雄钦佩之余，对玄难僧袍无袖的怪相再也不觉古怪。

本来是数十人围攻乔峰的局面，玄难这一出手，余人自觉在旁夹攻反而碍手碍脚，自然而然的逐一退下，各人团团围住，以防乔峰逃脱，凝神观看玄难和他决战。

乔峰眼见旁人退开，蓦地心念一动，呼的一拳打出，一招“冲阵斩将”，也正是“太祖长拳”中的招数。这一招姿式既潇洒大方已极，劲力更是刚中有柔，柔中有刚，武林高手毕生所盼望达到的拳术完美之境，竟在这一招中表露无遗。来到这英雄宴中的人物，就算本身武功不是甚高，见识也必广博，“太祖拳法”的精要所在，可说无人不知。乔峰一招打出，人人都是情不自禁的喝了一声采！

这满堂大采之后，随即有许多人觉得不妥，这声喝采，是赞誉各人欲杀之而甘心的胡虏大敌，如何可以长敌人志气，灭自已威风？但采声已然出口，再也缩不回来，眼见乔峰第二招“河朔立威”一般的精极妙极，比之他第一招，实难分辨到底哪一招更为佳妙，大厅上仍有不少人大声喝采。只是有些人憬然惊觉，自知收敛，采声便不及第一招时那么响亮，但许多“哦，哦！”“呵，呵！”的低声赞叹，钦服之忱，未必不及那大声叫好。乔峰初时和各人狠打恶斗，群雄专顾御敌，只是惧怕他的凶悍厉害，这时暂且置身事外，方始领悟到他武功中的精妙绝伦之处。

但见乔峰和玄难只拆得七八招，高下已判。他二人所使的拳招，都是一般的平平无奇，但乔峰每一招都是慢了一步，任由玄难先发。玄难一出招，乔峰跟着递招，也不知是由于他年轻力壮，还是行动加倍的迅捷，每一招都是后发先至。这“太祖长拳”本身拳招只有六十四招，但每一招都是相互克制，乔峰看准了对方的拳招，然后出一招恰好克制的拳法，玄难焉得不败？这道理谁都明白，可是要做到“后发先至”四字，尤其是对敌玄难这等大高手，众人若非今日亲眼得见，以往连想也从未想到过。

玄寂见玄难左支右绌，抵敌不住，叫道：“你这契丹胡狗，这手法太也卑鄙！”

乔峰凛然道：“我使的是本朝太祖的拳法，你如何敢说上‘卑鄙’二字？”

群雄一听，登时明白了他所以要使“太祖长拳”的用意。倘若他以别种拳法击败“太祖长拳”，别人不会说他功力深湛，只有怪他有意侮辱本朝开国太祖的武功，这夷夏之防、华胡之异，更加深了众人的敌意。此刻大家都使“太祖长拳”，除了较量武功之外，便拉扯不上别的名目。

玄寂眼见玄难转瞬便临生死关头，更不打话，嗤的一指，点向乔峰的“璇玑穴”，使的是少林派的点穴绝技“天竺佛指”。

乔峰听他一指点出，挟着极轻微的嗤嗤声响，侧身避过，说道：“久仰‘天竺佛指’的名头，果然甚是了得。你以天竺胡人的武功，来攻我本朝太祖的拳法。倘若你打胜了我，岂不是通番卖国，有辱堂堂中华上国？”

玄寂一听，不禁一怔。他少林派的武功得自达摩老祖，而达摩老祖是天竺胡人。今日群雄为了乔峰是契丹胡人而群相围攻，可是少林武功传入中土已久，中国各家各派的功夫，多多少少都和少林派沾得上一些牵连，大家都已忘了少林派与胡人的干系。这时听乔峰一说，谁都心中一动。

众家英雄之中，原有不少大有见识的人物，不由得心想：“咱们对达摩老祖敬若神明，何以对契丹人却是恨之入骨，大家都是非我族类的胡人啊？嗯！这两种人当然大不相同。天竺人从不残杀我中华同胞，契丹人却是暴虐狠毒。如此说来，也并非只要是胡人，就须一概该杀，其中也有善恶之别。那么契丹人中，是否也有好人呢？”其时大厅上激斗正酣，许多粗鲁盲从之辈，自不会想到这中间的道理，而一般有识之士，虽转到了这些念头，却也无暇细想，只是心中隐隐感到：“乔峰未必是非杀不可，咱们也未必是全然的理直气壮。”

玄难、玄寂以二敌一，兀自遮拦多而进攻少。玄难见自己所使的拳法每一招都受敌人克制，缚手缚脚，半点施展不得，待得玄寂上来夹攻，当下拳法一变，换作了少林派的“罗汉拳”。

乔峰冷笑道：“你这也是来自天竺的胡人武术。且看是你胡人的功夫厉害，还是我大宋的本事了得？”说话之间，“太祖长拳”呼呼呼的击出。

众人听了，心中都满不是味儿。大家为了他是胡人而加围攻，可是己方所用的反是胡人武功，而他偏偏使本朝太祖嫡传的拳法。

忽听得赵钱孙大声叫道："管他使什么拳法，此人杀父、杀母、杀师父，就该毙了！大伙儿上啊！"他口中叫嚷，跟着就冲了上去。跟着谭公、谭婆，丐帮徐长老、陈长老，铁面判官单氏父子等数十人同时攻上。这些人都是武功甚高的好手，人数虽多，相互间却并不混乱，此上彼落，宛如车轮战相似。

乔峰挥拳拆格，朗声说道："你们说我是契丹人，那么乔三槐老公公和老婆婆，便不是我的父母了。莫说这两位老人家我生平敬爱有加，绝无加害之意，就算是我杀的，又怎能加我'杀父、杀母'的罪名？玄苦大师是我受业恩师，少林派倘若承认玄苦大师是我师父，乔某便算是少林弟子，各位这等围攻一个少林弟子，所为何来？"

玄寂哼了一声，说道："强辞夺理，居然也能自圆其说。"

乔峰说道："若能自圆其说，那就不是强辞夺理了。你们如不当我是少林弟子，那么这'杀师'二字罪名，便加不到我的头上。常言道得好，'欲加之罪，何患无辞？'你们想杀我，光明磊落的出手便了，何必加上许多不能自圆其说、强辞夺理的罪名？"他口中侃侃道来，手上却丝毫不停，拳打单叔山、脚踢赵钱孙、肘撞未见其貌的青衣大汉、掌击不知姓名的白须老者，说话之间，连续打倒了四人。他知道这些人都非奸恶之辈，是以手上始终留有余地，被他击倒的已有十七八人，却不曾伤了一人性命。至于丐帮兄弟，却碰也不碰，徐长老攻到身前，他便即闪身避开。

但参与这英雄大会的人数何等众多？击倒十余人，只不过是换上十余名生力军而已。又斗片刻，乔峰暗暗心惊："如此打将下去，我总有筋疲力尽的时刻，还是及早抽身退走的为是。"一面出招相斗，一面观看脱身的途径。

赵钱孙倒在地下，动弹不得，却已瞧出乔峰意欲走路，大声叫道："大家出力缠住他，这万恶不赦的狗杂种想要逃走！"

乔峰酣斗之际，酒意上涌，怒气渐渐勃发，听得赵钱孙破口辱骂，不禁怒火不可抑制，喝道："狗杂种第一个拿你来开杀戒！"运功于臂，一招劈空掌向他直击过去。

玄难和玄寂齐呼："不好！"两人各出右掌，要同时接了乔峰这一掌，相救赵钱孙的性命。

蓦地里半空中人影一闪，一个人"啊"的一声长声惨呼，前心受了玄难、玄寂二人的掌力，后背被乔峰的劈空掌击中，三股凌厉之极的力道前后夹击，登时打得他肋骨寸断，脏腑碎裂，口中鲜血狂喷，犹如一滩软泥般委顿在地。

这一来不但玄难、玄寂大为震惊，连乔峰也颇出意料之外。原来这人却是快刀祁六。他悬身半空，时刻已然不短，这么晃来晃去，嵌在横梁中的钢刀终于松了出来。他身子下堕，说也不巧，正好跌在三人各以全力拍出的掌力之间，便如两块大铁板的巨力前后挤将拢来，如何不送了他的性命？

玄难说道："阿弥陀佛，善哉善哉！乔峰，你作了好大的孽！"乔峰大怒，道："此人我杀他一半，你师兄弟二人合力杀他一半，如何都算在我的帐上？"玄难道："阿弥陀佛，罪过，罪过。若不是你害人在先，如何会有今日这场打斗？"

乔峰怒道："好，一切都算在我的帐上，却又如何？"恶斗之下，蛮性发作，陡然间犹似变成了一头猛兽，右手一拿，抓起一个人来，正是单正的次子单仲山，左手夺下他单刀，右手将他身子一放，跟着拍落，单仲山天灵盖碎裂，死于非命。

群雄齐声发喊，又是惊惶，又是愤怒。

乔峰杀人之后，更是出手如狂，单刀飞舞，右手忽拳忽掌，左手钢刀横砍直劈，威势直不可当，但见白墙上点点滴滴的溅满了鲜血，大厅中倒下了不少尸骸，有的身首异处，有的膛破肢断。这时他已顾不得对丐帮旧人留情，更无余暇分辨对手面目，红了眼睛，逢人便杀。奚长老竟也死于他的刀下。

来赴英雄宴的豪杰，十之八九都亲手杀过人，在武林中得享大名，毕竟不能单凭交游和吹嘘。就算自己没杀过人，这杀人放火之事，看也看得多了。此刻这般惊心动魄的恶斗，却实是生平从所未见。敌人只有一个，可是他如疯虎、如鬼魅，忽东忽西的乱砍乱杀、狂冲猛击。不少高手上前接战，都被他以更快、更猛、更狠、更精的招数杀了。群雄均非胆怯怕死之人，然眼见敌人势若颠狂而武功又无人能挡，大厅中血肉横飞，人头乱滚，满耳只闻临死时的惨叫之声，倒有一大半人起了逃走之意，都想尽快离开，乔峰有罪也好，无罪也好，自己是不想管这件事了。

游氏双雄眼见情势不利，左手各执圆盾，右手一挺短枪，一持单刀，两人唿哨一声，圆盾护身，分从左右向乔峰攻了过去。

乔峰虽是绝无顾忌的恶斗狠杀，但对敌人攻来的一招一式，却仍是凝神注视，心意丝毫不乱，这才保得身上无伤。他见游氏兄弟来势凌厉，当下呼呼两刀，将身旁两人砍倒，制其机先，抢着向游骥攻去。他一刀砍下，游骥举起盾牌一挡，当的一声响，乔峰的单刀反弹上来，他一瞥之下，但见单刀的刃口卷起，已然不能用了。游氏兄弟圆盾系用百炼精钢打造而成，纵是宝剑亦不能伤，何况乔峰手中所持的，只是从单仲山手中夺来的一把寻常钢刀？

游骥圆盾挡开敌刃，右手短枪如毒蛇出洞，疾从盾底穿出，刺向乔峰小腹。便在这时，寒光一闪，游驹手中的圆盾却向乔峰腰间划来。

乔峰一瞥之间，见圆盾边缘极是锋锐，却是开了口的，如同是一柄圆斧相似，这一下教他划上了，身子登时断为两截，端的厉害无比，当即喝道：“好家伙！”抛去手中单刀，左手一拳，当的一声巨响，击在游骥圆盾的正中，右手也是一拳，当的一声巨响，击在游驹圆盾的正中。

游氏双雄只感半身酸麻，在乔峰刚猛无俦的拳力震撼之下，眼前金星飞舞，双臂酸软，盾牌和刀枪再也拿捏不住，四件兵刃呛啷啷落地。两人右手虎口同时震裂，满手都是鲜血。

乔峰笑道："好极，送了这两件利器给我！"双手抢起钢盾，盘旋飞舞。这两块钢盾当真是攻守俱臻佳妙的利器，只听得"啊唷"、"呵呵"几声惨呼，已有五人死在钢盾之下。

游氏兄弟脸如土色，神气灰败。游骥叫道："兄弟，师父说道：'盾在人在，盾亡人亡'。"游驹道："哥哥，今日遭此奇耻大辱，咱哥儿俩更有什么脸面活在世上？"两人一点头，各自拾起自己兵刃，一刀一枪，刺入自己体内，登时身亡。

群雄齐叫："啊哟！"可是在乔峰圆盾的急舞之下，有谁敢抢近他身子五尺之内？又有谁能抢近他身子五尺之内？

只听得一个少年的声音大哭大叫："爹爹，爹爹！"却是游驹的儿子游坦之。

乔峰一呆，没想到身为聚贤庄主人的游氏兄弟竟会自刎。他背上一凉，酒性退了大半，心中颇起悔意，说道："游家兄弟，何苦如此？这两块盾牌，我还了你们就是！"持着那两块钢盾，放到游氏双雄尸体的足边。

他弯着腰尚未站直，忽听得一个少女的声音惊呼："小心！"

乔峰立即向左一移，青光闪动，一柄利剑从身边疾刺而过。若不是阿朱这一声呼叫，虽然未必便能给这一剑刺中，但手忙脚乱，处境定然大大不利。向他偷袭的乃是谭公，一击不中，已然远避。

当乔峰和群雄大战之际，阿朱缩在厅角，体内元气渐渐消失，眼见众人围攻乔峰，想起他明知凶险，仍护送自己前来求医，这番恩德，当真粉身难报，心中又感激，又焦急，见乔峰归还钢盾，谭公自后偷袭，当下出声示警。

谭婆怒道：“好啊，你这小鬼头，咱们不来杀你，你却出声帮人。”身形一晃，挥掌便向阿朱头顶击落。

谭婆这一掌离阿朱头顶尚有半尺，乔峰已然纵身赶上，一把抓住谭婆后心，将她硬生生的拉开，向旁掷出，喀喇一声，将一张花梨木太师椅撞得粉碎。阿朱虽逃过了谭婆掌击，却已吓得花容失色，身子渐渐软倒。乔峰大惊，心道：“她体内真气渐尽，在这当口，我哪有余裕给她接气？”

只听得薛神医冷冷的道：“这姑娘真气转眼便尽，你是否以内力替她接续？倘若她断了这口气，可就神仙也难救活了。”

乔峰为难之极，知道薛神医所说确是实情，但自己只要伸手助阿朱续命，环伺在旁的群雄立时白刃交加。这些人有的死了儿子，有的死了好友，出手哪有容情？然则是眼睁睁的瞧着她断气而死不成？

他干冒奇险将阿朱送到聚贤庄，若未得薛神医出手医治，便任由她真气衰竭而死，实在太也可惜，可是这时候以内力续她真气，那便是用自己性命来换她性命。阿朱只不过是道上邂逅相逢的一个小丫头，跟她说不上有什么交情，出力相救，还是寻常的侠义之行，但要以自己性命去换她一命，可说不过去了。“她既非我的亲人，又不是有恩于我，须当报答。我尽力而为到了这步田地，也已仁至义尽，对得她住。我立时便走，薛神医能不能救她，只好瞧她的运气了。”

当下拾起地下两面圆盾，双手连续使出“大鹏展翅”的招数，两圈白光滚滚向外翻动，径向厅口冲出。

群雄虽然人多，但乔峰招数狠恶，而这对圆盾又实在太过厉害，这一使将开来，丈许方圆之内谁都无法近身。

乔峰几步冲到厅口，左足跨出了门槛，忽听得一个苍老的声音惨然道：“先杀这丫头，再报大仇！”正是铁面判官单正。他大儿子单伯山应道："是！"举刀向阿朱头顶劈落。

乔峰惊愕之下，不及细想，左手圆盾脱手，盘旋飞出，去势凌厉之极。七八个人齐声叫道："小心！"单伯山急忙举刀格挡，但乔峰这一掷的劲力何等刚猛，圆盾的边缘又锋锐无比，喀喇一声，将单伯山连人带刀的铡为两截。圆盾余势不衰，擦的一声，又斩断了大厅的一根柱子。屋顶瓦片泥沙纷纷跌落。

单正和他余下的三个儿子悲愤狂叫，但在乔峰的凛凛神威之前，竟不敢向他攻击，连同其余六七人，都是向阿朱扑去。

乔峰骂道："好不要脸！"呼呼呼呼连出四掌，将一干人都震退了，抢上前去，左臂抱起阿朱，以圆盾护住了她。

阿朱低声道："乔大爷，我不成啦，你别理我，快……快自己去罢！"

乔峰眼见群雄不讲公道，竟群相欺侮阿朱这奄奄一息的弱女子，激发了高傲倔强之气，大声说道："事到如今，他们也决不容你活了，咱们死在一起便是。"右手翻出，夺过了一柄长剑，刺削斩劈，向外冲去。他左手抱了阿朱，行动固然不便，又少了一只手使用，局面更是不利之极，但他早将生死置之度外，长剑狂舞乱劈，只跨出两步，只觉后心一痛，已被人一刀砍中。

他一足反踢出去，将那人踢得飞出丈许之外，撞在另一人身上，两人立时毙命。但便在此时，乔峰右肩头中枪，跟着右胸又被人刺了一剑。他大吼一声，有如平空起个霹雳，喝道："乔峰自行了断，不死于鼠辈之手！"

但这时群雄打发了性，哪肯让他从容自尽？十多人一拥而上。乔峰奋起神威，右手斗然探出，已抓住玄寂胸口的"膻中穴"，将他身子高高举起。众人发一声喊，不由自主的退开了几步。

玄寂要穴被抓，饶是有一身高强武功，登时全身酸麻，半点动弹不得，眼见自己的咽喉离圆盾刃口不过尺许，乔峰只要左臂一推，或是右臂一送，立时便将他脑袋割了下来，不由得一声长叹，闭目就死。

乔峰只觉背心、右胸、右肩三处伤口如火炙一般疼痛，说道：“我一身武功，最初出自少林，饮水思源，岂可杀戮少林高僧？乔某今日反正是死了，多杀一人，又有何益？”当即将玄寂放下地来，松开手指，朗声道：“你们动手罢！”

群雄面面相觑，为他的豪迈之气所动，一时都不愿上前动手。又有人想：“他连玄寂都不愿伤，又怎会去害死他的受业恩师玄苦大师？”

但铁面判官单正的两子为他所杀，伤心愤激，大呼而前，举刀往乔峰胸口刺去。

乔峰自知重伤之余，再也无法杀出重围，当即端立不动。一霎时间，心中转过了无数念头：“我到底是契丹还是汉人？害死我父母和师父的那人是谁？我一生多行仁义，今天却如何无缘无故的伤害这许多英侠？我一意孤行的要救阿朱，却枉自送了性命，岂非愚不可及，为天下英雄所笑？”

眼见单正黝黑的脸面扭曲变形，两眼睁得大大的，挺刀向自己胸口直刺过来，乔峰心中悲愤难抑，斗然仰天大叫，声音直似猛兽狂吼。

乔峰一怔，回头过来，只见山坡旁一株花树之下，一个少女倚树而立，身穿淡红衫子，嘴角边带着微笑，正是阿朱。

二十

悄立雁门　绝壁无余字

单正听到乔峰这震耳欲聋的怒吼，脑中斗然一阵晕眩，脚下踉跄，站立不定。群雄也都不由自主的退了几步。单小山自旁抢上，挺刀刺出。

眼见刀尖离乔峰胸口已不到一尺，而他浑无抵御之意，丐帮吴长老、白世镜等都闭上了眼睛，不忍观看。

突然之间，半空中呼的一声，窜下一个人来，势道奇急，正好碰在单小山的钢刀之上。单小山抵不住这股大力，手臂下落。群雄齐声惊呼声中，半空中又扑下一个人来，却是头下脚上，一般的势道奇急，砰的一声响，天灵盖对天灵盖，正好撞中了单小山的脑袋，两人同时脑浆迸裂。

群雄方始看清，这先后扑下的两人，本是守在屋顶防备乔峰逃走的，却给人擒住了，当作暗器般投了下来。厅中登时大乱，群雄惊呼叫嚷。蓦地里屋顶角上一条长绳甩下，劲道凶猛，向着众人的脑袋横扫过来，群雄纷举兵刃挡格。那条长绳绳头斗转，往乔峰腰间一缠，随即提起。

此时乔峰三处伤口血流如注，抱着阿朱的左手已无丝毫力气，一被长绳卷起，阿朱当即滚在地下。众人但见长绳彼端是个黑衣大汉，站在屋顶，身形魁梧，脸蒙黑布，只露出了两只眼睛。

那大汉左手将乔峰挟在胁下，长绳甩出，已卷住了大门外聚贤庄高高的旗杆。群雄大声呼喊，霎时之间钢镖、袖箭、飞刀、铁锥、飞蝗石、甩手箭，各种各样暗器都向乔峰和那大汉身上射去。那黑衣大汉一拉长绳，悠悠飞起，往旗杆的旗斗中落去。腾腾、拍拍、擦擦，响声不绝，数十件暗器都打在旗斗上。只见长绳从旗斗中甩出，绕向八九丈外的一株大树，那大汉挟着乔峰，从旗斗中荡出，顷刻间越过那株大树，已在离旗杆十余丈处落地。他跟着又甩长绳，再绕远处大树，如此几个起落，已然走得无影无踪。

群雄骇然相顾，但听得马蹄声响，渐驰渐远，再也追不上了。

乔峰受伤虽重，神智未失，这大汉以长绳救他脱险，一举一动，他都看得清清楚楚，自是深感他救命之恩，又想："这甩绳的准头膂力，我也能办到，但以长绳当作兵刃，同时挥击数十人，这一招'天女散花'的软鞭功夫，我就不能使得如他这般恰到好处。"

那黑衣大汉将他放上马背，两人一骑，径向北行。那大汉取出金创药来，敷上乔峰三处伤口。乔峰流血过多，虚弱之极，几次都欲晕去，每次都是吸一口气，内息流转，精神便是一振。那大汉纵马直向西北，走了一会，道路越来越崎岖，到后来已无道路，那马尽是在乱石堆中蹁蹶而行。

又行了半个多时辰，马匹再也不能走了，那大汉将乔峰横抱手中，下马向一座山峰上攀去。乔峰身子甚重，那大汉抱着他却似毫不费力，虽在十分陡峭之处，仍是纵跃如飞。到得后来，几处险壁间都无容足之处，那大汉便用长绳飞过山峡，缠住树枝而跃将过去。那人接连横越了八处险峡，跟着一路向下，深入一个上不见天的深谷之中，终于站定脚步，将乔峰放下。

乔峰勉力站定，说道："大恩不敢言谢，只求恩兄让乔峰一见庐山真面。"

那大汉一对晶光灿然的眼光在他脸上转来转去，过得半晌，说道：“山洞中有足用半月的干粮，你在此养伤，敌人无法到来。”

乔峰应道：“是！”心道：“听这人声音，似乎年纪不轻了。”

那大汉又向他打量了一会，忽然右手挥出，拍的一声，打了他一记耳光。这一下出手奇快，乔峰一来绝没想到他竟会击打自己，二来这一掌也当真打得高明之极，竟然没能避开。

那大汉第二记跟着打来，两掌之间，相距只是电光般的一闪，乔峰有了这个余裕，却哪能再让他打中？但他是救命恩人，不愿跟他对敌，而又无力闪身相避，于是左手食指伸出，放在自己颊边，指着他的掌心。

这食指所向，是那大汉掌心的“劳宫穴”，他一掌拍将过来，手掌未及乔峰面颊，自己掌上要穴先得碰到手指。这大汉手掌离乔峰面颊不到一尺，立即翻掌，用手背向他击去，这一下变招奇速。乔峰也是迅速之极的转过手指，指尖对住了他手背上的“二间穴”。

那大汉一声长笑，右手硬生生的缩回，左手横斩而至。乔峰左手手指伸出，指尖已对准他掌缘的“后豁穴”。那大汉手臂陡然一提，来势不衰，乔峰及时移指，指向他掌缘的“前谷穴”。顷刻之间，那大汉双掌飞舞，连换了十余下招式，乔峰只守不攻，手指总是指着他手掌击来定会撞上的穴道。那大汉第一下出其不意的打了他一记巴掌，此后便再也打他不着了。两人虚发虚接，俱是当世罕见的上乘武功。

那大汉使满第二十招，见乔峰虽在重伤之余，仍是变招奇快，认穴奇准，陡然间收掌后跃，说道：“你这人愚不可及，我本来不该救你。”乔峰道：“谨领恩公教言。”

那人骂道：“你这臭骡子，练就了这样一身天下无敌的武功，怎地去为一个瘦骨伶仃的女娃子枉送性命？她跟你非亲非故，无恩无义，又不是什么倾国倾城的美貌佳人，只不过是一个低三下四的小丫头而已。天下哪有你这等大傻瓜？”

乔峰叹了口气，说道：“恩公教训得是。乔峰以有用之身，为此无益之事，原是不当。只是一时气愤难当，蛮劲发作，便没细思后果。”

那大汉道：“嘿嘿，原来是蛮劲发作。”抬头向天，纵声长笑。

乔峰只觉他长笑声中大有悲凉愤慨之意，不禁愕然。蓦地里见那大汉拔身而起，跃出丈余，身形一晃，已在一块大岩之后隐没。乔峰叫道：“恩公，恩公！”但见他接连纵跃，转过山峡，竟远远的去了。乔峰只跨出一步，便摇摇欲倒，忙伸手扶住山壁。

他定了定神，转过身来，果见石壁之后有个山洞。他扶着山壁，慢慢走进洞中，只见地下放着不少熟肉、炒米、枣子、花生、鱼干之类干粮，更妙的是居然另有一大坛酒。打开坛子，酒香直冲鼻端，伸手入坛，掬了一手上来喝了，入口甘美，乃是上等的美酒。他心下感激：“难得这位恩公如此周到，知我贪饮，竟在此处备得有酒。山道如此难行，携带这个大酒坛，不太也费事么？”

那大汉给他敷的金创药极具灵效，此时已止住了血，几个时辰后，疼痛渐减。他身子壮健，内功深厚，所受也只皮肉外伤，虽然不轻，但过得七八天，伤口已好了小半。

这七八天中，他心中所想的只是两件事：“害我的那个仇人是谁？救我的那位恩公是谁？”这两人武功都十分了得，料想俱不在自己之下，武林之中有此身手者寥寥可数，屈着手指，一个个能算得出来，但想来想去，谁都不像。仇人无法猜到，那也罢了，这位恩公却和自己拆过二十招，该当料得到他的家数门派，可是他一招一式全是平平无奇，于质朴无华之中现极大能耐，就像是自己在聚贤庄中所使的“太祖长拳”一般，招式中绝不泄漏身份来历。

那一坛酒在头两天之中，便已给他喝了个坛底朝天，堪堪到得二十天上，自觉伤口已好了七八成，酒瘾大发，再也忍耐不住，料想跃峡逾谷，已然无碍，便从山洞中走了出来，翻山越岭，重涉江湖。

心下寻思：“阿朱落入他们手中，要死便早已死了，倘若能活，也不用我再去管她。眼前第一件要紧事，是要查明我到底是何等样人。爹娘师父，于一日之间逝世，我的身世之谜更是难明，须得到雁门关外，去瞧瞧那石壁上的遗文。”

盘算已定，径向西北，到得镇上，先喝上了二十来碗酒。只过得三天，身边仅剩的几两碎银便都化作美酒，喝得精光。

是时大宋抚有中土，分天下为一十五路。以大梁为都，称东京开封府，洛阳为西京河南府，宋州为南京，大名府为北京，是为四京。乔峰其时身在京西路汝州，这日来到梁县，身边银两已尽，当晚潜入县衙，在公库盗了几百两银子。一路上大吃大喝，鸡鸭鱼肉、高粱美酒，都是大宋官家给他付钱。不一日来到河东路代州。

雁门关在代州之北三十里的雁门险道。乔峰昔年行侠江湖，也曾到过，只是当时身有要事，匆匆一过，未曾留心。他到代州时已是午初，在城中饱餐一顿，喝了十来碗酒，便出城向北。

他脚程迅捷，这三十里地，行不到半个时辰。上得山来，但见东西山岩峭拔，中路盘旋崎岖，果然是个绝险的所在，心道：“雁儿南游北归，难以飞越高峰，皆从两峰之间穿过，是以称为雁门。今日我从南来，倘若石壁上的字迹表明我确是契丹人，那么乔某这一次出雁门关后，永为塞北之人，不再进关来了。倒不如雁儿一年一度南来北往，自由自在。”想到此处，不由得心中一酸。

雁门关是大宋北边重镇，山西四十余关，以雁门最为雄固，一出关外数十里，便是辽国之地，是以关下有重兵驻守。乔峰心想若从关门中过，不免受守关官兵盘查，当下从关西的高岭绕道而行。

来到绝岭，放眼四顾，但见繁峙、五台东耸，宁武诸山西带，正阳、石鼓挺于南，其北则为朔州、马邑，长坡峻阪，茫然无际，寒林漠漠，景象萧索。乔峰想起当年过雁门关时，曾听同伴言道，战国时赵国大将李牧、汉朝大将郅都，都曾在雁门驻守，抗御匈奴入侵。倘若自己真是匈奴、契丹后裔，那么千余年来侵犯中国的，都是自己的祖宗了。

向北眺望地势，寻思："那日汪帮主、赵钱孙等在雁门关外伏击契丹武士，定要选一处最占形势的山坡，左近十余里之内，地形之佳，莫过于西北角这处山侧。十之八九，他们定会在此设伏。"

当下奔行下岭，来到该处山侧。蓦地里心中感到一阵没来由的悲怆，只见该山侧有一块大岩，智光大师说中原群雄伏在大岩之后，向外发射喂毒暗器，看来便是这块岩石。

山道数步之外，下临深谷，但见云雾封谷，下不见底。乔峰心道："倘若智光大师之言非假，那么我妈妈被他们害死之后，我爹爹从此处跃下深谷自尽。他跃进谷口之后，不忍带我同死，又将我抛了上来，摔在汪帮主的身上。他……他在石壁上写了些什么字？"

回过头来，往右首山壁上望去，只见那一片山壁天生的平净光滑，但正中一大片山石上却尽是斧凿的印痕，显而易见，是有人故意将留下的字迹削去了。

乔峰呆立在石壁之前，不禁怒火上冲，只想挥刀举掌乱杀，猛然间想起一事："我离丐帮之时，曾断单正的钢刀立誓，说道：我是汉人也好，是契丹人也好，决计不杀一个汉人。可是我在聚贤庄上，一举杀了多少人？此刻又想杀人，岂不是大违誓言？唉，事已至此，我不犯人，人来犯我，倘若束手待毙，任人宰割，岂是男子汉大丈夫的行径？"

千里奔驰，为的是要查明自己身世，可是始终毫无结果。心中越来越暴躁，大声号叫："我不是汉人，我不是汉人！我是契丹胡虏，我是契丹胡虏！"提起手来，一掌掌往山壁上劈去。只听得四下里山谷鸣响，一声声传来：“不是汉人，不是汉人！……契丹胡虏，契丹胡虏！”

山壁上石屑四溅。乔峰心中郁怒难伸，仍是一掌掌的劈去，似要将这一个多月来所受的种种委屈，都要向这块石壁发泄，到得后来，手掌出血，一个个血手印拍上石壁，他兀自不停。

正击之际，忽听得身后一个清脆的女子声音说道：“乔大爷，你再打下去，这座山峰也要给你击倒了。”

乔峰一怔，回过头来，只见山坡旁一株花树之下，一个少女倚树而立，身穿淡红衫子，嘴角边带着微笑，正是阿朱。

他那日出手救她，只不过激于一时气愤，对这小丫头本人，也没怎么放在心上，后来自顾不暇，于她的生死存亡更是置之脑后了。不料她忽然在此处出现，乔峰惊异之余，自也欢喜，迎将上去，笑道：“阿朱，你身子大好了？”只是他狂怒之后，转愤为喜，脸上的笑容未免颇为勉强。

阿朱道：“乔大爷，你好！”她向乔峰凝视片刻，突然之间，纵身扑入他的怀中，哭道：“乔大爷，我……我在这里已等了你五日五夜，我只怕你不能来。你……你果然来了，谢谢老天爷保佑，你终于安好无恙。”

她这几句话说得断断续续，但话中充满了喜悦安慰之情，乔峰一听便知她对自己不胜关怀，心中一动，问道：“你怎地在这里等了我五日五夜？你……你怎知我会到这里来？”

阿朱慢慢抬起头来，忽然想到自己是伏在一个男子的怀中，脸上一红，退开两步，再想起适才自己的情不自禁，更是满脸飞红，突然间反身疾奔，转到了树后。

乔峰叫道：“喂，阿朱，阿朱，你干什么？”阿朱不答，只觉一颗心怦怦乱跳，过了良久，才从树后出来，脸上仍是颇有羞涩之意，一时之间，竟讷讷的说不出话来。乔峰见她神色奇异，道：

“阿朱，你有什么难言之隐，尽管跟我说好了。咱俩是患难之交，同生共死过来的，还能有什么顾忌？”阿朱脸上又是一红，道：“没有。”

乔峰轻轻扳着她肩头，将她脸颊转向日光，只见她容色虽甚憔悴，但苍白的脸蛋上隐隐泛出淡红，已非当日身受重伤时的灰败之色，再伸指去搭她脉搏。阿朱的手腕碰到了他的手指，忽地全身一震。乔峰道：“怎么？还有什么不舒服么？”阿朱脸上又是一红，忙道：“不是，没……没有。”乔峰按她脉搏，但觉跳动平稳，舒畅有力，赞道：“薛神医妙手回春，果真名不虚传。”

阿朱道：“幸得你的好朋友白世镜长老，答允传他七招‘缠丝擒拿手’，薛神医才给我治伤。更要紧的是，他们要查问那位黑衣先生的下落，倘若我就此死了，他们可就什么也问不到了。我伤势稍稍好得一点，每天总有七八个人来盘问我：‘乔峰这恶贼是你什么人？’‘他逃到了什么地方？’‘救他的那个黑衣大汉是谁？’这些事我本来不知道，但我老实回答不知，他们硬指我说谎，又说不给我饭吃啦，要用刑啦，恐吓了一大套。于是我便给他们捏造故事，那位黑衣先生的事我编得最是荒唐，今天说他是来自昆仑山的，明天又说他曾经在东海学艺，跟他们胡说八道，当真有趣不过。”说到这里，回想到那些日子中信口开河，作弄了不少当世成名的英雄豪杰，兀自心有余欢，脸上笑容如春花初绽。

乔峰微笑道：“他们信不信呢？”阿朱道：“有的相信，有的却不信，大多数是将信将疑。我猜到他们谁也不知那位黑衣先生的来历，无人能指证我说得不对，于是我的故事就越编越希奇古怪，好教他们疑神疑鬼，心惊肉跳。”乔峰叹道：“这位黑衣先生到底是什么来历，我亦不知。只怕听了你的信口胡说，我也会将信将疑。”

阿朱奇道：“你也不认得他么？那么他怎么竟会甘冒奇险，从龙潭虎穴之中将你救了出来？嗯，救人危难的大侠，本来就是这样的。”

乔峰叹了口气，道：“我不知该当向谁报仇，也不知向谁报恩。不知自己是汉人，还是胡人，不知自己的所作所为，到底是对是错。乔峰啊乔峰，你当真枉自为人了。”

阿朱见他神色凄苦，不禁伸出手去，握住他的手掌，安慰他道：“乔大爷，你又何须自苦？种种事端，总有水落石出的一天。你只要问心无愧，行事对得住天地，那就好了。”

乔峰道：“我便是自己问心有愧，这才难过。那日在杏子林中，我弹刀立誓，决不杀一个汉人，可是……可是……”

阿朱道：“聚贤庄上这些人不分青红皂白，便向你围攻，若不还手，难道便胡里胡涂的让他们砍成十七廿八块吗？天下没这个道理！”

乔峰道：“这话也说得是。”他本是个提得起、放得下的好汉，一时悲凉感触，过得一时，便也撇在一旁，说道：“智光禅师和赵钱孙都说这石壁上写得有字，却不知是给谁凿去了。”

阿朱道：“是啊，我猜想你定会到雁门关外，来看这石壁上的留字，因此一脱险境，就到这里来等你。”

乔峰问道：“你如何脱险，又是白长老救你的么？”阿朱微笑道：“那可不是了。你记得我曾经扮过少林寺的和尚，是不是？连他们的师兄弟也认不出来。”乔峰道：“不错，你这门顽皮的本事当真不错。”阿朱道：“那日我的伤势大好了，薛神医说道不用再加医治，只须休养七八天，便能复元。我编造那些故事，渐渐破绽越来越多，编得也有些腻了，又记挂着你，于是这天晚上，我乔装改扮了一个人。”乔峰道：“又扮人？却扮了谁？”

阿朱道：“我扮作薛神医。”

乔峰微微一惊，道：“你扮薛神医，那怎么扮得？”阿朱道：

“他天天跟我见面，说话最多，他的模样神态我看得最熟，而且只有他时常跟我单独在一起。那天晚上我假装晕倒，他来给我搭脉，我反手一扣，就抓住了他的脉门。他动弹不得，只好由我摆布。”

乔峰不禁好笑，心想：“这薛神医只顾治病，哪想到这小鬼头有诈。”

阿朱道：“我点了他的穴道，除下他的衣衫鞋袜。我的点穴功夫不高明，生怕他自己冲开穴道，于是撕了被单，再将他手脚都绑了起来，放在床上，用被子盖住了他，有人从窗外看见，只道我在蒙头大睡，谁也不会疑心。我穿上他的衣衫鞋帽，在脸上堆起皱纹，便有七分像了，只是缺一把胡子。”

乔峰道：“嗯，薛神医的胡子半黑半白，倒不容易假造。”阿朱道：“假造的不像，终究是用真的好。”乔峰奇道：“用真的？”阿朱道：“是啊，用真的。我从他药箱中取出一把小刀，将他的胡子剃了下来，一根根都黏在我脸上，颜色模样，没半点不对。薛神医心里定是气得要命，可是他有什么法子？他治我伤势，非出本心。我剃他胡子，也算不得是恩将仇报。何况他剃了胡子之后，似乎年轻了十多岁，相貌英俊得多了。”

说到这里，两人相对大笑。

阿朱笑着续道：“我扮了薛神医，大模大样的走出聚贤庄，当然谁也不敢问什么话，我叫人备了马，取了银子，这就走啦。离庄三十里，我扯去胡子，变成个年轻小伙子。那些人总得到第二天早晨，才会发觉。可是我一路上改装，他们自是寻我不着。”

乔峰鼓掌道：“妙极！妙极！”突然之间，想起在少林寺菩提院的铜镜之中，曾见到自己背影，当时心中一呆，隐隐约约觉得有什么不安，这时听她说了改装脱险之事，又忽起这不安之感，而且比之当日在少林寺时更加强烈，沉吟道：“你转过身来，给我瞧瞧。”阿朱不明他用意，依言转身。

乔峰凝思半晌，除下外衣，给她披在身上。

阿朱脸上一红，眼色温柔的回眸看了他一眼，道："我不冷。"

乔峰见她披了自己外衣，登时心中雪亮，手掌一翻，抓住了她手腕，厉声道："原来是你！你受了何人指使，快快说来。"阿朱吃了一惊，颤声道："乔大爷，什么事啊？"乔峰道："你曾经假扮过我，冒充过我，是不是？"

原来这时他恍然想起，那日在无锡赶去相救丐帮众兄弟，在道上曾见到一人的背影，当时未曾在意，直至在菩提院铜镜中见到自己背影，才隐隐约约想起，那人的背影和自己直是一般无异，那股不安之感，便由此而起，然而心念模糊，浑不知为了何事。

他那日赶去相救丐帮群雄，到达之时，众人已然脱险，人人都说不久之前曾和他相见。他虽矢口不认，众人却无一肯信。当时他莫名其妙，相信除了有人冒充自己之外，更无别种原因。可是要冒充自己，连日常相见的白世镜、吴长老等都认不出来，那是谈何容易？此刻一见到阿朱披了自己外衣的背影，前后一加印证，登时恍然。虽然此时阿朱身上未有棉花垫塞，这瘦小娇怯的背影和他魁梧奇伟的模样大不相同，但要能冒充自己而瞒过丐帮群豪，天下除她之外，更能有谁？

阿朱却毫不惊惶，格格一笑，说道："好罢，我只好招认了。"便将自己如何乔装他的形貌、以解药救了丐帮群豪之事说了。

乔峰放开她手腕，厉声道："你假装我去救人，有什么用意？"

阿朱甚是惊奇，说道："我只是开开玩笑。你从西夏人手里救了我和阿碧，我两个都好生感激。我又见那些叫化子待你这样不好，心想乔装了你，去解了他们身上所中之毒，让他们心下惭愧，也是好的。"叹了口气，又道："哪知他们在聚贤庄上，仍然对你这般狠毒，全不记得旧日的恩义。"

乔峰脸色越来越是严峻，咬牙道："那么你为何冒充了我去杀我父母？为何混入少林寺去杀我师父？”

阿朱跳了起来，叫道：“哪有此事？谁说是我杀了你父母？杀了你师父？”

乔峰道：“我师父给人击伤，他一见我之后，便说是我下的毒手，难道还不是你么？”他说到这里，右掌微微抬起，脸上布满了杀气，只要她对答稍有不善，这一掌落将下去，便有十个阿朱，也登时毙了。

阿朱见他满脸杀气，目光中尽是怒火，心中十分害怕，不自禁的退了两步。只要再退两步，那便是万丈深渊。

乔峰厉声道：“站着，别动！”

阿朱吓得泪水点点从颊边滚下，颤声道：“我没……杀你父母，没……没杀你师父。你师父这么大……大的本事，我怎能杀得了他？”

她最后这两句话极是有力，乔峰一听，心中一凛，立时知道是错怪了她，左手快如闪电般伸出，抓住她肩头，拉着她靠近山壁，免得她失足掉下深谷，说道：“不错，我师父不是你杀的。”他师父玄苦大师是玄慈、玄寂、玄难诸高僧的师兄弟，武功造诣，已达当世第一流境界。他所以逝世，并非中毒，更非受了兵刃暗器之伤，乃是被极厉害的掌力震碎脏腑。阿朱小小年纪，怎能有这般深厚的内力？倘若她内力能震死玄苦大师，那么玄慈这一记大金刚掌，也决不会震得她九死一生了。

阿朱破涕为笑，拍了拍胸口，说道：“你险些儿吓死了我，你这人说话也太没道理，要是我有本事杀你师父，在聚贤庄上还不助你大杀那些坏蛋么？”

乔峰见她轻嗔薄怒，心下歉然，说道：“这些日子来，我神思不定，胡言乱语，姑娘莫怪。”

阿朱笑道：“谁来怪你啊？要是我怪你，我就不跟你说话了。”随即收起笑容，柔声道：“乔大爷，不管你对我怎样，我这一生一世，永远不会怪你的。”

乔峰摇摇头，淡然道：“我虽然救过你，那也不必放在心上。”皱起眉头，呆呆出神，忽问：“阿朱，你这乔装易容之术，是谁传给你的？你师父是不是另有弟子？”阿朱摇头道：“没人教的。我从小喜欢扮作别人样子玩儿，越是学得多，便越扮得像，这哪里有什么师父？难道玩儿也要拜师父么？”

乔峰叹了口气，说道：“这可真奇怪了，世上居然另有一人，和我相貌十分相像，以致我师父误认是我。”阿朱道：“既然有此线索，那便容易了。咱们去找到这个人来，拷打逼问他便是。”乔峰道：“不错，只是茫茫人海之中，要找到这个人，实在艰难之极。多半他也跟你一样，也有乔装易容的好本事。”

他走近山壁，凝视石壁上的斧凿痕迹，想探索原来刻在石上的到底是些什么字，但左看右瞧，一个字也辨认不出，说道：“我要去找智光大师，问他这石壁上写的到底是什么字。不查明此事，寝食难安。”

阿朱道：“就怕他不肯说。”乔峰道：“他多半不肯说，但硬逼软求，总是要他说了，我才罢休。”阿朱沉吟道：“智光大师好像很硬气，很不怕死，硬逼软逼，只怕都不管用。还是……”乔峰点头道：“不错，还是去问赵钱孙的好。嗯，这赵钱孙多半也是宁死不屈，但要对付他，我倒有法子。”

他说到这里，向身旁的深渊望了一眼，道：“我想下去瞧瞧。”阿朱吓了一跳，向那云封雾绕的谷口瞧了两眼，走远了几步，生怕一不小心便摔了下去，说道：“不，不！你千万别下去。下去有什么好瞧的？”乔峰道：“我到底是汉人还是契丹人，这件事始终在我心头盘旋不休。我要下去查个明白，看看那个契丹人的尸体。”阿朱道：“那人摔下去已有三十年了，早只剩下几根白骨，还能看到什么？”乔峰道：“我便是要去瞧瞧他的白骨。我想，他如果真是我亲生父亲，便得将他尸骨检上来，好好安葬。”

阿朱尖声道：“不会的，不会的！你仁慈侠义，怎能是残暴恶毒的契丹人后裔。”

乔峰道：“你在这里等我一天一晚，明天这时候我还没上来，你便不用等了。”

阿朱大急，哇的一声，哭了出来，叫道：“乔大爷，你别下去！”

乔峰心肠甚硬，丝毫不为所动，微微一笑，说道：“聚贤庄上这许多英雄好汉都打我不死。难道这区区山谷，便能要了我的命么？”

阿朱想不出什么话来劝阻，只得道：“下面说不定有很多毒蛇、毒虫，或者是什么凶恶的怪物。”

乔峰哈哈大笑，拍拍她的肩头，道：“要是有怪物，那最好不过了，我捉了上来给你玩儿。”他向谷口四周眺望，要找一处勉强可以下足的山崖，盘旋下谷。

便在这时，忽听得东北角上隐隐有马蹄之声，向南驰来，听声音总有二十余骑。乔峰当即快步绕过山坡，向马蹄声来处望去。他身在高处，只见这二十余骑一色的黄衣黄甲，都是大宋官兵，排成一列，沿着下面高坡的山道奔来。

乔峰看清楚了来人，也不以为意，只是他和阿朱处身所在，正是从塞外进关的要道，当年中原群雄择定于此处伏击契丹武士，便是为此。心想此处是边防险地，大宋官兵见到面生之人在此逗留，多半要盘查诘问，还是避开了，免得麻烦。回到原处，拉着阿朱往大石后一躲，道：“是大宋官兵！”

过不多时，那二十余骑官兵驰上岭来。乔峰躲在山石之后，已见到为首的一个军官，不禁颇有感触：“当年汪帮主、智光大师、赵钱孙等人，多半也是在这块大石之后埋伏，如此瞧着契丹众武士驰上岭来。今日峰岩依然，当年宋辽双方的武士，却大都化作白骨了。”

正自出神，忽听得两声小孩的哭叫，乔峰大吃一惊，如入梦境：“怎么又有了小孩？”跟着又听得几个妇女的尖叫声音。

他伸首外张，看清楚了那些大宋官兵，每人马上大都还掳掠了一个妇女，所有妇孺都穿着契丹牧人的装束。好几个大宋官兵伸手在契丹女子身上摸索抓捏，猥亵丑恶，不堪入目。有些女子抗拒支撑，便立遭官兵喝骂殴击。乔峰看得大奇，不明所以。见这些人从大石旁经过，径向雁门关驰去。

阿朱问道：“乔大爷，他们干什么？”乔峰摇了摇头，心想：“边关的守军怎地如此荒唐？”阿朱又道：“这种官兵就像盗贼一般。”

跟着岭道上又来了三十余名官兵，驱赶着数百头牛羊和十余名契丹妇女，只听得一名军官道：“这一次打草谷，收成不怎么好，大帅会不会发脾气？”另一名军官道：“辽狗的牛羊虽抢得不多，但抢来的女子中，有两三个相貌不差，陪大帅快活快活，他脾气就好了。”第一个军官道：“三十几个女人，大伙儿不够分的，明儿辛苦一天，再去抢些来。”一个士兵笑道：“辽狗得到风声，早就逃得清光啦，再要打草谷，须得等两三个月。”

乔峰听到这里，不由得怒气填胸，心想这些官兵的行径，比之最凶恶的下三滥盗贼更有不如。

突然之间，一个契丹妇女怀中抱着的婴儿大声哭了起来。那契丹女子伸手推开一名大宋军官的手，转头去哄啼哭的孩子。那军官大怒，抓起那孩儿摔在地下，跟着纵马而前，马蹄踏在孩儿身上，登时踩得他肚破肠流。那契丹女子吓得呆了，哭也哭不出声来。众官兵哈哈大笑，蜂拥而过。

乔峰一生中见过不少残暴凶狠之事，但这般公然以残杀婴孩为乐，却是第一次见到。他气愤之极，当下却不发作，要瞧个究竟再说。

这一群官兵过去，又有十余名官兵呼啸而来。这些大宋官兵也都乘马，手中高举长矛，矛头上大都刺着一个血肉模糊的首级，马后系着长绳，缚了五个契丹男子。乔峰瞧那些契丹人的装束，都是寻常牧人，有两个年纪甚老，白发苍然，另外三个是十五六岁的少年。他心下了然，这些大宋官兵出去掳掠，壮年的契丹牧人都逃走了，却将妇孺老弱捉了来。

只听得一个军官笑道："斩得十四具首级，活捉辽狗五名，功劳说大不大，说小不小，升官一级，赏银一百两，那是有的。"另一人道："老高，这里西去五十里，有个契丹人市集，你敢不敢去打草谷？"那老高道："有什么不敢？你欺我新来么？老子新来，正要多立边功。"说话之间，一行人已驰到大石左近。

一个契丹老汉看到地下的童尸，突然大叫起来，扑过去抱住了童尸，不住亲吻，悲声叫嚷。乔峰虽不懂他言语，见了他这神情，料想被马踩死的这个孩子是他亲人。拉着那老汉的小卒不住扯绳，催他快走。那契丹老汉怒发如狂，猛地向他扑去。这小卒吃了一惊，挥刀向他疾砍。契丹老汉用力一扯，将他从马上拉了下来，张口往他颈中咬去，便在这时，另一名大宋军官从马上一刀砍了下来，狠狠砍在那老汉背上，跟着俯身抓住他后领，将他拉开，摔在地下的小卒方得爬起。这小卒气恼已极，挥刀又在那契丹老汉身上砍了几刀。那老汉摇晃了几下，竟不跌倒。众官兵或举长矛，或提马刀，团团围在他的身周。

那老汉转向北方，解开了上身衣衫，挺立身子，突然高声叫号起来，声音悲凉，有若狼嗥。一时之间，众军官脸上都现惊惧之色。

乔峰心下悚然，蓦地里似觉和这契丹老汉心灵相通，这几下垂死时的狼嗥之声，自己也曾叫过。那是在聚贤庄上，他身上接连中刀中枪，又见单正挺刀刺来，自知将死，心中悲愤莫可抑制，忍不住纵声便如野兽般的狂叫。

这时听了这几声呼号，心中油然而起亲近之意，更不多想，飞身便从大石之后跃出，抓起那些大宋官兵，一个个都投下崖去。乔峰打得兴发，连他们乘坐的马匹也都一掌一匹，推入深谷，人号马嘶，响了一阵，便即沉寂。

阿朱和那四个契丹人见他如此神威，都看得呆了。

乔峰杀尽十余名官兵，纵声长啸，声震山谷，见那身中数刀的契丹老汉兀自直立不倒，心中敬他是个好汉，走到他身前，只见他胸膛袒露，对正北方，却已气绝身死。乔峰向他胸口一看，“啊”的一声惊呼，倒退了一步，身子摇摇摆摆，几欲摔倒。

阿朱大惊，叫道：“乔大爷，你……你……你怎么了？”只听得嗤嗤嗤几声响过，乔峰撕开自己胸前衣衫，露出长毛茸茸的胸膛来。阿朱一看，见他胸口刺着花纹，乃是青郁郁的一个狼头，张口露牙，状貌凶恶；再看那契丹老汉时，见他胸口也是刺着一个狼头，形状神姿，和乔峰胸口的狼头一模一样。

忽听得那四个契丹人齐声呼叫起来。

乔峰自两三岁时初识人事，便见到自己胸口刺着这个青狼之首，他因从小见到，自是丝毫不以为异。后来年纪大了，向父母问起，乔三槐夫妇都说图形美观，称赞一番，却没说来历。北宋年间，人身刺花甚是寻常，甚至有全身自颈至脚遍体刺花的。大宋系承继后周柴氏的江山。后周开国皇帝郭威，颈中便刺有一雀，因此人称“郭雀儿”。当时身上刺花，蔚为风尚，丐帮众兄弟中，身上刺花的十有八九，是以乔峰从无半点疑心。但这时见那死去的契丹老汉胸口青狼，竟和自己的一模一样，自是不胜骇异。

四个契丹人围到他身边，叽哩咕噜的说话，不住的指他胸口狼头。乔峰不懂他们说话，茫然相对。一个老汉忽地解开自己衣衫，露出胸口，竟也是刺着这么一个狼头。三个少年各解衣衫，胸口也均有狼头刺花。

一霎时之间，乔峰终于千真万确的知道，自己确是契丹人。这胸口的狼头定是他们部族的记号，想是从小便人人刺上。他自来痛心疾首的憎恨契丹人，知道他们暴虐卑鄙，不守信义，知道他们惯杀汉人，无恶不作，这时候却要他不得不自认是禽兽一般的契丹人，心中实是苦恼之极。

他呆呆的怔了半晌，突然间大叫一声，向山野间狂奔而去。

阿朱叫道："乔大爷，乔大爷！"随后跟去。

阿朱直追出十余里，才见他抱头坐在一株大树之下，脸色铁青，额头一根粗大的青筋凸了出来。阿朱走到他身边，和他并肩而坐。

乔峰身子一缩，说道："我是猪狗也不如的契丹胡虏，自今而后，你不用再见我了。"

阿朱和所有汉人一般，本来也是痛恨契丹人入骨，但乔峰在她心中，乃是天神一般的人物，别说他只是契丹人，便是魔鬼猛兽，她也不愿离之而去，心想："他这时心中难受，须得对他好好劝解宽慰。"柔声道："汉人中有好人坏人，契丹人中，自然也有好人坏人。乔大爷，你别把这种事放在心上。阿朱的性命是你救的，你是汉人也好，是契丹人也好，对我全无分别。"

乔峰冷冷的道："我不用你可怜，你心中瞧不起我，也不必假惺惺的说什么好话。我救你性命，非出本心，只不过一时逞强好胜。此事一笔勾销，你快快去罢。"

阿朱心中惶急，寻思："他既知自己确是契丹胡虏，说不定便回归漠北，从此不踏入中土一步。"一时情不自禁，站起身来，说道："乔大爷，你若撇下我而去，我便跳入这山谷之中。阿朱说得出做得到，你是契丹的英雄好汉，瞧不起我这低三下四的丫鬟贱人，我还不如自己死了的好。”

乔峰听她说得十分诚恳，心下感动，他只道自己既是胡虏，普天下的汉人自是个个避若蛇蝎，想不到阿朱对待自己仍是一般无异，不禁伸手拉住她手掌，柔声道：“阿朱，你是慕容公子的丫鬟，又不是我的丫鬟，我……我怎会瞧不起你？”

阿朱道：“我不用你可怜。你心中瞧不起我，也不用假惺惺的说什么好话。”她学着乔峰说这几句话，语音声调，无一不像，眼光中满是顽皮的神色。

乔峰哈哈大笑，他于失意潦倒之际，得有这样一位聪明伶俐的少女说笑慰解，不由得烦恼大消。

阿朱忽然正色道：“乔大爷，我服侍慕容公子，并不是卖身给他的。只因我从小没了爹娘，流落在外，有一日受人欺凌，慕容老爷见到了，救了我回家。我孤苦无依，便做了他家的丫鬟。其实慕容公子也并不真当我是丫鬟，他还买了几个丫鬟服侍我呢。阿碧妹子也是一般，只不过她是她爹爹送她到燕子坞慕容老爷家里来避难的。慕容老爷和夫人当年曾说，哪一天我和阿碧想离开燕子坞，他慕容家欢欢喜喜的给我们送行……”说到这里，脸上微微一红。原来当年慕容夫人说的是：“哪一天阿朱、阿碧这两个小妮子有了归宿，我们慕容家全副嫁妆、花轿吹打送她们出门，就跟嫁女儿没半点分别。”顿了一顿，又对乔峰道：“今后我服侍你，做你的丫鬟，慕容公子决计不会见怪。”

乔峰双手连摇，道：“不，不！我是个胡人蛮夷，怎能用什么丫鬟？你在江南富贵人家住得惯了，跟着我漂泊吃苦，有什么好处？你瞧我这等粗野汉子，也配受你服侍么？”

阿朱嫣然一笑，道：“这样罢，我算是给你掳掠来的奴仆，你高兴时向我笑笑，不开心时便打我骂我，好不好呢？”乔峰微笑道：“我一拳打下来，只怕登时便将你打死了。”阿朱道：“当然你只轻轻的打，可不能出手太重。”乔峰哈哈一笑，说道：“轻轻的打，不如不打。我也不想要什么奴仆。”阿朱道：“你是契丹的大英雄，掳掠几个汉人女子做奴仆，有什么不可？你瞧那些大宋官兵，不也是掳掠了许多契丹人吗？”

乔峰默然不语。阿朱见他眉头深皱，眼色极是阴郁，担心自己说错了话，惹他不快。

过了一会，乔峰缓缓的道：“我一向只道契丹人凶恶残暴，虐害汉人，但今日亲眼见到大宋官兵残杀契丹的老弱妇孺，我……我……阿朱，我是契丹人，从今而后，不再以契丹人为耻，也不以大宋为荣。”

阿朱听他如此说，知他已解开了心中这个郁结，很是欢喜，道：“我早说胡人中有好有坏，汉人中也有好有坏。胡人没汉人那样狡猾，只怕坏人还更少些呢。”

乔峰瞧着左首的深谷，神驰当年，说道：“阿朱，我爹爹妈妈被这些汉人无辜害死，此仇非报不可。”

阿朱点了点头，心下隐隐感到害怕。她知道这轻描淡写的“此仇非报不可”六字之中，势必包含着无数的恶斗、鲜血和性命。

乔峰指着深谷，说道：“当年我妈妈给他们杀了，我爹爹痛不欲生，就从那边的岩石之旁，跃入深谷。他人在半空，不舍得我陪他丧生，又将我抛了上来，乔峰方有今日。阿朱，我爹爹爱我极深，是么？”阿朱眼中含泪，道：“是。”

乔峰道：“我父母这血海深仇，岂可不报？我从前不知，竟然认敌为友，那已是不孝之极，今日如再不去杀了害我父母的正凶，乔某何颜生于天地之间？他们所说的那‘带头大哥’，到底是谁？那封写给汪帮主的信上，有他署名，智光和尚却将所署名字撕下来吞入了肚里。这个‘带头大哥’显是尚在人世，否则他们就不必为他隐瞒了。”

他自问自答，苦苦思索，明知阿朱并不能助他找到大仇，但有一个人在身边听他说话，自然而然的减却不少烦恼。他又道：“这个带头大哥既能率领中土豪杰，自是个武功既高、声望又隆的人物。他信中语气，跟汪帮主交情大非寻常，他称汪帮主为兄，年纪比汪帮主小些，比我当然要大得多。这样一位人物，应当并不难找，嗯，看过那封信的，有智光和尚、丐帮的徐长老和马夫人、铁面判官单正。那个赵钱孙，自也知道他是谁。赵钱孙已告知他师妹谭婆，想来谭婆也不会瞒她丈夫。智光和尚与赵钱孙，都是害死我父母的帮凶，那当然是要杀的，这个他妈的‘带头大哥’，哼，我……我要杀他全家，自老至少，鸡犬不留！”

阿朱打了个寒噤，本想说：“你杀了那带头的恶人，已经够了，饶了他全家罢。”但这几句话到得口边，却不敢吐出唇来，只觉得乔峰神威凛凛，对之不敢稍有拂逆。

乔峰又道：“智光和尚四海云游，赵钱孙漂泊无定，要找这两个人甚是不易。那铁面判官单正并未参与害我父母之役，我已杀了他两个儿子，他小儿子也是因我而死，那就不必再去找他了。阿朱，咱们找丐帮的徐长老去。”

阿朱听到他说“咱们”二字，不由得心花怒放，那便是答应携她同行了，嫣然一笑，心想：“便是到天涯海角，我也和你同行。”